久邇宮家
旧蔵本

俊頼無名抄

鈴木徳男
日比野浩信 編

和泉書院

目次

凡　例

本　文

　無名抄一 …………………………………………………… 一

　無名抄二 …………………………………………………… 五五

　無名抄三 …………………………………………………… 一二六

　無名抄四 …………………………………………………… 一六八

　無名抄五 …………………………………………………… 二三六

難読箇所翻刻 ……………………………………………… 二六三

久邇宮家旧蔵本俊頼無名抄の影印刊行に際して　　日比野浩信 … 二六七

久邇宮家旧蔵本解説　　鈴木　徳男 … 二七一

凡例

一、志香須賀文庫・久邇宮家旧蔵の俊頼『無名抄』を影印するが（五五％縮小）、原本は所在不明のため、日比野の手元にあるゼロックスコピーに拠った。

二、影印は、墨付きの面のみとし、表紙および見返し、遊紙については省略したが、五冊形態の区切りを明示するために、各冊の一丁裏にある「久邇宮文庫」（朱印）の箇所を含めた。目次に各冊の始まりをページで示した。なお、解説参照。

三、不鮮明な部分は、「難読箇所翻刻」で補った。日比野著『久迩宮家旧蔵本俊頼無名抄の研究』（未刊国文資料、一九九五年、口絵に第一冊表紙など四葉の写真を載せる）翻刻本文をあわせて参照願いたい。

四、所収の和歌に歌番号（新編国歌大観に準じる）を欄外に付した。本書独自の和歌については、直前の番号に「ｂ」を加えて示す。また欠脱の場合も該当箇所に番号を付し「欠」と記した。

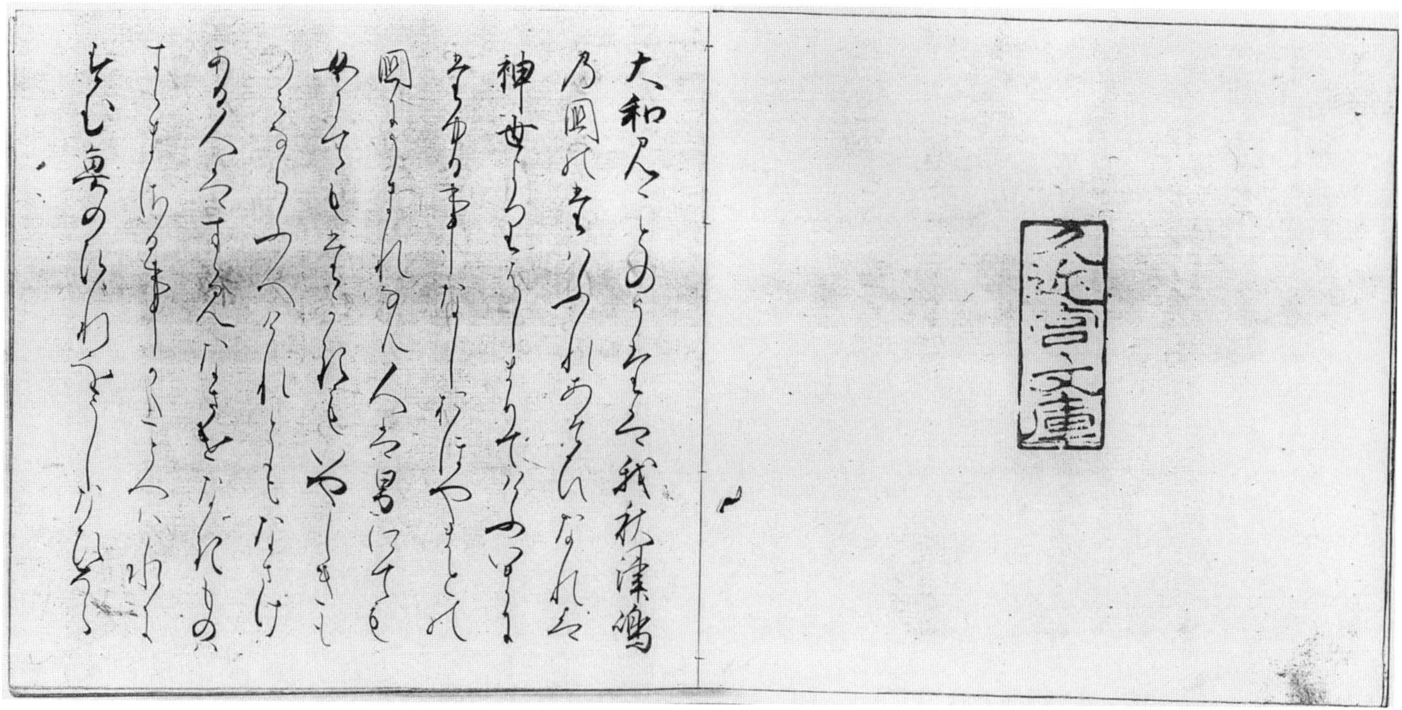

一・一ウ

一・二オ

れける由あつてさしつかされたりけれはさ
んとこそし申けれ其辞のはしには
古今乃序和歌ハ式ニは人のこゝろを
せしあるもの人の心をしくさわけ
何かは春夏秋冬につけて花につけ
まくあそひ郭公をきゝ紅葉を
おしみ雪をめてつとひ君を
いはひ我身をうれへ別をゝしみ
旅をあはれひいもせ乃なかの縁
こひしきにつけてやものをなす

まつそくもよミのこしたる体ぬ
しもなくつくしたりとも物乃韻
にてすへてよろつの事を世乃
人のうつくしれはいまもこゝろを
あはれ縁をもよりてうこかす
ものしくらくなるへくはまよし
ゆるもへのしらすをれかのなとには
よかはれは和しをしつかにねよめる
一非辞にあはとこそいはれ
やつの病をさしたる歌あり

一・二ウ

一・三オ

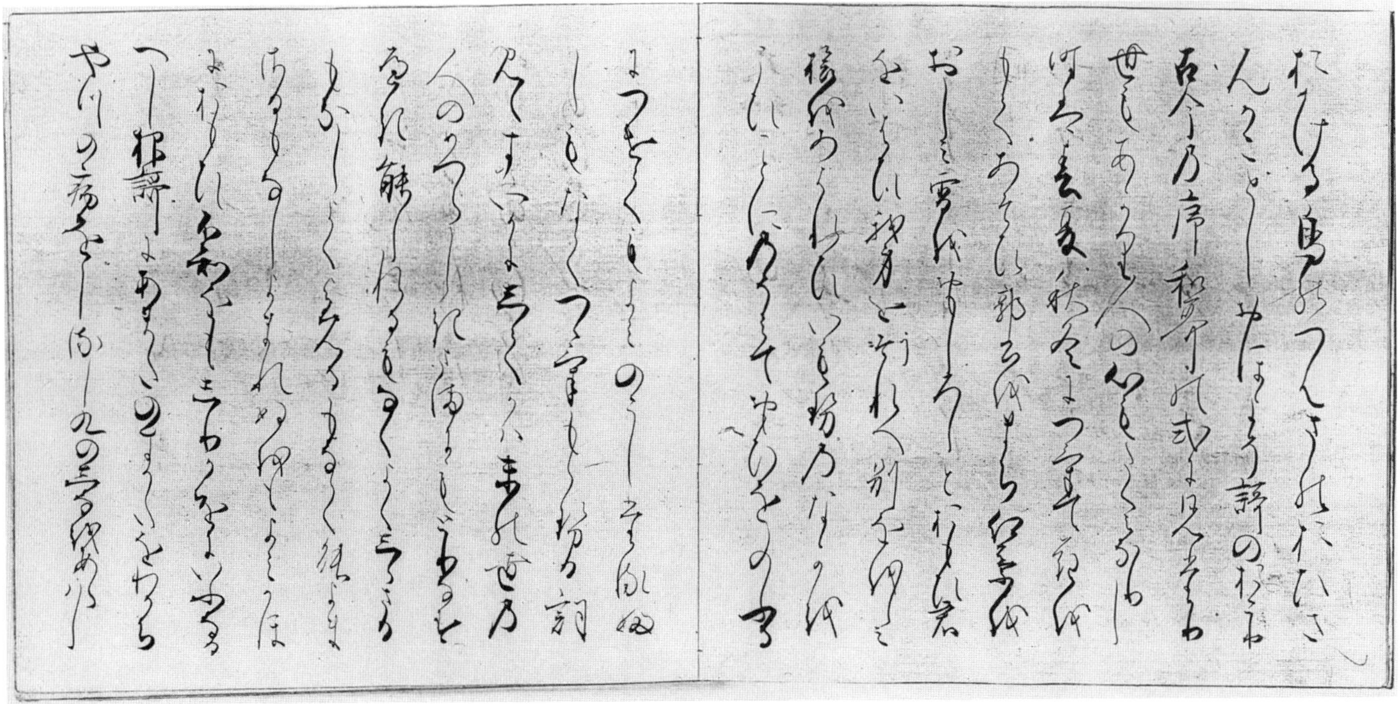

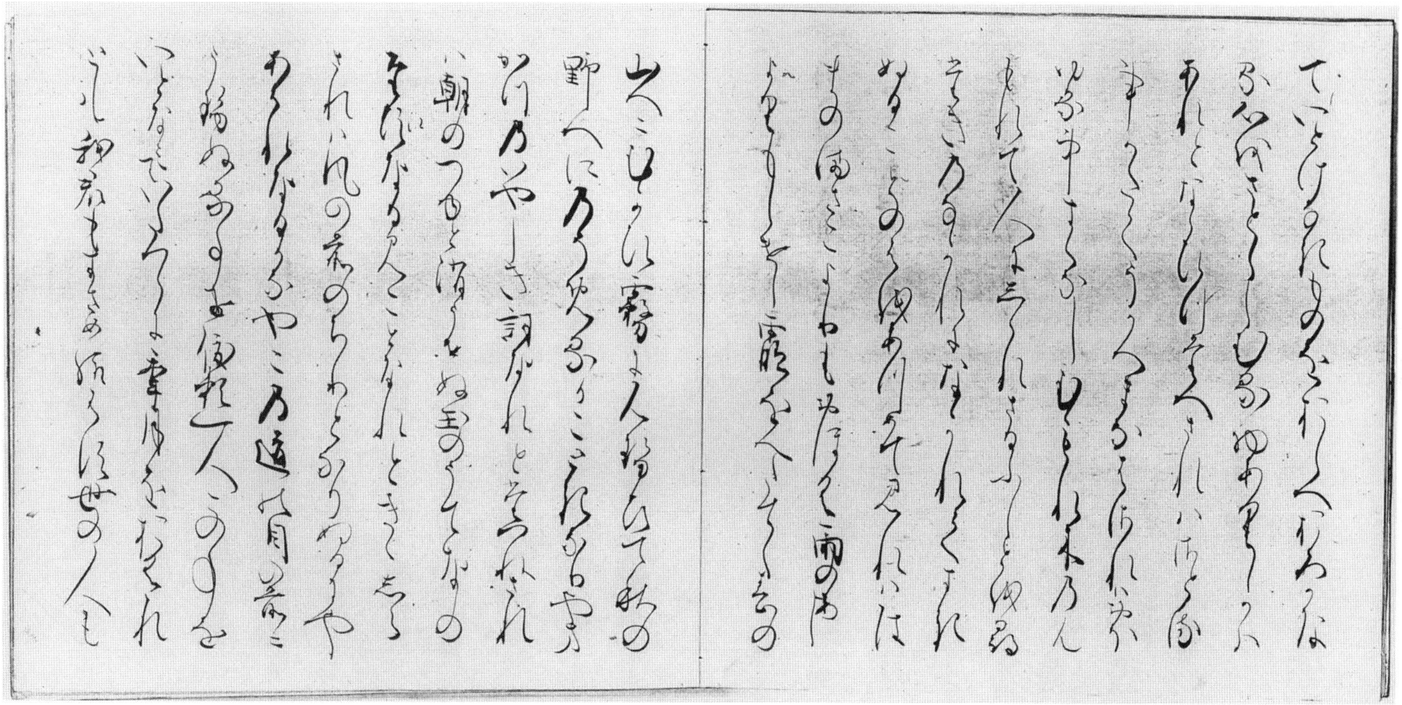

一・四オ

一・三ウ

1

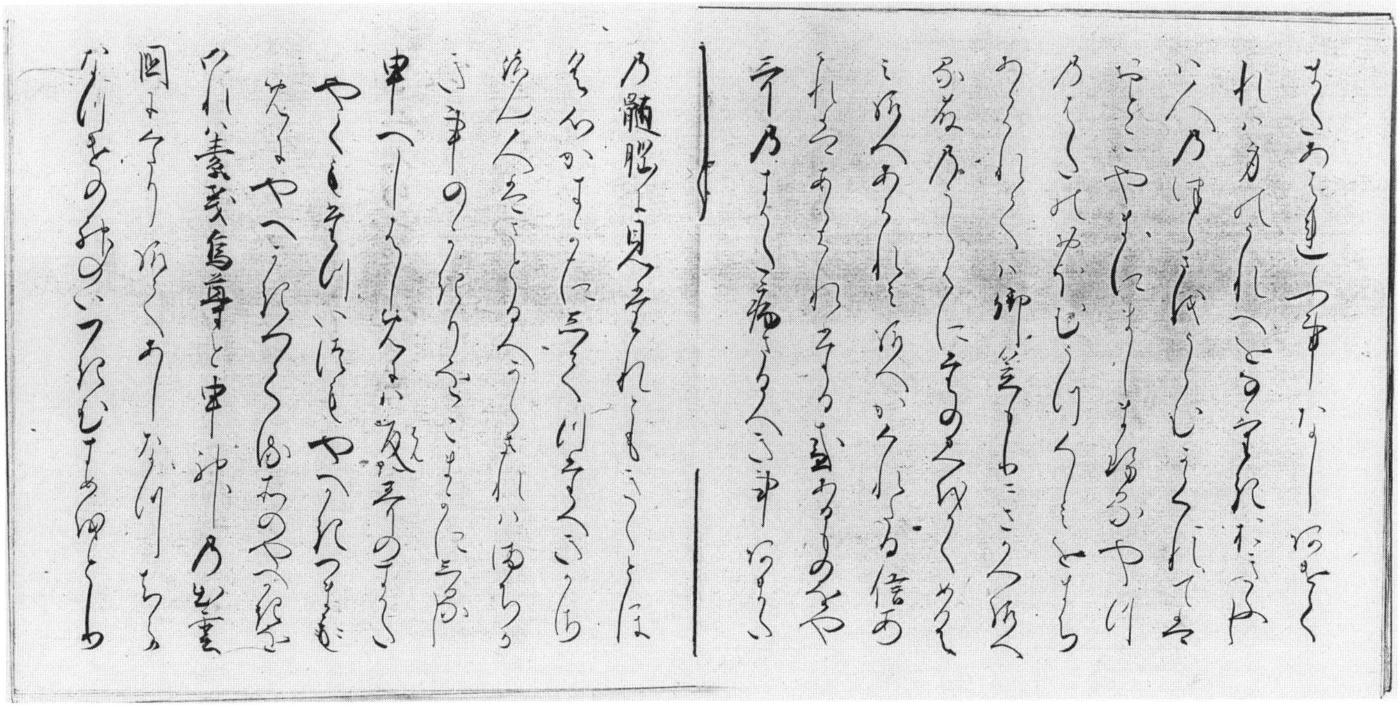

一・五オ

一・四ウ

2

てよみしにすこし似たる人もなくてありけり
思ひ侍りしに、よくよく人に式部卿
ありこれは人句を持てるは人の文字
こそ病なれ。人の歌に病ありし
かなやくもあれとなるは病の文
字を病のやうにのたまふ事ぞ
聖 ありけるとぞ。書傳へず
ものでなやらぬ事にて、あまた
ことなしにへ人のまるでなし
遂

3

いかるがやとみのを川のたえばこそ
わがおほきみのみなをわすれめ
是れは文殊師利菩薩乃飢人となりてわ
聖徳太子にたてまつり給へる歌なれ
是は河内國にはいかるがと云
所なる其中にとみのを川あるなり
よしあるうたのなかに文字あまた
あれど猶これはいかなる人ハ
文殊なれば太子ハ救世觀音なれば
皆人の手にはまかりてはあるまじ

侍りけるや
あさましく[illegible]
[illegible]
これは拾遺抄乃哥なりにこそなれ
[illegible]の[illegible]入
[illegible]これは[illegible]のつらに[illegible]
なり[illegible]
[illegible]
乃哥なれは又哥乃[illegible]に
[illegible]中なり

一・六ウ

5

次旋頭歌と云物あり、これは卅一字
乃哥乃中より[illegible]一句にかへてよめる
[illegible]文字の句七文字の句[illegible]
[illegible]又読人
乃[illegible]あれと[illegible]乃六文字
[illegible]詞[illegible]
[illegible]

6

これは[illegible]七文字[illegible]
これ[illegible]

一・七オ

9 8 7

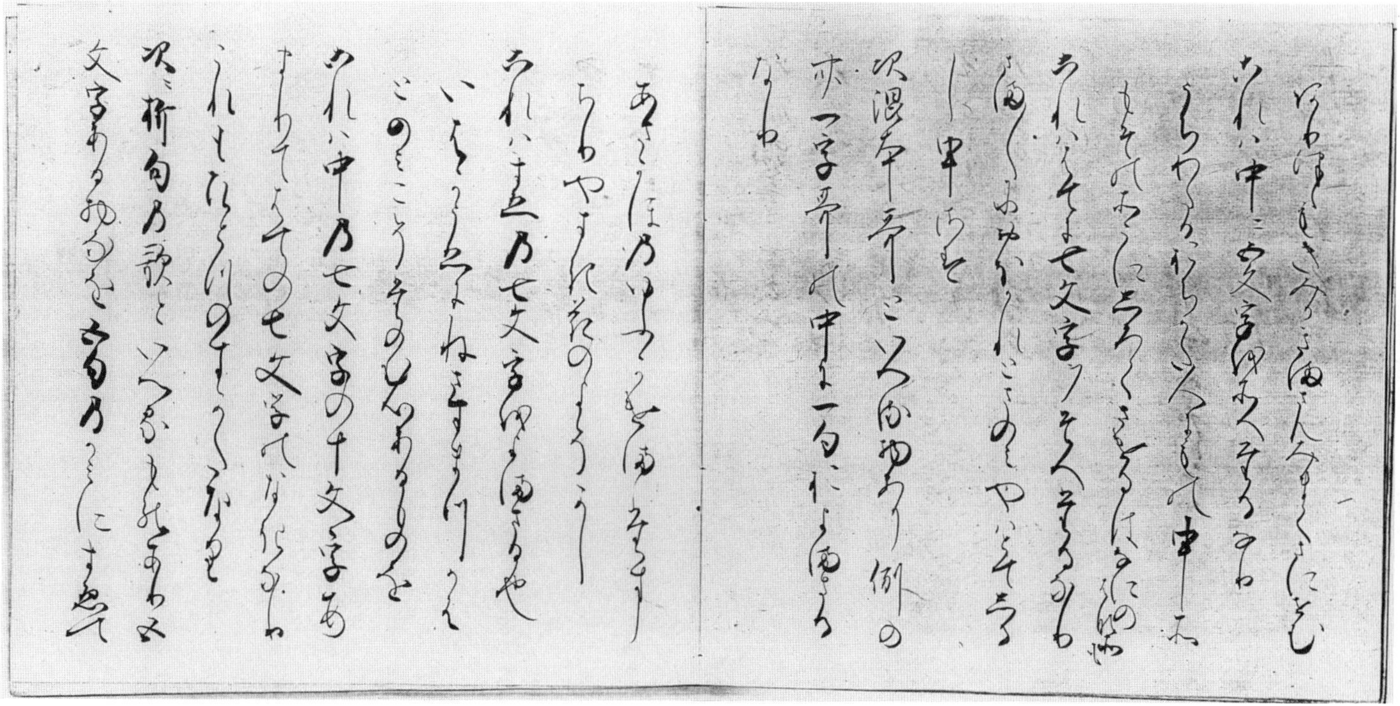

一・八オ　一・七ウ

いをたゝみをきさためてよむにもをひ
それハ中に文字あまりてよむ中不
らうちにそをまて文字のこえ中
それにもそのやうちにこえをはつき
にて一字余てこゝにをゆゝり例の
次濁音声こゝにをゆゝり例の
又一字余て申も一句になるへき
なり

あきほかせやこといに向ひたり
らうやくれ花のまうよ
これハ五の七文字のまうよ
いてそのさねもすすめり
このいふゑのひをうへの
それ中の七文字の千文字あ
まり花てて川のすすかれに
これ折句の歌と文字あまりと
又ニ折句の歌をよつあわせ
文字あまるものを句のこゝにあハせ

10 11 12

しかるをは小野小町といふ人のいは
こころかはりや色みえて
ことのはものはあるみなはのあるらむ
まつはよはしへてそらなるやと
　花し
ことわりとなはあしさなかりけると
へたてたるのむねよきつほかのはりん
句ことのはしに文字をおきてよむへし
又沓冠折句沓歌といふあるは
十文字あることゆ句のかしらにもよ

よみすゑたるうたはあはせたきもの
すこしといふことを句のかみしもにおきて
あふさかもはてはゆきゝのせきもゐす
たつねてとひこきなはかへさし
これは仁和の御門の御方よりみこて
あつめさせたまひける時にみなひとえ
すゑしもしらすしてつかへまつりけり
かの廣幡の御息所と申しける人
ひとりの心えてあはせたきものをまいらす
よつてかきつけられけるとかや

13

14

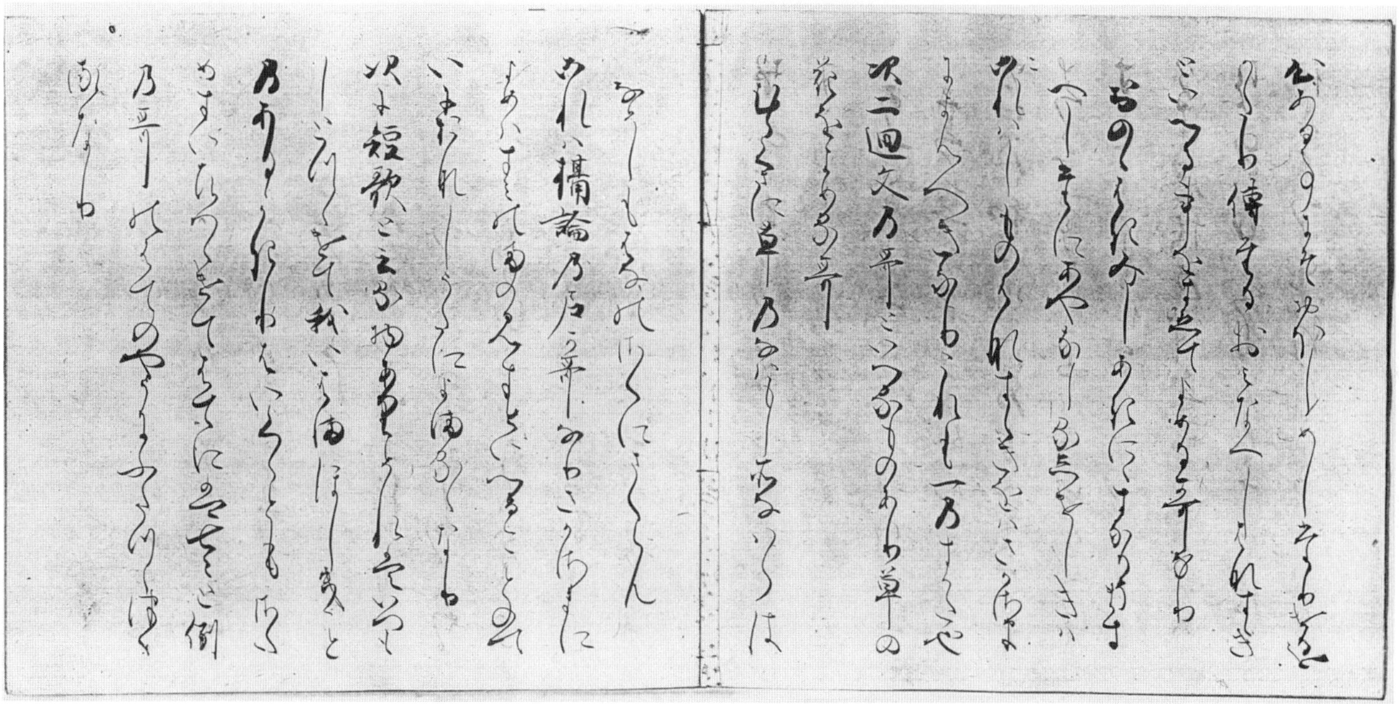

一・九ウ

一・十オ

16　　　　　　　　　　15

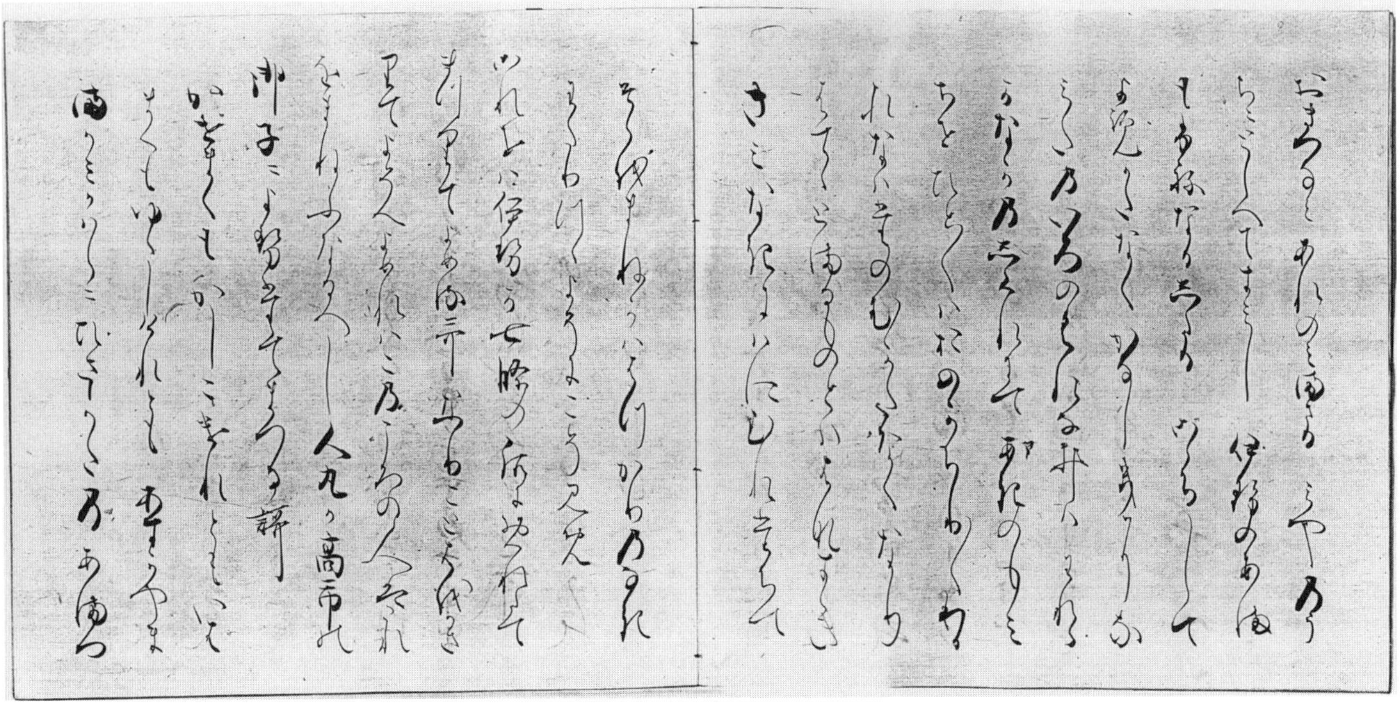

一・十一オ　　　　　　　　　　一・十ウ

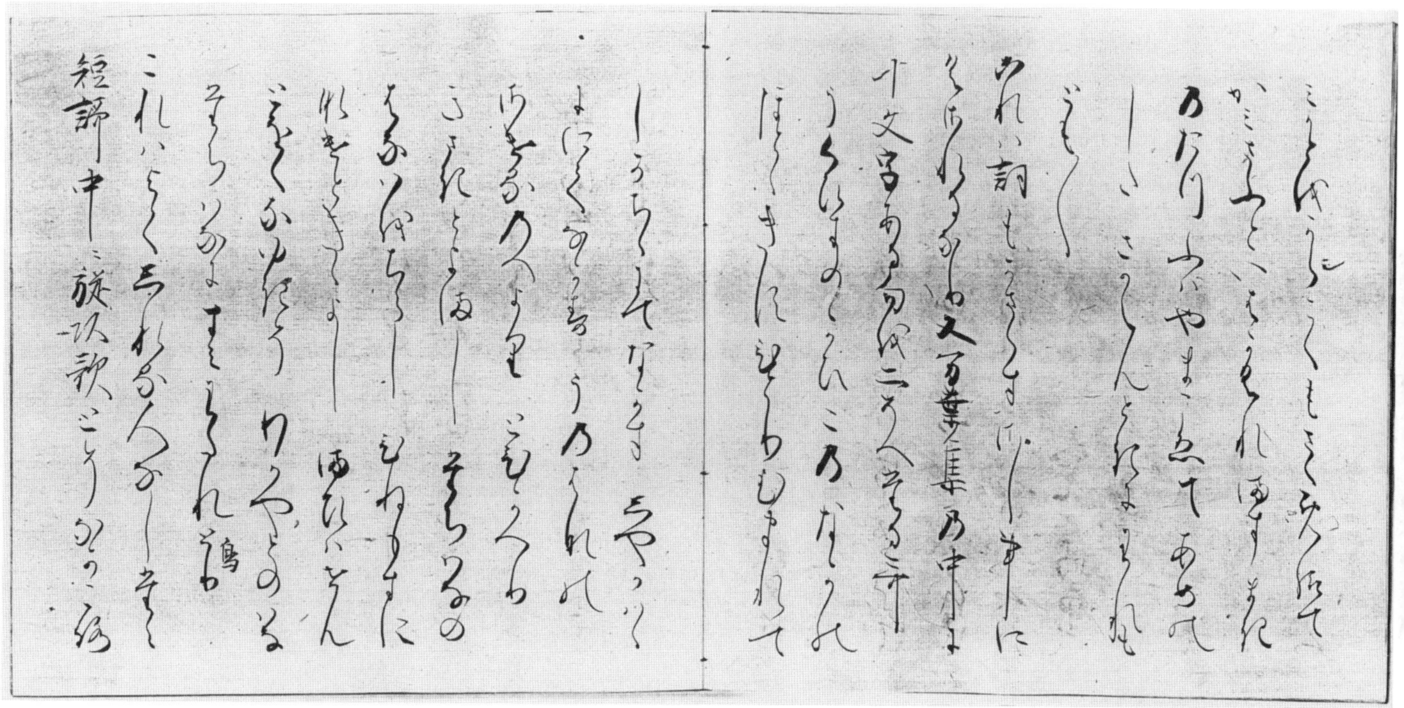

一・十一ウ

一・十二オ

一・十二ウ

或人申侍しは
白雲のたつた山のあはれ
しらぬものをほめはやす
ことに勝るやうなはいとたてあ
はれなりし中にもいとふる
のうたにはよもすれはありける
をたゞえこそのうたとなとても
ありくるとてはなさきそれて
草のゆくまてにはかく見えとり
かえしもとかへて

一・十三オ

かれは草紙にも文字ゆたかならぬ人
の心なかにかれとも長歌と云短歌
といふ事ありせのうたの人
にてはこと事なれしく
きけばかやうにてもあるをと
いふこそなりくりかけるこそ
さるものなりつれくなりとる
ほと事なり詞の中にも猶
よみしさりとも云ふ詞の中
かしと云例のたゞ一字の事をも

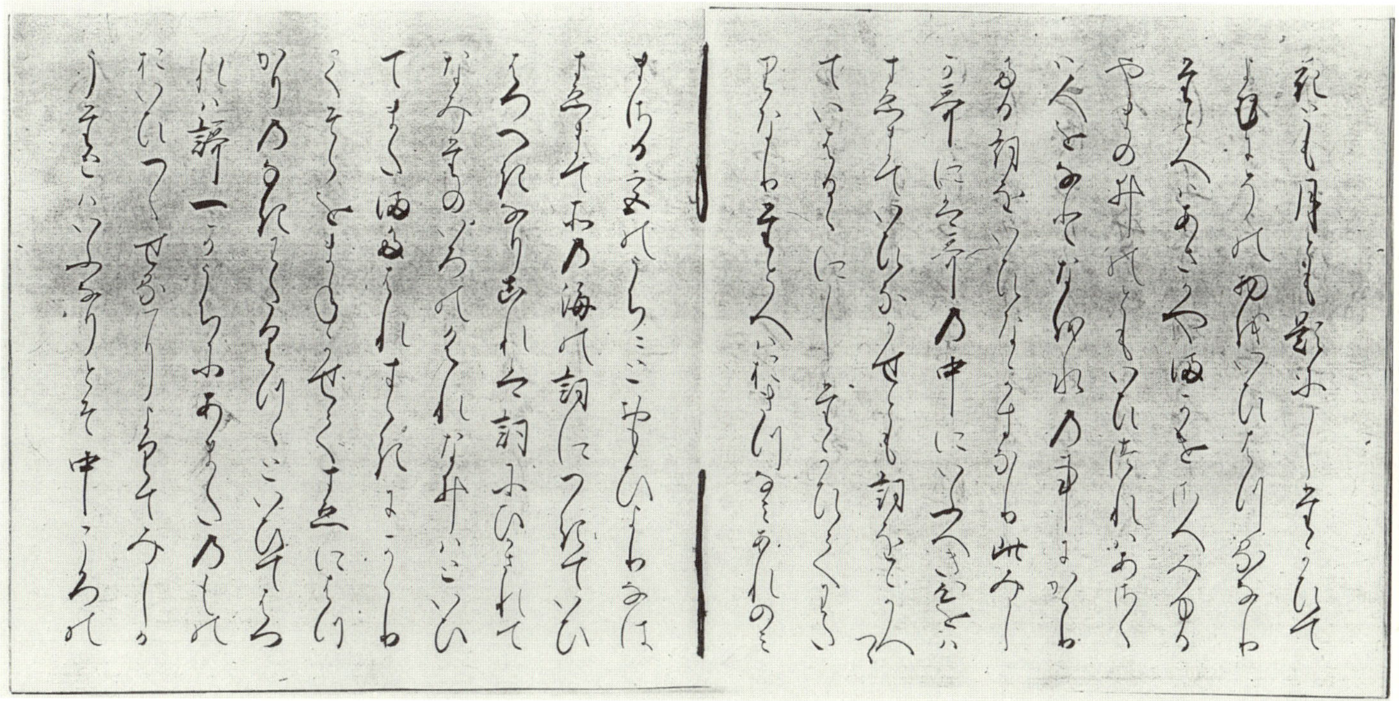

一・十四オ

一・十三ウ

20　19

人丸か歌にも例ありうたにてもあま
されものゝ乞ひとりあり知りいさ
ゆへおしそなるらんとも云て意
よりすへくはつかしるかゆへてん
ども知れはやれはかうしたや
うちにも万葉集にはうなり詠
短歌行長歌行こ又の事なれ
またとおよそかの心のいふまと
するものなり
次に誹諧歌こ又ものありこれよ

くしれる人なし又髄脳にても
みえたる事なし古今に付てたつぬれは
されことうたなりよく物いふ人のされ
たはふるゝかことしよきに尋くこゝ
にて

あるかたにてきゝし
されものゝ人をいふことゝ
いしもなる
いかなる人のよみたりけるにか
あるとくし詠しいとくせ

21

むかしいひそめけるハまなかしかるへく
たまりのよせんしうれあとひ
なよしこふて人もゆかしやなとハさね
けんとまうさハこちらんもまさしこの
新古連歌よりむしとれもかけの
ものしれなとやはつるとて云
かはらくなるまつへき
さらにハれとけ　我かれあはてう
るしまゐらせハひさしや
なるへし

一・十六ウ

22

これハ万葉集の連歌やうのものなり
うゑしこたをとりこそのこさてすゑ
まつまあつは仕まつりけるにつ
白露のをくにあまくもハ名まかね
たかのいろくありにるらん

23

これハ後撰連歌なし
しらるしらつハ雨ハそまのまへ
なかくまつゆやとねさせよなる
これハ拾遺集の連歌なれハ二ハ
おもひなへて中々ハ連歌ハなし

一・十七オ

25

26

27

一・十七ウ

一・十八オ

おりゐるかもしつゝりゆく
是ハ桔梗ト云ふことをくりてよめる
哥なり是ら常ニ人のすさひ事なり
もなし又常ニなかき事なれはこそ
まくらハ滅ニよりもふ文字のあれて
その句ニよむへし世にすくれたる
けやうなるもあるへし文字お
きかへてよむへきなり
君かをるかやのしの人さなしいくの
しはやいてこんそくれなれのれ

是ハ奈良ニなしいくのしはやとこそ
る所の名なれハしてよみける也
これハかくての頭ニつけてもまま
やつくりこもくもれも
まやこ云ふハ常そのたちさは
よこちれしと拾遺抄ニ鮭の伸
文字のつもと云ふゆゑこそ
なしこひなれと
かきつけてしまとひかくあれハ
こもなくみしとやまつかなし

在まし
なしこれはいみしきものと[illegible]
[illegible]
[illegible]
云へしとぞ[illegible]
てもしへき[illegible]
万葉集よ相聞歌といへるは[illegible]
[illegible]暁[illegible]
[illegible]問答といへは
文字の[illegible]乃病を

一・十九ウ

[illegible]朧[illegible]
[illegible]
[illegible]
[illegible]
世乃[illegible]こと
[illegible]
[illegible]
[illegible]
[illegible]
なし[illegible]文字[illegible]

一・二十オ

34 33 32 31

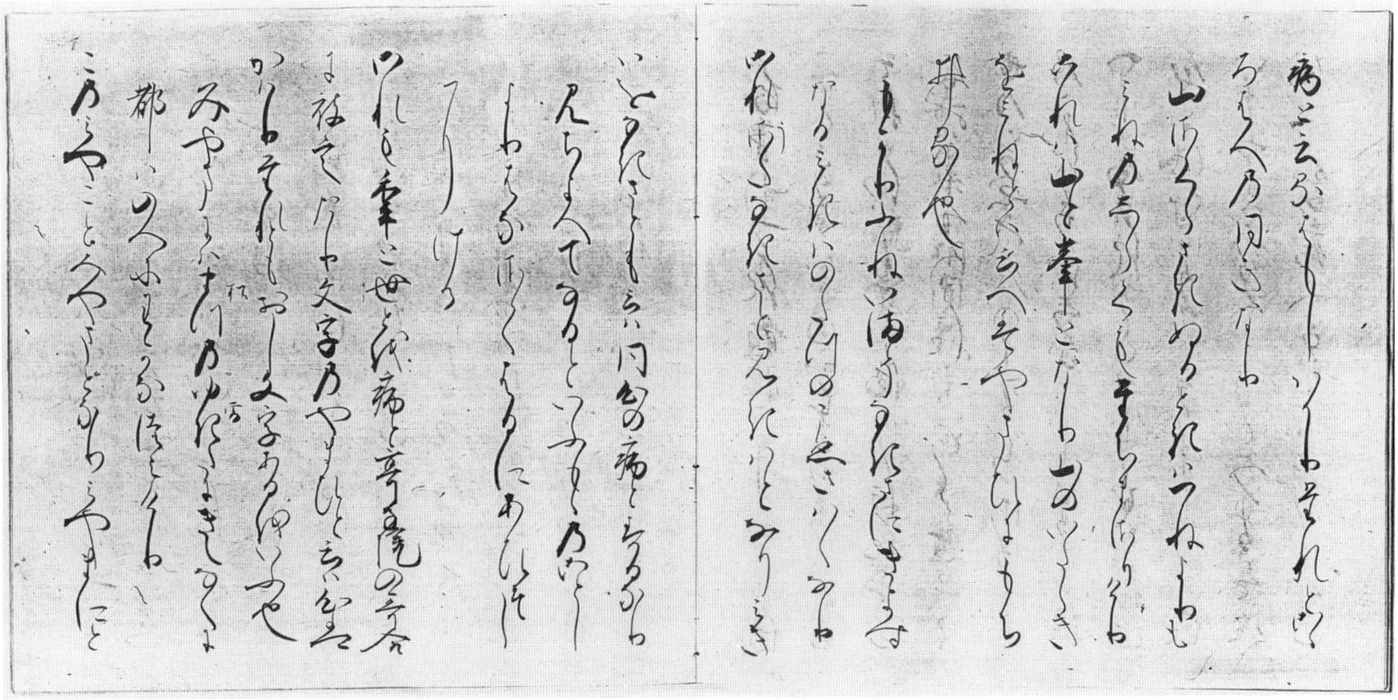

一・二十一オ　一・二十ウ

35

云ハしめの五文字のうちやはかなくやもと
云ふやこハめくりあひてと云哥ニやハたゝのや
こゝハ見しやそれともわかれとなる
かりけるなり
一酒たんとハいひしもはにかゝれるの
あるハ月の月をいひかへたる
二乃月と月となる事なれハと
よみ月見る月ハおほけれと
月ごとに月見る月ハ多けれど月見る月
ハ此月の月とよめる同文字なり

36

なにはつにさくやこのはなふゆこもり
いまははるへとさくやこのはな
これハつらゆき古今序ニ云つらゆきかたり
にほ論云さかのみかとをそへたてまつれる
可申あさかやまなれハ
おほさゝき難波乃帝をそへたてまつれる
梅花をいふなとハいゝてなお文字有
いさゝかこゝろあり

37

あさかやまかけさへみゆる山の井の
あさくハ人をおもふものかハ

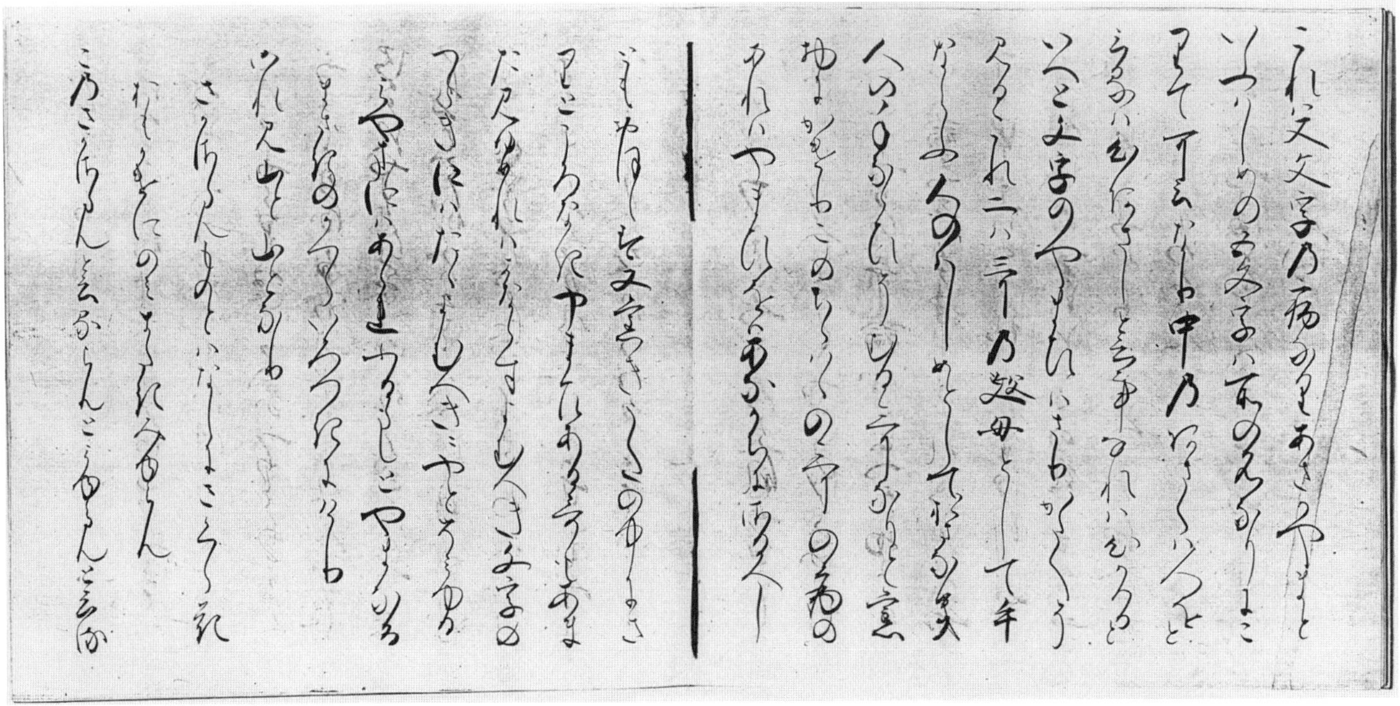

一・二十二ウ

一・二十三オ

40

41

一・二十三ウ

一・二十四オ

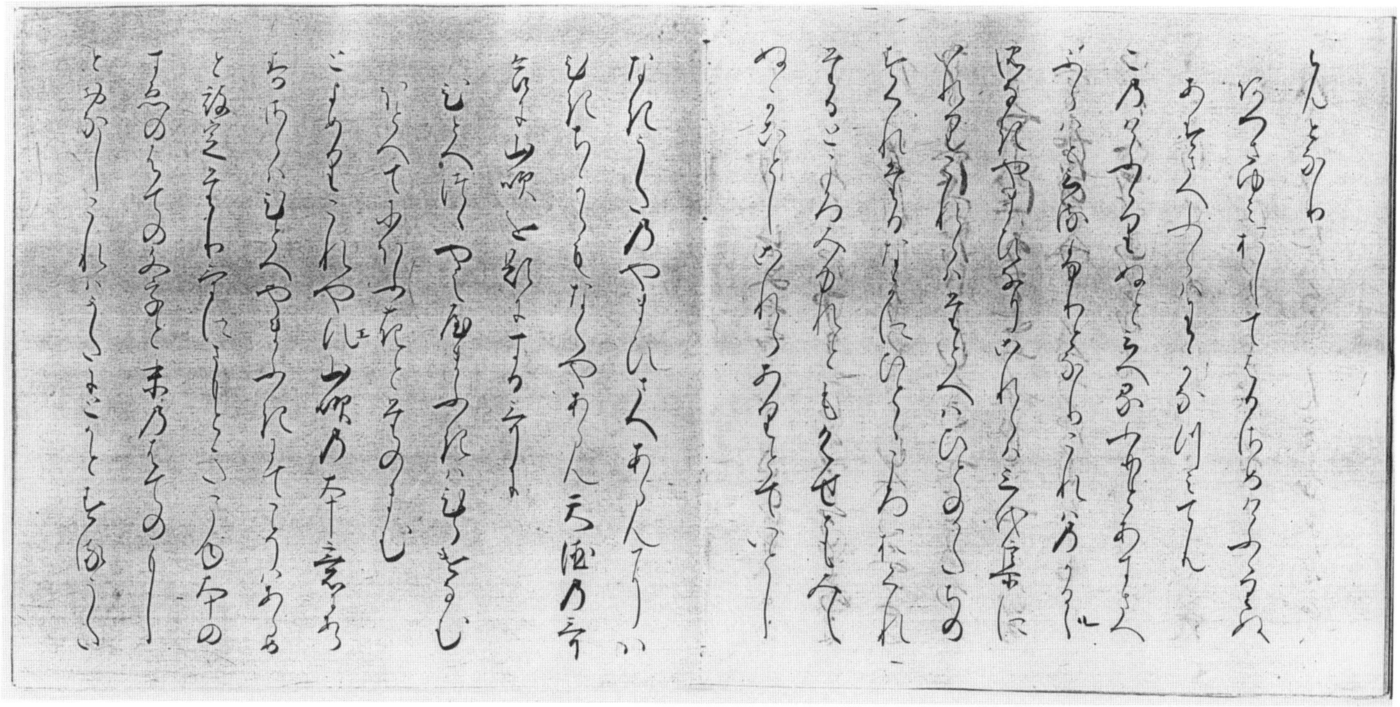

44

43

42

一・二十五オ

一・二十四ウ

48 47 46 45

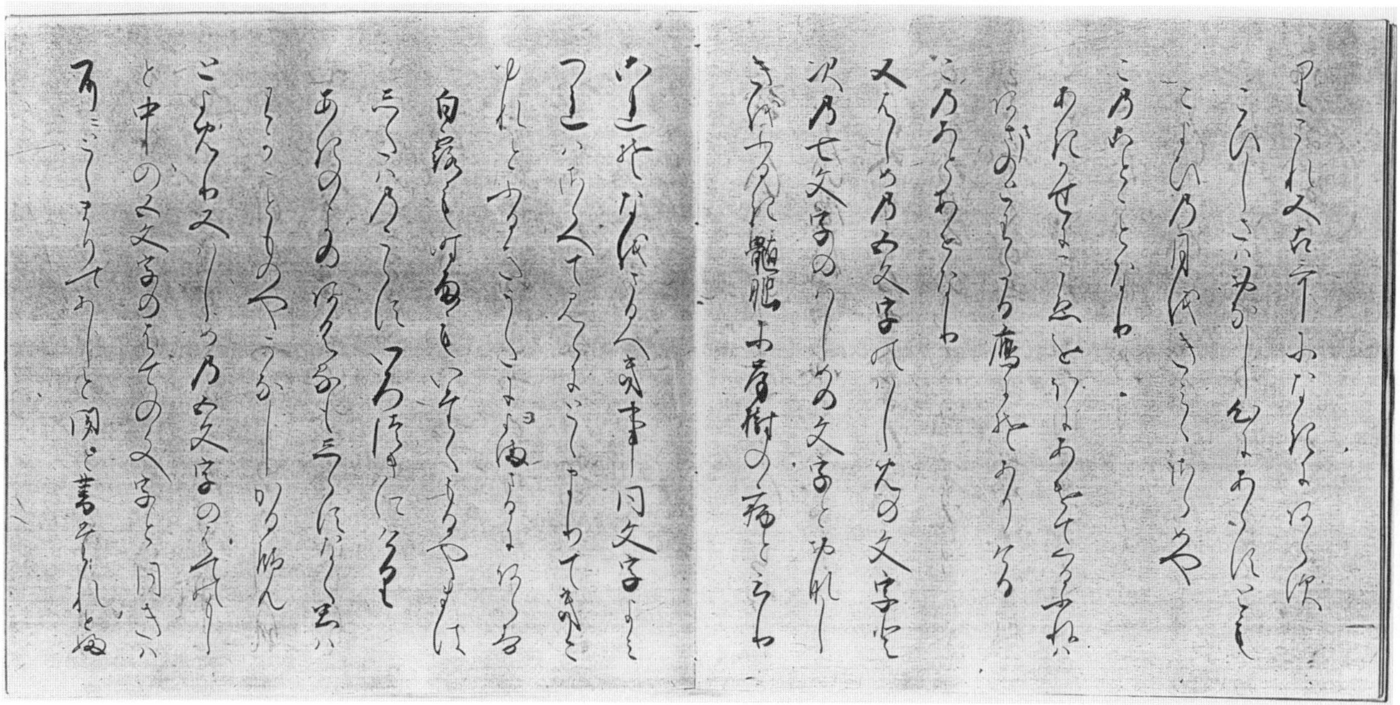

一・二十六オ

一・二十五ウ

49

50

51

52

一・二十六ウ

一・二十七オ

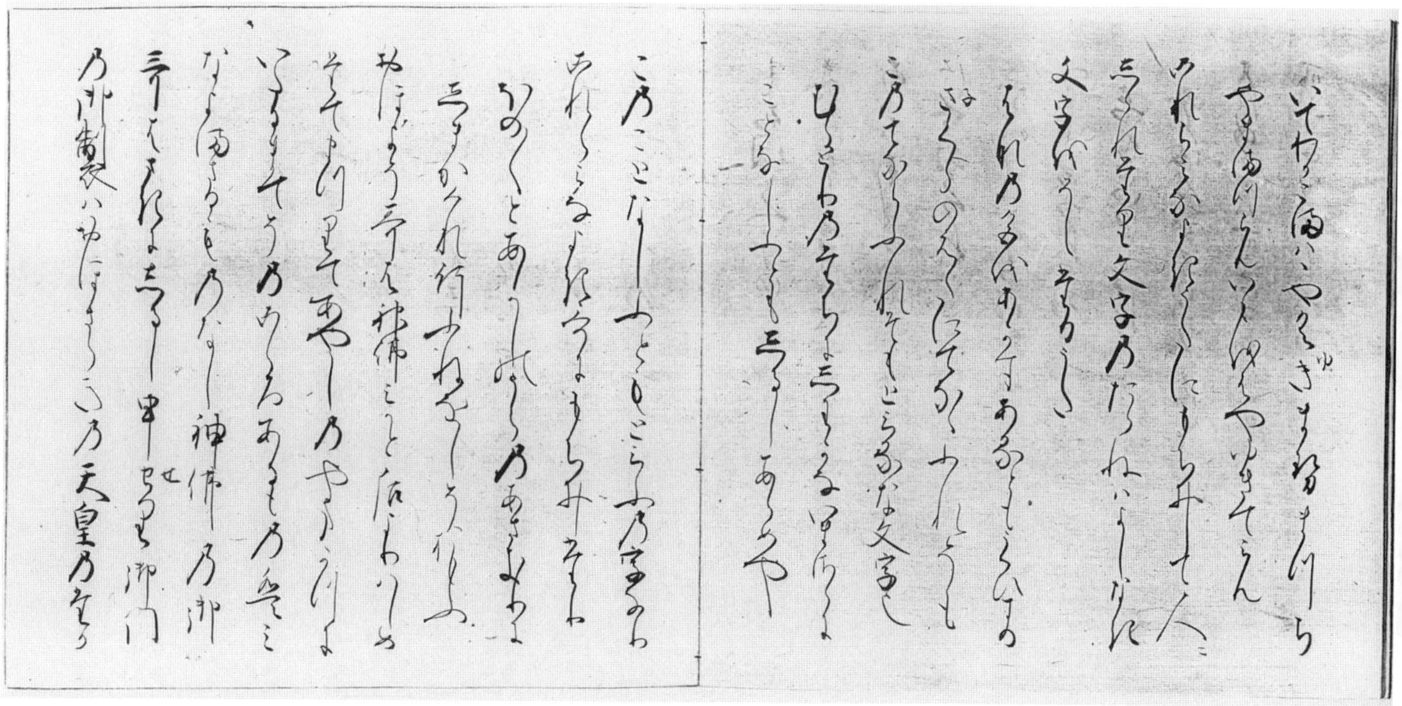

一・二十七ウ

53 いてや此頃ハやゝき(ゆ)もの物も侍ら
やまゐ侍らんいてゆやゆきそらん
それらかはしてもらみて人に
ちかれそ是も文字乃たかねハよしかれ
文字ハえしさうし
54 それ乃多くわかりあるにもかくハすの
(なを)さくらのえくにそるくわかれとも
この文字しかれともこらるかな文字と
55 むとわ乃そらにこゝろる事侍るよ
ことなしつゝもこゝしあるかや

一・二十八オ

55b この事なしつとめとこらふる乃字のわ
あれこらるよまちぬみそわ
なのくとありしめして乃あらるまよ
こゝかられ行かれそしるへ行るよ
めにみえぬ事ハ神仏ことにわりしめ
それより思てあやし乃やうかりよ
いてまたてう乃たちあるも乃ゑこ
なよ所ゝも乃なし神仏乃御
事にまはまるし申(せ)ちらも御門
乃御製ハやにはさしこ乃天皇乃をくり

57b　57　56

[illegible]

[illegible]

二條后の御哥
ゆきのうちにはるはきにけりうくひすの
こほれるなみたいまやとくらん
[illegible]

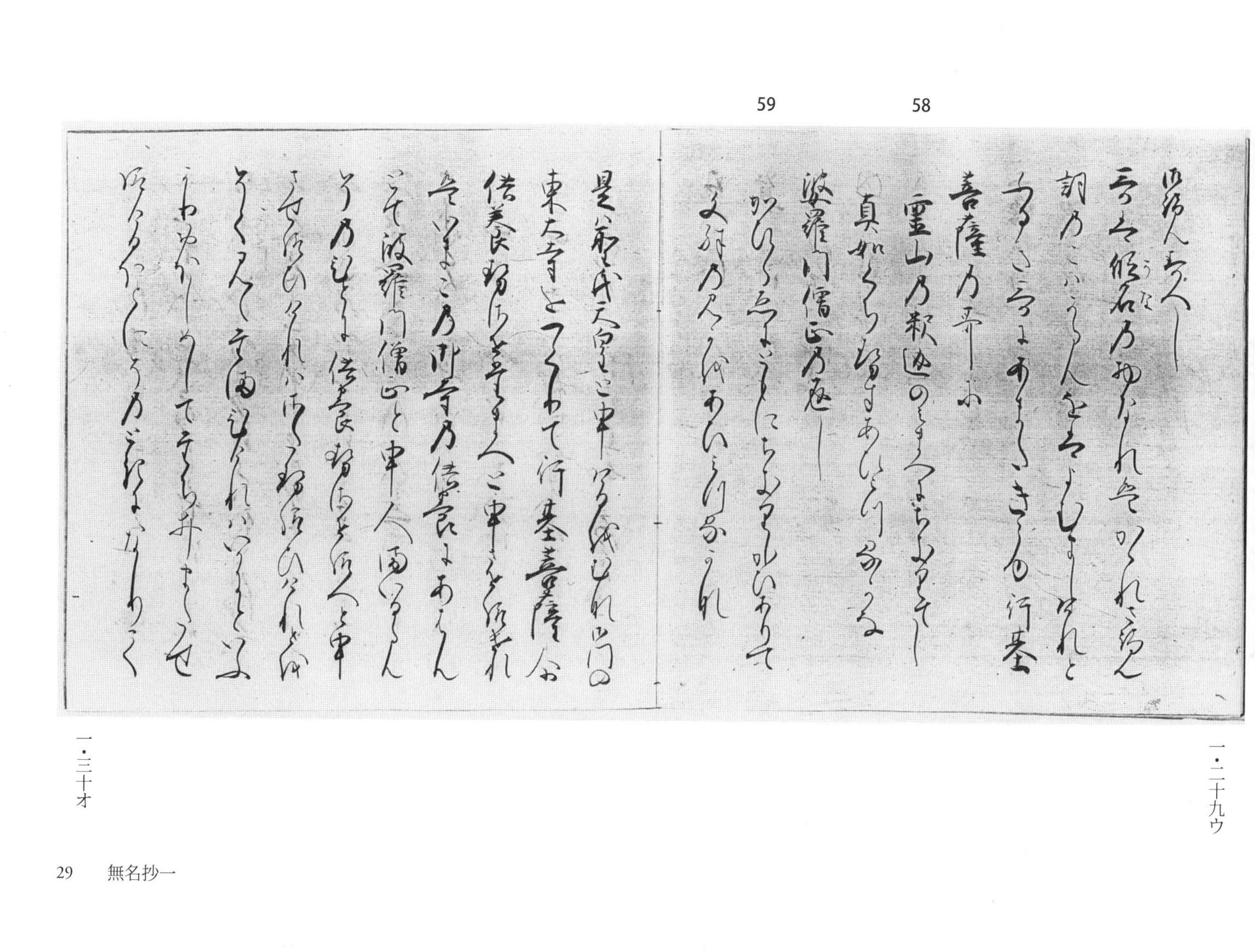

[illegible]へし
[illegible]人
詞の[illegible]
[illegible]行基
菩薩の哥に
霊山の釈迦のみまへにちきりてし
真如くちせすあひ見つるかな
婆羅門僧正の返し
かひらゑにともにちきりしかひありて
文殊のみかほあひ見つるかな

是は聖武天皇の御[illegible]の
東大寺をつくりて行基菩薩に
供養の導師[illegible]
[illegible]寺の供養[illegible]あらん
こそ波羅門僧正と申人[illegible]
[illegible]供養の導師[illegible]と申
[illegible]
[illegible]
[illegible]
[illegible]

60　　61

おしきして香はしくかをりて海より
しきそへして人をおとろかせ
おとこかみはつねにたえすありけむ
きよく人とゝめやはかはりて
おしこの郭をしのよそまてしるし
つかれはわれいかにとてとく
こまかにさせ給ふは波羅門
信心ふかきこと申さるゝよし
霊山と申ハ釈迦如来の法花経とき
給ふ所なり真如こそ西へゆく

ふかきなかはつゝのひらきてお
なしきなかせつゝの日内院
そおはしけるとそいひはしく
そも
又高岳の親王の弘法大師よ御
弟子にてよみ給ける歌

いふならくならくのそこにいりぬれは
せつりもすたもかはらさりけり

（傍注：奈落　刹利　首陀）

傳教大師

かくは達磨はしれるきみなれは

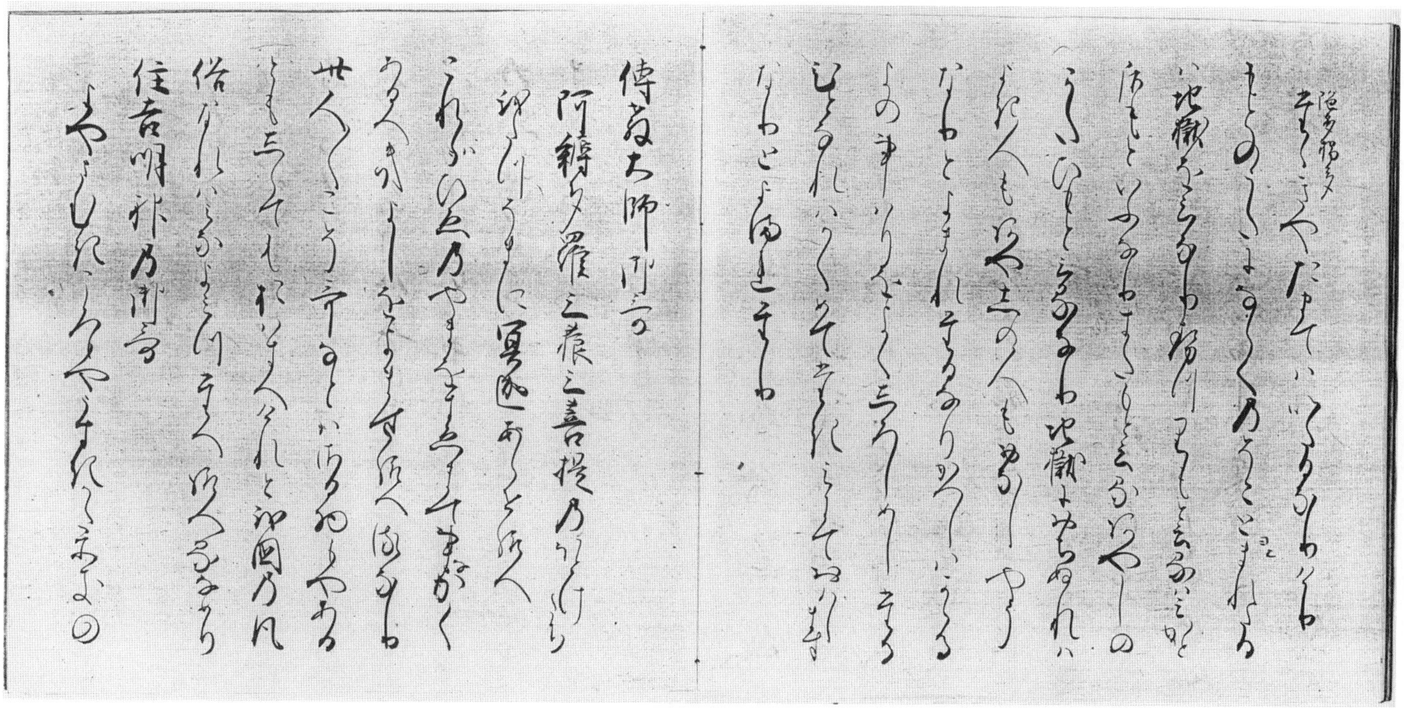

[illegible]

傳教大師御哥

阿耨多羅三藐三菩提乃ほとけたち
わかたつそまに冥加あらせたまへ

これハひえの山乃[illegible]

[illegible]

住吉明神乃御哥

やさむきころもやうすきかたそきの

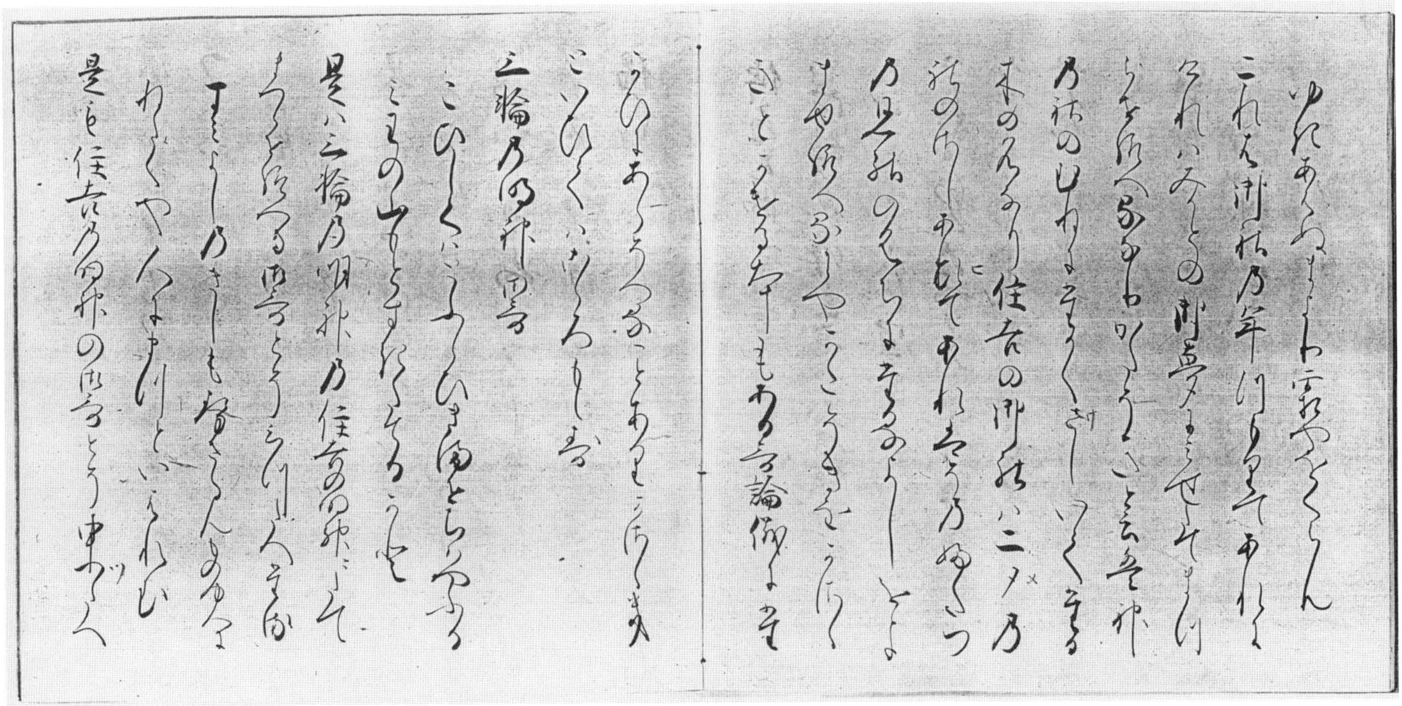
[illegible]
[illegible]
[illegible]
[illegible]
[illegible]
[illegible]
[illegible]
[illegible]
[illegible]
[illegible]

[illegible]
[illegible]
三輪の明神の御歌
64
こひしくはとぶらひきませちはやぶる
みわの山もとすぎたてるかど
是は三輪の明神の住吉の明神に[illegible]
[illegible]
65
すみよしのきしもせざらんものゆへに
ねたくや人にまつといはれむ
是も住吉の明神の御歌と申つたへ[illegible]

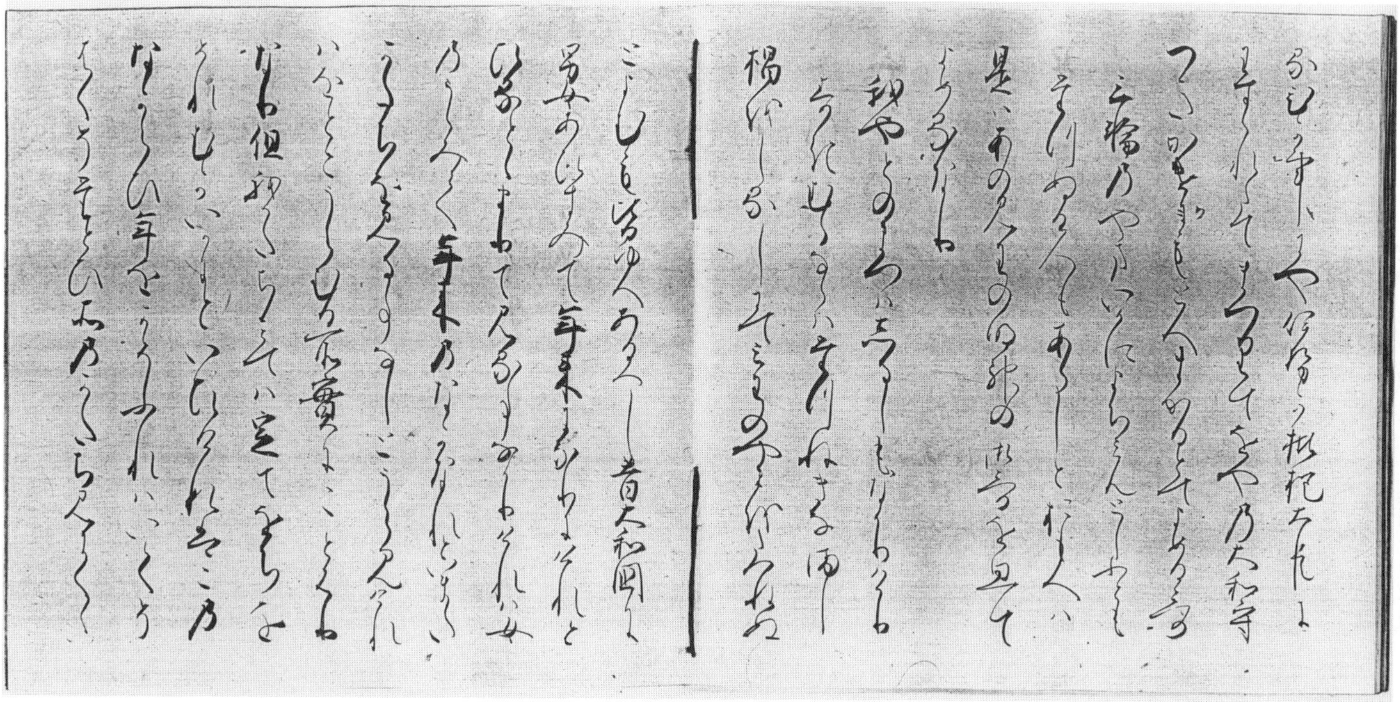

一・三十四オ　　一・三十三ウ

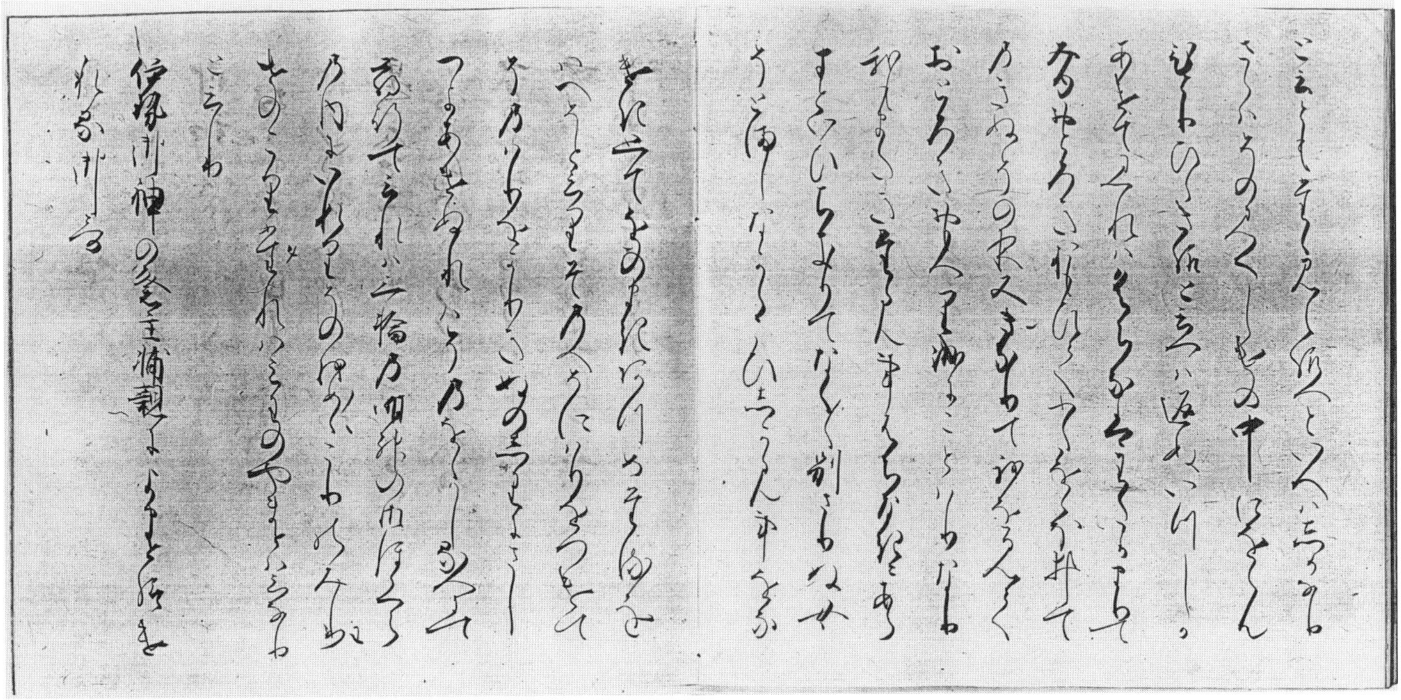

一・三十五オ

一・三十四ウ

71 70 69 68

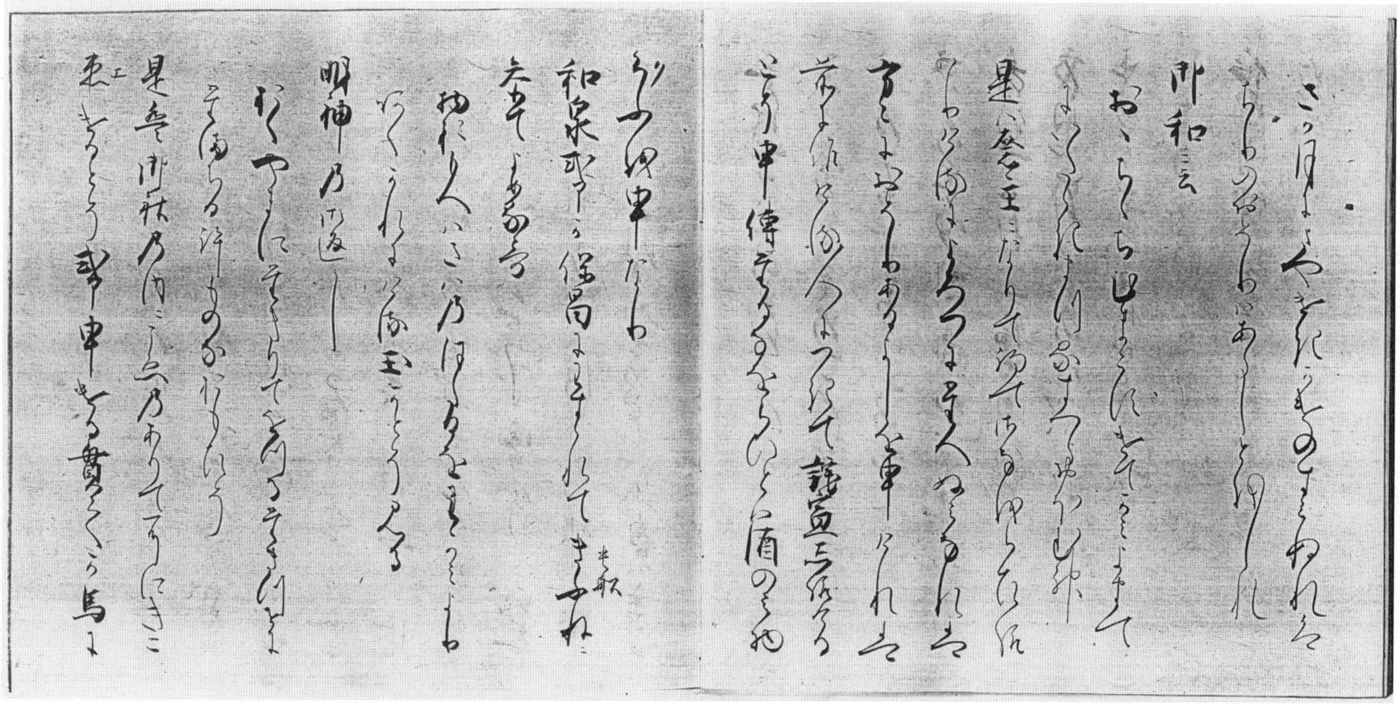

一・三十六オ

一・三十五ウ

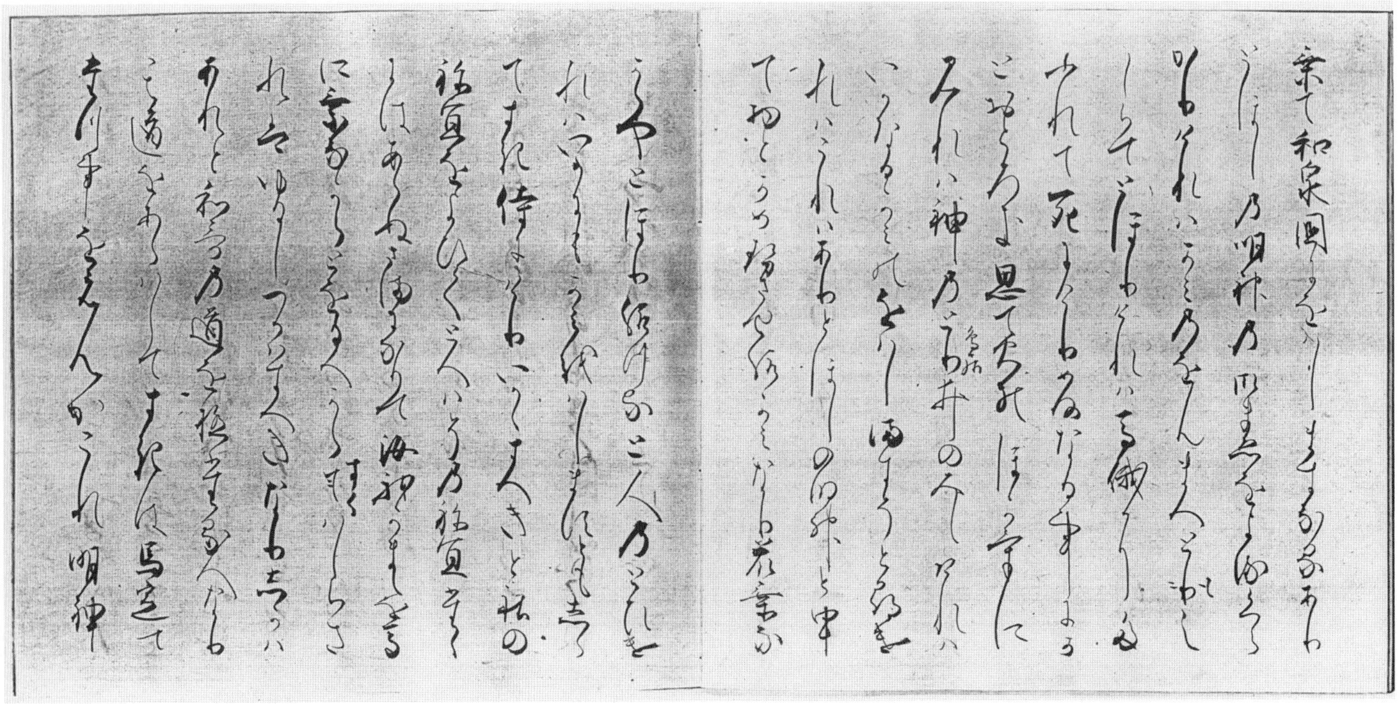

一・三十六ウ

一・三十七オ

一・三十七ウ

一・三十八オ

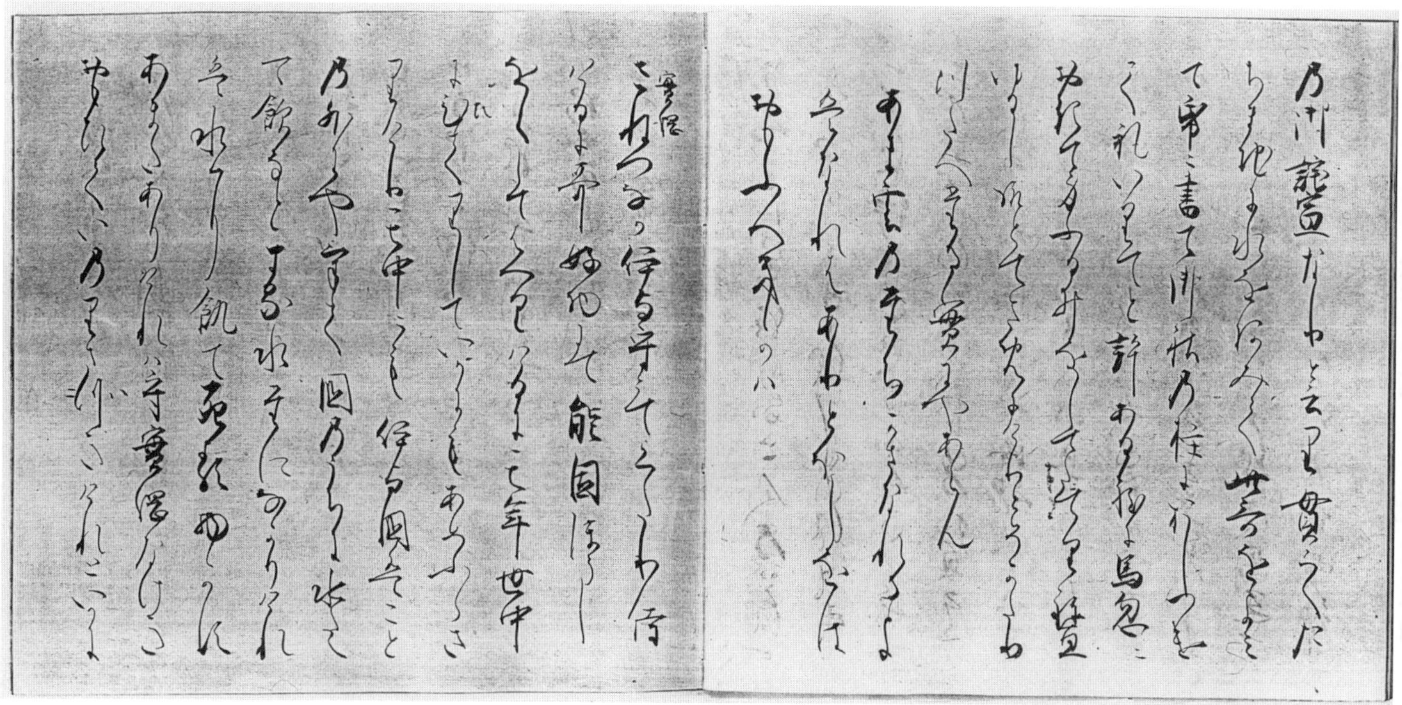

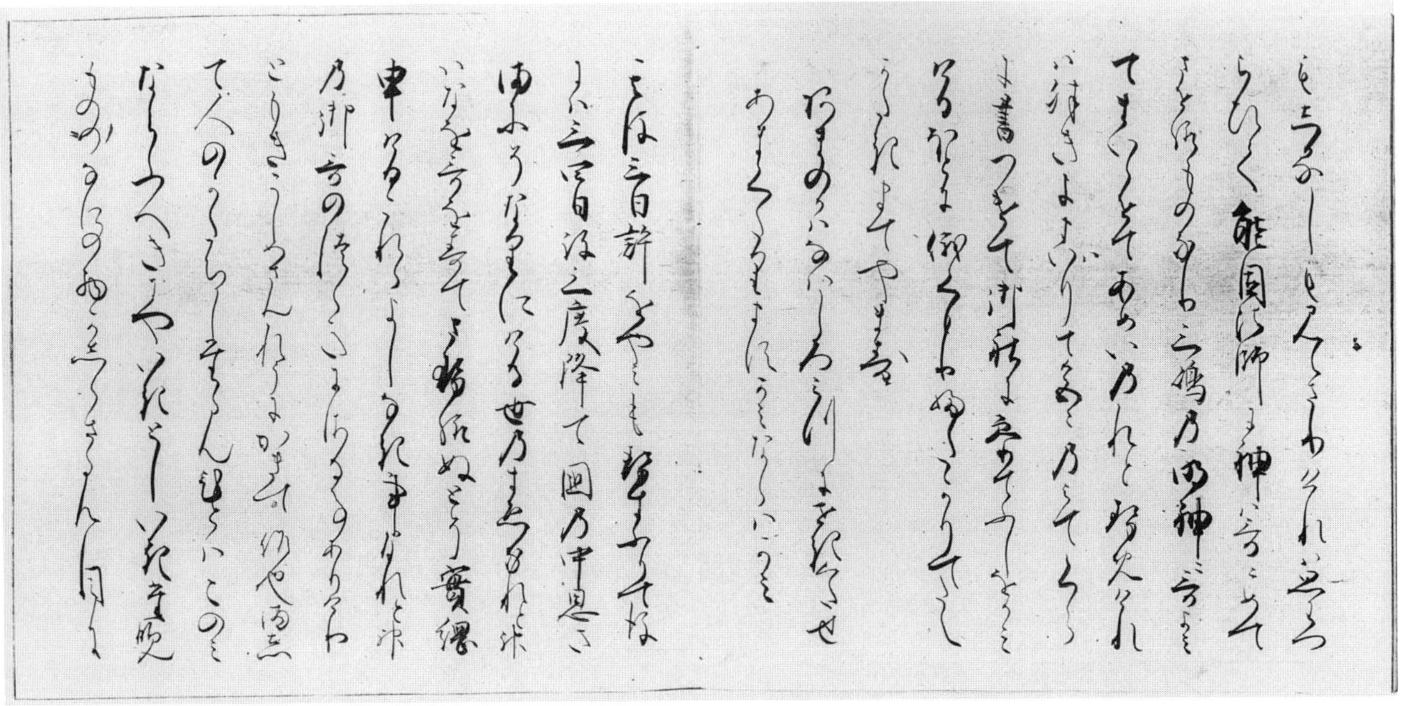

一・三十九オ

一・三十八ウ

80 79 78 77 76 75 74

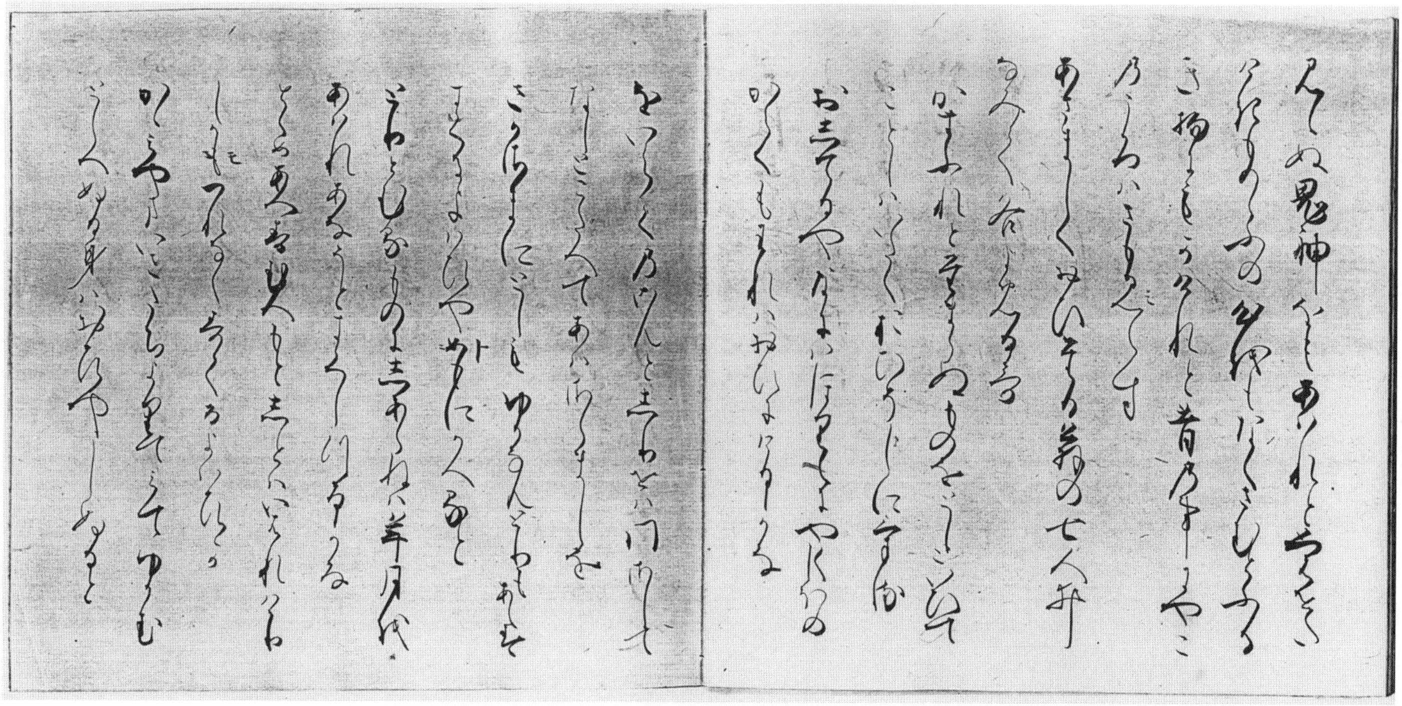

一・四十オ

一・三十九ウ

81

これハ花ちる人のあつまりてハなちぬるを
わかれかゝるをするといへるなりけれバ
このころの人ハあまりあかぬわかれをし
おのづからむまれつきやうにぼしや人
たゞしハ思ひをしりて
人のむまれのやつかれわかれの方
神無月付句つるしくれて日乃
君より親無かりしともみえの
是ハ十月新よ母乃此所色をあらは
けふよなくとりわれハあるやうや

82

子日乃まつにくれハ子日亭
くやふてあまりなくとめてかゝよ
けふ雲ふまりつかいなれよ
是も子日乃許なれハみさへうへ
いふわかれてらの物とふこ向しと
やかくほし

83

又ちるものゝこともしも昔を言ふ
けふや
鴬よめてさいすくうらやかしまゝこ
かくやかしうにやくらしれ

一・四十ウ

一・四十一オ

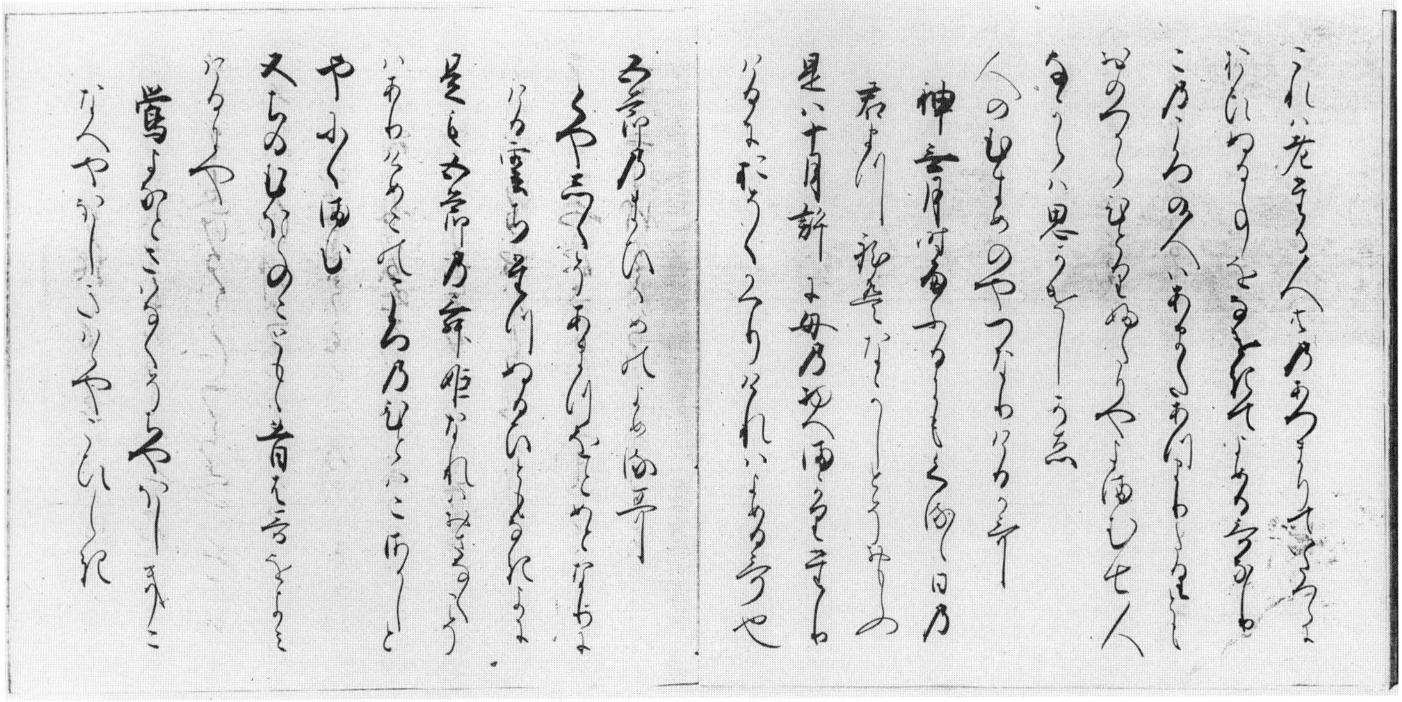

[illegible]

84

乞食乃人の家に常にきて物こひ [illegible]

85

[illegible]

蝉丸ノ事

世乃中ハとてもかくても [illegible]

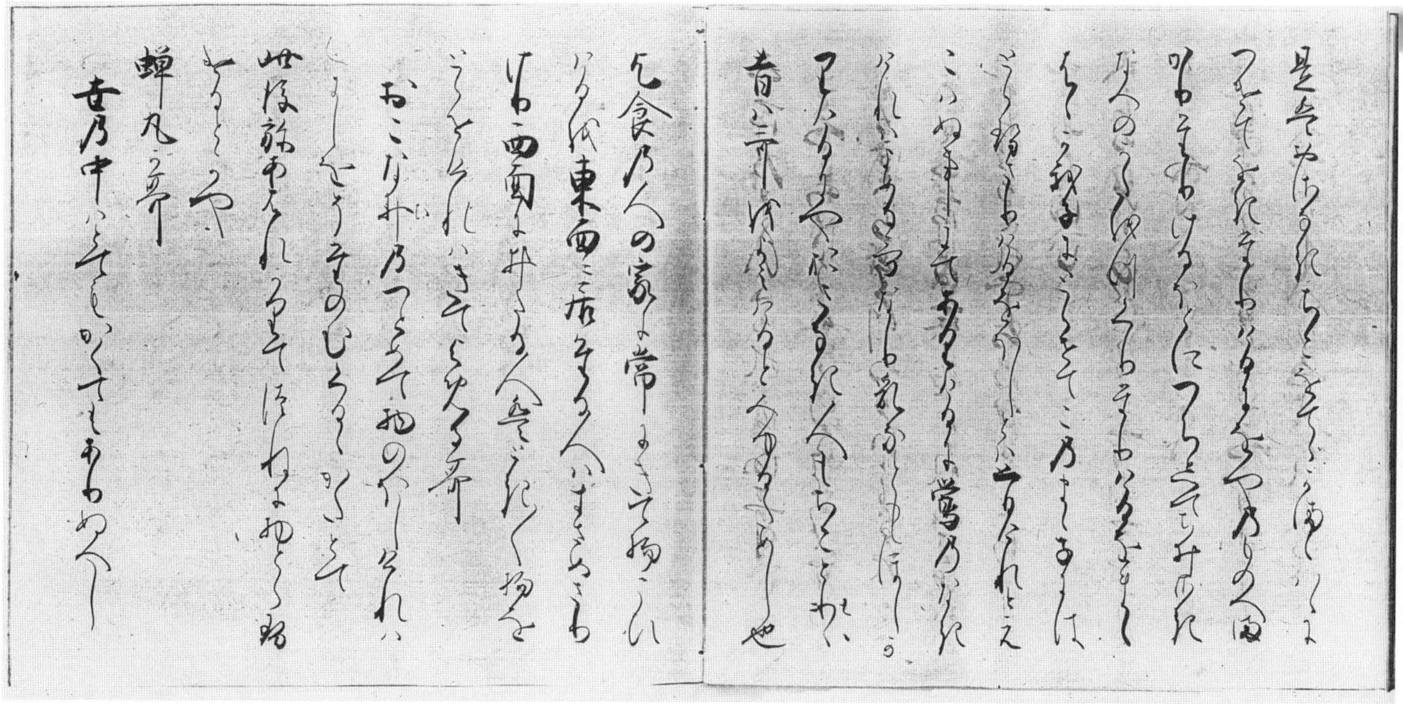

一・四十二オ

一・四十一ウ

87　86

家もなくやもめにてなむありけれは
是ハ今[illegible]て行きの人[illegible]
おほえておもしろきものありける
ころしに[illegible]人よあやしけれ
けしきゆきてゆくへともしらすなりけり
あらてありし乃[illegible]の[illegible]けりく
[illegible]て葉に[illegible]とてしけれは[illegible]
わかれにけるそややしはてまこのさ
まやとしてしもありしに[illegible]
さうのことわり[illegible]

賀朝法師乃人のめにしのひてかよひ
けるに本乃男にいひあらはされて
よミかきける
人めもいとゝしけき世の中に
[illegible]
かへし　本乃男
よ乃中よさわかしく
[illegible]
このころの人[illegible]
[illegible]

一・四十三オ

一・四十二ウ

89 88

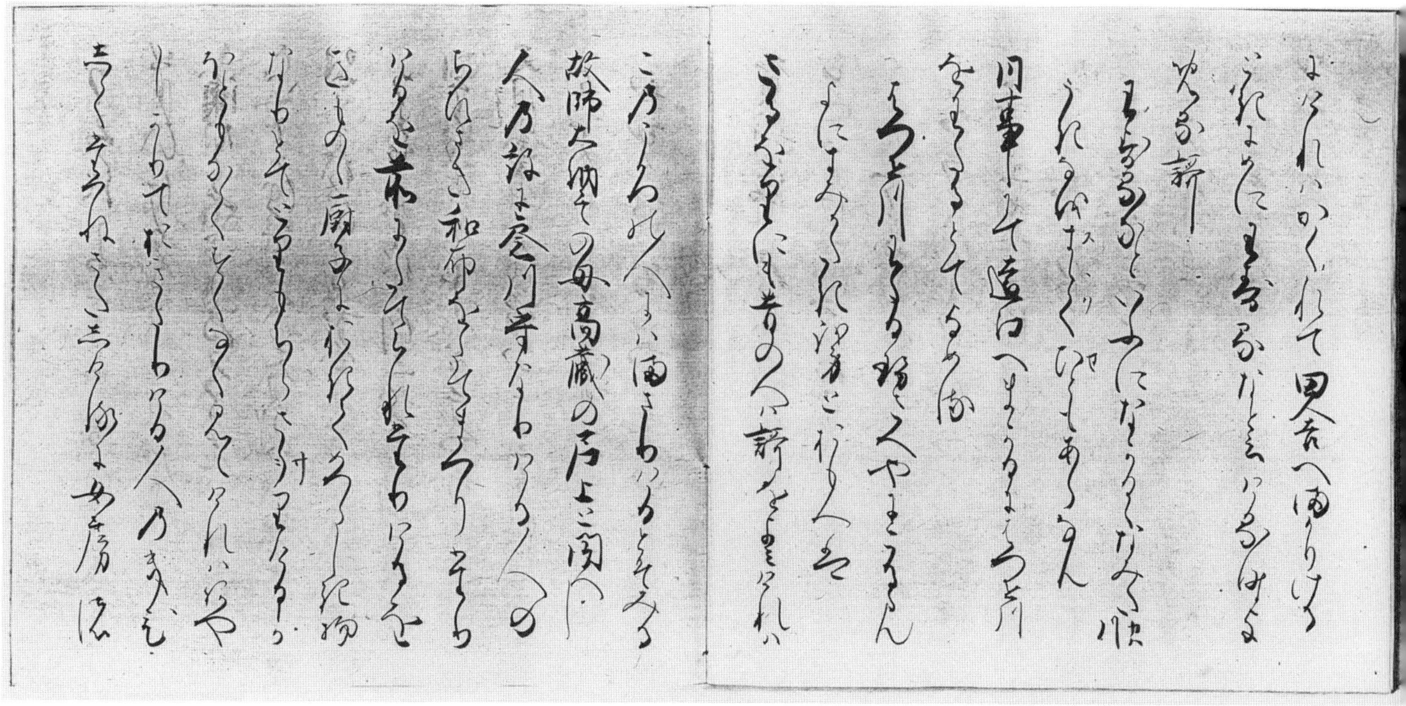

よしこれハかくれて男共へ申けり
いはれなくてまさるかしこさハうちみるよ
めてたき辞
まさるなきにすてにたとへなからみ俊
これらハいましくひしもあらん
同事にて道因へまうてまかりてうた
なからひとてあらぬ
ある所にある殿上人やまとうたあらん
にまゐられけれはさかりけれと
さるなるやまとにて昔の人ハ辞をことにかれハ

こゝろえぬ人ハ申さらハかとそてみる
故帥大納言の母高蔵の戸上に関に
人の殺にをさめすなわりける人の
られさき和布をとりてまいらせけるに
宮の奈まゐられけれはまゐりけるそ
色よき扇子にしるしてつかはしける
なかともとてあまもさらにけるかな
かはるかくしてのみてあれハたや
しつかてもらかける人の申けるも
こゝろえねとてうへの女房に給

四十四オ

一・四十三ウ

92 91 90

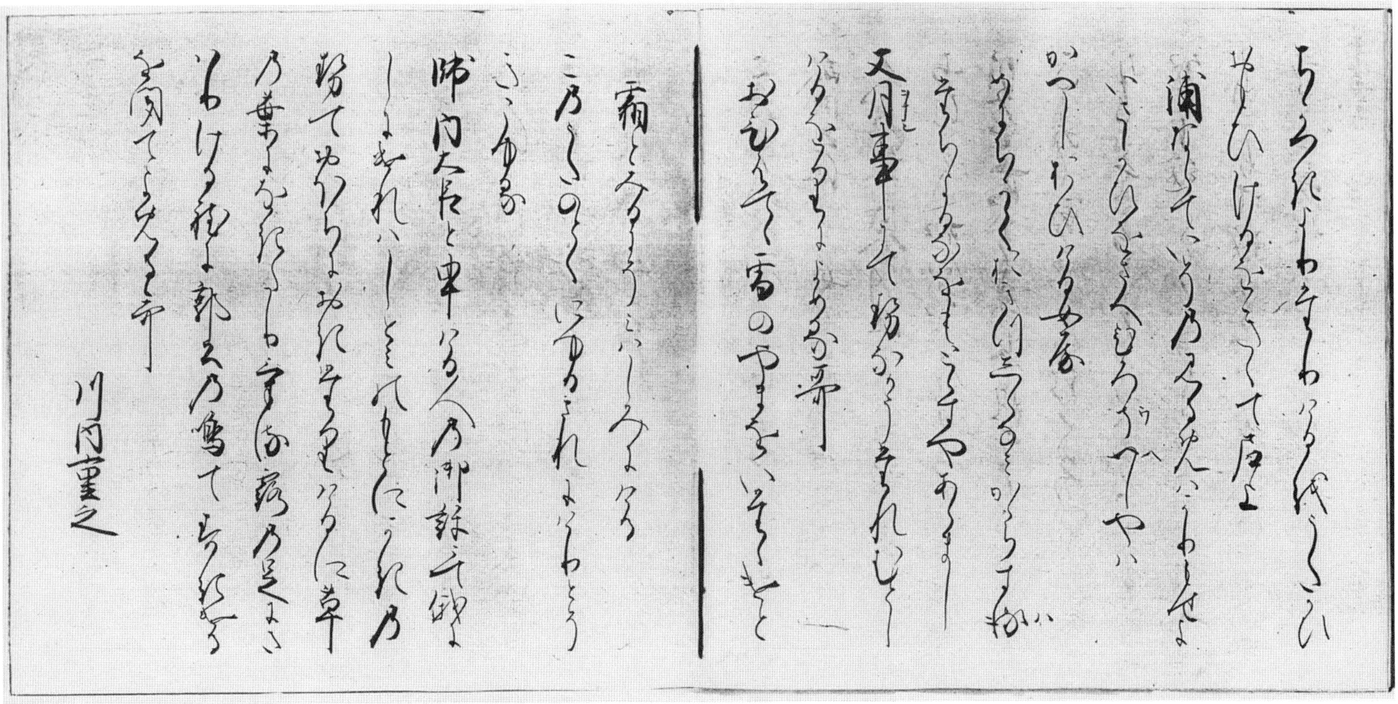

一・四十五オ

一・四十四ウ

93

94

95

一・四十五ウ

一・四十六オ

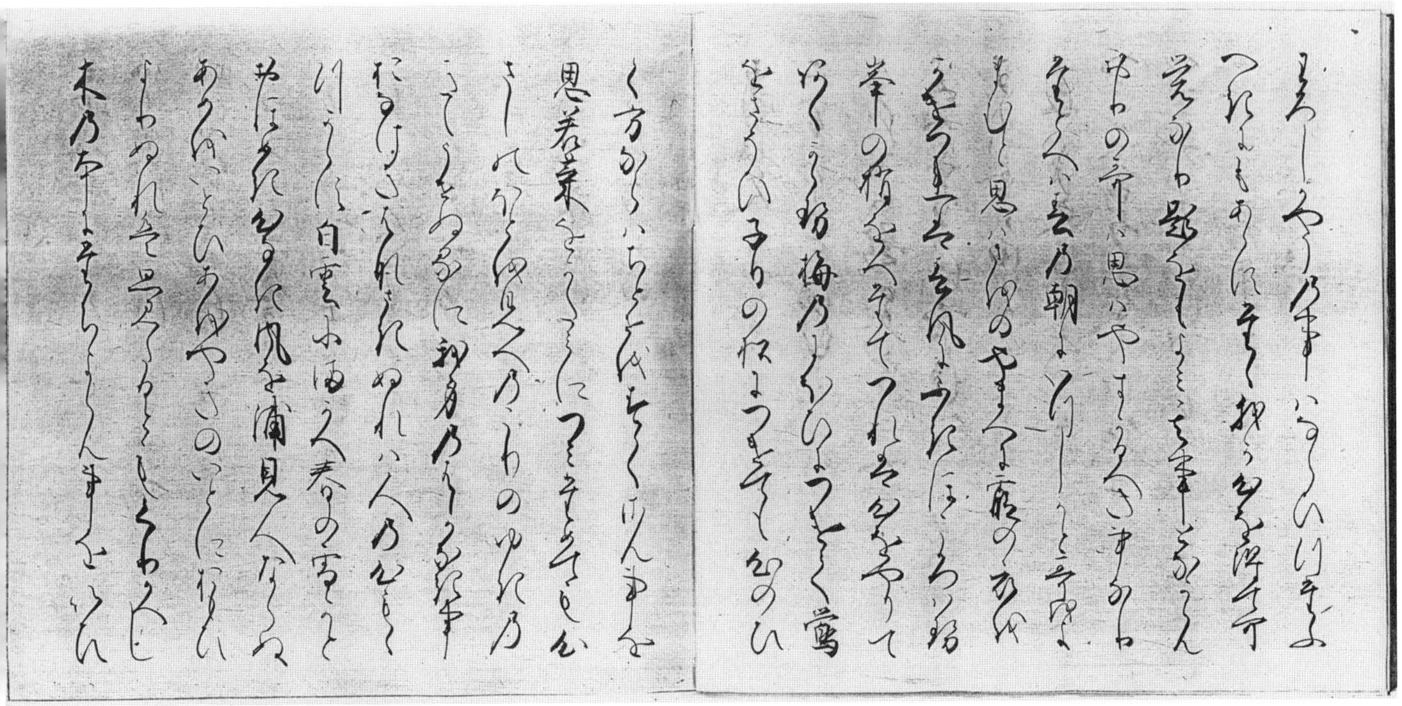

一・四十六ウ

一・四十七オ

むつかしう侍ふ、いふへりけむよ
つねよもあらぬそらにうかひ有て
さらぬ所に題にても詠る事もあるとき
たとへはほとゝきすをよまんとするに
まつく思ふ心をやすめ、けふしも庭に
来のやと文をふみてうちなから鴬
の宿なる梅の立えにうつきくる鴬
をきゝつけいかにうつきえて鳴らん

と方からもらくゝよつてよんても
思若菜などをよまんするに、うちも
しれなか見くかをのゆくを
をりしもれぬ万か、けふ人のもろも
にしぬれなひ人かも
けふうに白雲ふる久春の宮もち
わりおきなれこしそに風を浦見けつゝ
あらめにしあ雪のこちけに
よつれをに見やさらにそし、ふらむ
末乃キ二本ひらもしれんまさん

一・四十七ウ

一・四十八オ

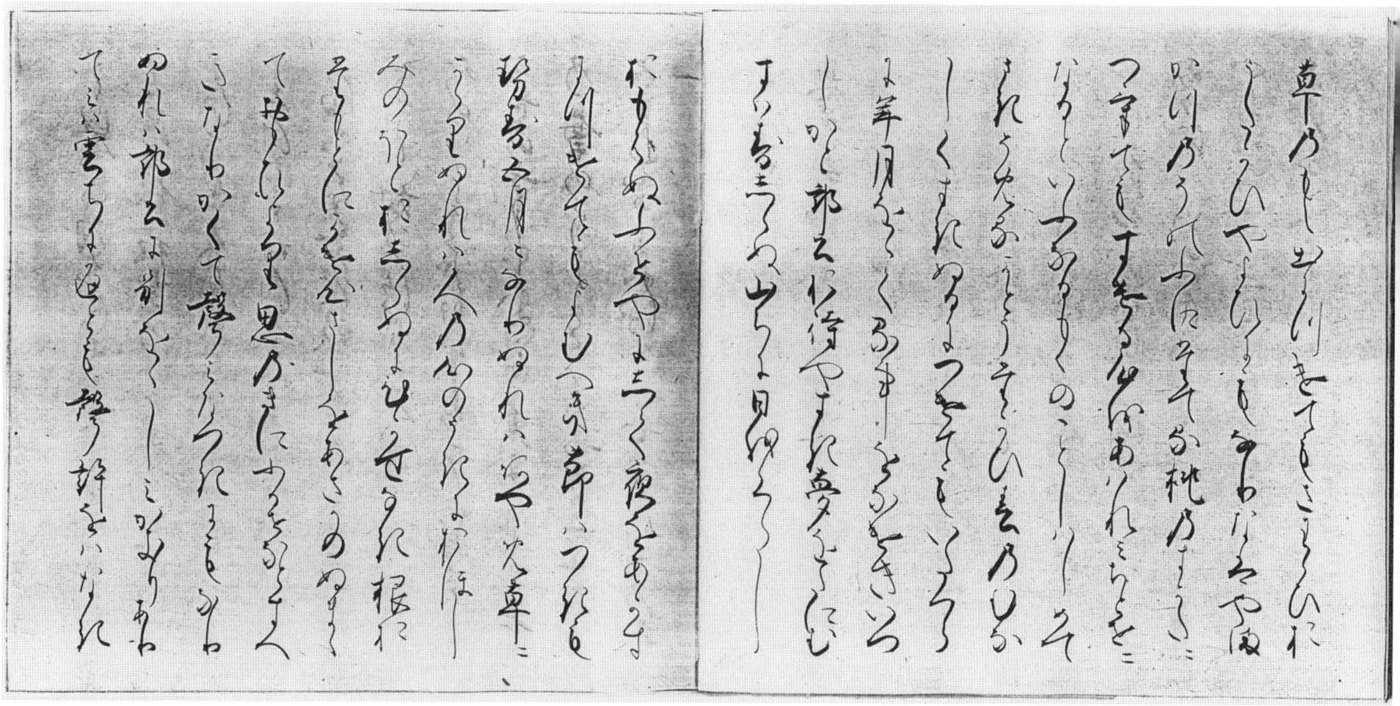

かくて切てつゝひらかし月をも
なかめれは松虫の声にむせひ
まひても夜かれ草のしけきひ
まくりよはりつゝしはしまつのあや
ゆかしさも絞衣のうゆかけ
きそも切のほそくまかせあはれ
秋のしめてもなくわめれ秋にて
うせのかしはにも月よりも萩
乃葉のうよとてかはつきにも
あはれなをかくし七夕りかのあ

一・四十八ウ

らせをゆしろけてまてしかもは
おもりねをさし乃やうなる御といし
めてくよもの色をれそね須佐人め
つましきもんなしくほとなくあを
めるすゑをなきなからのひし
きはりつきん人をも月乃光の
いもとくゆすし虫ものされをも秋
をなはてける草にとゆかしやは
このかさやの中にて雲乃上人
しやまれ玉乃うてなりてもあつ

一・四十九オ

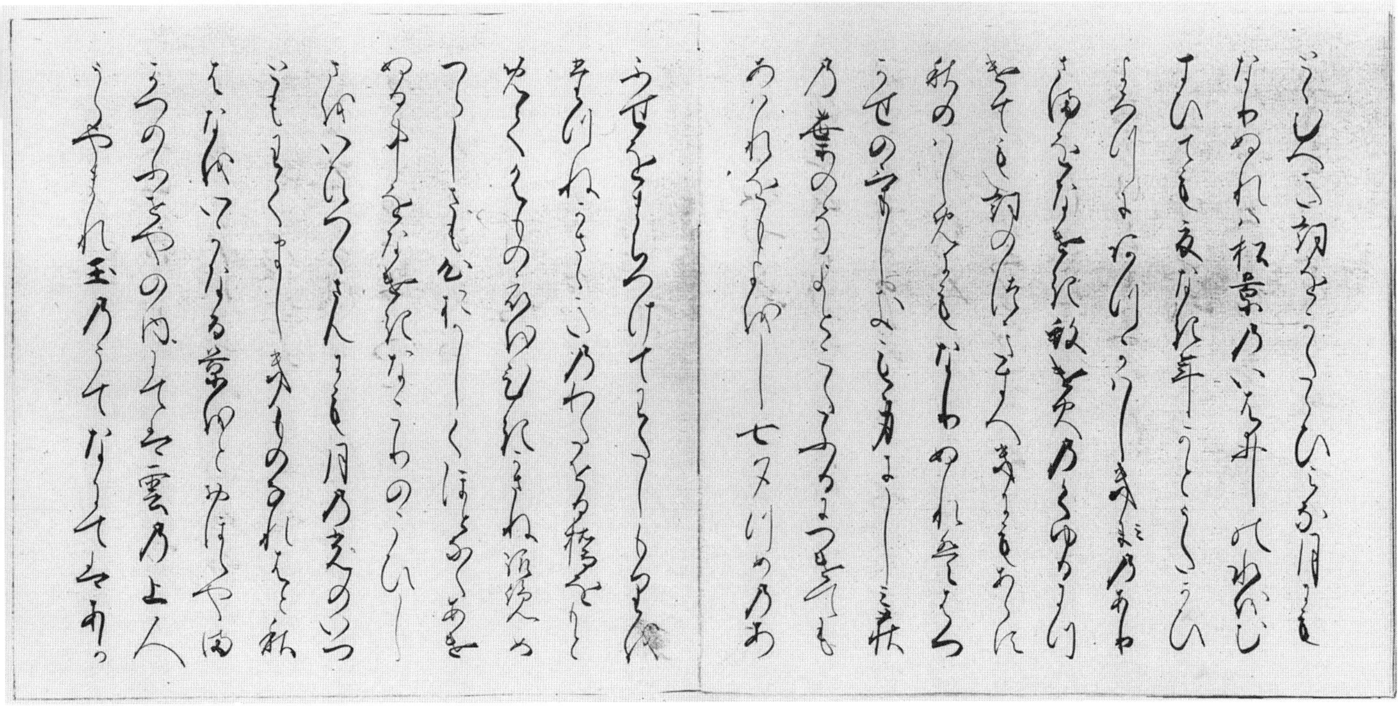

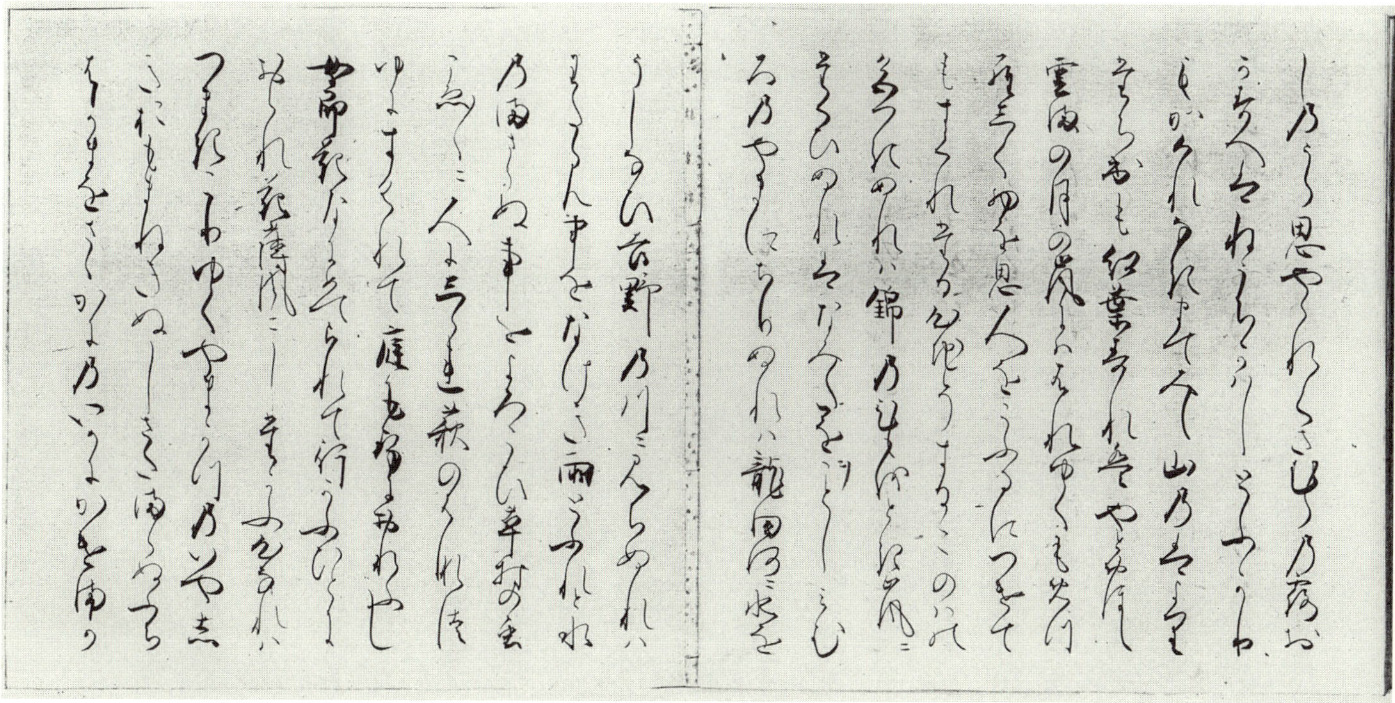

一・四十九ウ

一・五十オ

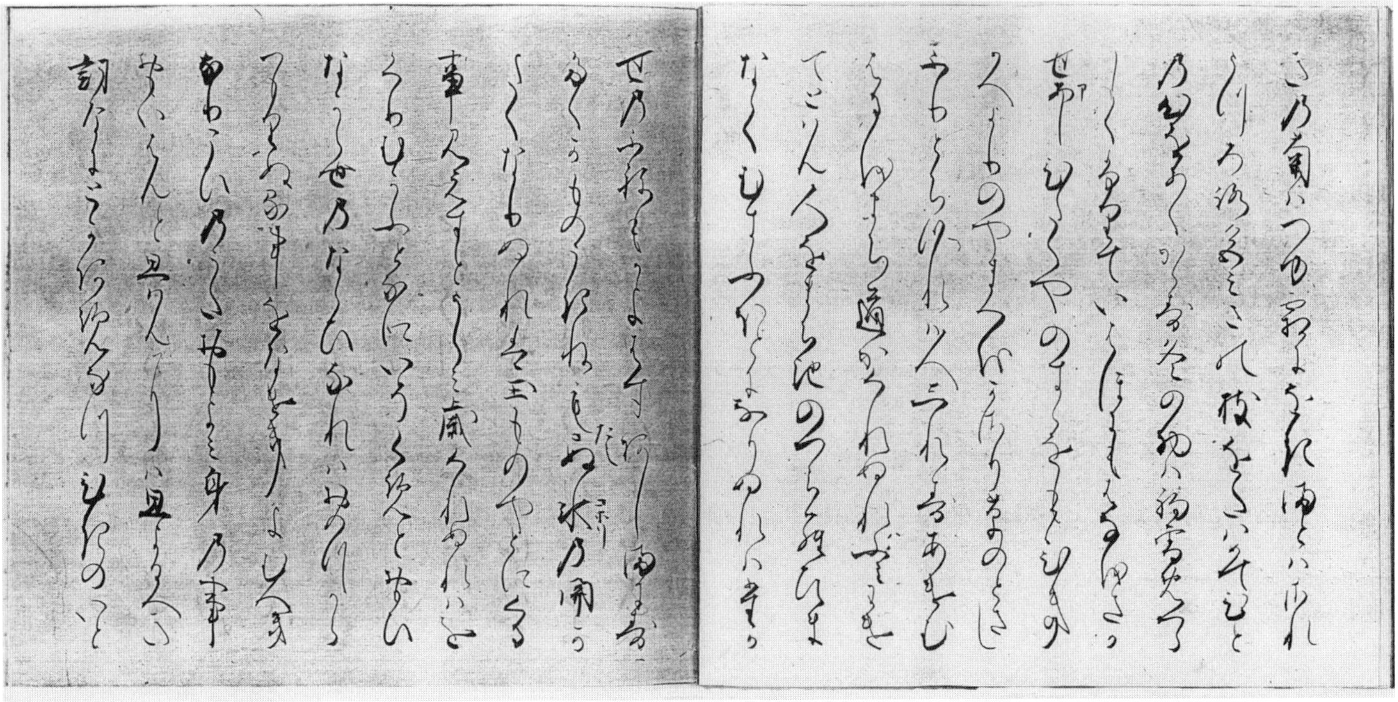

一・五十ウ

一・五十一オ

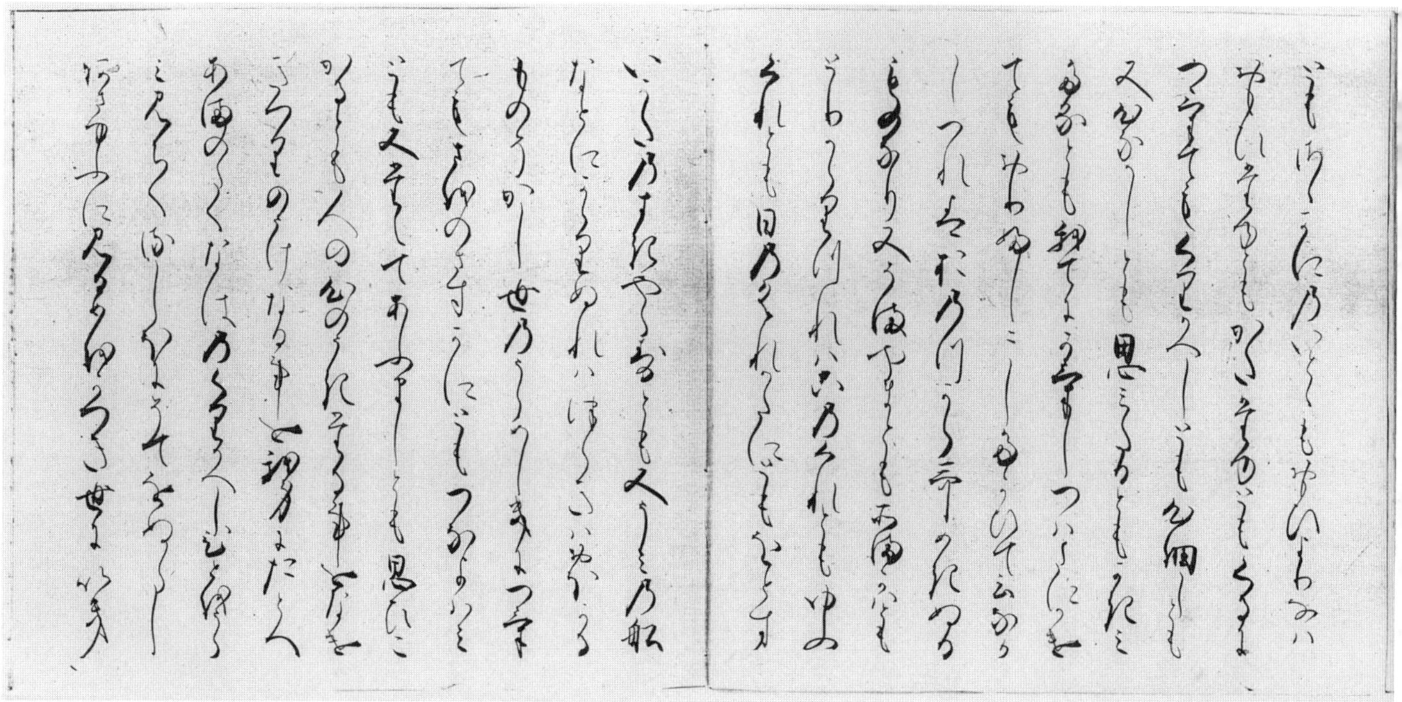

一・五十二オ

一・五十一ウ

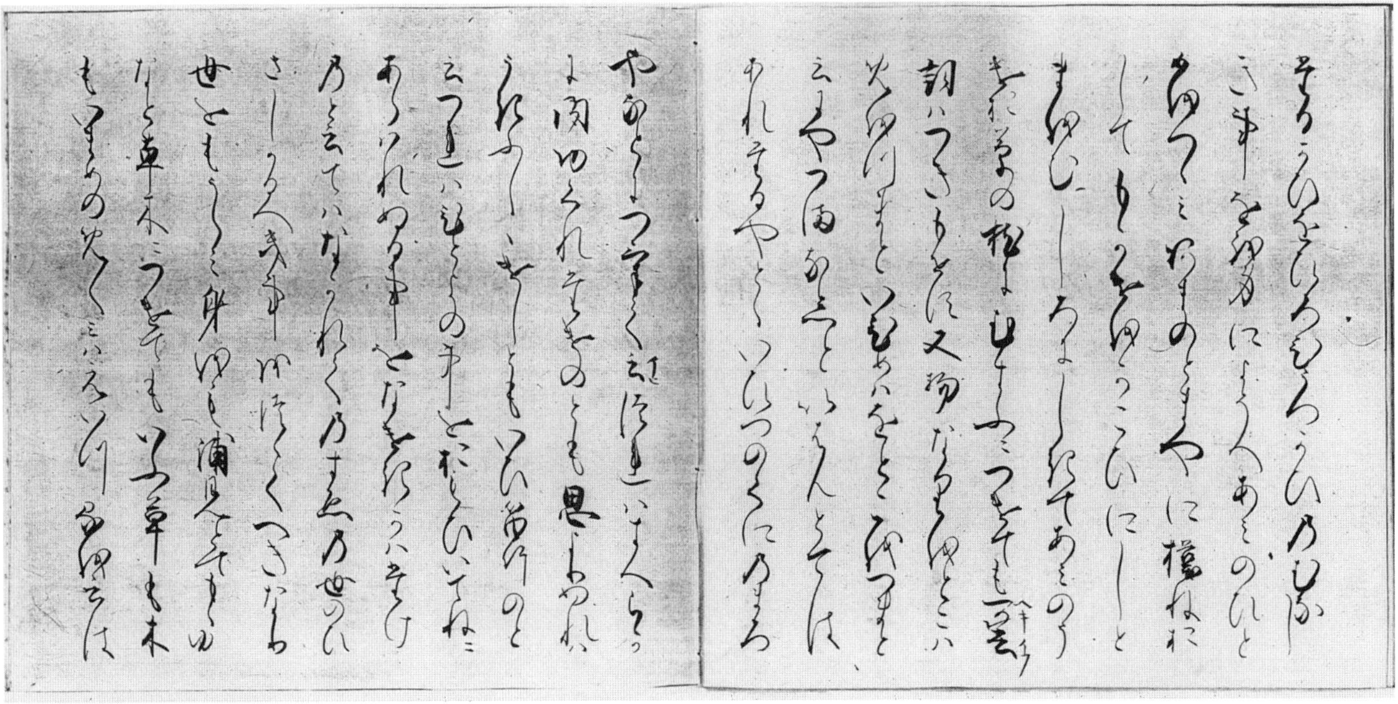

一・五十三オ

一・五十二ウ

一・五十三ウ

しら露の色さく長夜もしへきならむ
秋冬ハ時によりて人草木につき
てもしへき[illegible]そこらのおりにハ
もしへうる[illegible]かよひけりしつかにこめ
よめる[illegible]とおもしろく月にそへ[illegible]
き[illegible]あるハ花の[illegible]かはれとい
ふもそハ春ハ草木のめくしける[illegible]
ききくへ夜ハ郭公のねとうへし秋
[illegible]まさきめよりつにまし[illegible]く
やまのくしてさしうつりかたさふへん

一・五十四オ

あるハそのつくろにわすれ[illegible]
これをなる[illegible]とさたかにわきまへ
まことに云ハ四よつにこしらへて
やすくまことの思ひとて[illegible]
くさたかりそれ[illegible]まんやう
[illegible]やまさくあさね[illegible]
[illegible]しのあまりわか[illegible]
[illegible]なかるはかくしく
しにさあさ[illegible]えり
[illegible]人おかにさ[illegible]てみて

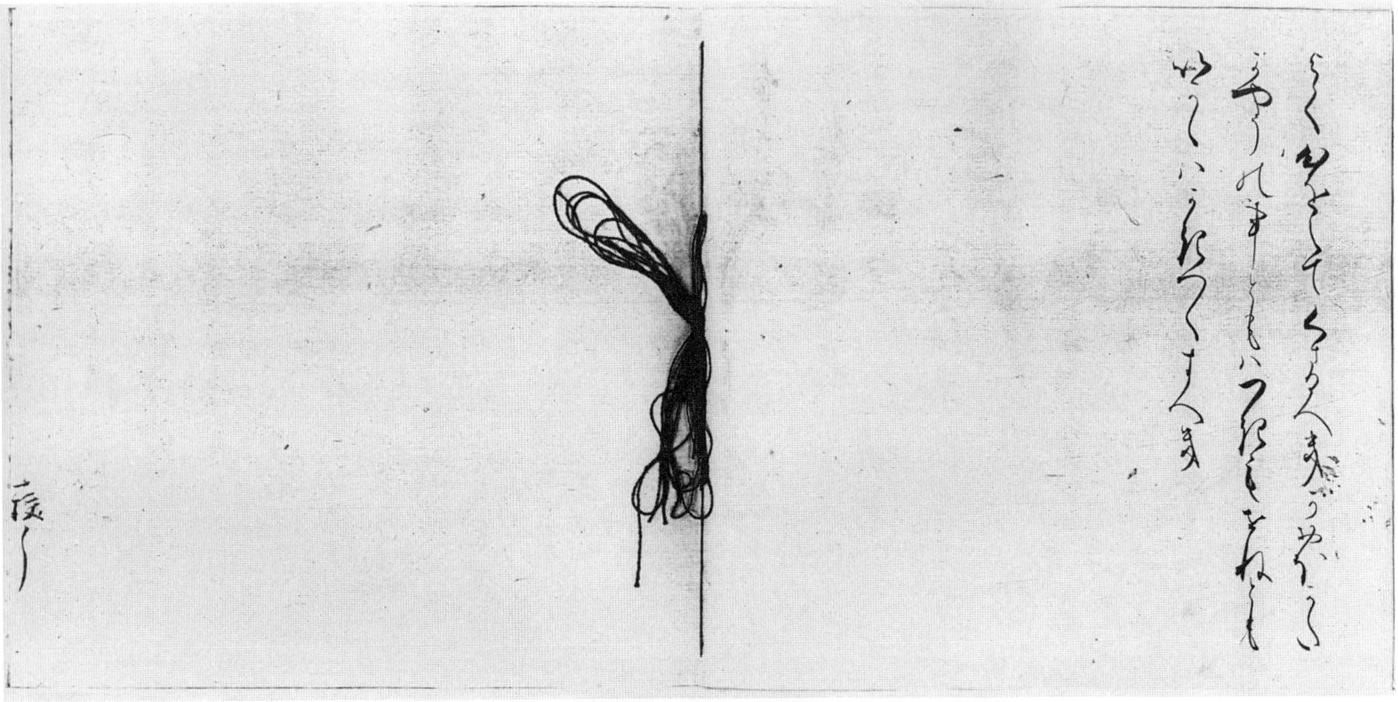

一・五十四ウ

一・五十五オ

おほかた哥のよしあしを心
えられとしてさしあらし
をまなんことをたのしむ人
さだめありしとてやうゐ
ねんころおもくさきくさきし
いもまて数ことしつらうされ
ならあふしなかしいうなも
ふこえ数めくあれふしあれと
もいつかるにとしいなるありて
又わろしけらそくとゆしゆる

二・二オ

二・一ウ

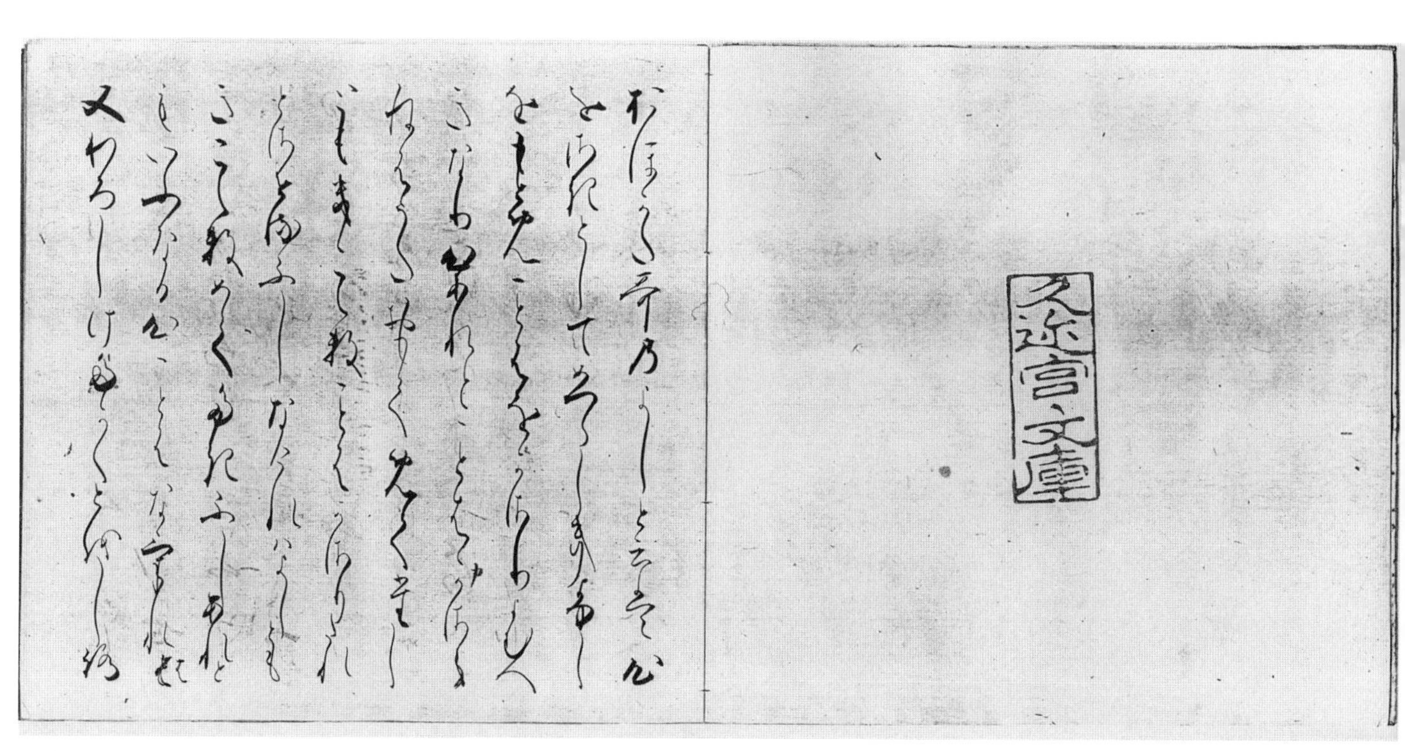

98 97 96

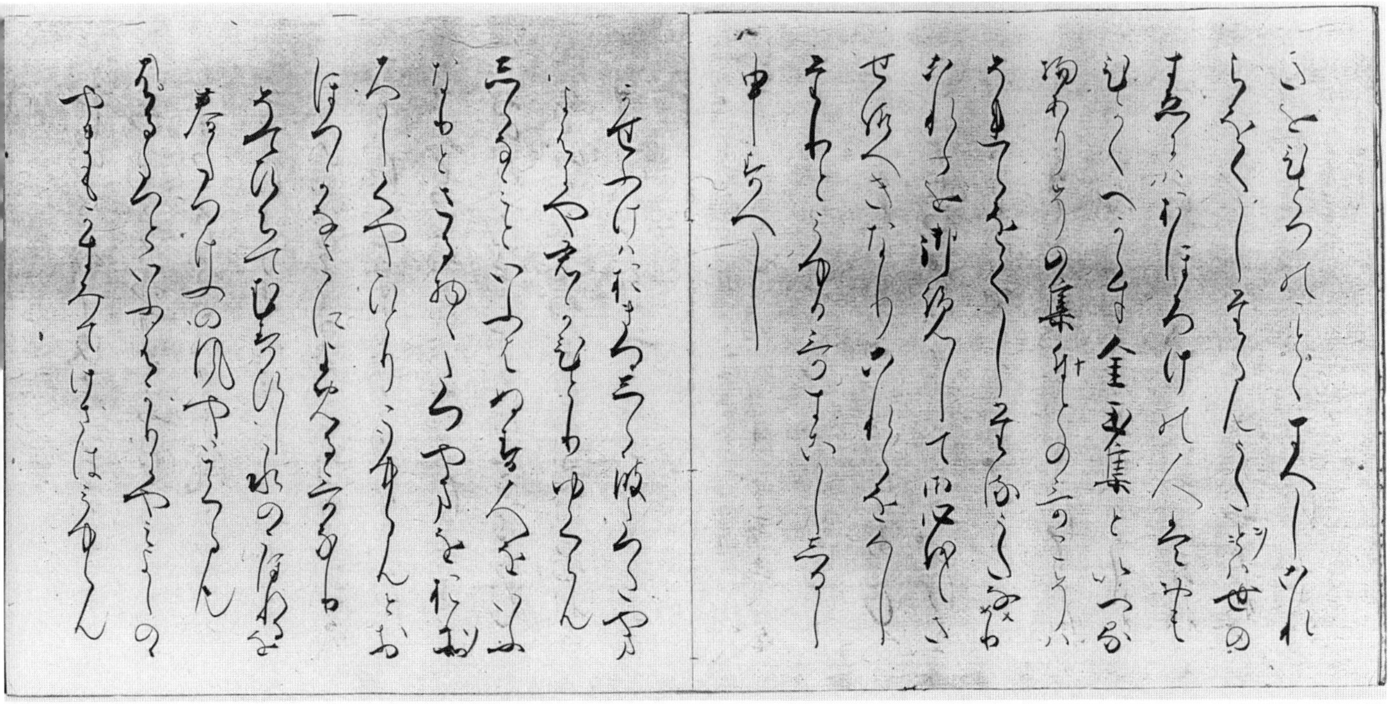

二・三オ　　二・二ウ

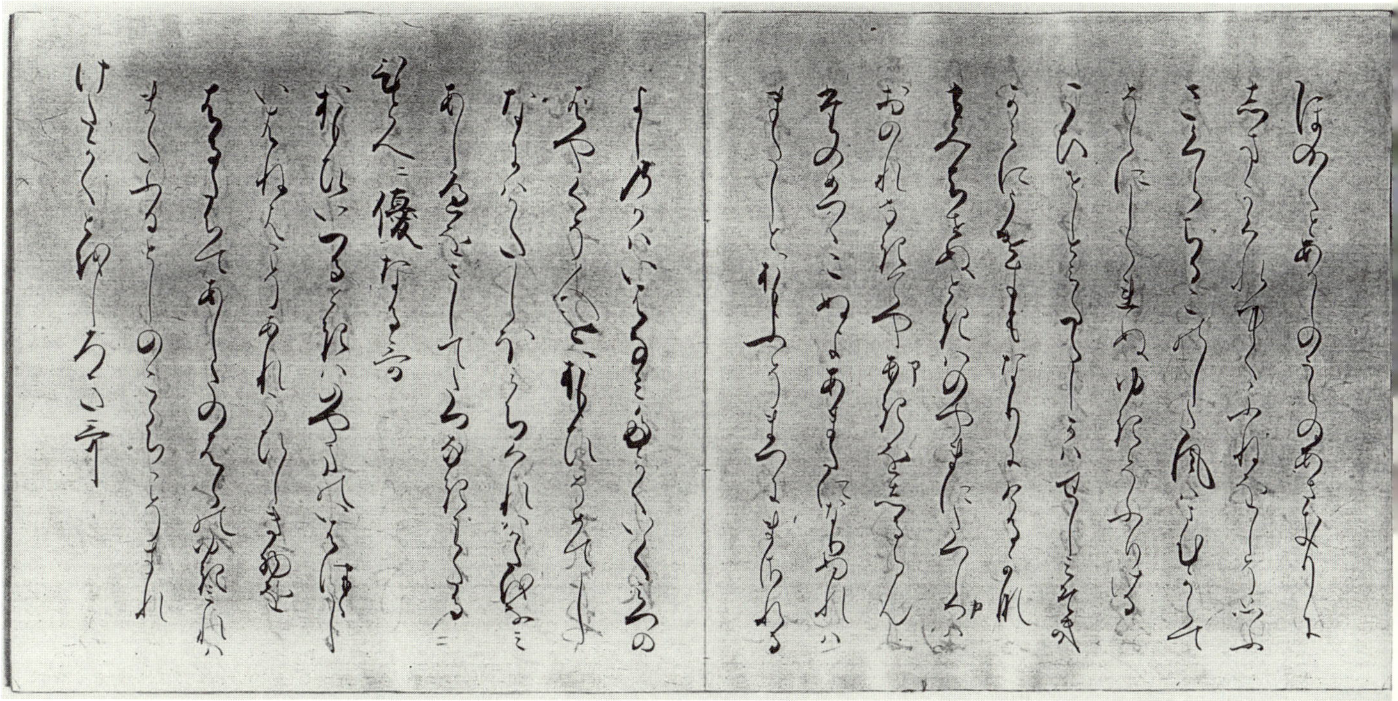

二・四オ　二・三ウ

108 109 110 111 112 113 114欠 115

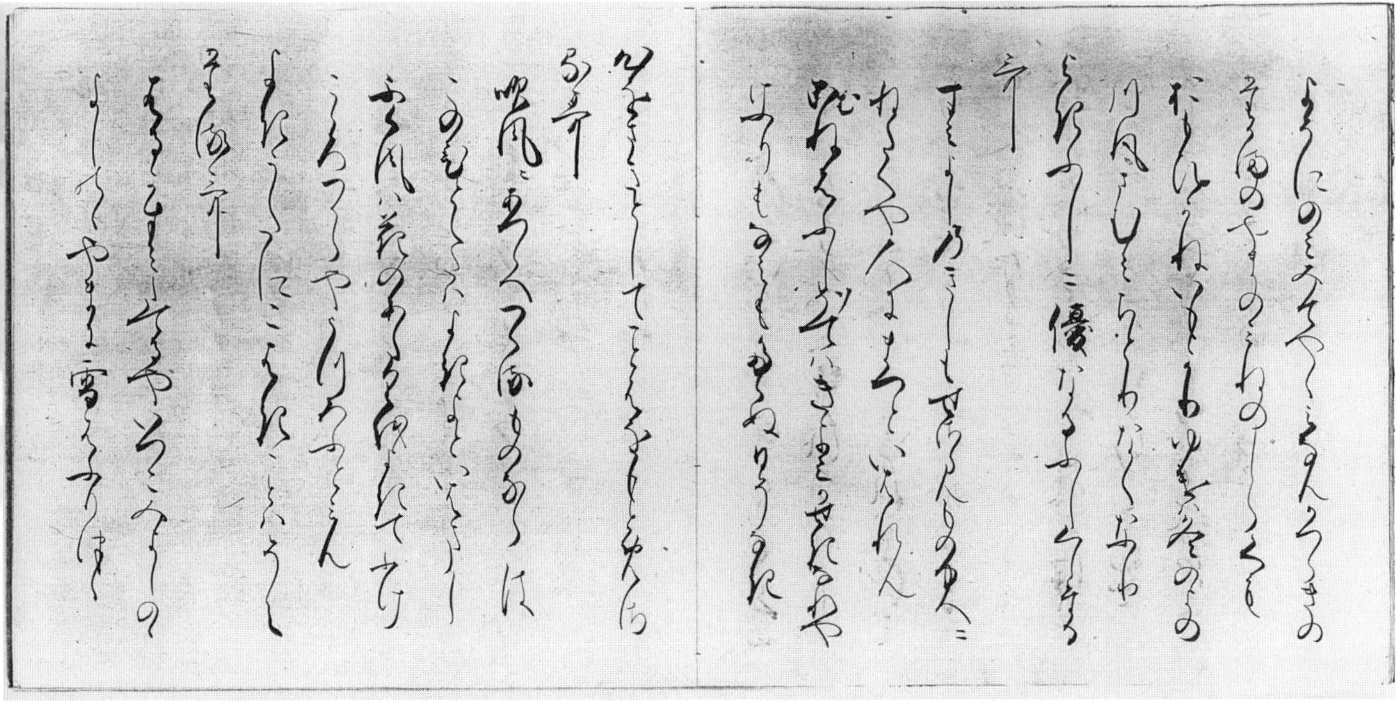

二・四ウ

二・五オ

116 野をちらく家并にてこれは鶯の
なくなるこゑはあはれくまく
風情あさらさすれくるやうかなる
おほゆるこゝろゆたかにてそのまゝすゝ
117 ちりつるを風ゝさそひし
こゑのあきの山ほとゝきすしてた
118 なきくらひらきにきとうら〔?〕
なるさえのつゝなまみつかさる花
119 ら〔軒〕をしたるへしかゝれた
五文字にこそれなり

120 うしにあつれさるやとおもへとも
そことめくへのつゝわかなりてね
121 なほこゝそくやゆくそて吉つくまま
ましらしさるつくいつるにあおも
122 すゑすてゝなすめゝし
さらにたちりすいさうへむつまくの
123 うへとてつるかゝるらつよ
ゆめらさはあしやきをすゝへとも
124 りけにくゝからすとはあるま
もかゝる吉のうたしつきゆつるまし

二・六オ

二・五ウ

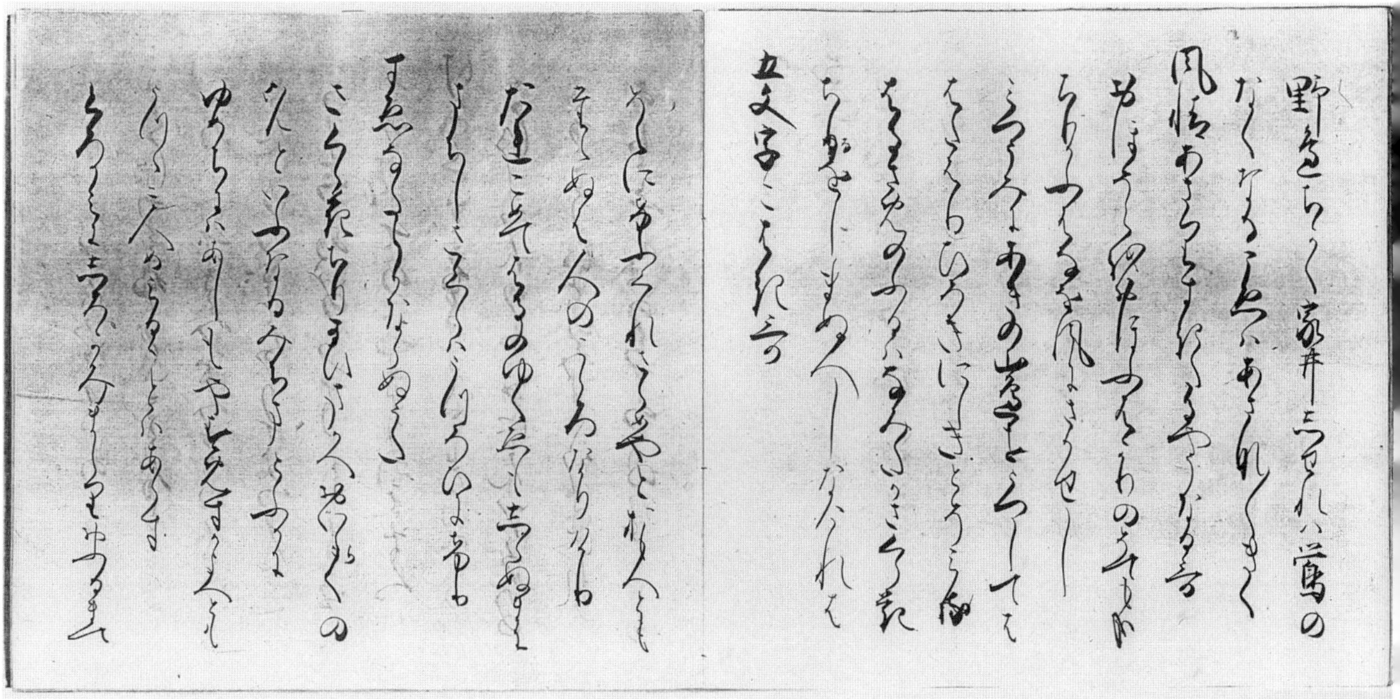

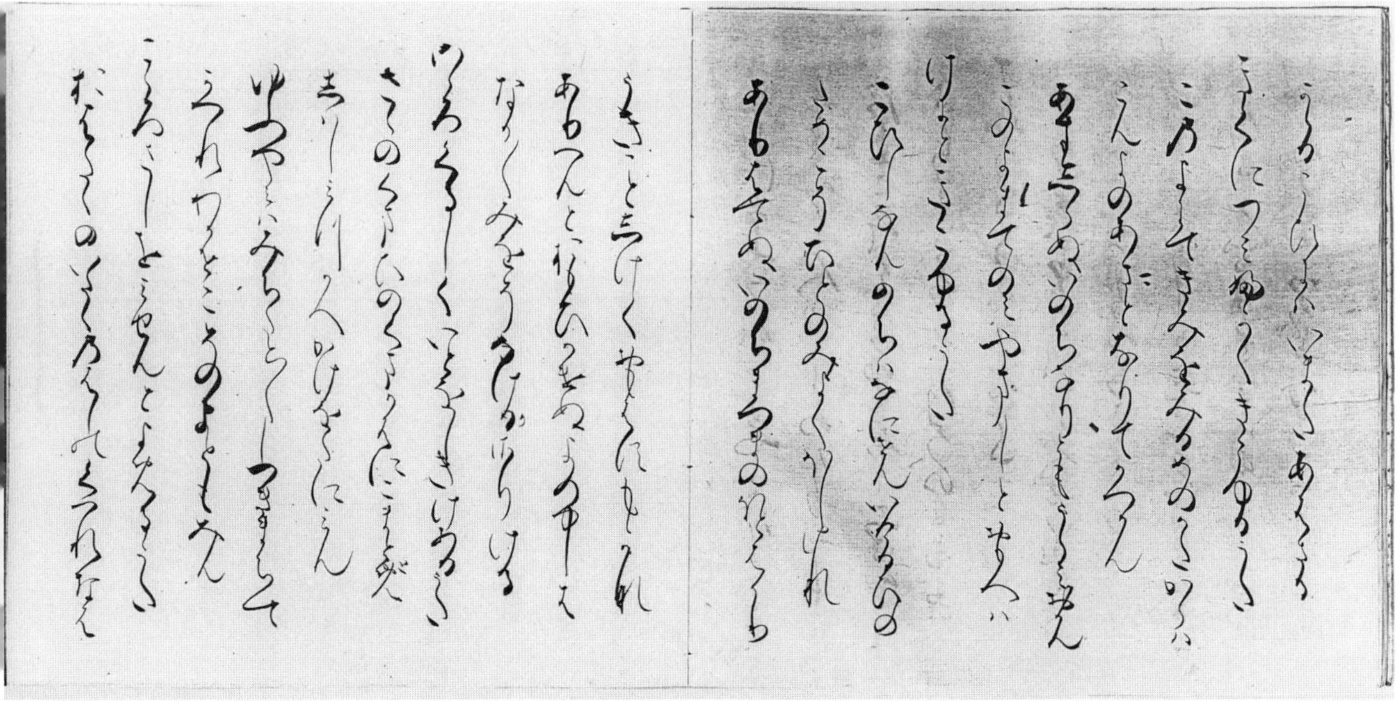

二・六ウ

二・七オ

140 139 138 137 136 135 134 133

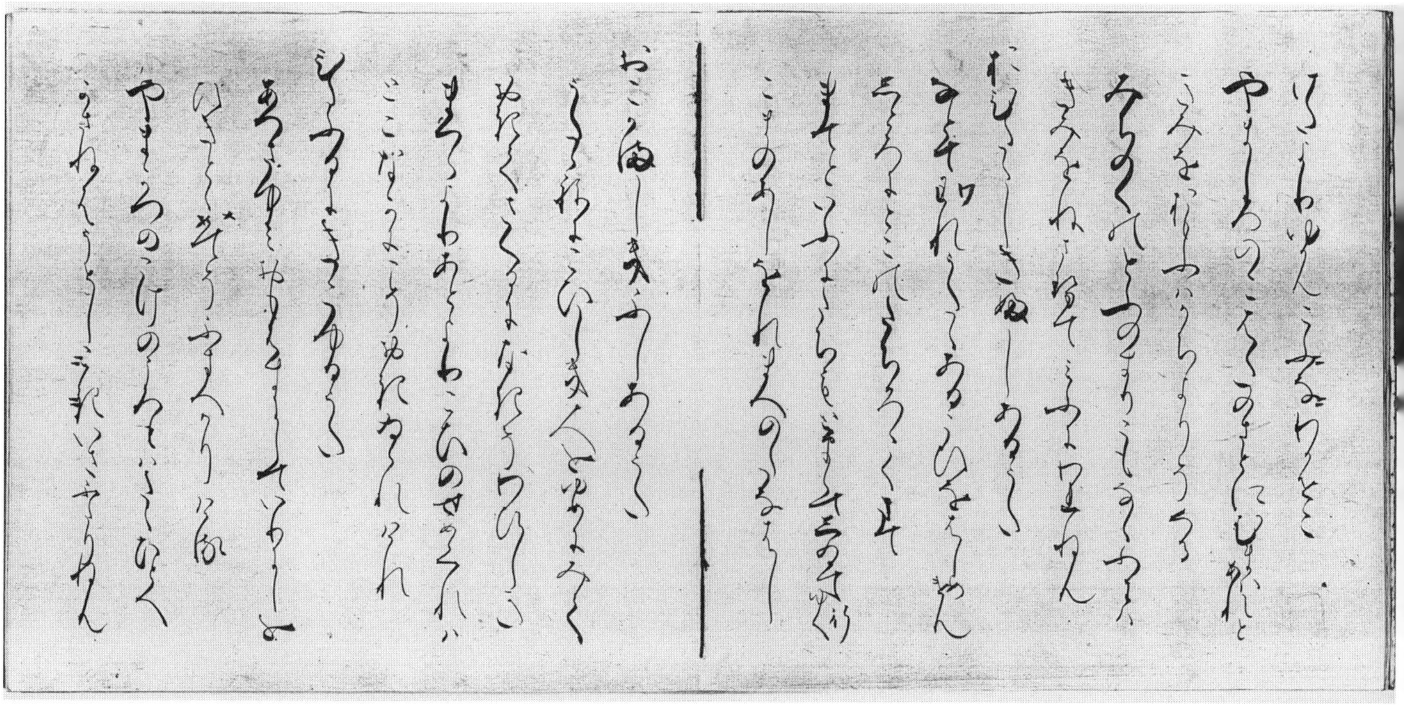

二・七ウ

二・八オ

146 145 144 143 142 141

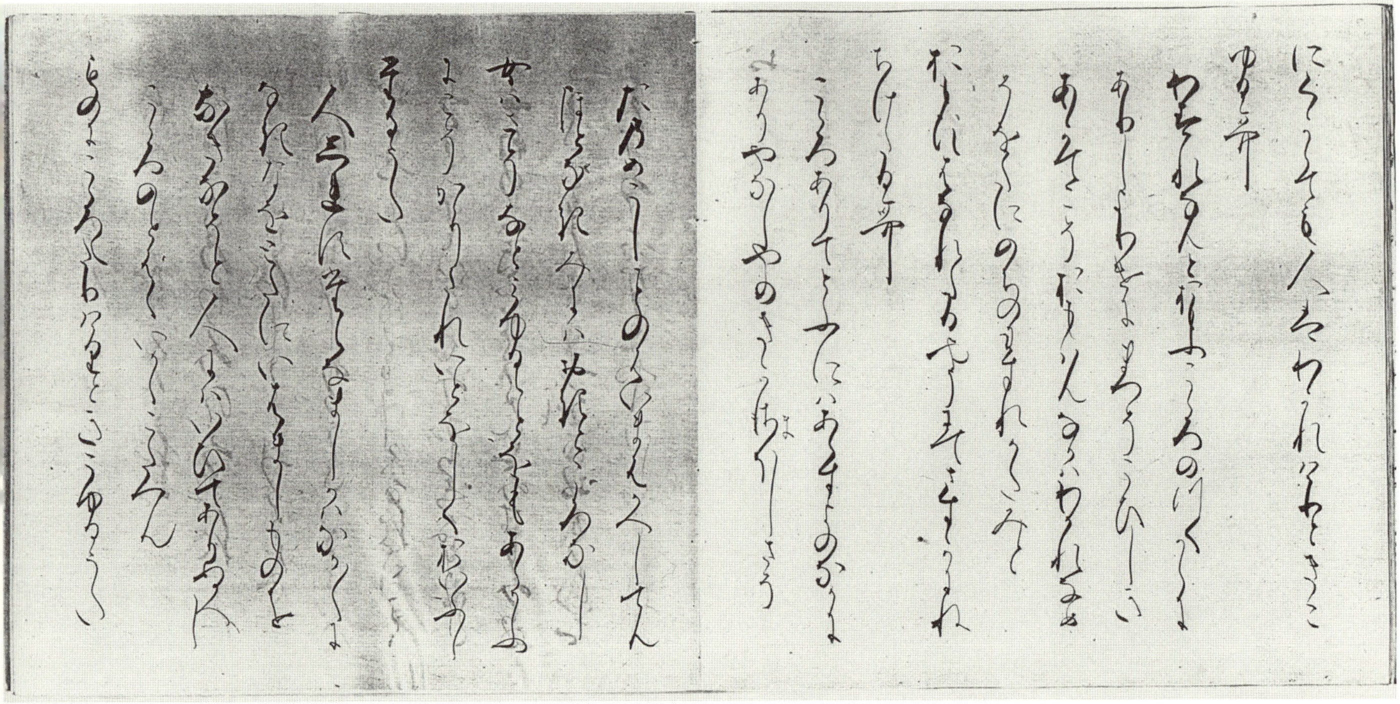

二・九オ

二・八ウ

151　150　149　148　147

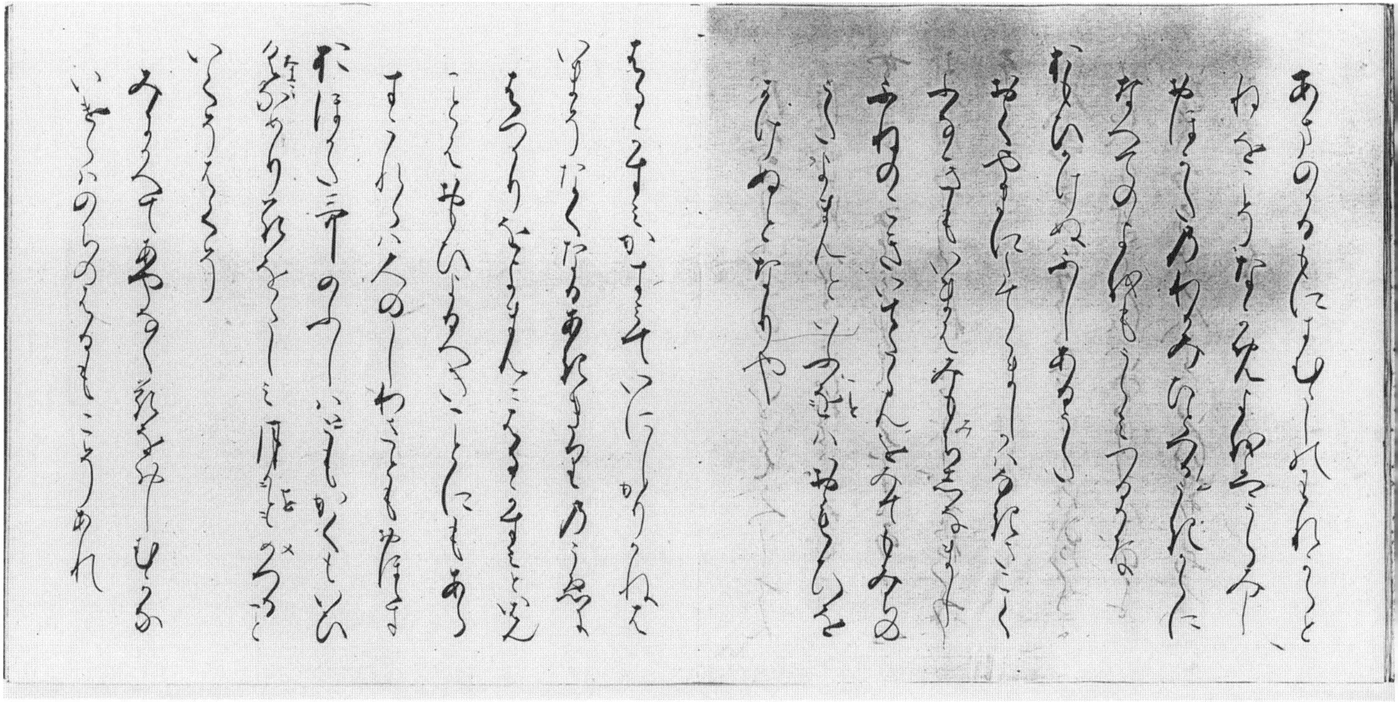

二・十オ　　二・九ウ

155 154 153 152

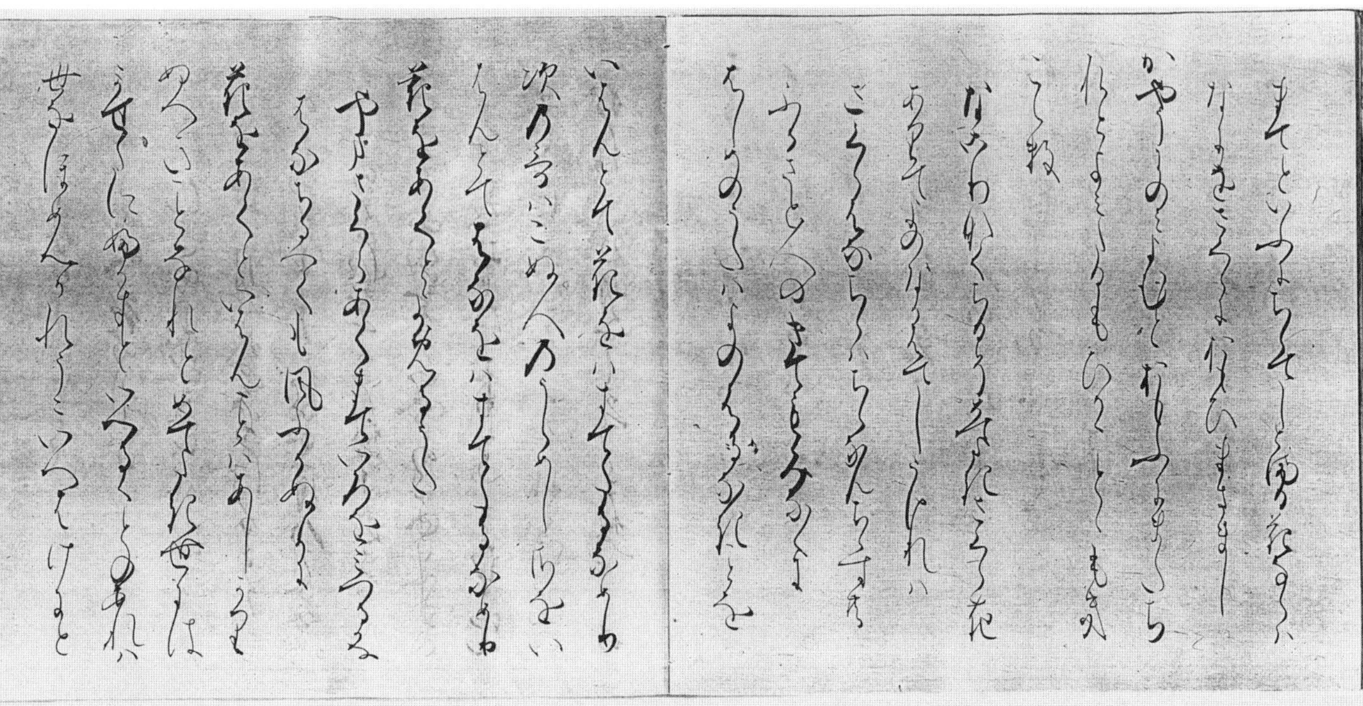

二・十一オ

二・十ウ

159　158　157　156

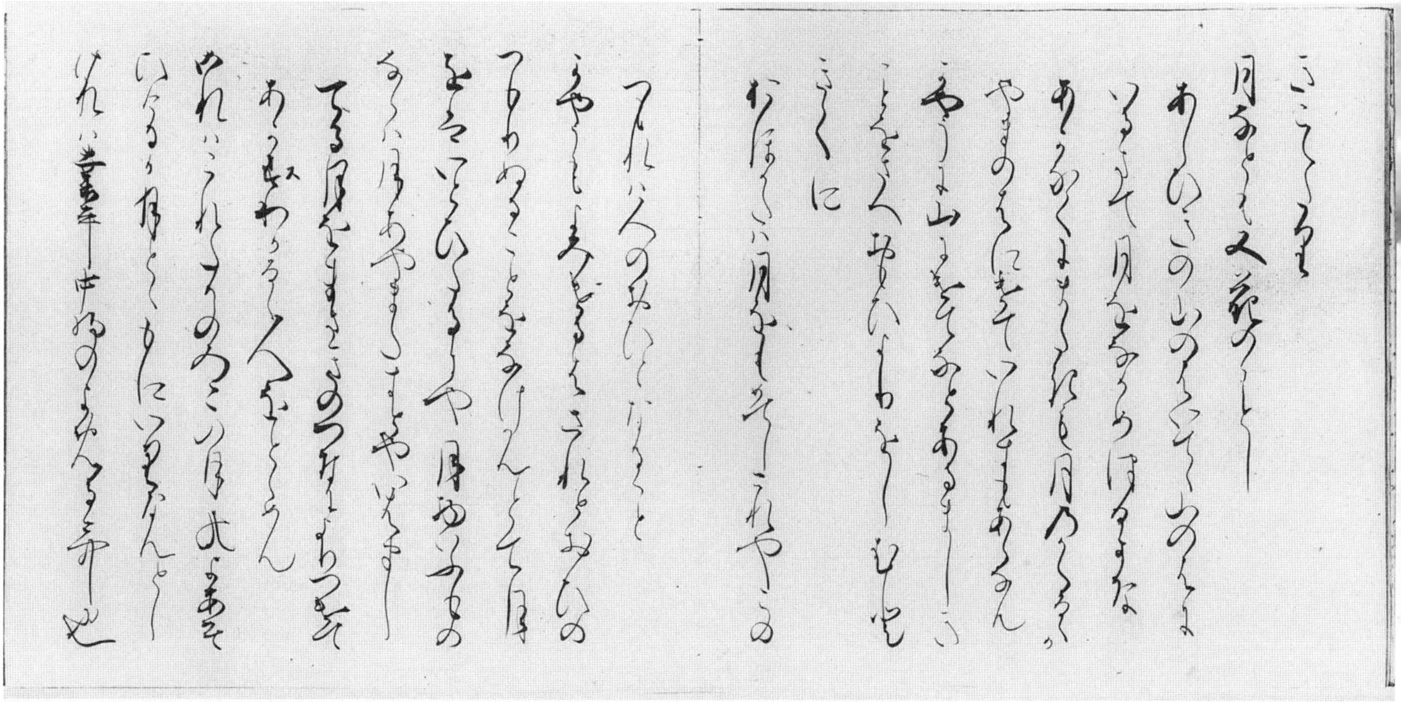

二・十二オ　二・十一ウ

160

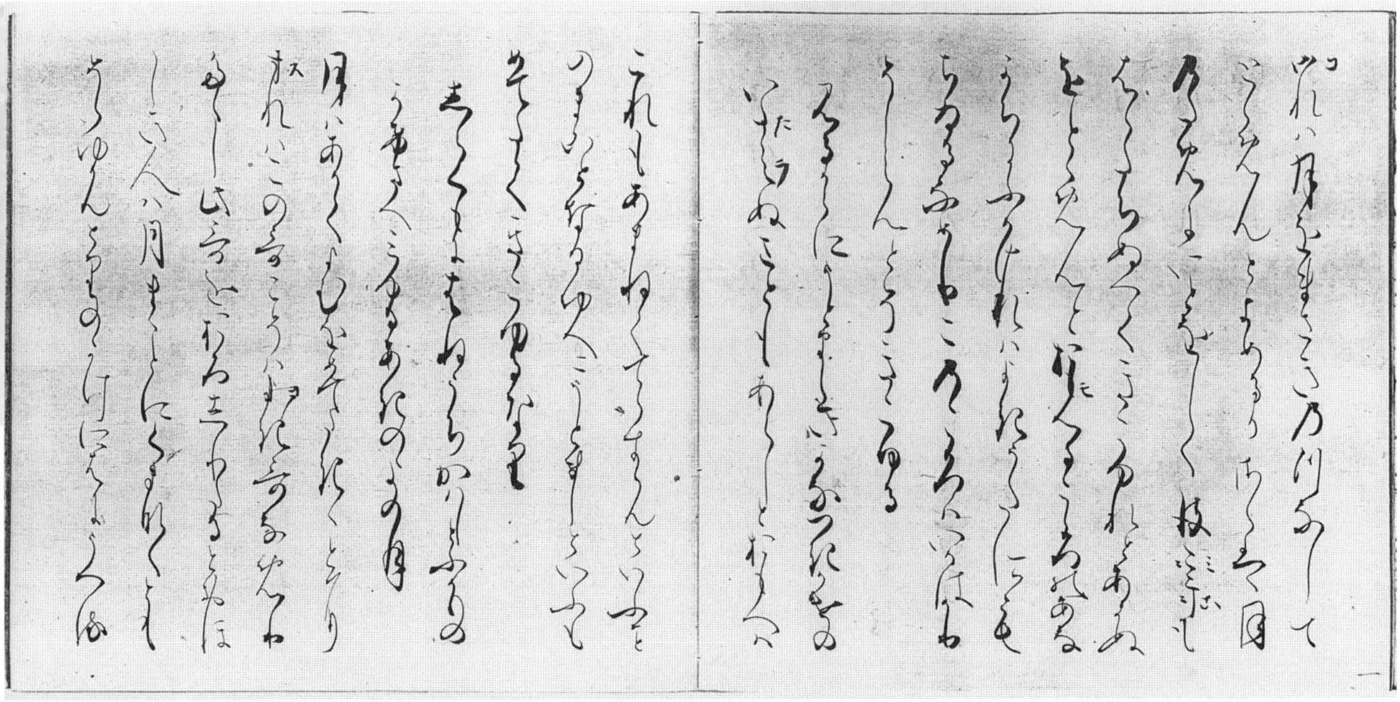

二・十三オ

二・十二ウ

162 163 164 165

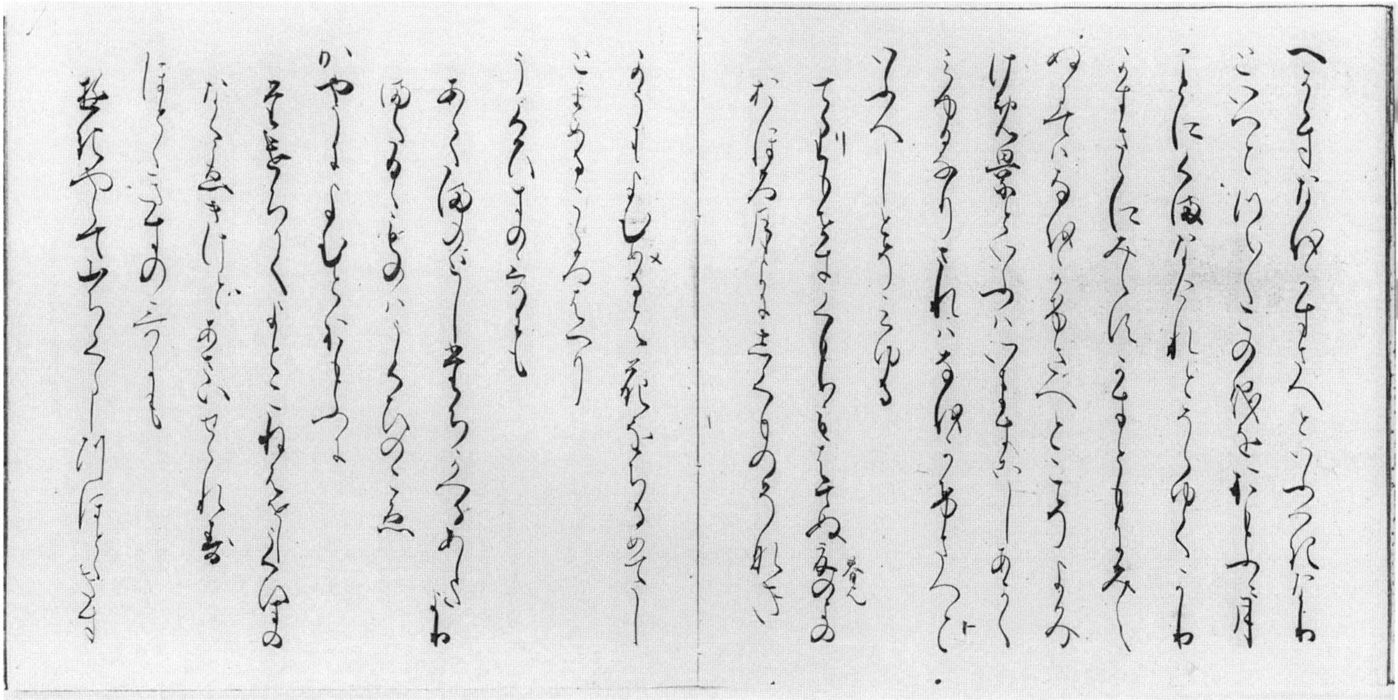

二・十三ウ

二・十四オ

いまたしらぬ人のこゝろにはしるしに
ありけるよりくたりきたれるみちは
あやまれることなきにて侍り
やまとうたもこゝろえつゝよむこれは
ほとゝきすのこゑなとはあらす
よのすゑのをりにつけはおもしろくなりける
まさなきことにはいふへからすのゝしられ
いかなることなしとおもひはかりも
又ふるきうたをみるにあまたあり
さくらをは白雲にゝせちる花をは雪に
をしへ梅花をはにほひをもとめ
卯花をは雨のはれまの月にみえ
うてなみちるをて錦によそへ
くさむらの露をはいろ〳〵のたま
月をはこほりにあきらかにしをきを
せきそのみさとしにかよふなりたるの
水をは鏡のおもてにたとへ立田をは
ひとものこゑやうにきこへ雁のなみた
なけ猿のこゑをはまつにかけのま
かよはへけるやうのこゝろなれはあ

二・十四ウ

二・十五オ

169　168　167

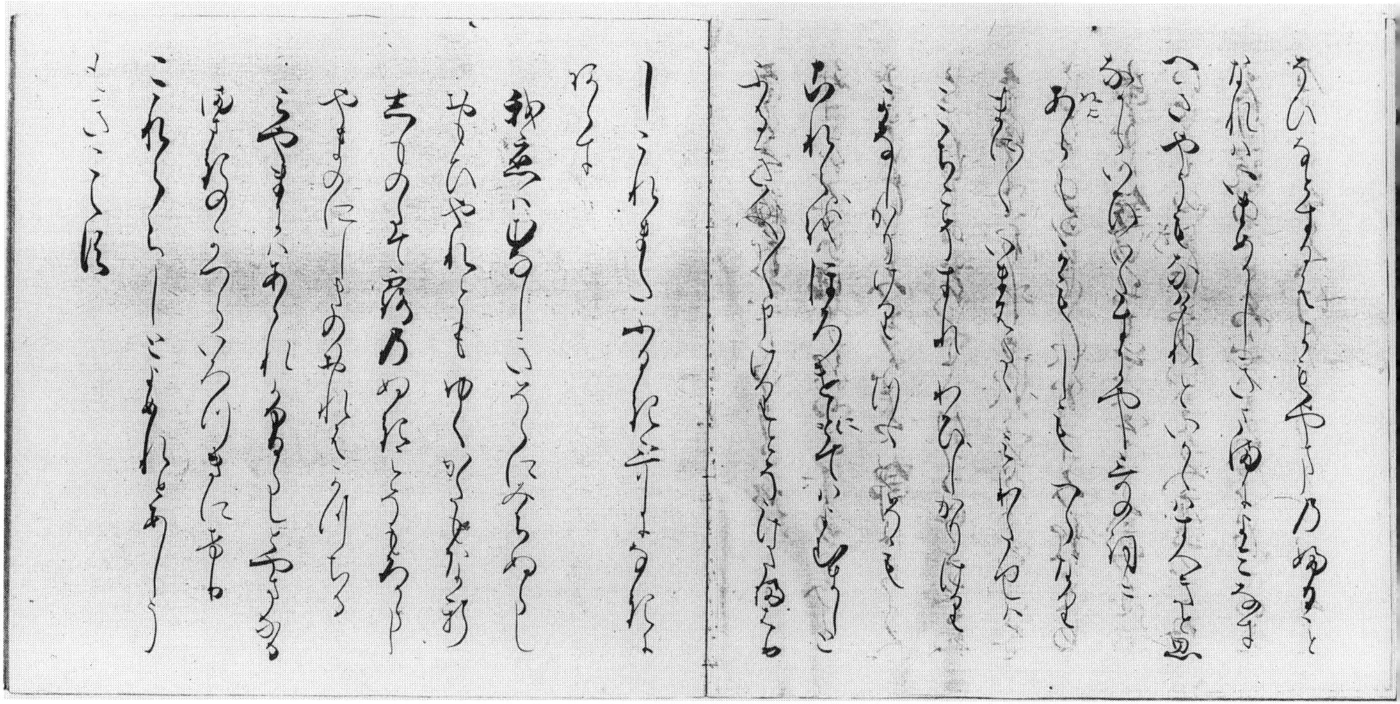

二・十六オ

二・十五ウ

172 171 170

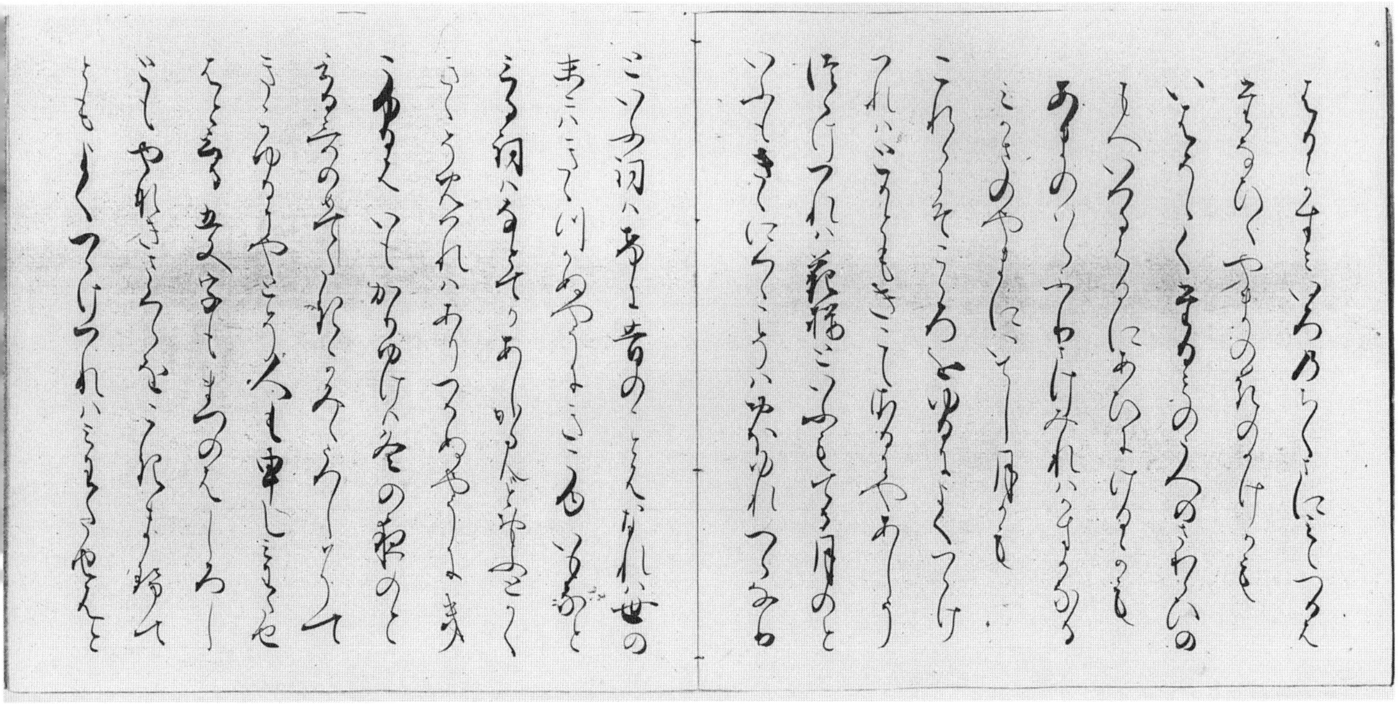

二・十七オ

二・十六ウ

二・十七ウ

こゝろもへことうきこゆるこそ
すれも又おなしかなしひとけの
うひてともいひつれえめのつゝく
さきらくつけつれはもえてあやし
とやとへりん云ふきとしれ物かれ
云こよみにきえれはかはるをまの
うらきも申てれはわかくすとこう
けさうくきみのさくらてあるきき

貫之

173 秋のゝおみなへしくさはくさえし
ちるもとゝいふこゝろとゝめさりけれ

月影を

花山院

174 秋やとのゆくへあはれもちるまれは
かゝるところさへやはらかれし
175 もえいつるねはれもの山ふくら色の
176 やとりやあはれきてやまちん
177 もえちるのぬれはかやまにらしつゝ
おのれなきにてやあきまきさるらん
こそかれもあはくはなちやくひは

二・十八オ

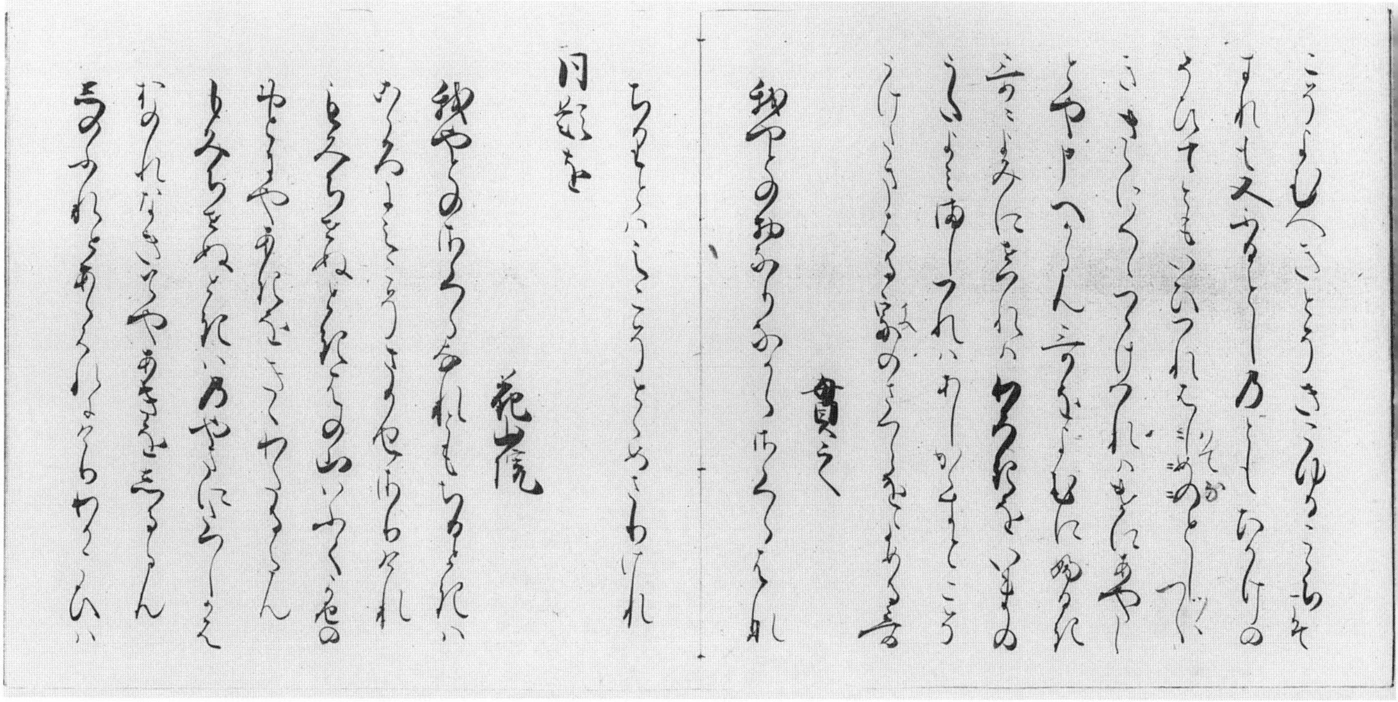

よのやまてみなくつうちふす
しのふれとよはゝてしらぬか巻ハ
ゐやゝまつくのうちまれ
うらみのしにわすことなくハ
たるくまゐいそおもふし
常のことなりせハゆきてしぬ
やまはいそなそおもふし
されハかとてかくれぬさつきの
あさゆしくのこゑこそきこゆる
こふしかのつまにゐるあきの

あさましくこゝまてとくめ君なれ
君こんといひしよことにすきぬれハ
たのまぬものゝこひつゝそふる
たのめつゝこぬよあまたになりぬれハ
またしとおもふそまつにまされる
ゐなのさゝはらわけゆくそてもきえけり
いふこゝろをよめるにつけてよし
秋のゝのくさのたもとかはなすゝき
これハそれのゝまねくといふこと
ほにいてゝまねくやそてとみゆらむ

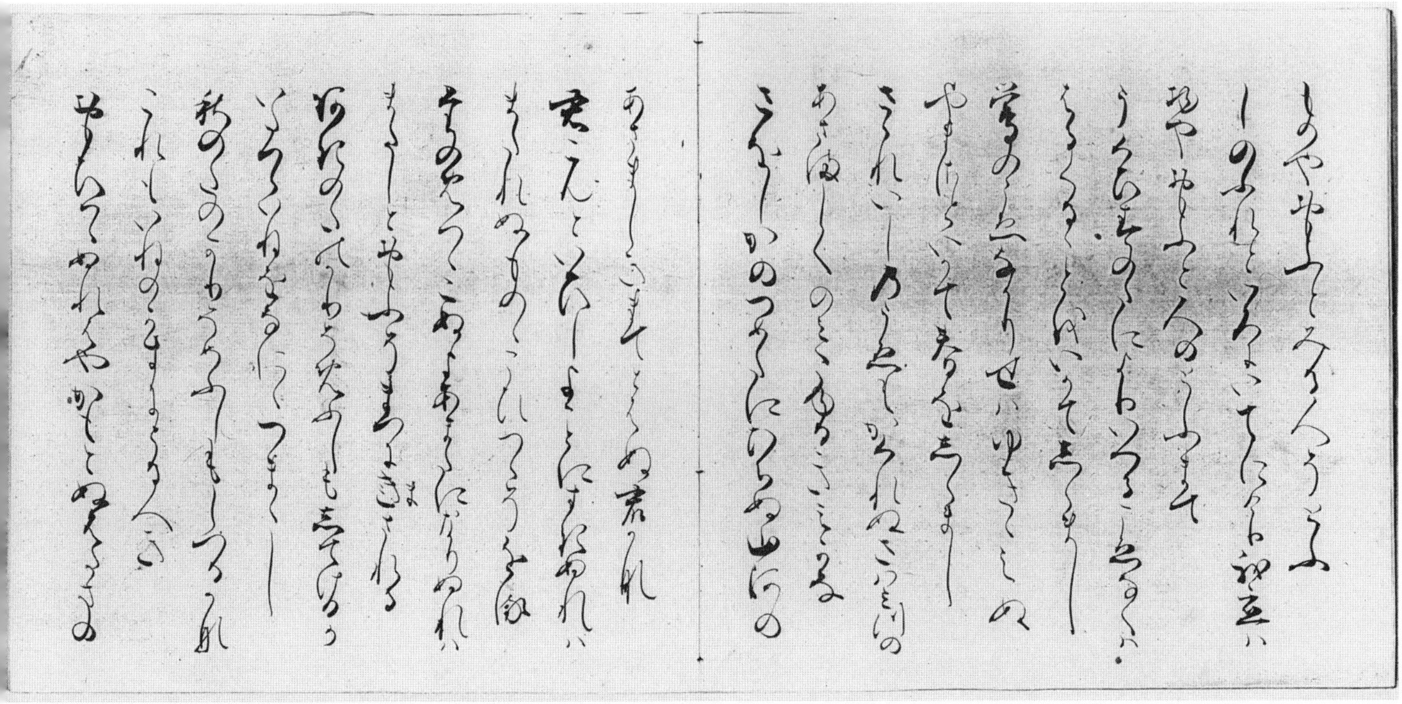

192 191 190 189 188

二・二十オ

二・十九ウ

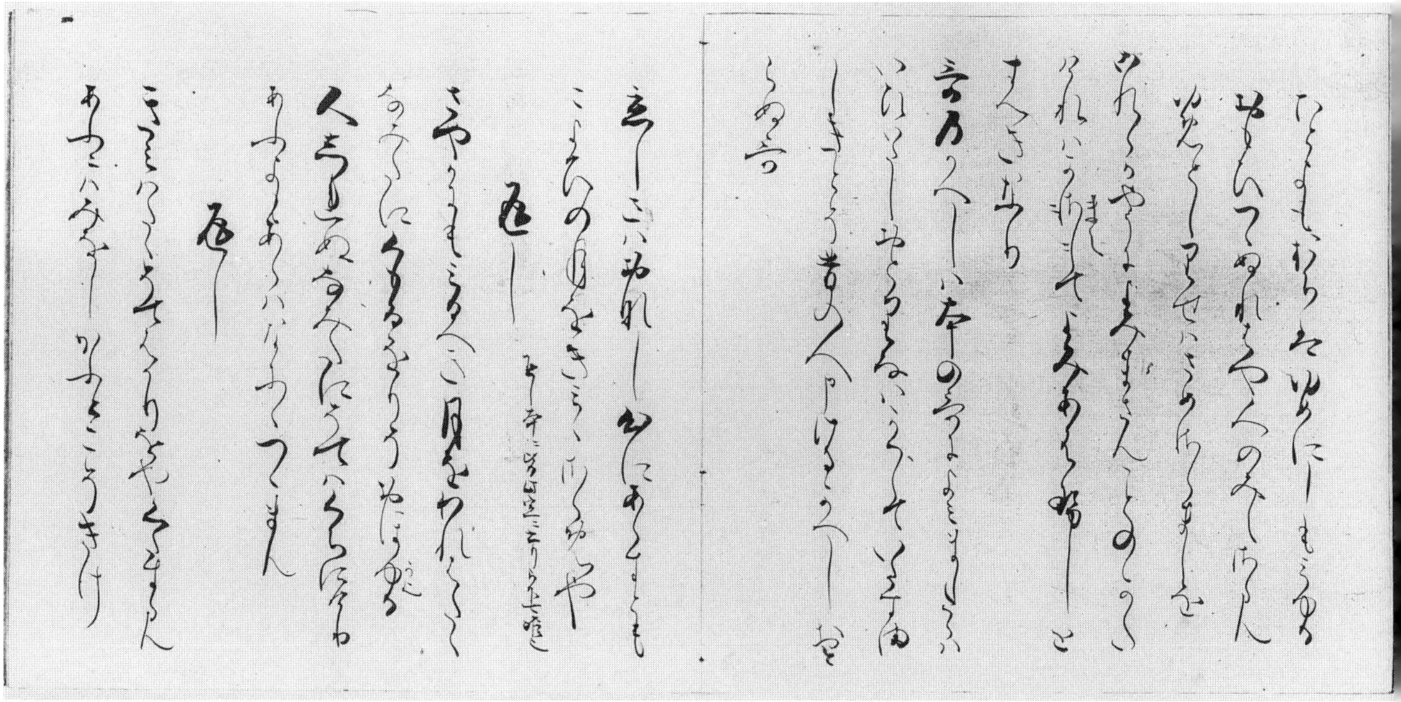

[二二ウ]

こそやうやう行さかんやうつる
ゆゝしくかけそうして
色一
したゝるあめやうにうちしめり
ふりてはらら打そよめきて
山かつくへ入をいそく気色は
世人のしるきさまなり又人の
このりことはいゝつくしたるに
いさゝかたにもれさむと
いはれむとおもふもをく

[二三一オ]

かりにてもんたありぬへし
寺住坊舎沼のうなわ楊このや
のとく文も記みあむまして
あるへきらほの風のおとうく
きやかなり、こもり又すみつく
こゝいみしくおほゆ、うらむへき
うへまたいかにそうゝゝや
もてもてに、あめそこもや
あそひにふれ、あれに心うほ
れもとになあらくちをうき

たゝけに今もかくこそありけれと
おもひしらるゝにあはれによ
つかはの人ありまりてゆくさきにまた
いふかひなきことにてもおもてあ
ふましけれはすくさやうなるかし
こそいうしくしもぬるしけて
ともかくもいひかなしうて世人
はなはたしうこえゆくよに
ろくさるかつくるもけにいふぬ
こともていあれこそひゆくさめん

195
こゝにつけては和歌の道はかりこそ
いにしへにかはらぬものはあれ
なくしとかはしめぬ人よりあるる
ことはもあらすみてもむかしの事をは
あやしくふるやうなる人もとさへ

196
返し
さてもこの我にあやしかはらく
いらん色のとこうさふなりかれ
はなのくしなくきこゆるかな
もかくみてをあ人のよいつれなん

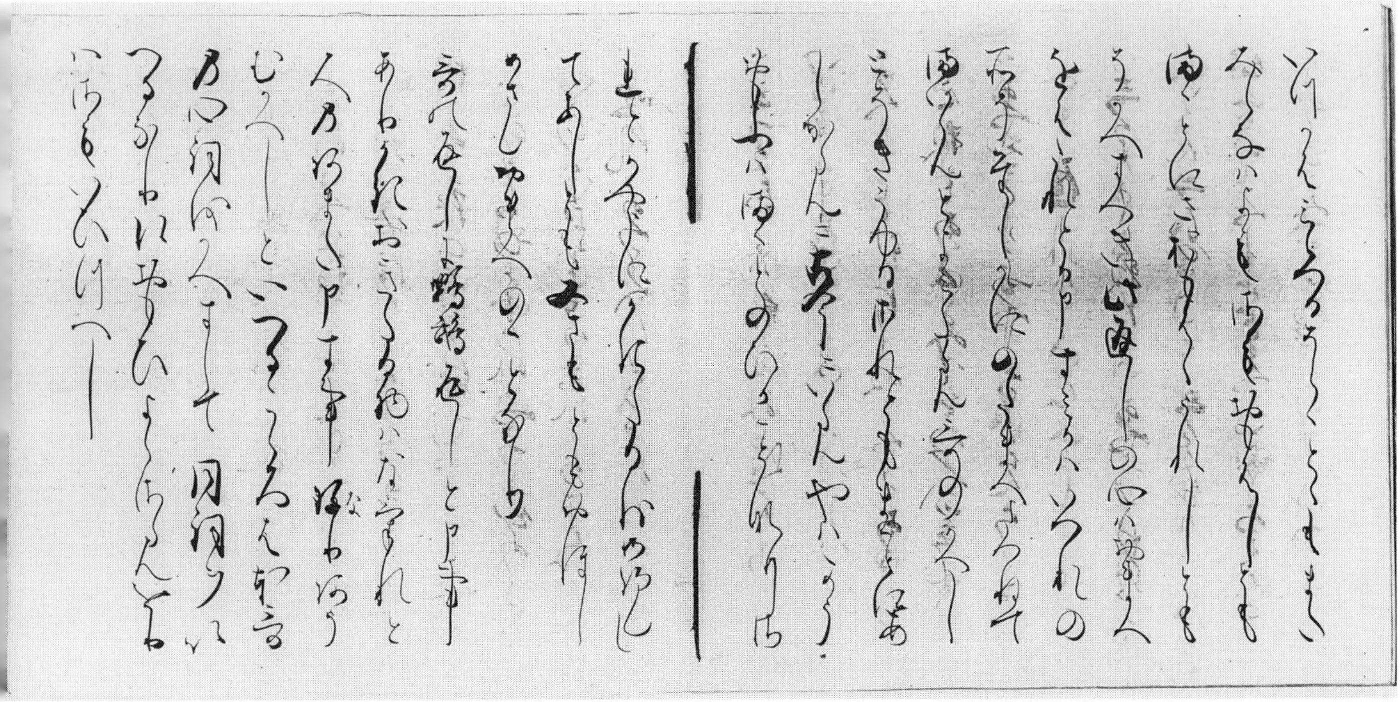

二・二十二ウ

二・二十三オ

202 201 200 199 198 197

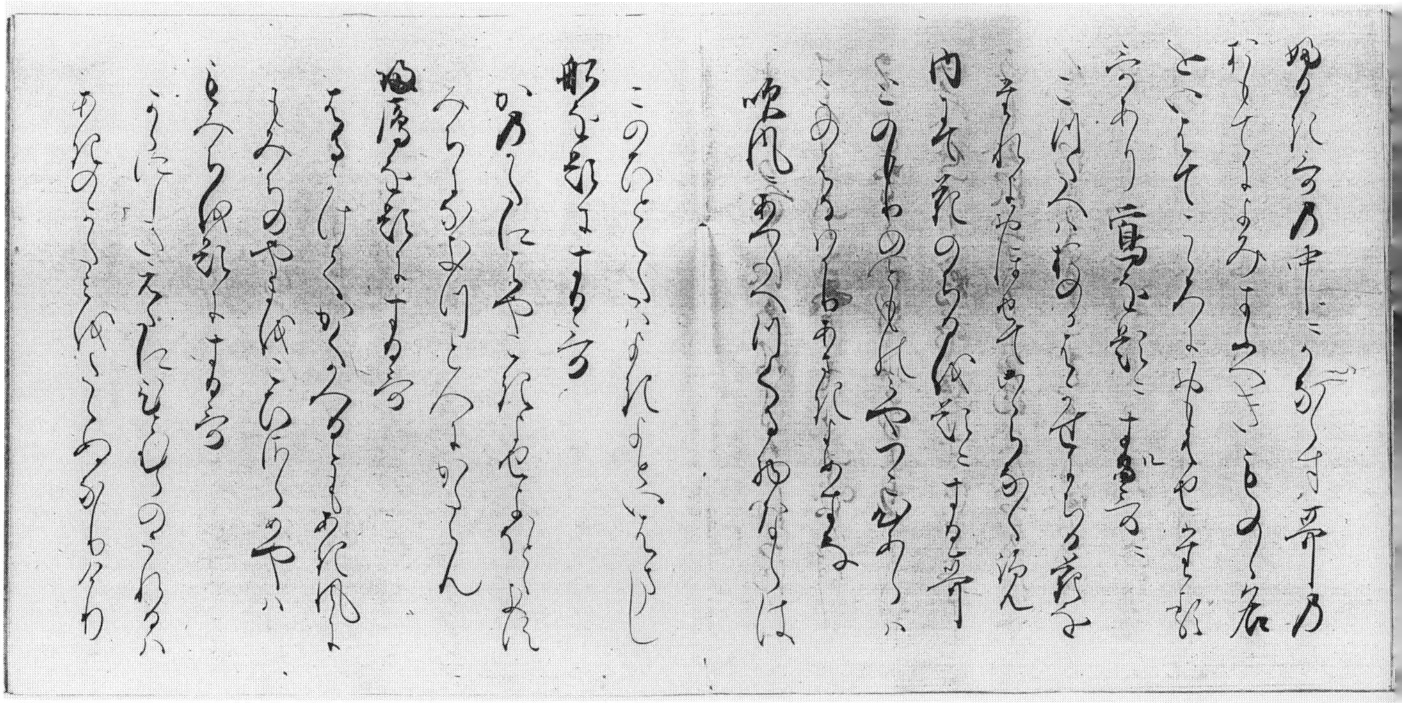

二・二十四オ 二・二十三ウ

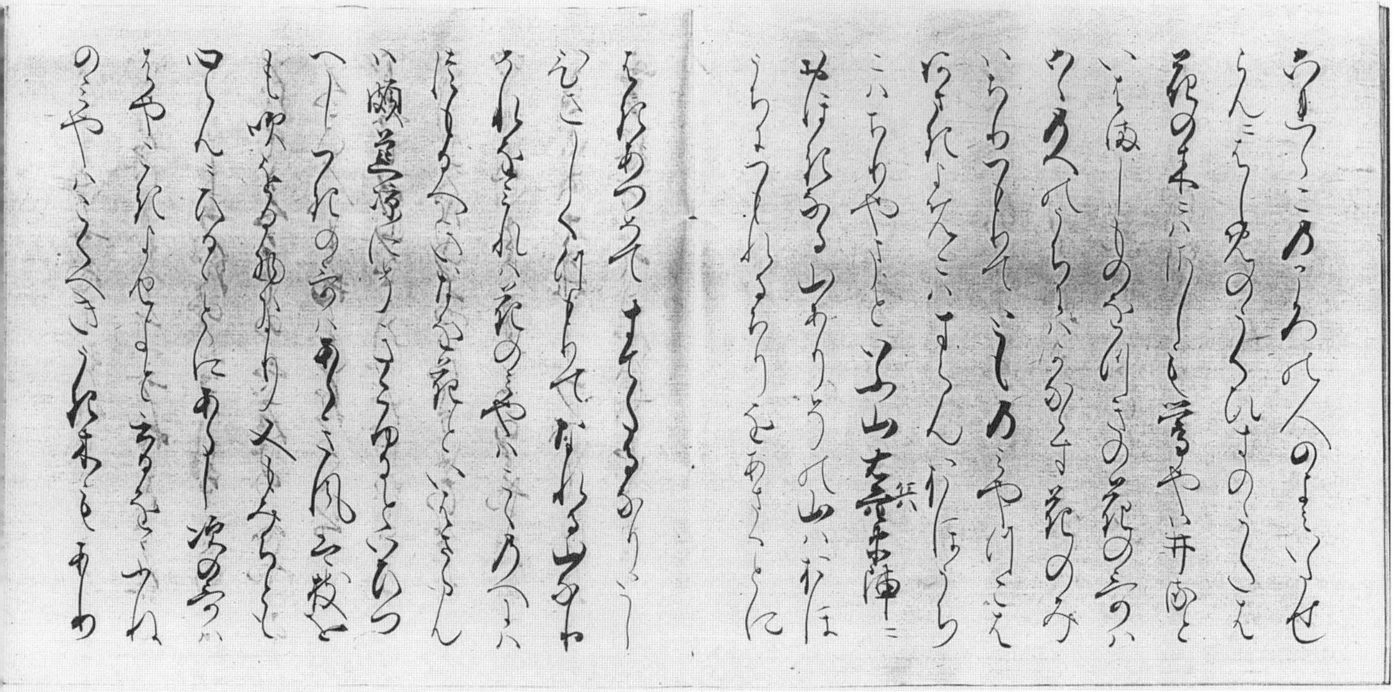

二・二十四ウ

二・二十五オ

うすことかつてふく人のかくはせ
らんそうちろむのくゝいますのくゝゑ
花の本にはひゝしくきやは井ゆを
いさあ__ありそうよるとす花のこゝ
ひうくすむとうよしの山のゝみ
にあれもはあさむほんそろ
これらやゝうしの山大峰御幸に
よけれうありうのひ山八おは
らいつうれよれうとあさうに

もあつうさまきゝなあれう
うきさしく何とりてなれはの山
にもうきふれのやれえやり
にむうをれ花のやへさちなさも
へ'うたれのはあるさ花ろなれ
いねき道にやちきもさゆすり
もふきさくよれはれとある
はんしふれさくとへあへ凌のうち
のもやのさえくきん侍もわ

二・二十五ウ

二・二十六オ

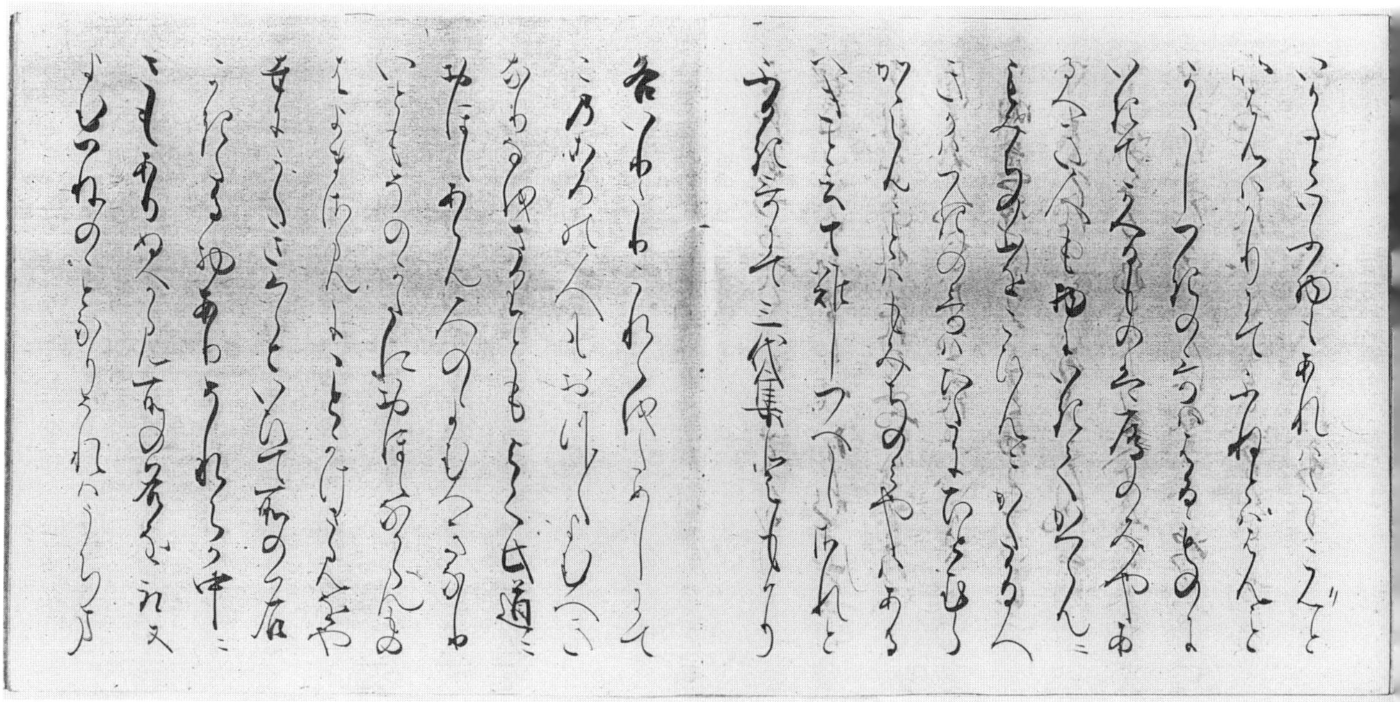

二・二十六ウ

うせそしもへさしてあれ常に人
のきゝならしたる所の名ぐさよ
しへきやうの名をよむとて外の名は
のこらすよしなあるましきことや
そもそもへさのにゆかててうの野え
よみはへるそこよりうてしまる
のともあさこのやまにゆきて
そうは山とも申し山をてらして
川ののこてよしのハもこう
らしのはもハいたんハいとをかしわ

二・二十七オ

野をしもしくさつくこのかつ宮の野辺
ともうち野ハしもかくハあさの
こともそのかくるゝの野とそ
しもしくき常にもみなかぬかれ
かくれ何のつきにもほられて
思案ありとみてもしもきの名も
そもくつかれなこやこんなりよ
うたさのきんとかもて
あきれのいらゝぬきとふる
人はあさこのことわりやあるらん

205　204

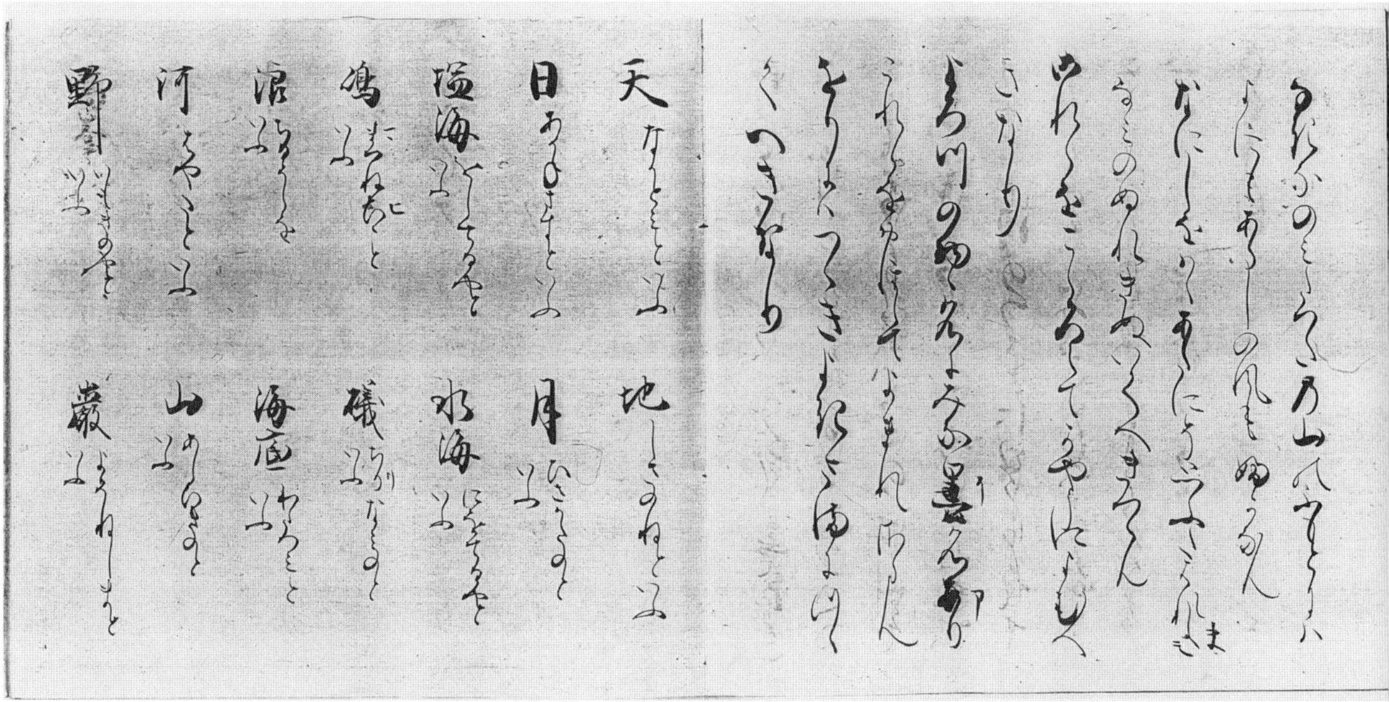

二・二十八オ

二・二十七ウ

高峯云あまそゝると
谷云いはかきと
神云ちはやふると
大和云しきしまと
白云かけるものと
人云ものゝふと
母云たらちめと

峯云さかねのと
瀧云たるみ
湖云にほてるのと
平城京云ならしと
民云いちゆきと
父云たらちをと
史云ふみくらと

二・二十八ウ

婦云わきもこと
男云いさなくと
海人云あまのこすと
鼓云むらさきのと
念云わかくさのと
枕云しきたへのと
月云ひさかたのと

夫婦親族うからやから云
女云はしけやしと
顔云ますかゝみのと
心云いはのあをと
衣云たちころもと
年云あらたまのと
日云あかねさす

二・二十九オ

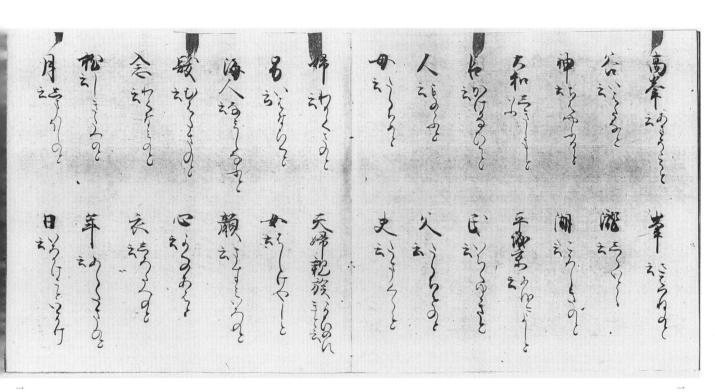

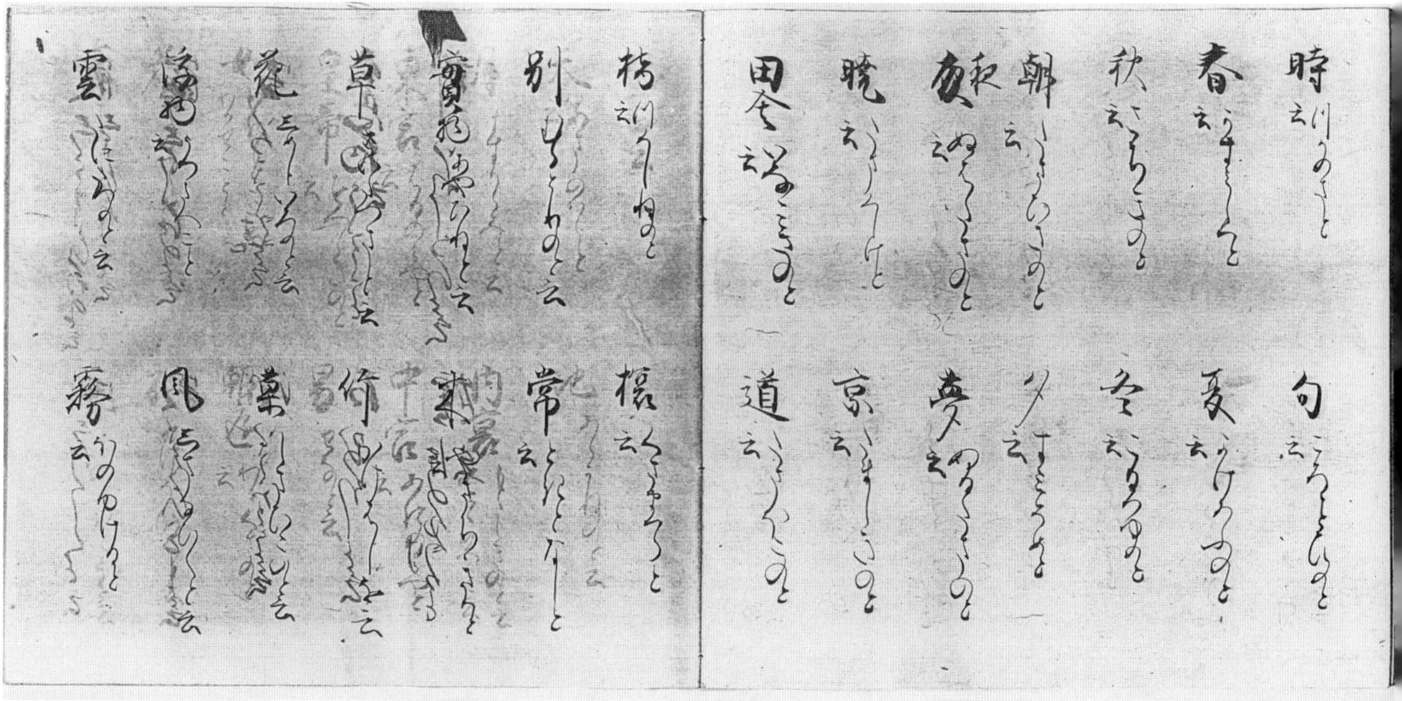

二・三十オ

二・二十九ウ

霞 [illegible]と云

雨 [illegible]と云

露 [illegible]と云

霜 [illegible]と云

雪 [illegible]と云

[illegible]

[illegible]と云

[illegible]と云

新[illegible]と云

[illegible]

他書云

天 あまのはらと云

地 あらかねと云

月 [illegible]と云

内裏 もゝしきとも云 又こゝのへと云

東宮 はるのみやと云

中宮 あきのみやと云

皇帝 [illegible]と云

[illegible]と云

女 [illegible]云

朝廷 [illegible]と云

暮 [illegible]と云

夜 [illegible]と云

暁 しのゝめと云

風 しの[illegible]と云

二・三十ウ

二・三十一オ

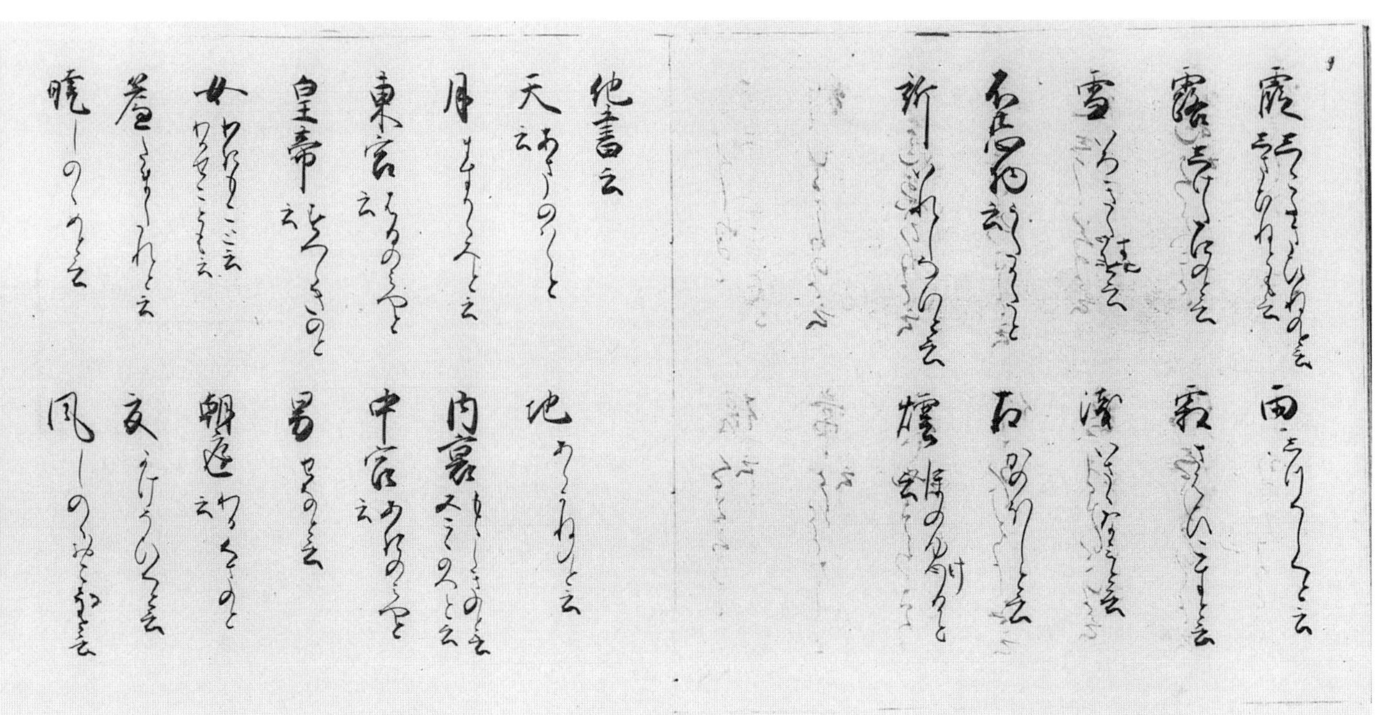

君 さゝれいしと云

海 わたつみのと云

山河 [illegible]と云

船 うきゝのと云 又あまの[illegible]と云

霧 [illegible]のと云

女郎 [illegible]と云

宮 [illegible]のと云

人 やまと[illegible]と云

海底 わたつそこと云

逢坂 こゆるきと云

時鳥 しでのたをさと云

書 たまつさと云

筆 みつくきのと云

兵衛 [illegible]と云

近衛 [illegible]のや [illegible]と云

[illegible]草 [illegible]と云

鶉 [illegible]と云

鶯 [illegible]と云

麻 [illegible]と云

猿 ましと云

墨 [illegible]と云

蛙 かはつと云

これら[illegible]にあらされと よみ[illegible]すれとも[illegible]きは[illegible]春の[illegible]さらに[illegible]夜の[illegible]きの[illegible]なり[illegible]と

二・三十二ウ

二・三十三オ

207

208

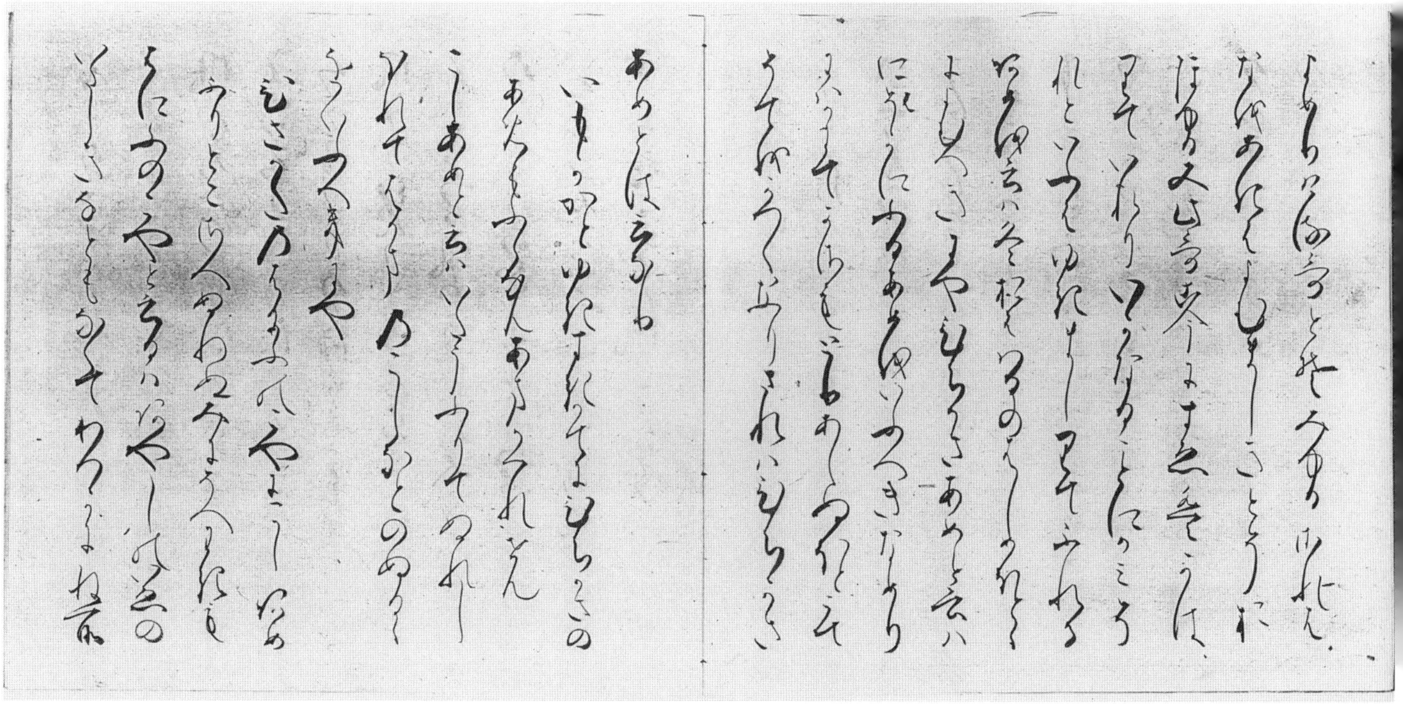

二・三十三ウ

二・三十四オ

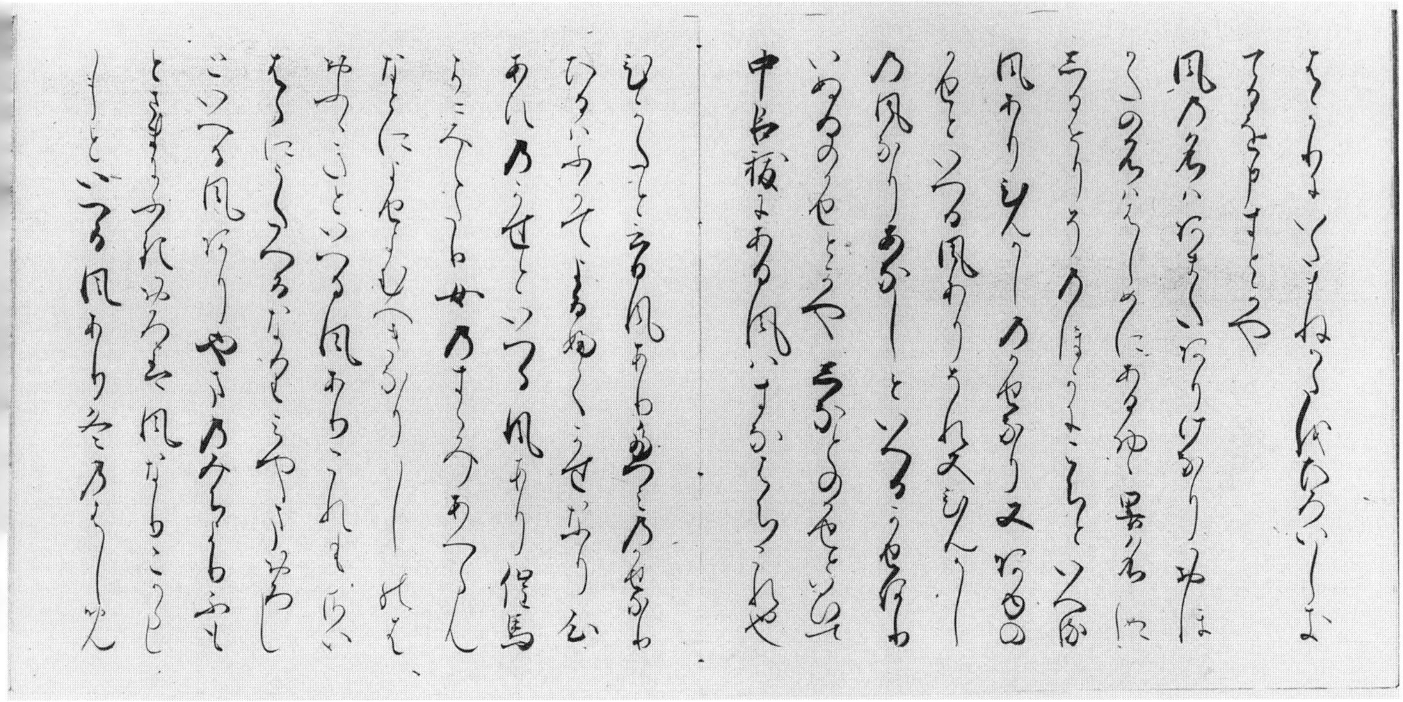

二・三十四ウ

二・三十五オ

さこのぬさきらしよ風かりけれ
らうほうに風の名ともいはれと
ことに京より遠さかるをはきこえしや
されゝ

209
はかなきわれはへりつわかにはいまたも
うゐゝるりけりゆゑにこそやも
わことのわさこるゐりあけてはいまたも

210
さくらの川のもへしいてし
にはすまぬつゆは春田けりつゝ人とすなはち
ゆうりこれ人のさしはるかなるあ成

いくらもとしもなきゆゑそ家ことに
あまたくたりつゝと云ことらにてもの
なくなりやうやうさうしてき年木
ころゆきまてを家のうしろの
さのよらきりろの木にはらくし
るかその秋もなきをみりて
きにらいされくおよみ作をれ
れてはなとつくものなうてされ
よりつもてみまくかきし
つくりけり田をとしめてつりて門をさし

二・三十六ウ

うこそてさりあのはてこぬかれはよその
ましてなのしはせるめりとこ
こするハ人にハりてまたあらはに
もをさるかりそもくハらしくいしく
田舎なとにありつるをやのやうに
のかりそこれあけはとしいかそこさ
まそるをもいわめかりけるんかわ
かりしもこさとう使をはいふへからく
ゑいれんとはさしあるをあそふ
けりらしゆんの言乃はふきりれ

二・三十七オ

ここの五文字はたしかにてとあるへきは
かりあらしことなるとゆうそにぬ
とあるかれしこそやうしかるを
といるさとていねてあるゆゑも
のにさんそそこめなたる名なり
わとくいつるはらくいひさまるかね
いかなるも
らしこのさしらのうみにてしるか
おもひけれはゆきまうかしらん
昔天智天皇と申みかとの野にお

て鷹狩をせられけるにはしたかをそらして
うせにけり昔は野を守る翁ありけ
れはそれをめして御鷹うせにたりたし
かにもとめてまいらせよと仰られけれは
かしこまりて御鷹はかの岡の松のほつ
えに南にむきてしかも侍と申けれは
おとろかせ給てそもそも汝は
地にむかひてかうへを地につけてしく
ほかをみることなしいかにしてこすゑなる
鷹のありかをしるそととはせ給ひ

けれは野守翁は公主にむかはて
をましかるへくもなし芝の上にたま
れる水を鏡としてかしらの雪をも
さとりおもてのしわをかそふる
ものなれはそのかゝみをまほりて
御鷹のこゐをしれりと申けれは
その後野中にたまれる水を野
もりのかゝみとはいふなりといひつ
たへたるまた野守のかゝみとは
徐君か鏡なりそのかゝみは人の

二・三十八オ

二・三十七ウ

213　　212

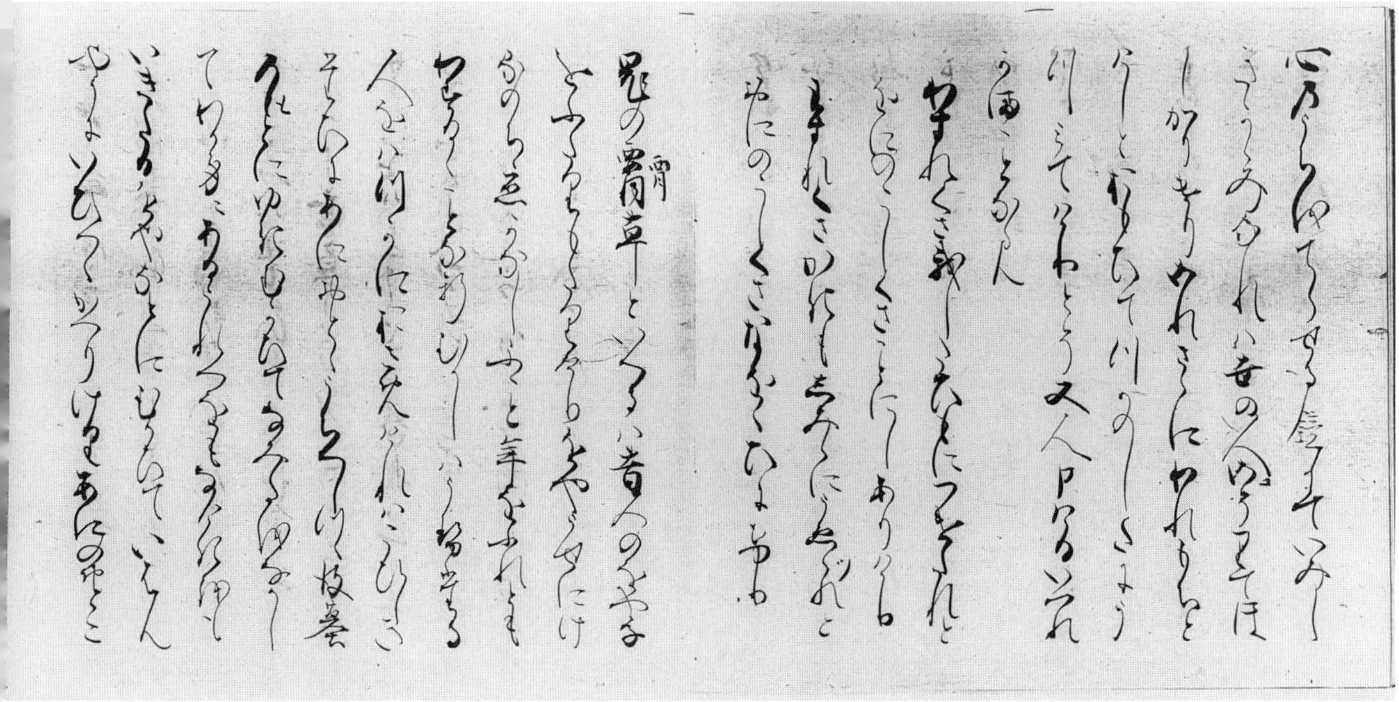

二・三十九オ　　二・三十八ウ

213 212

心のうちにてすゝきみてみし
さてつみのかれは昔の人のたまへるほ
しかりきりかれさしにかれもを
けしとなむいひて川のしらよう
川しらてはわとらう又人ひとつなれ
うらみしたる人
わすれくさおふしといふにつけてそれと
しのふのしくさとにしありけり
わすれくさのなもおもふにわすれと
みたのしくさかりなくひとよあら

鬼の霄草といふは昔人のおやの子
とふたりもちたりけるをやおやにけ
かのちこひかなしふこと年ふれとも
わすれすして墓にまかる
人をはつかへてひまなかりしかは
さらはとおもひてくらしつゝ此墓
うへしにゆかむとおもひてゆかう
てわかかくてをもうれへむ
いきゝかやかましとてむもひていらん
やはいひてかへりけるあにのゆくこ

二・三十八ウ

二・三十九オ

二・三十九ウ

二・四十オ

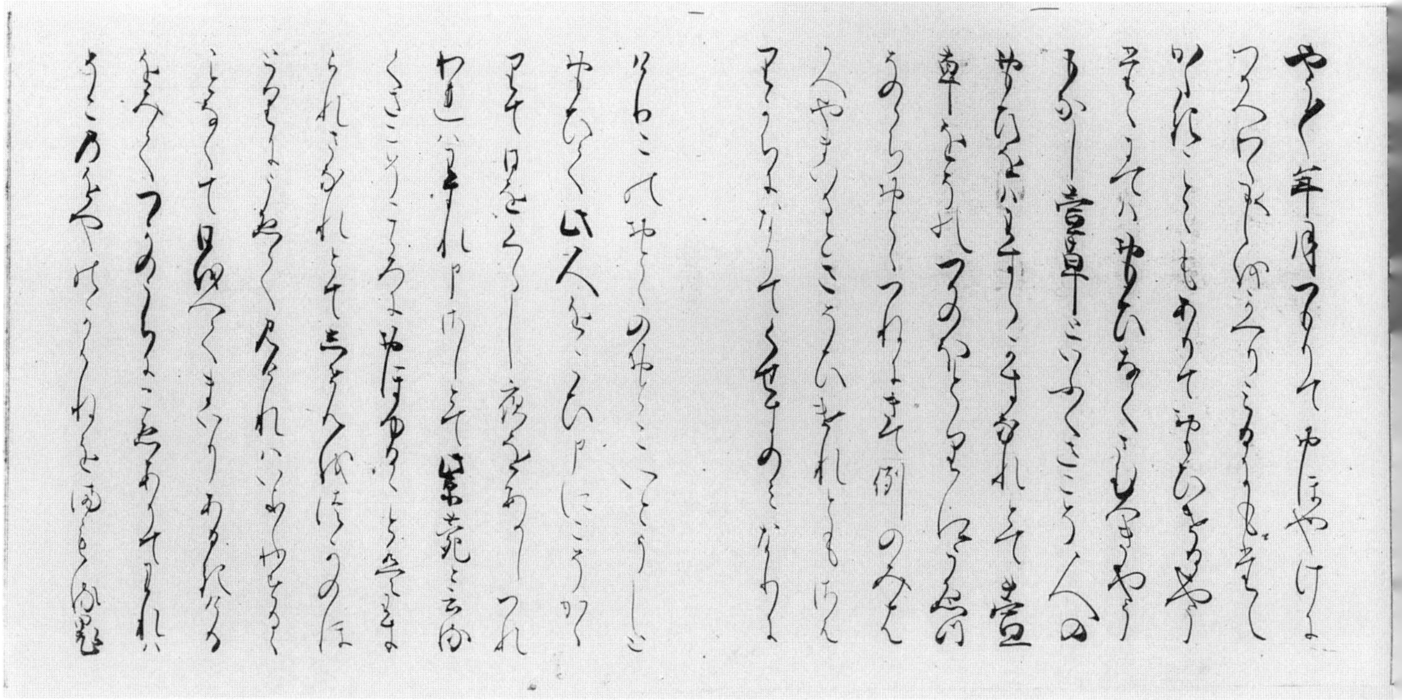

二・四十ウ

二・四十一オ

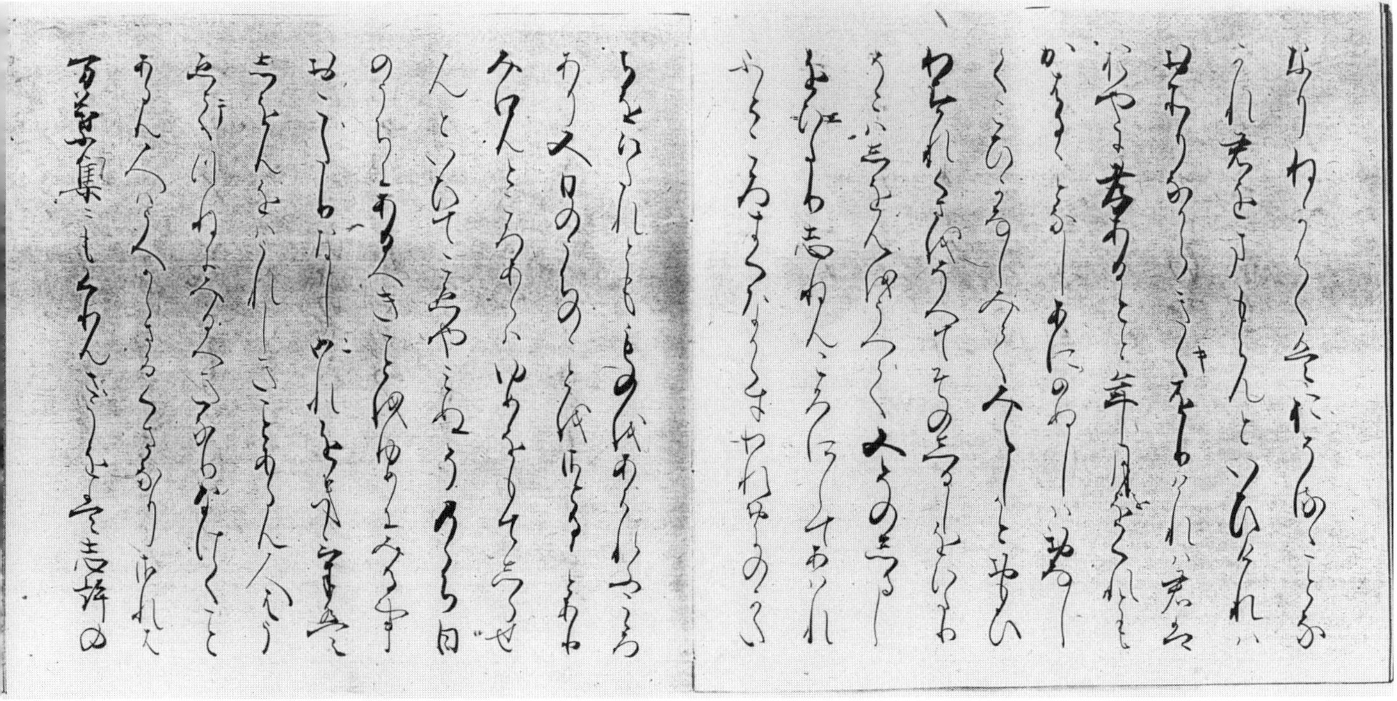

216　215　214

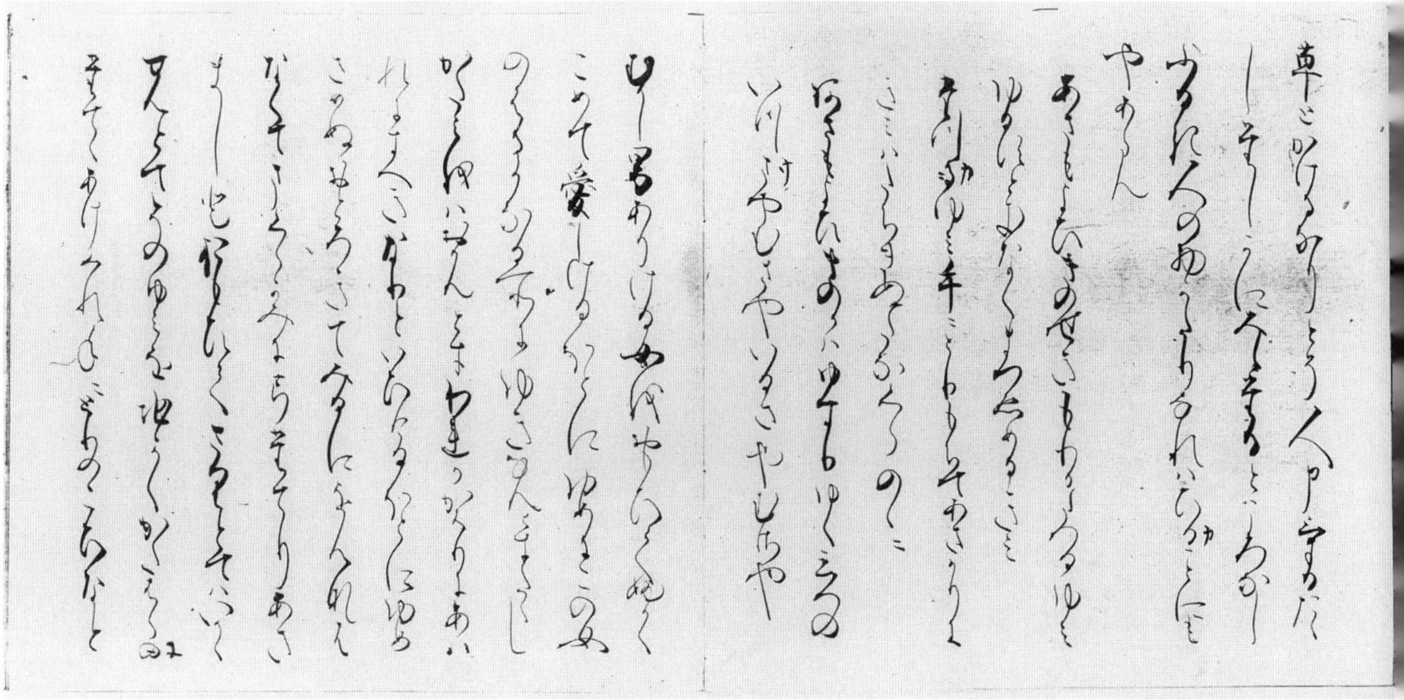

二・四十一ウ

二・四十二オ

二・四十二ウ

しておなしとしことし二月にかう
ほとゝにみしうきまかりてといひて
ある人にみせのにてしにつにて侍く
いくたひかゆきてみれは伊勢国よ
くちて人は文なりけるなりといふハ
あやまりよみけりとてうあさも
よいといへとそゆつりけりゆつりつかは
河さやけきやとて将とき野なりと
みなくゆしくめにともきこゆれと
もかうまきゆるそれはのこく

二・四十三オ

このころの人の歌さまふたつにわかれたり
新しき常のことゝなる万葉集ハ
よりて能者の代ゝにたへたり
古今やこれを心うるこの時
晴もし右大臣年少の君の物語大臣
と申しハ未年少人の家の
たゝこゝに贈物のまゆみて子をも
こゝろもくるしくやゝもかくてもちゐる
なにもとゝの歌のとゝのほりかは
うたになりてまよりはるの行の校よ

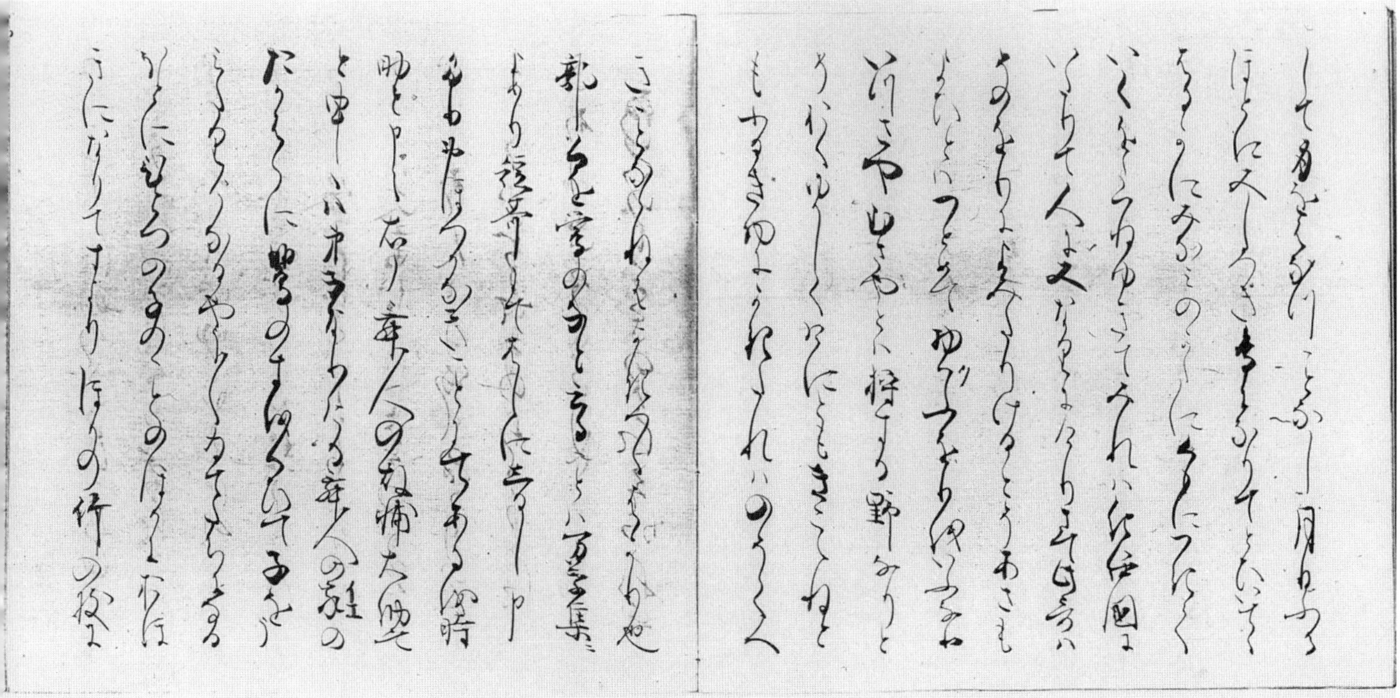

218 217

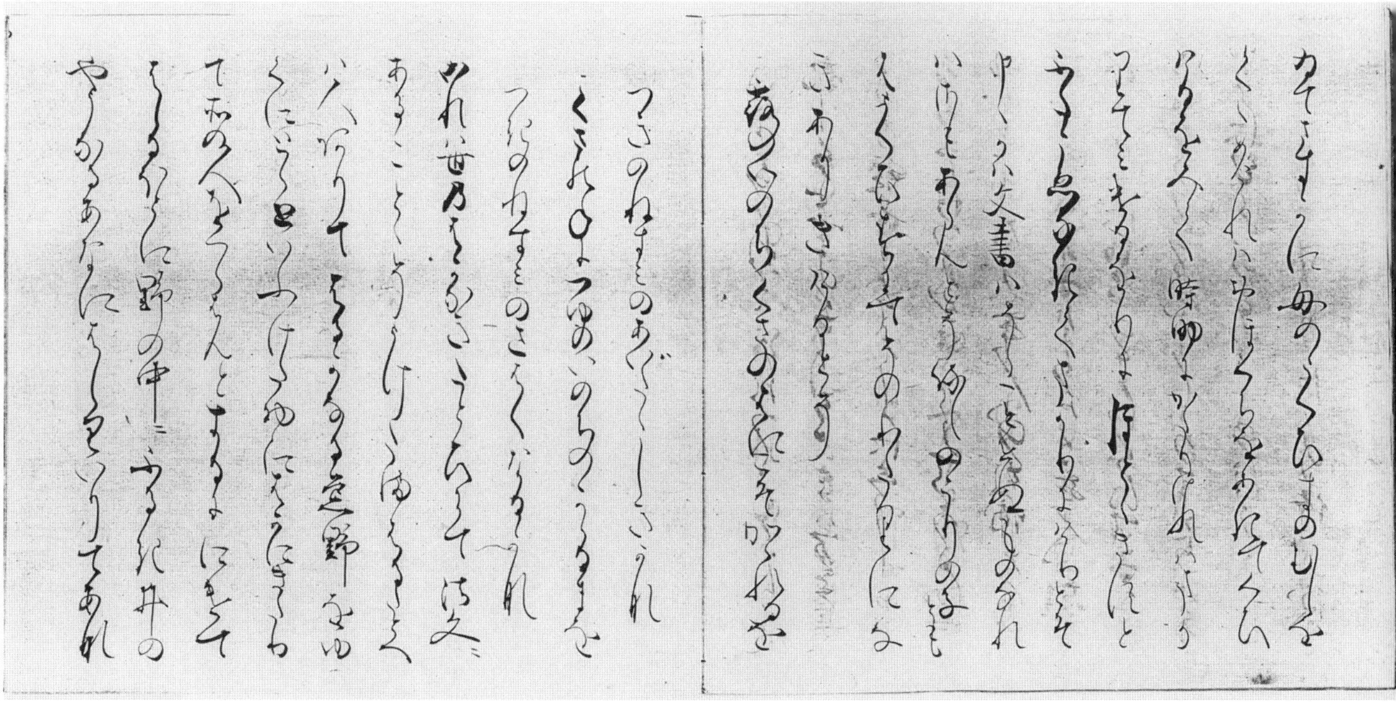

二・四十三ウ

二・四十四オ

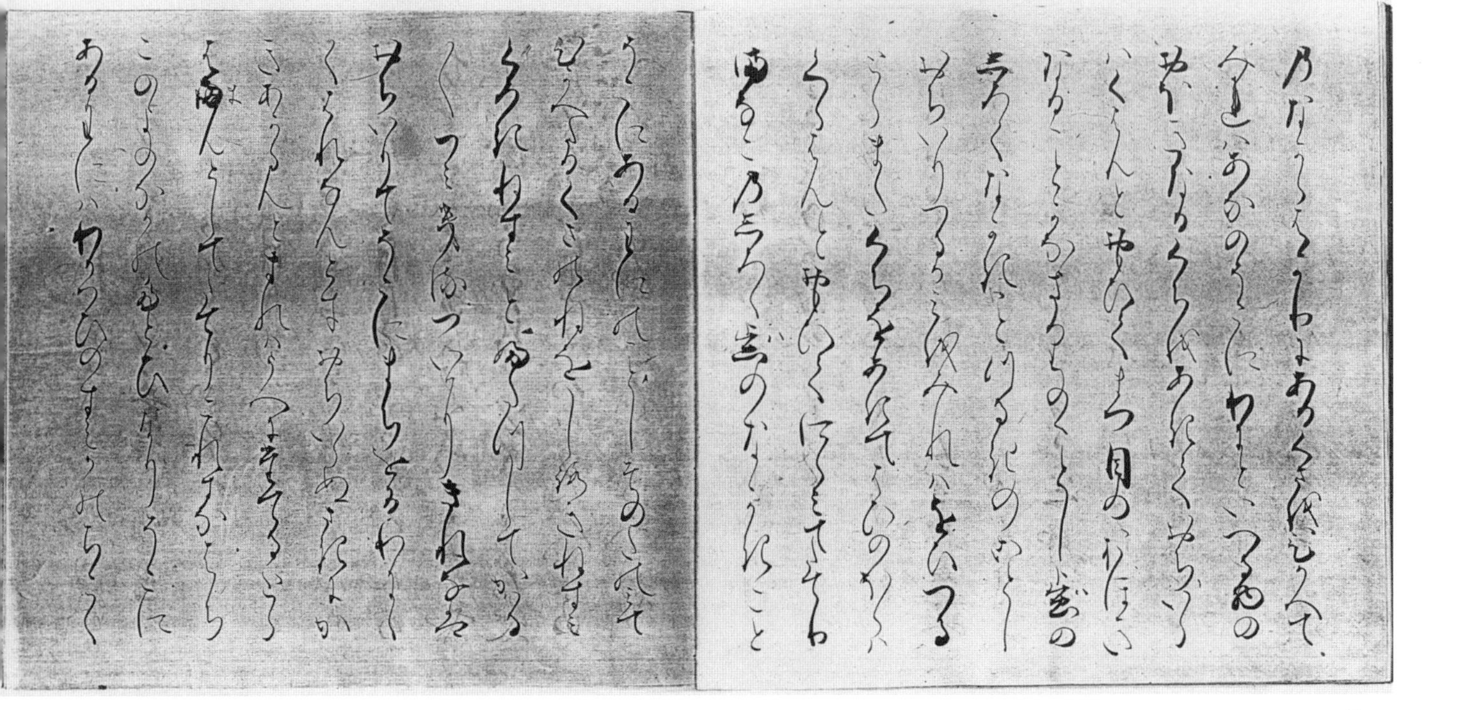

二・四十五オ

二・四十四ウ

220 219

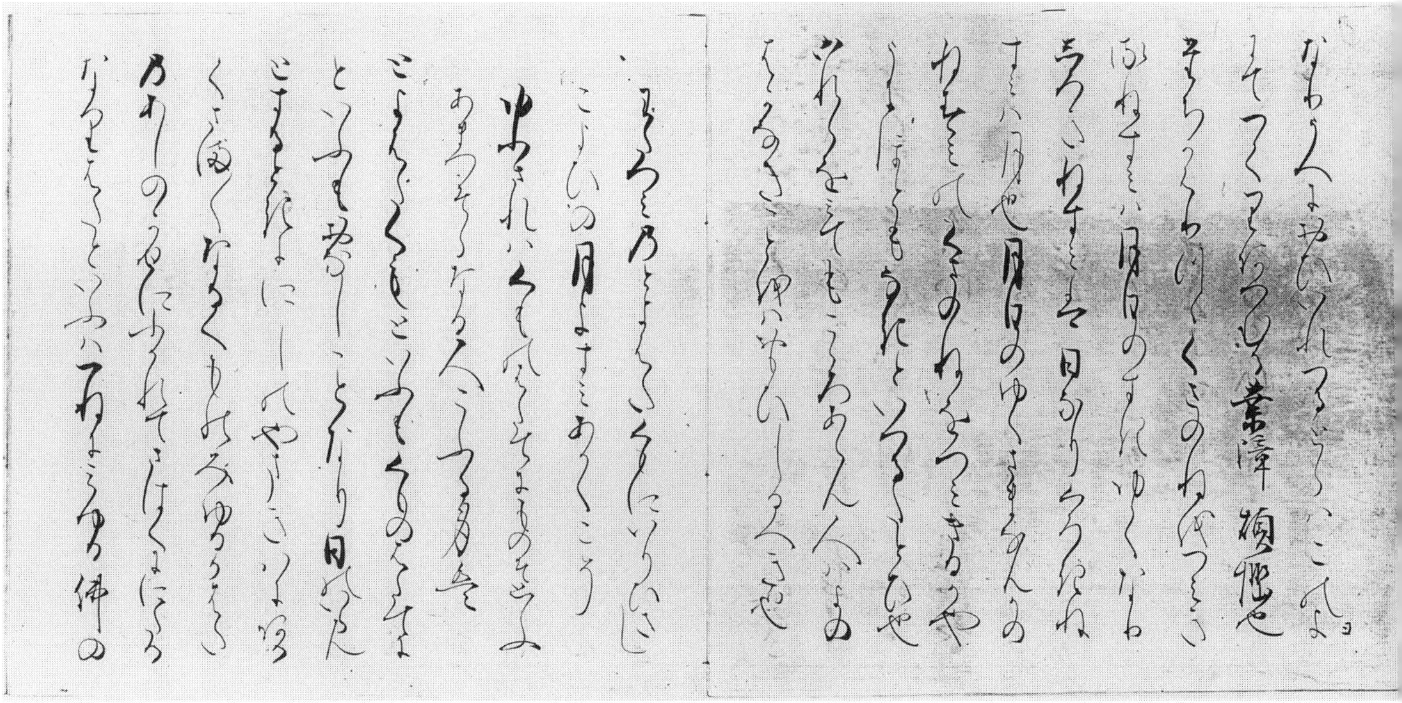

二・四十六オ　　二・四十五ウ

二・四十六ウ

二・四十七オ

223 222 221

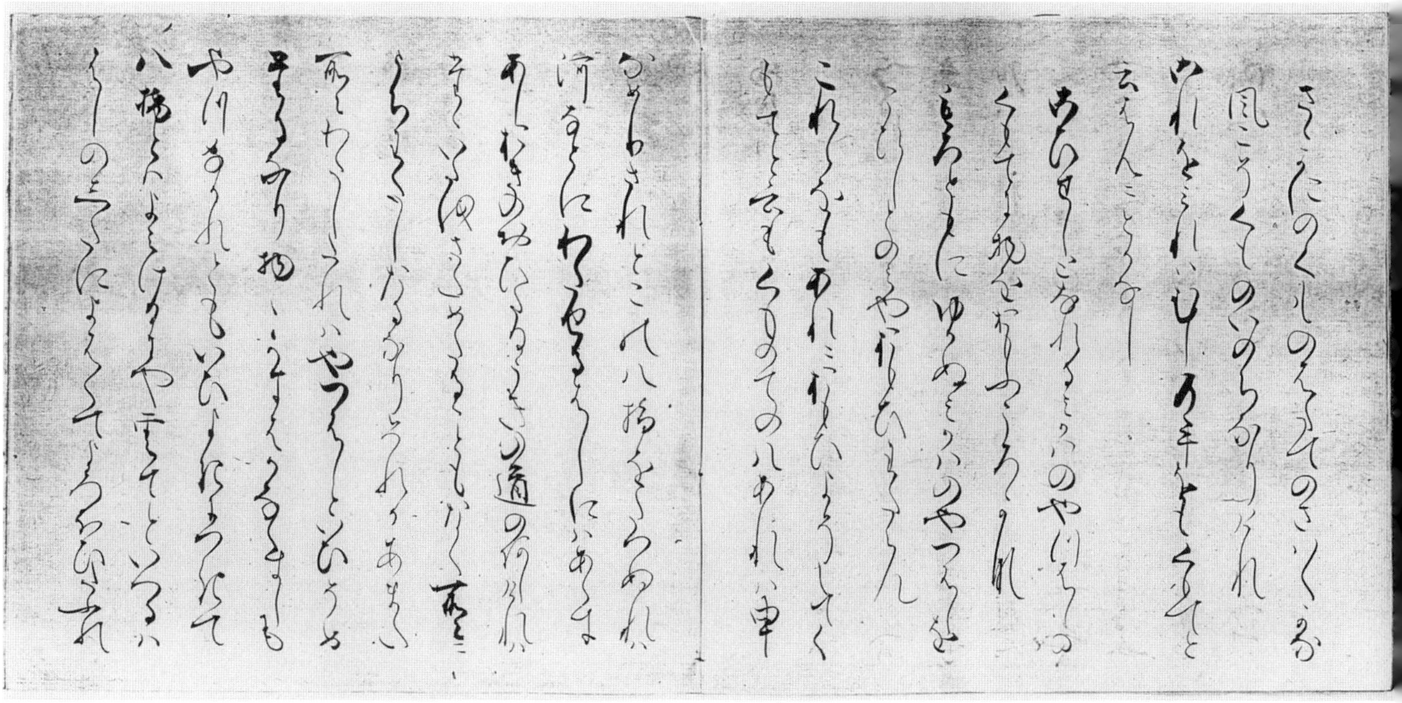

二・四十八オ

二・四十七ウ

221 さうたのくしのみふねのさしくるか
風こそくものいのちなりけれ
これをきくもいかにもちなりきもてと
云なんことなし
222 あるいはこなたるとふのやりうつの
くまてぬるなかにつくろわれ
223 しとみとしてにゆゑあるやつを
つもりしのやなきもひきうつして
これをもかれこれかひよはりて
もてなすもくちそのハあれハ中

かやうされとこれハ八橋をくるあれハ
河なとにわたるなとにハあるは
あしなきあかひろうきそきの道のほとりハ
そくいつけあるをもかく成ニ
しらくつかなかりそれかあるへき
成わしうれハやつしといふか
王なかり橋ハこれまくるとも
やりなれともいひはなちて
八橋とハよけれハやうそ云ゐるハ
くしのうちにしてなるかされ

二・四十七ウ

二・四十八オ

225　224

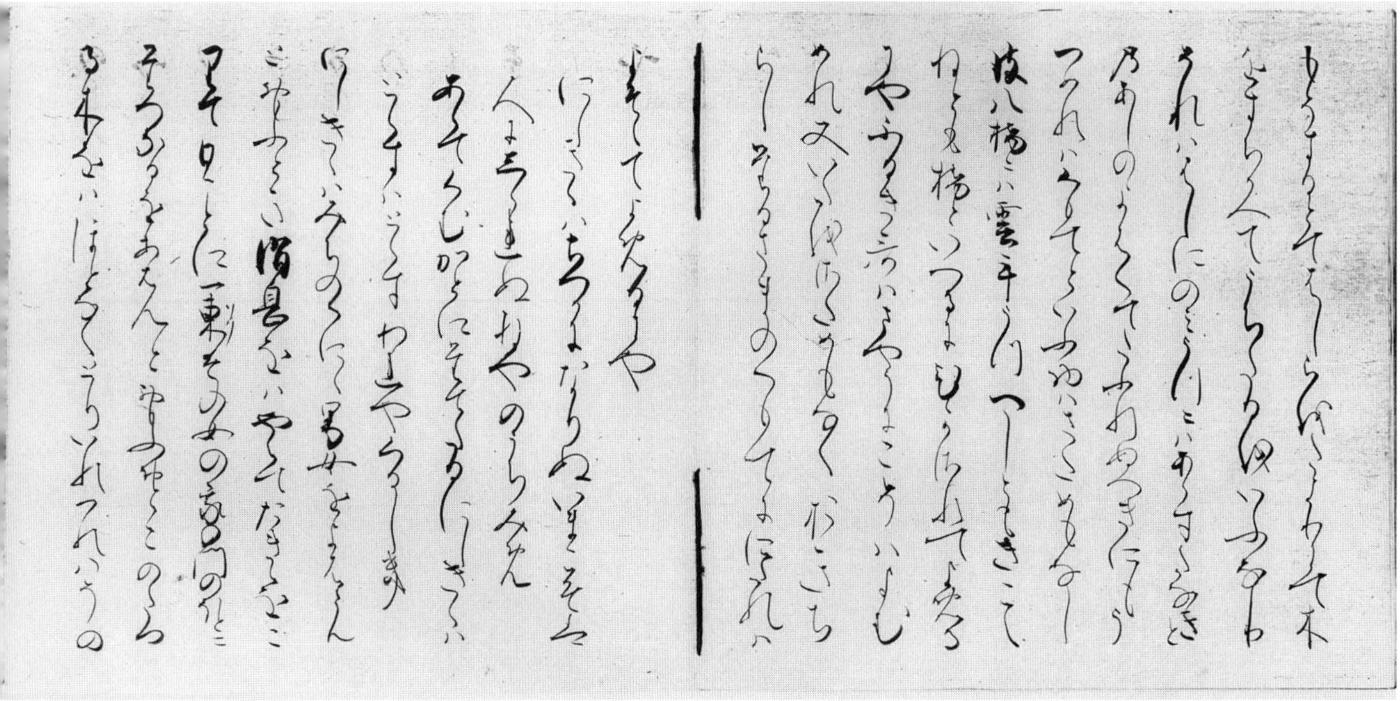

二・四十九オ　　二・四十八ウ

二・四十九ウ

二・五十オ

228

二・五十ウ

[illegible]

229

二・五十一オ

[illegible]

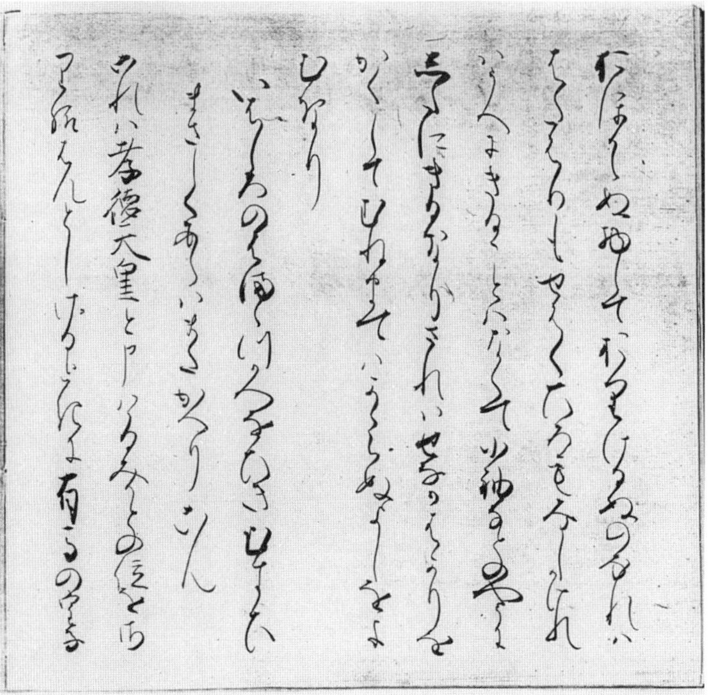

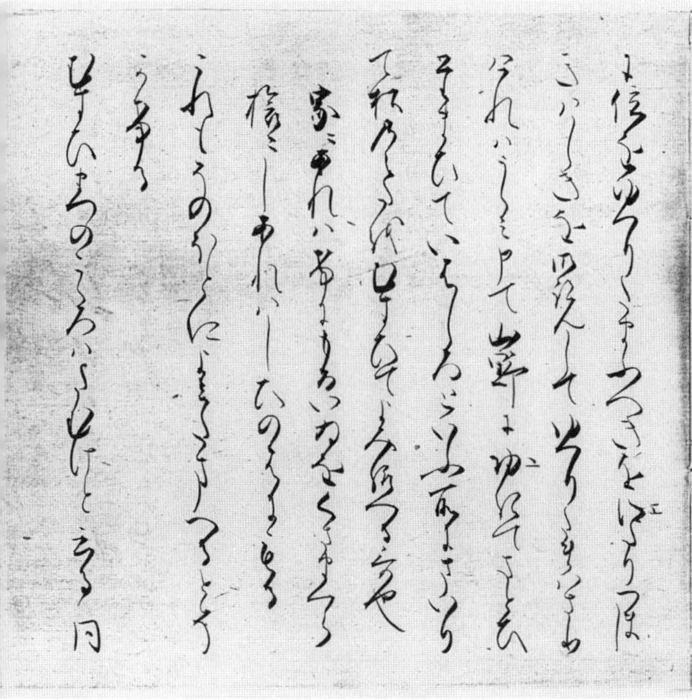

230

事や松のみとりまさりてこれハけ
ふんさきに石なとならへてまつり
ゆくあさしくおふいとくちはかり
白波の浜松のこのたむけくさ
いくよまてにかとしのへぬらん
松かえむすひて行とこそ申せ花を
結ひたるをみるにもしくはありく
をけくさといふにこそ申せなり
あるのうちにはのしく見えしもあ
あるはむかしをしのふる人あ

二・五十一ウ

231

これかりや申へき
大宝元年に文武天皇と申すみかと
のきの国に幸ありしにてあそ
ひたまひける時に人丸か陰に枝
皇子の結ひ給ひける枝をみて
よめる歌
のちみんときみかむすへるいはしろの
小松かうれをまたみけん人こそも

232

猶しうたかし見えよみたる歌
いはしろのきしの松か枝むすひける

二・五十二オ

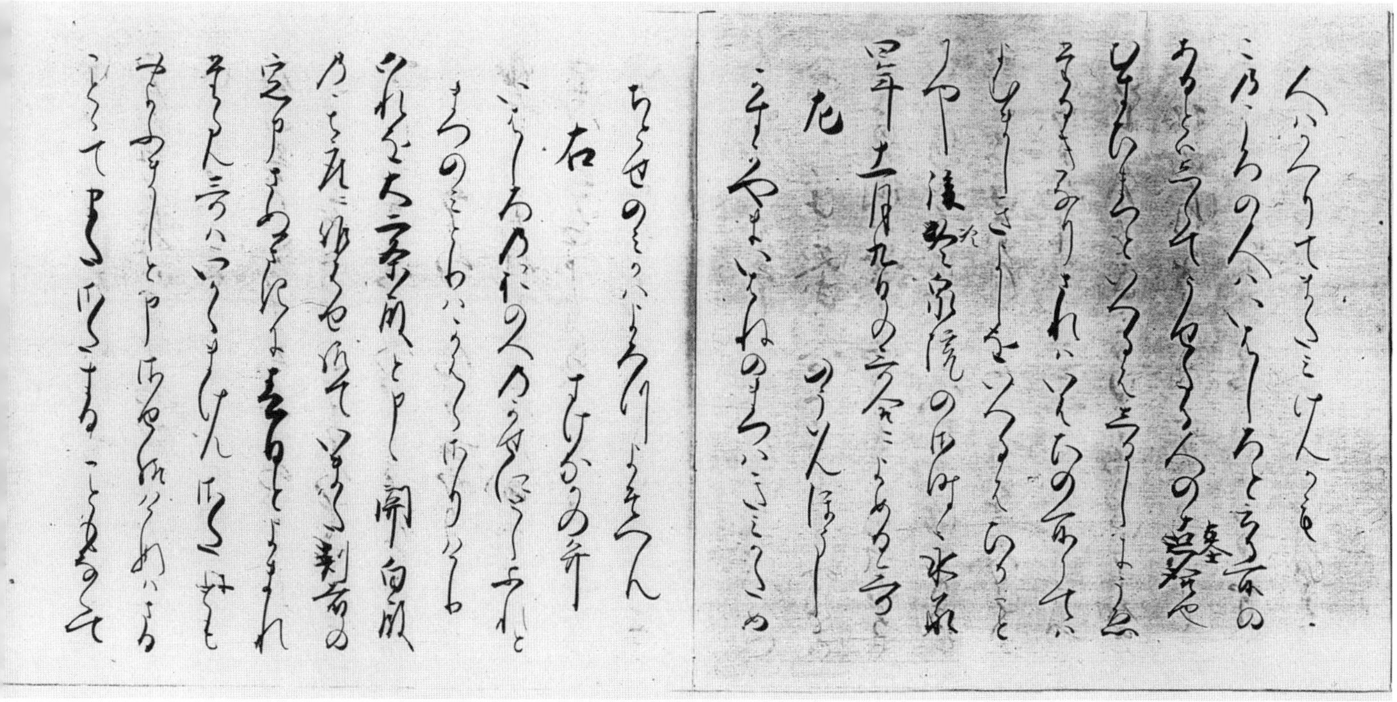

二・五十三オ　二・五十二ウ

二・五十三ウ

二・五十四オ

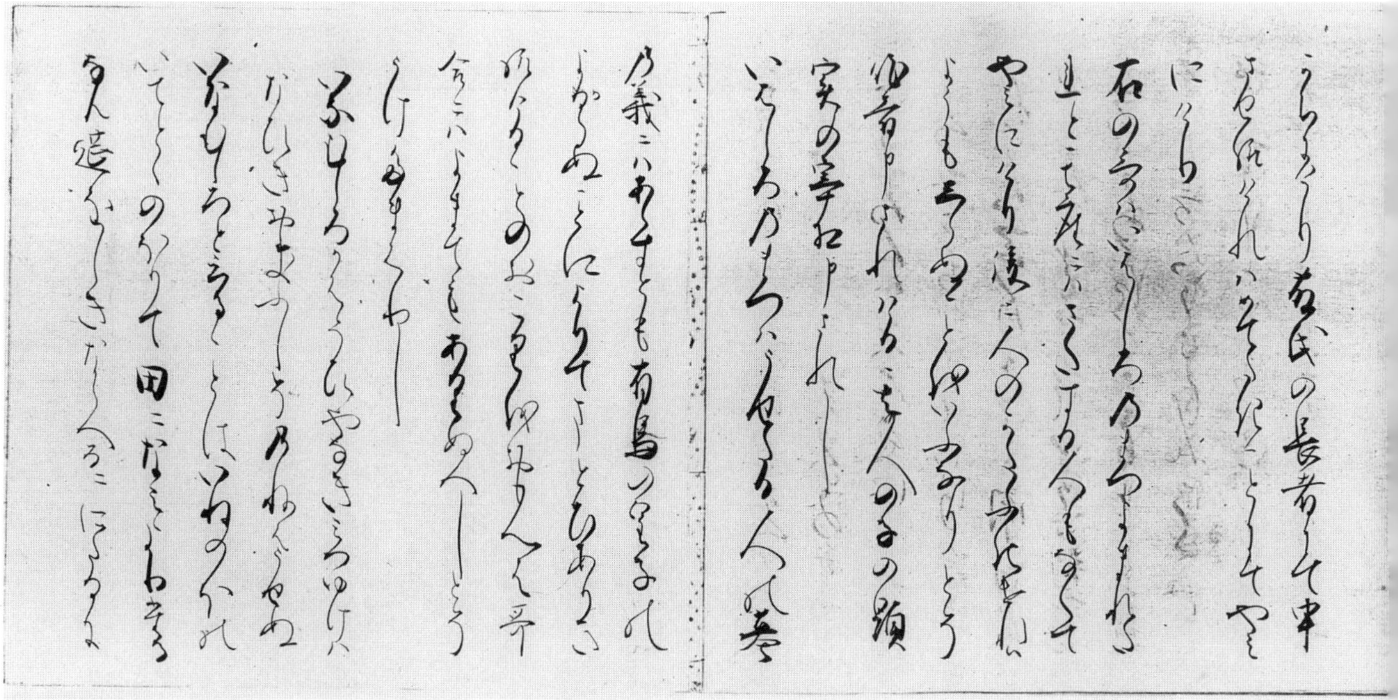

二・五十四ウ

ごろみり又河のつらにそひたる柳の
枝のはしになりてなかくしつまく
なるもしらすほとみくりろの柳の
木のもとにかくして枝の水にひかれ
てゐるところの人わらくはやしく
みりてましもかりくさにほうかと昔の
みよのあはなりける人のはなしに
童になりてつたへたるありて
この柳の本にかくつたまとしたる
まなひさこゆゑありけるとなん云

二・五十五オ

236 235b

つたへたる

頭注

おほつかなきはちくまの神のまつりなれ
いつの人のみなといひつくへき
伊勢物語にある
あふみなるちくまのまつりとくせな
つれなき人のなへのかすみん
これは近江国ちくまの明神と申神
のまつりに女の男したる数に
まかせて土して作りたるなへを

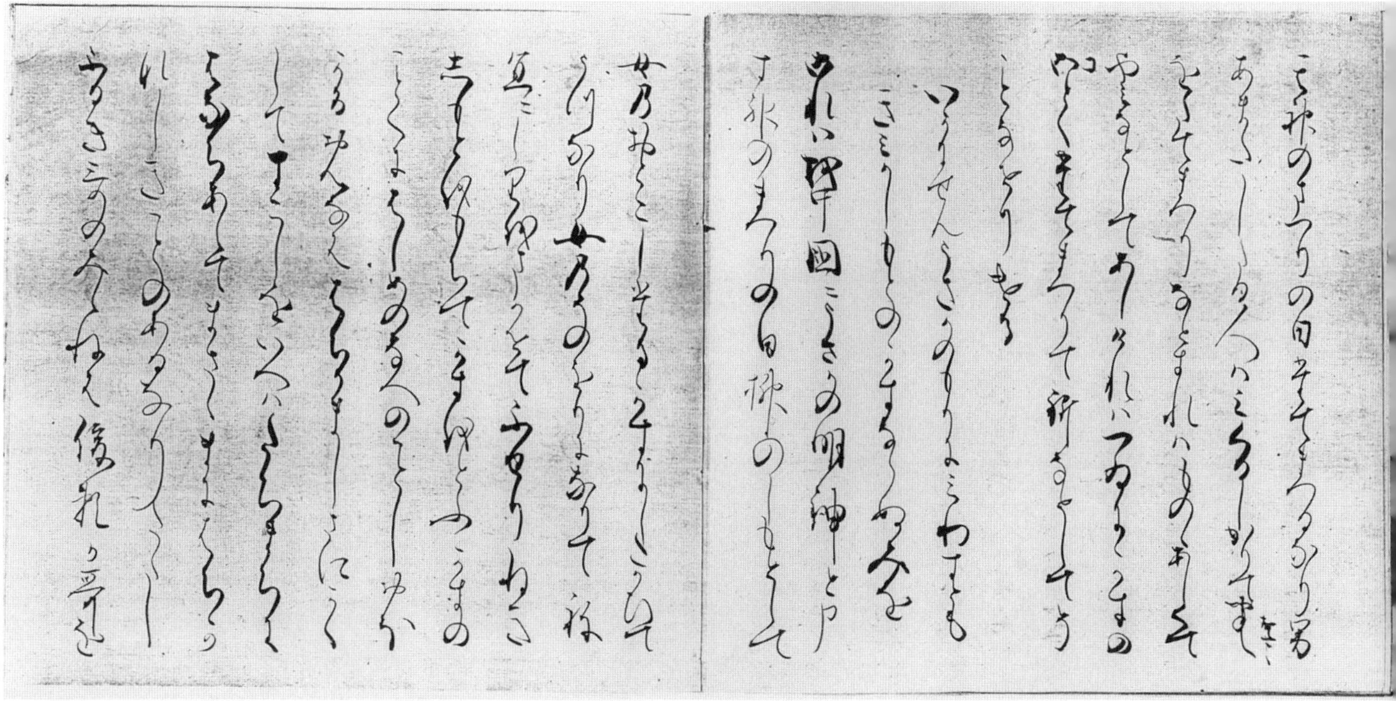

二・五十六オ

二・五十五ウ

240 239 238

[illegible]

二・五十七オ

二・五十六ウ

241
242
243

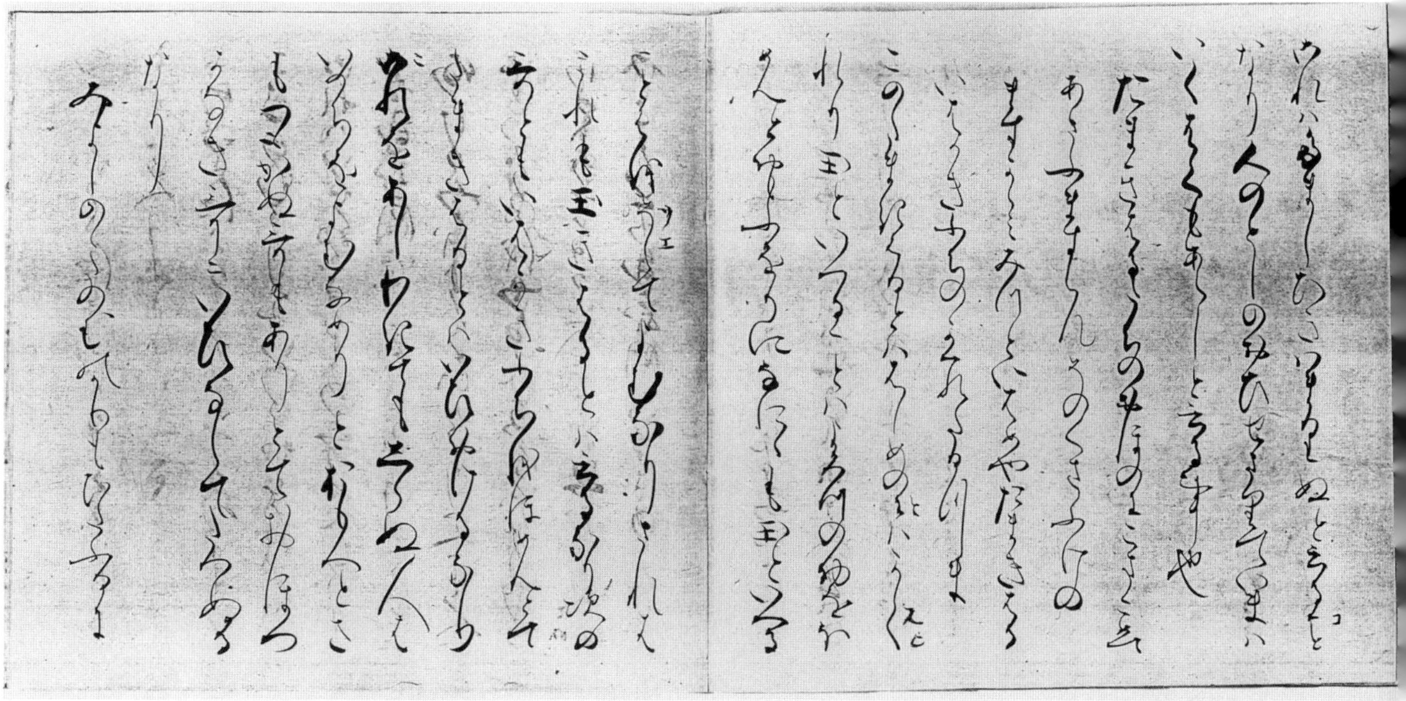

二・五十七ウ

二・五十八オ

245

246

二・五十八ウ

二・五十九オ

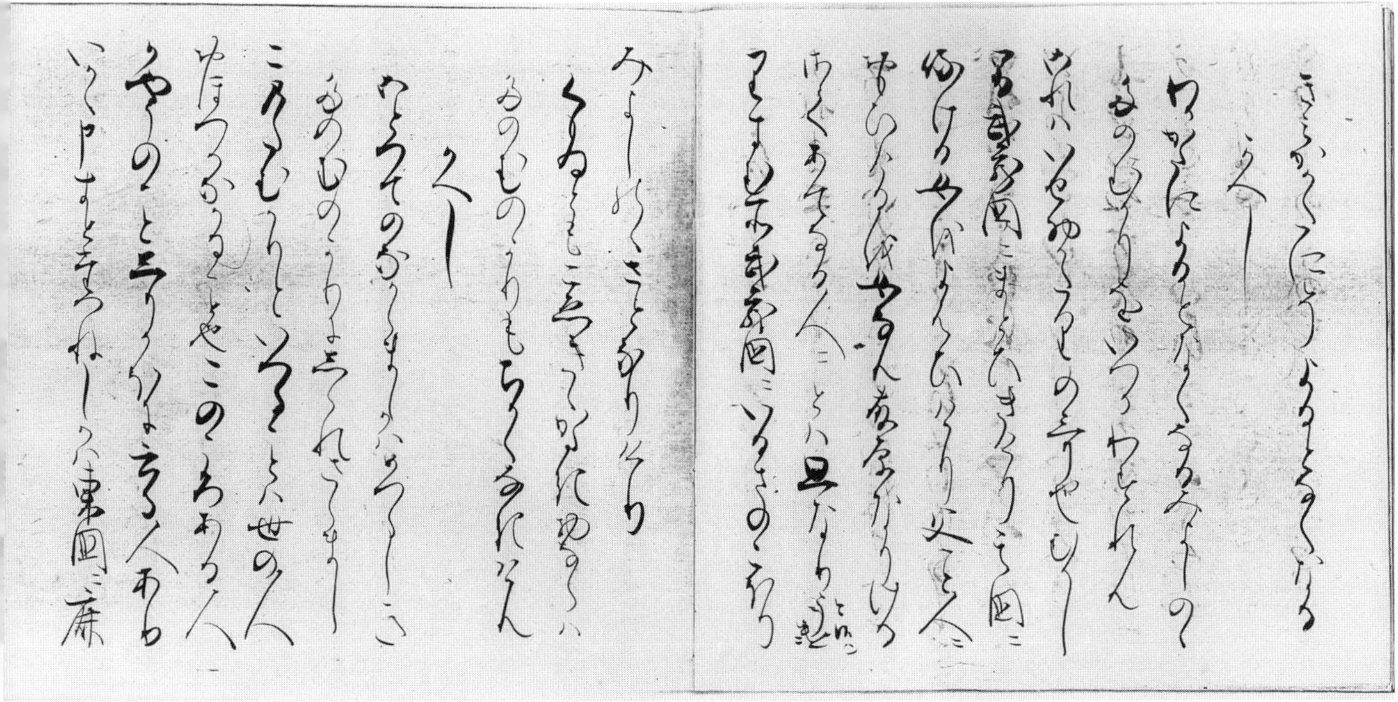

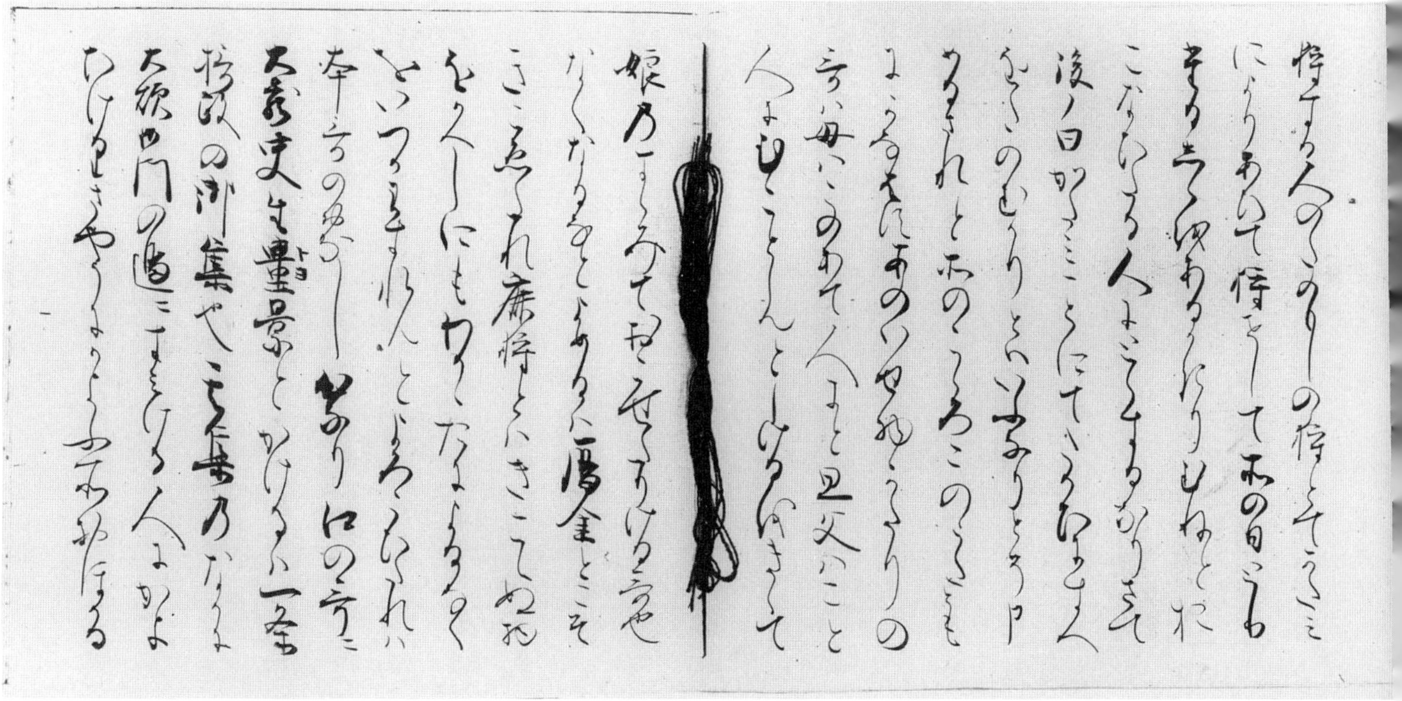

侍ける人のもとの侍にてさふらひ
にうりありて侍りして雨の日こもり
まりたるゆふくれにねとかれ
こなたなる人よさこえすかりきこえ
後の日かたりこにてうけたまはる
なさのむかりとい?すみりとこの
めきれと雨のころこのころさも
まうちなれあのつやねとこそりの
守は母にのみて人まと見えたこと
人よむてこそんとしけれはきこえて

二・五十九ウ

娘乃すゝみて程なくありけるとなむ
かくなりてとらえあるに一首金とこそ
ささえそれ廉将もにききてぬれ
をくしにも力してなたまちて
といつまほしうへとほそかにかれは
本守のありし歌あり江の守に
大夫史生重景とかけるに一条
頼政の御集やこもとのかな
大納言門の道にすきける人かな
たけるとさやうのことそ申侍りける

二・六十オ

二・六十ウ

二・六十一オ

二・六十二オ

二・六十一ウ

248

249

250

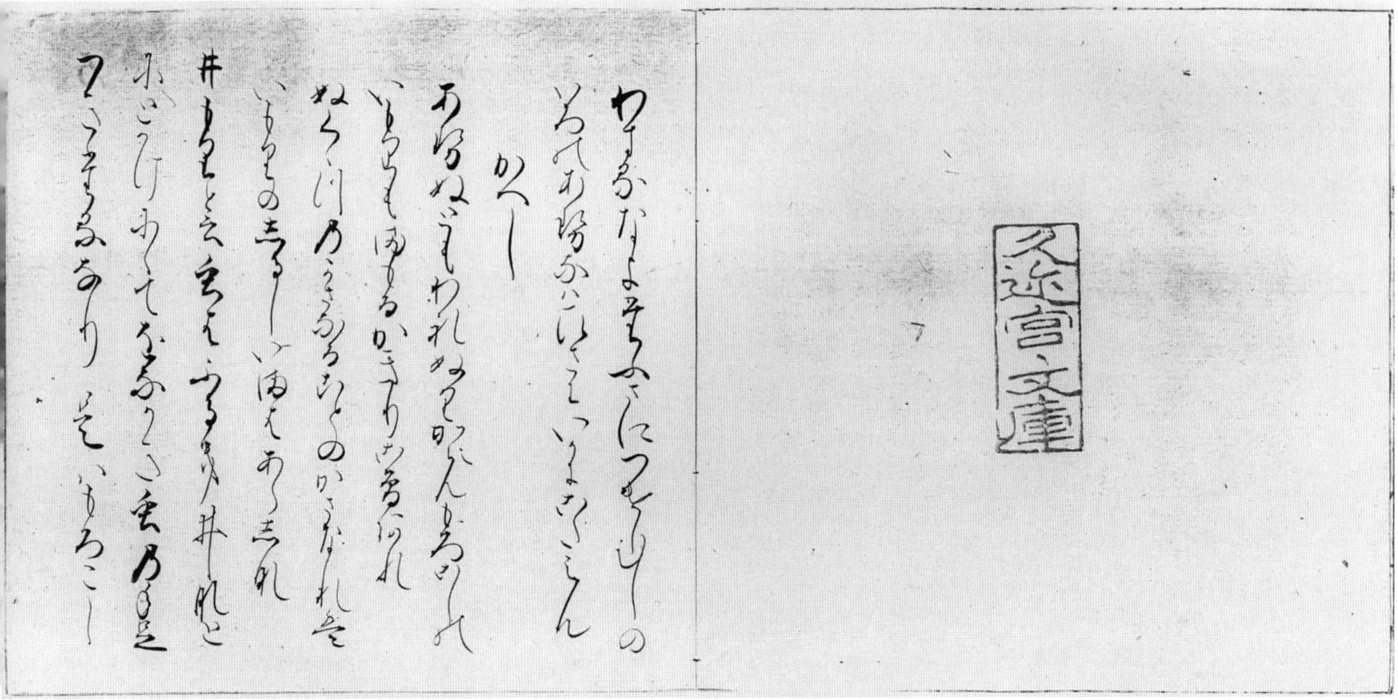

三・一ウ

三・二オ

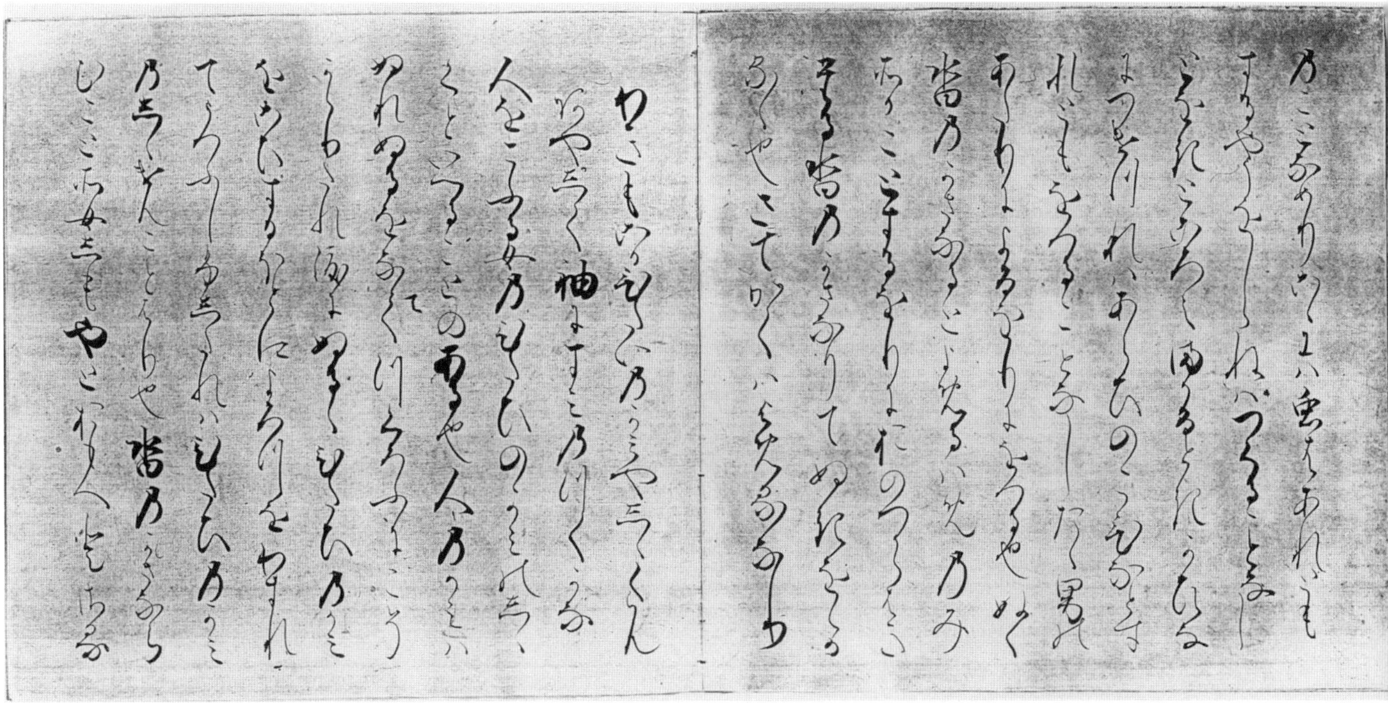

三・二ウ

三・三オ

252 253 254 255

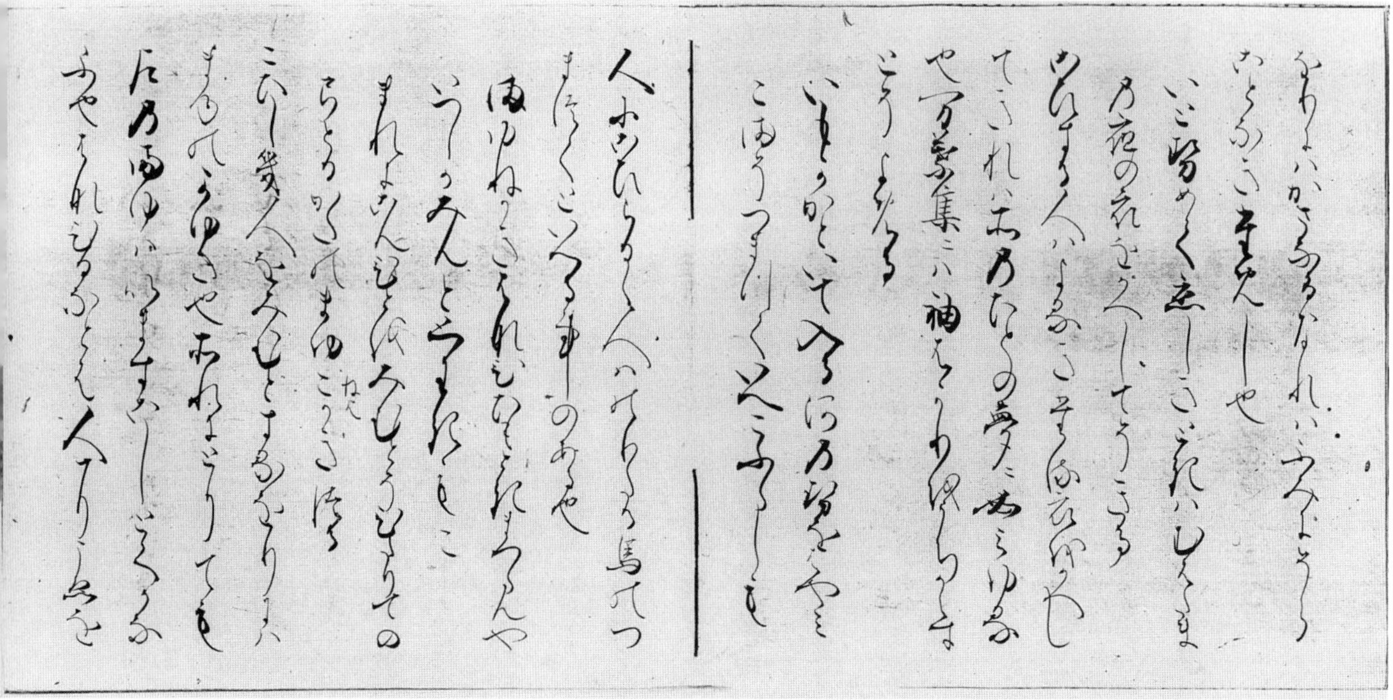

三・三ウ　三・四オ

258　　257　　256

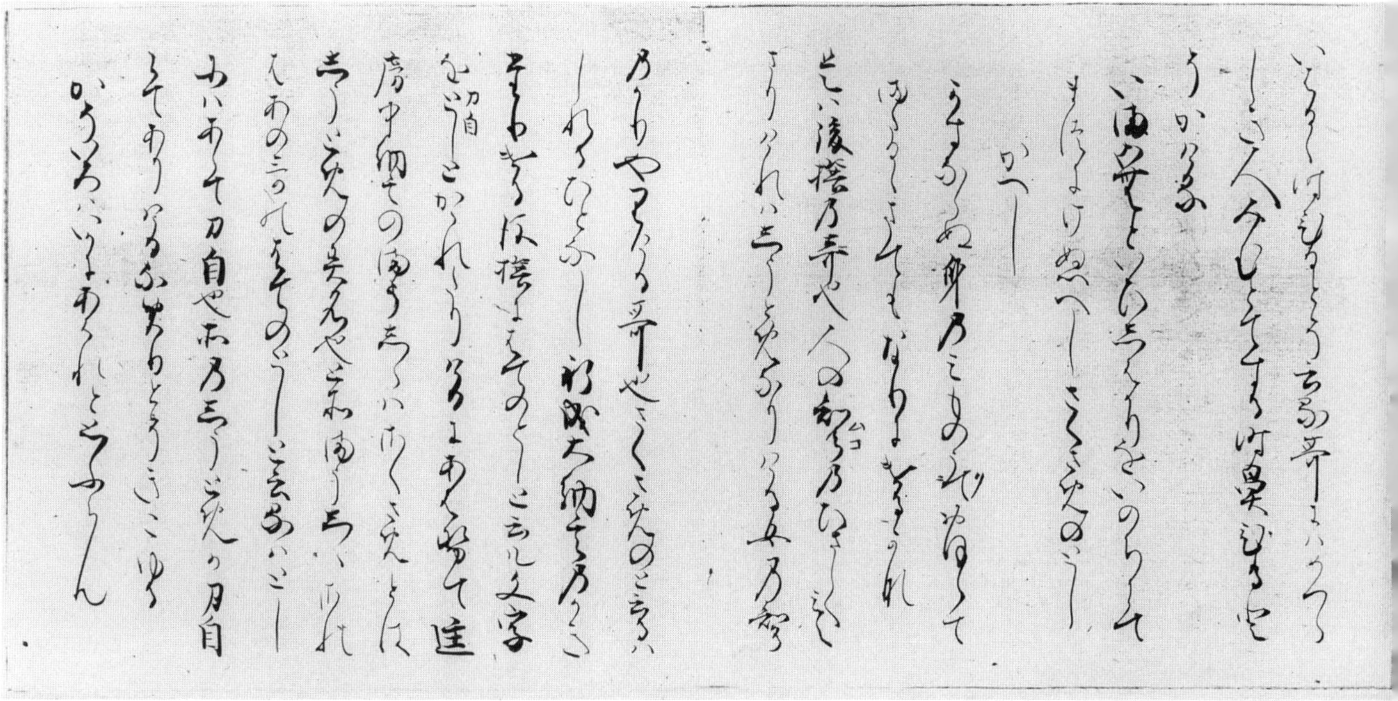

三・五オ　　三・四ウ

三・五ウ

ことはりなり思ひしらずして
此歌は朝臣の卿のうたや、さなどのみこ
此はいること云ひぬどもこいつくやう
ちはんみてあれとも、みてさのうちあふに
よのやうにていかしもきいかたにも
はるかなりけれはさいかにもいかにそ
かくれなりけれはいかにも、そのよ年月
ありけるも三年過てありけるに
朝臣家のうちに侍りそのみこと
ありけれはわかき人ほとこのや

三・六オ

うちつゝいもなくしてことはりなり
思ひあはせぬれはまことにゆへあるも
ありけり父母をいひあらはすこと
なきの三冬は神の御名なり

259

さかりけりかたのゆきはあり吉山
ゆつるかくしぬるもいかにして

260

しかりけりあやまちてゆくころ
のかたのをちかへかくれにけるを
井手の川の国にある所や井手のかはつ
しらさかりけりとは清くることをいはれ

とのをつめかいとえて大しつれる
ことゝもきこえん吉雄略天皇吉野
にて狩せられけるに白（白き）かの麻のもとさ
まありてかのもとゝなかりけれはいひ
ものにたりやとありといへるは
白かしの麻のもとにてありけれはいひ
ためのつにかのもとてれかりけれはあり
こゑかけてそうかゝしくける狩衣乃もとり
乃かもとれは土ミ狩衣のしをはゆつを
しとそられはとかかりとかゝりもなく

狩りそれは吉野乃野に山ふかくはへ
いはんは狩衣のしかの川のさらん
やましかのなれのくはをかくなきとろの
ふるとことにをかなにとよりてはけり人
世にゝ乃鏡乃こと悩ふみてかあるし
昔藤の国にあり山鳥をそへて渡りけりて
なく都にもあそふして内ものをたれ女
なをすいこえり西門にわれをあそてかはる
こりめてるかは小雨ふちしく鳴かれとかし
女乃あゆるしけるに世あるかりも

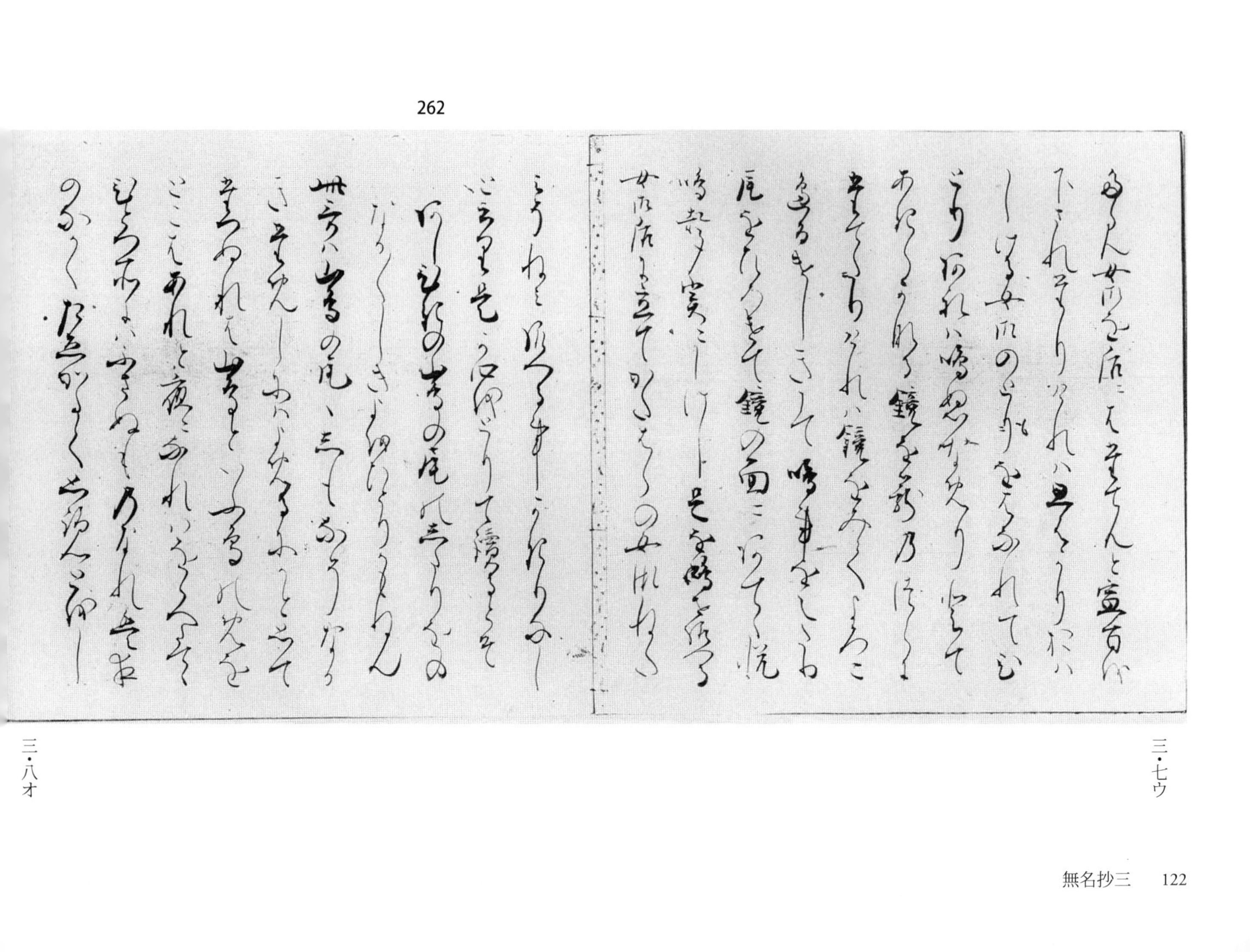

三・七ウ

三・八オ

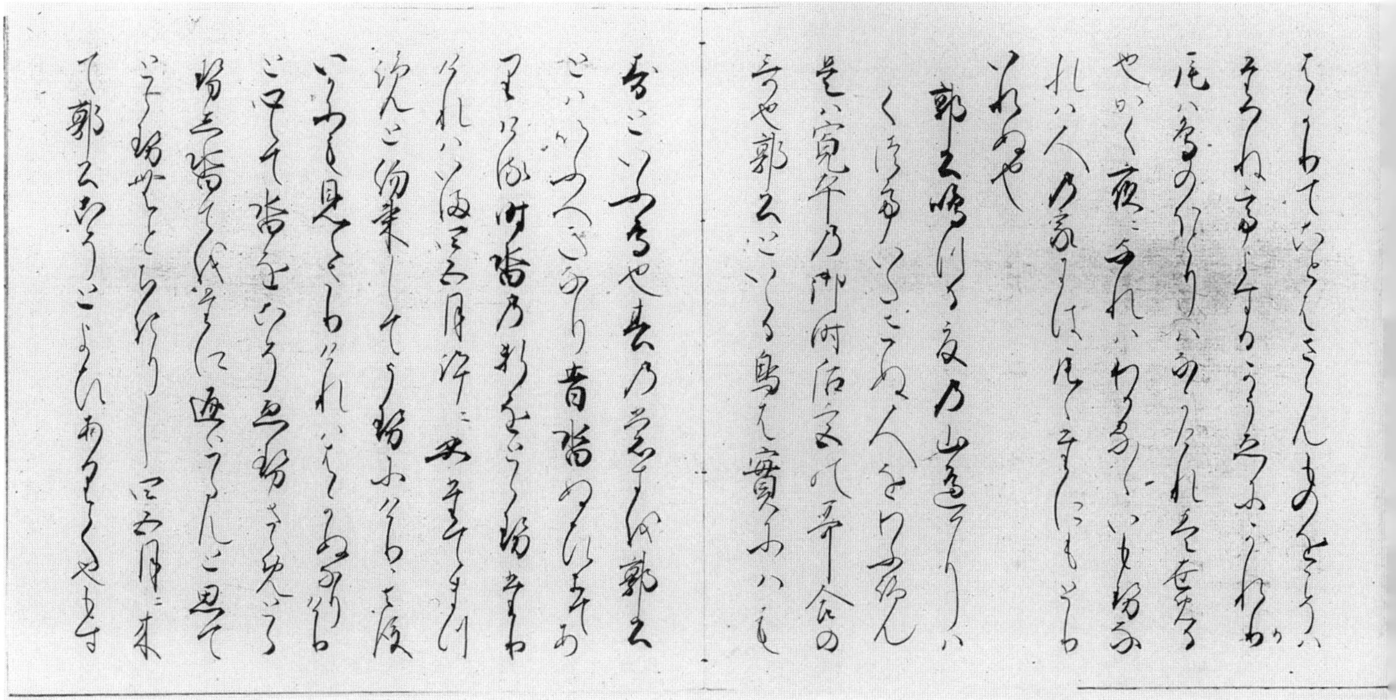

三・九オ

三・八ウ

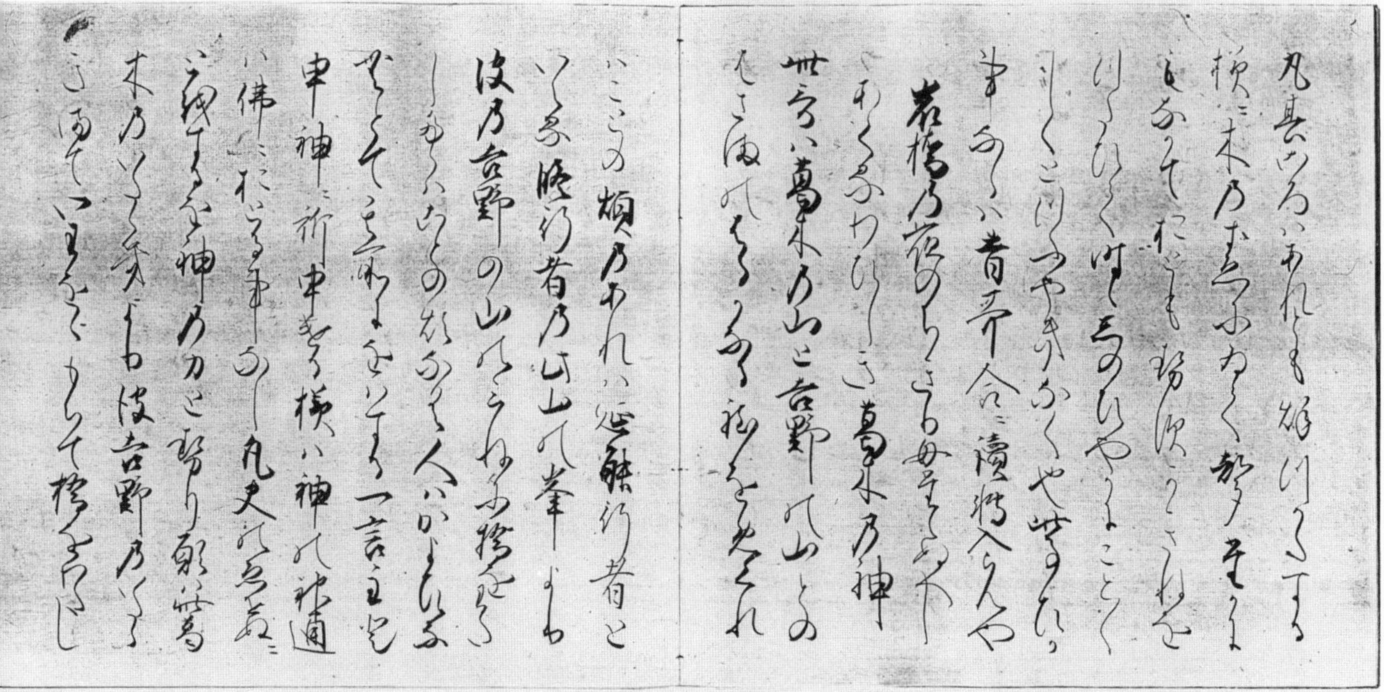

三・九ウ

三・十オ

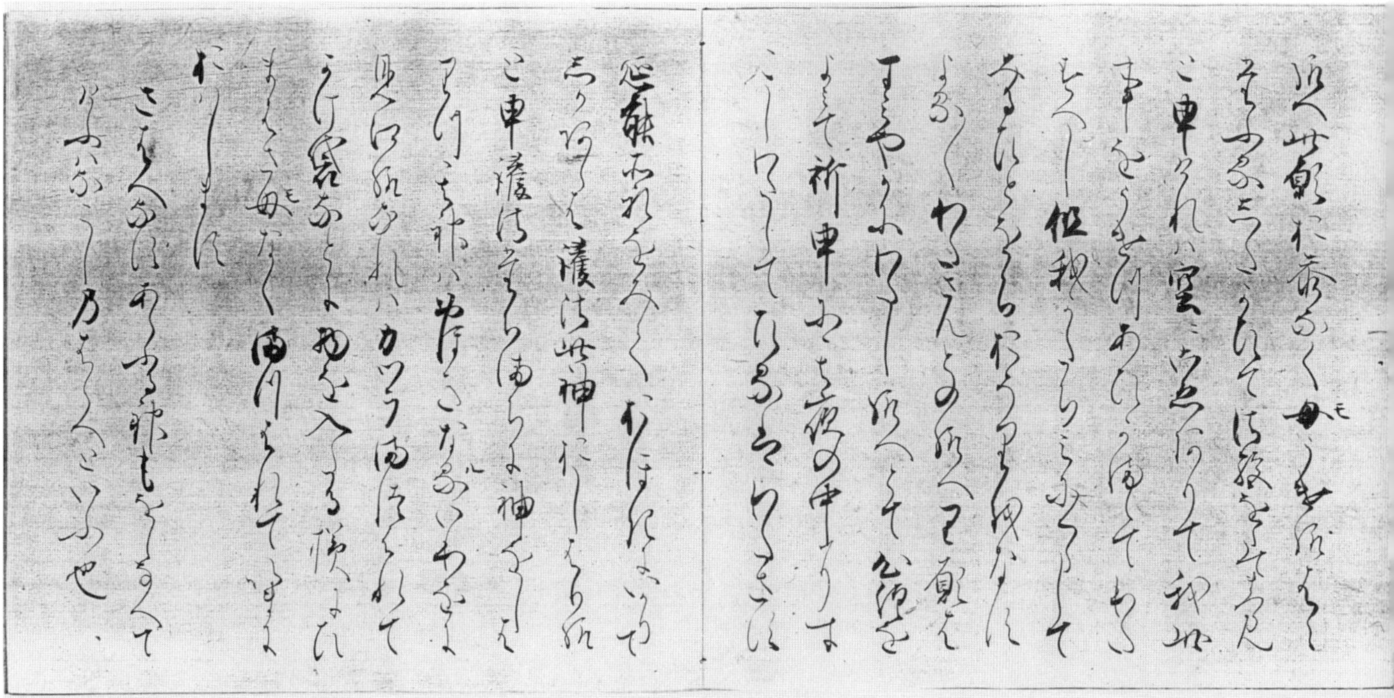

三・十ウ

三・十一オ

267

266

[illegible]

三・十一ウ

三・十二オ

270 269 268

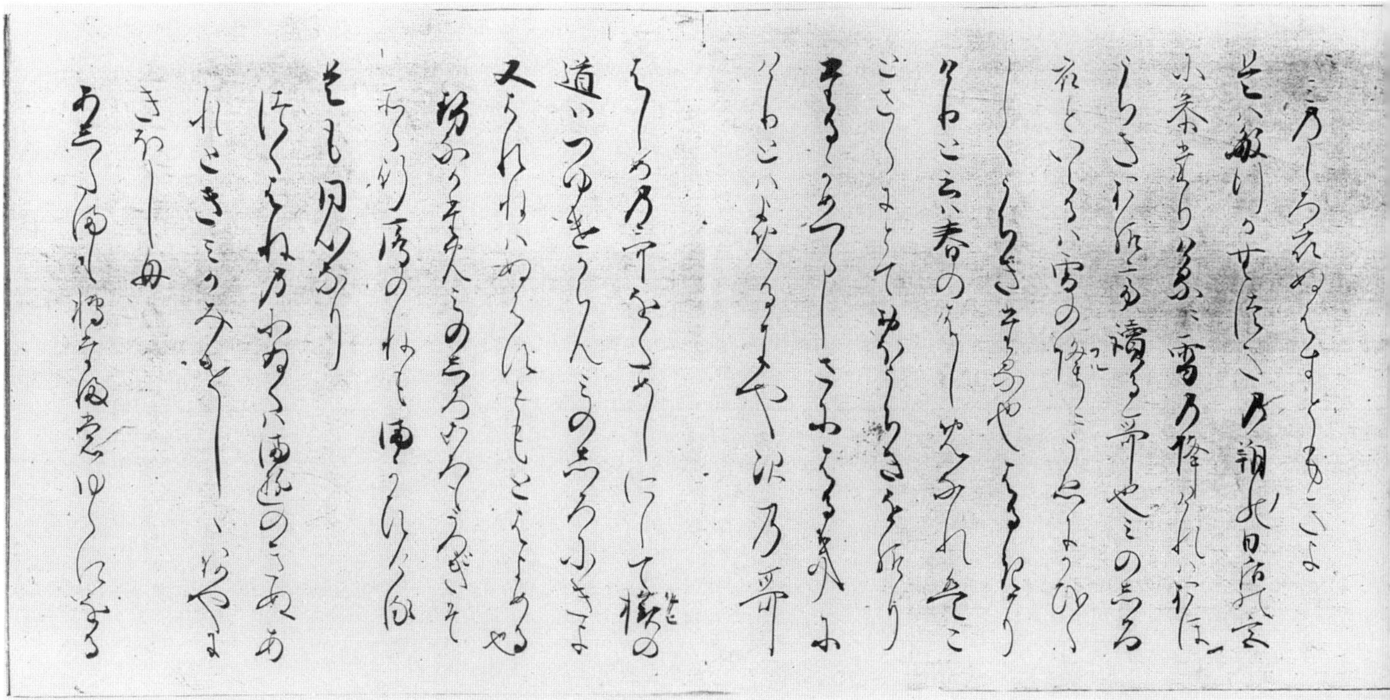

こ乃しらぬゆゑなりまことにさよ
是ハ敏行かせにさへの朝臣白居家
小条をりか家に雪乃降けれハかほ
しらさかりに多く積るを哥やこのある
花とつもるハ雪の降りにしともよろし
しらさきちるやちるなり
けれこ云春のなりしかそれもこ
ことしきて吹くまさをなり
まるそあつゝしさあるもふ
けむこハ吹やも沢乃哥
らしぬ乃哥をめしにして桜の
道ハつゆきらんとのちろふきさよ
又られけハめくれともとくよあるや
将のそ人とのちろむてうきそ
平の将房のかても伸のり候
是も見ゆかり
はくらね乃わかくハ雨遊のさあ
れさきとのみそしハやま
きそしめ
ある儀ハ持て後ちゆしゆする

三・十二ウ

三・十三オ

272　　271欠

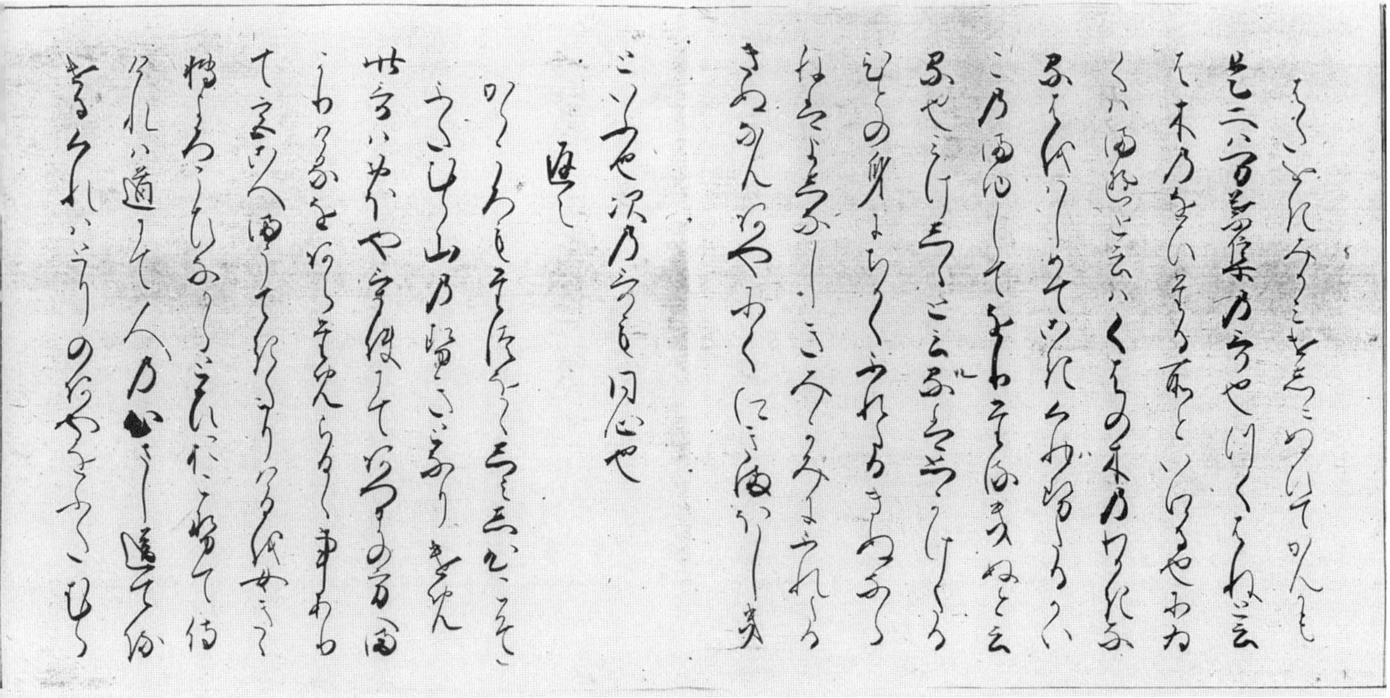

なこそれかうこそをこゝめいて侍れとも
也二八万葉集乃うたやけくそねは云
たえ木乃やといそる事といふやわか
くハ曲ねつと云ハくちの木乃ウワにふ
ふるしのりしそのれなかわかりつい
この曲にしてまわそ曲まぬと云
ふやうけちてことふなとつけくる
ひとの身よらくかれなきなうる
ねなとふらしさみてみなかれらう
きみかんなやかくにさ後かし哉

三・十三ウ

こゝろや沢乃うたも同心也
無し
むかしもそ降かくてをたえいそこ
うつせ山乃嶋といふなりをきゆん
せなハやりや字後てなつの曲曲
このふをねつそゆんらかくまわわ
てまかりへ曲りてなよりつるせさて
侍るわつらなりといふにしたかひて侍
それハ道にて人乃かさし道にて給
まるなれハさりのなやまするもう

三・十四オ

274 273

すゝこれにて續きたるや續乃名代
それよりこなたは續の名をたてゝ代々
とてさすかや[illegible]やゆかしきをや
勅撰にて侍ることしもある人もあれは
うち續侍らしとこそつゝけられたれ

題し

なにとしはいはねもしらぬやうなん
しるやいなやとうちへかはらぬ
此ことは事にして隠題のなたなる中
これは趙高乃秦の世に二世にこれに
ゆゝ鹿をしゝわたちて鹿乃父に
わうまなりとはいはむ人もさりける
此乃名に趙高にて人々御事わ
こたへ鹿の事ありてたてまつるを
ふかみ時国ゆゝたかんの心ありなん
このこゝろしもの名の事をつゝけ
してたてまつるにてかれの方なり
ならなとゝゝる帝とて秦の帝
王の前まいりてかくて馬なる
せ候と奏せられけり鹿わやうなる

三・十四ウ

三・十五オ

三・十五ウ

是ハ鹿やうしく鳥にかくれ趙高
悪さうしく悪こし馬やかうの
人にこそ詞かくし人にかれ鹿に
あらず馬なりと申されハ人のま
れの方によるなりし利として王位
をうばひたれをかまへけるにや
ける

秋風に初雁かねぞきこゆなる
たかたまつさをかけてきつらん
昔ハ漢武帝と申し御門の

三・十六オ

御時にこえびすの國に蘇武といへる
人をつかハしけるか十九年
来れども返さず衛律といふものの
文りて蘇武ハあるやといへハそれハ
あらざかりしてもへの君を見ひさ
しくなりぬといへハ手を
してつかハし蘇武ハあらず
さるや此秋雁の足に文をつけて
来りてこそ蘇武
て蘇武ハいまだありといへり

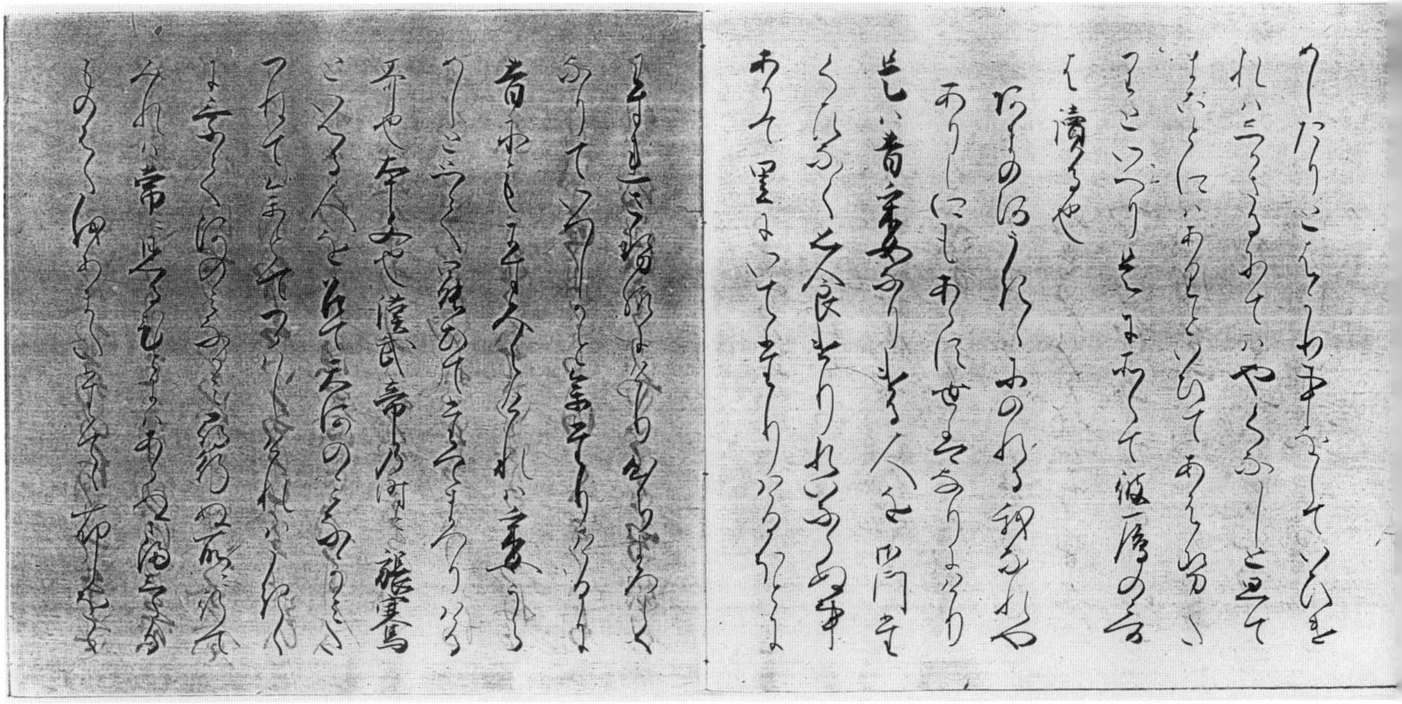

三・十六ウ

三・十七オ

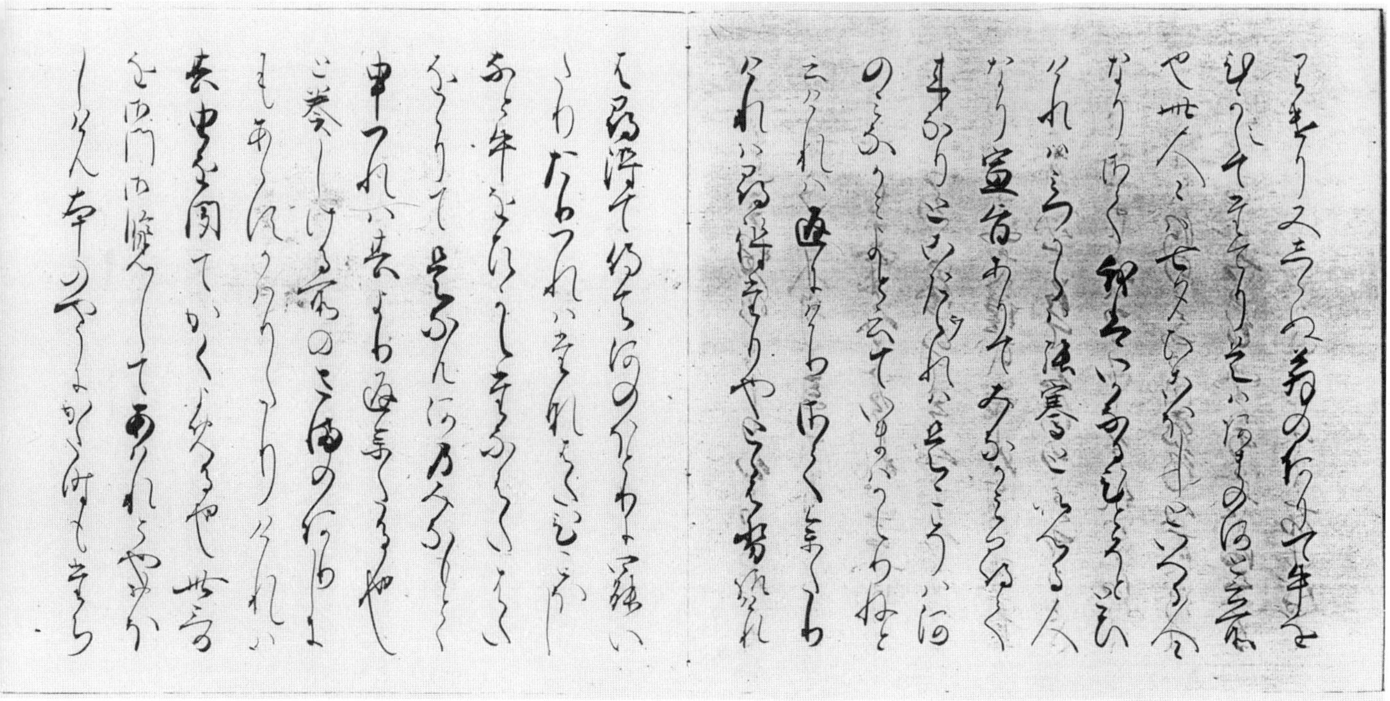

三・十八オ　三・十七ウ

されは参れりけることもなくくれ
くみ急ぎしてそ路紙によりて参
りけるにたえぬ人まてまいりける
けれは世尊寺にかふりありけるに
ける者流さてをさなと云ふ
乃ことに菓子まて華師る風西に
いくらにおもて有るこらや法寒る
近酉いふなるにはなる天文の者
て七月七日に上日天河のわたりに
あるめく星宿をまつりしと参しき

三・十八ウ

れいならぬやまひ参食けるには乃ことをき
こしめして実ありけれ
漢土もかくあかしなりと参食なれ
このみなさるてぞりつるまらするつく
こみとゐてのかたにわたりあれ
西海に云ふ事はなきにこもれるゑとも
しよ不和に云ふる玉造のありけるを
思ひけりて出門よまてまかりもの
まかれる門道なくして見る所を
なよるはきもなくてかるの世なり

三・十九オ

三・十九ウ

三・二十オ

279　278

よろついひさゝ帝王のならはしにた
いし南をみえしは申すめるを
此門乃殿ろとて慈源してはは積
ましさ申にとも乳しけと秘密
乃さまひのみな中も慈の方と佛し
いてみさま　わか
ろ川春のなるとのみすのゐならさき
あにさるうしに　ゆしくきぬのを
玉かつらさかりのみ歯くおもしろくきさと
なりぬるものことかれいかんくなん

三・二十ウ

玉かくここのかは着と申また子日
の小松をなとこうしてろくさてらね
てわ中の人乃家に比帳の几帳の
日かれいかつやうをならす申なる
これや年乃歳もあれしらぬ女
乃こゝいすよものたれなしなん
ごつまくてあれしてもせこのおさ
ていさ詞よいる哥やこうくたし
しなるされと次の哥よもわ乃こ
ごおつき叶もいて　かれなとのもさやん

三・二十一オ

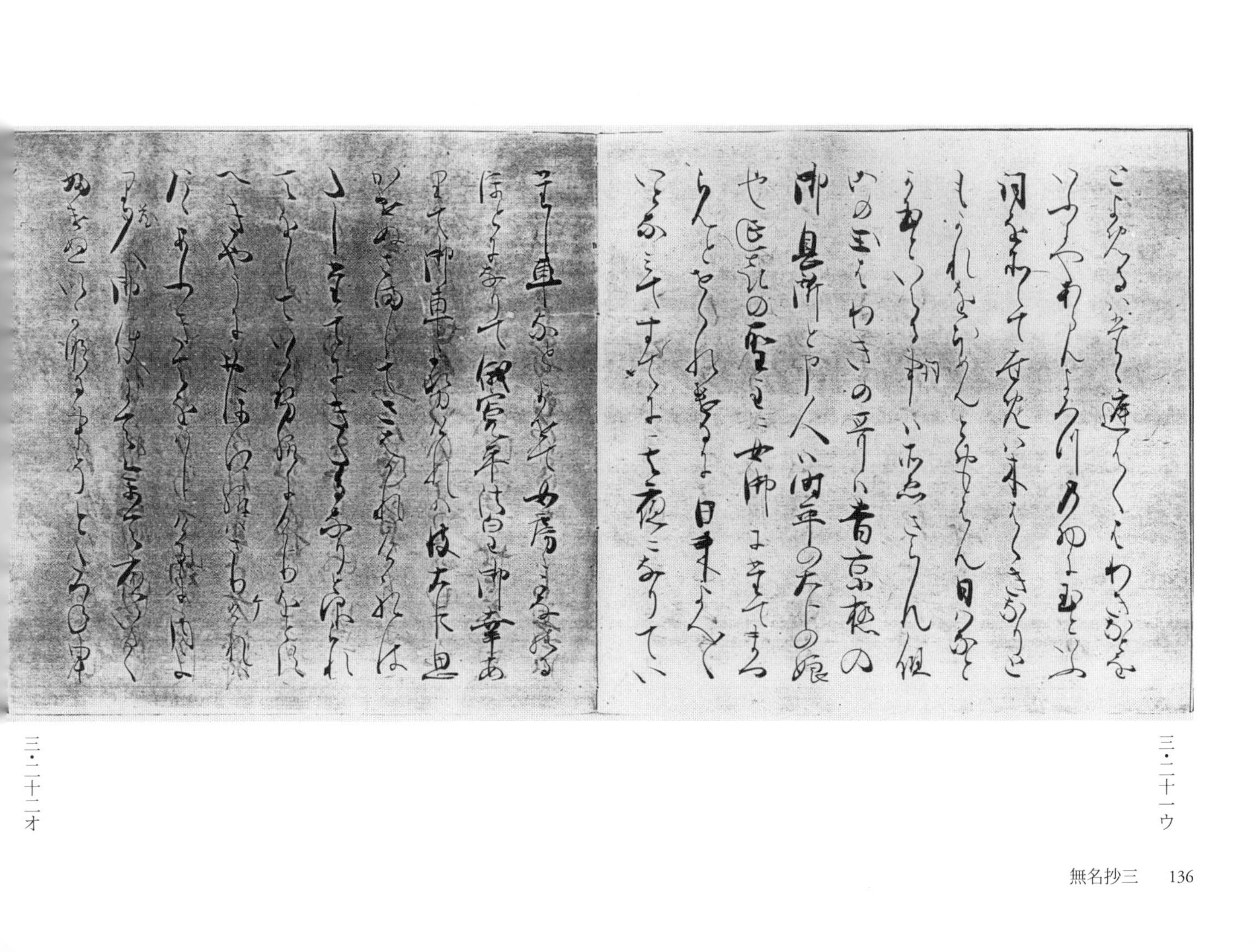

三・二十一ウ

三・二十二オ

[illegible]

三・二十二ウ

[illegible]

三・二十三オ

老法師の身とさへ負ひぬる生てこそ面目
まるんありしを所々わか身にはいとむつか
し哥詠みも見てめでたの眼と思
合良てひさしう勝負侍りかはせと
所にて又日吉法師の歌に詠みつゝし
まかくまりてまかりつゝてなすよりてく
三井寺中院の辺にてすまひ侍り
志深かりしを見てあまりし給へ俊恵法師
かりし所へまかりとてさる所ともせ
れいは志ありてもきたる人もな

三・二十三ウ

こはりつ給ふともいひもすてかねて
しるしあるましといひ給ひしき
何ともおもひけるうちにゆゑん侍ると
申しゝ給ひにこそそのあらんとおほれ
て南面のひさしのあはひに居ていふ
あまりうちいひ給ひければ志りし
なりけるまでひて志給ひに七八十
年許侍て後世菩提のつとめ
いとなみになてつゝなてつくしける事見え
とありしこそなくいつも申かたく

三・二十四オ

三・二十四ウ

三・二十五オ

世よりしまれ給く後九十年よ
及給ゝにましつゝわかれたい
たゝりて古世傳をもちく若思
乃やらく深後乃集出ゝともしれ
れふくも女ゝともしさゝ事あすまらへん
又集出ことしむすれば皆給さるる
たゝりて給の後給人とゝてまれ給れ
御選事
らしさて八両集の道よ出る人しもて
和をつはさあしゆくく玉のか

三・二十五ウ

こう仰られけるを是をきゝて勝命
こいふかし通ふに俊恵法師
故帥大納言に語り申けりいはく万
葉集乃世為にあれ是事は今の
世ゝまして世いよく撰後のい
ふ事ことゝへ又に世よりある万葉
集かもある事有る又事を
撰り此事のこしにあしれ給事
五年余有かくれ集とは撰つる
よく其ゝね為出さにをかよゆらく

三・二十六オ

三・二十六ウ

ありなと續るゆへくてさくる
くこそ侍らめ王乃かたちのかなしさ
命とてゐるまじやされ無世の年
ないはれたるなりもかくさは
しかしのらかんのもめでたき
のみるやさ留まじかなれども
かやう乃事無部良玉を讀みたまはんには
ものかるよしなまじかなれん
さるもまじや
かやうのあはれと人の歌つまり

三・二十七オ

一 ふるわざを人によそへぬものを
昔男ありけりわがかなしけ男の男を
あるはわれも嘗わがいかなるに比れ
又かくと人よしてこと讀んとしるゝ
娘にて女母にもいみじやかに信こ
わかしてあるべき宿世あるまじ
うへなりつる男ならずかなるまじか
なる宿世のかなしさいふなりさぬ
此女もひさてわきも我がくを
おかしと思ふもかうさぬし給ふ

三・二十七ウ

三・二十八オ

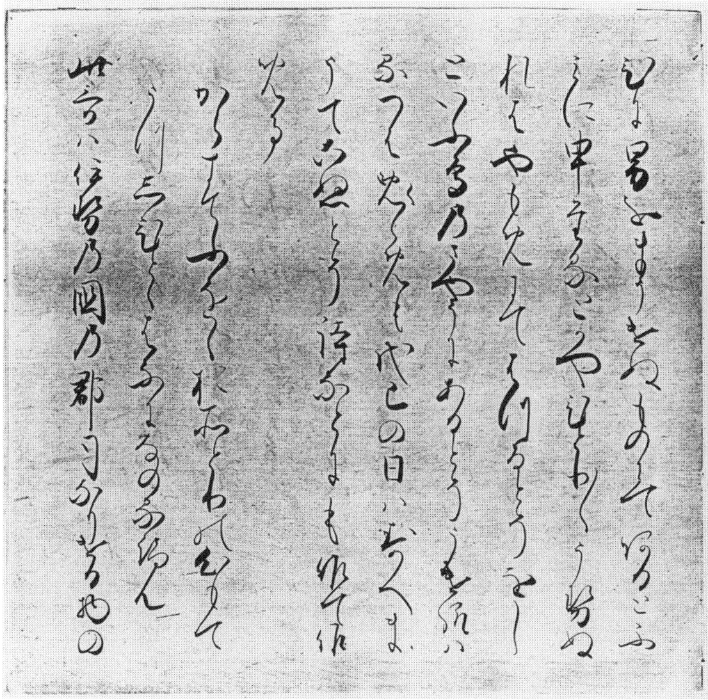

三・二十九オ

282

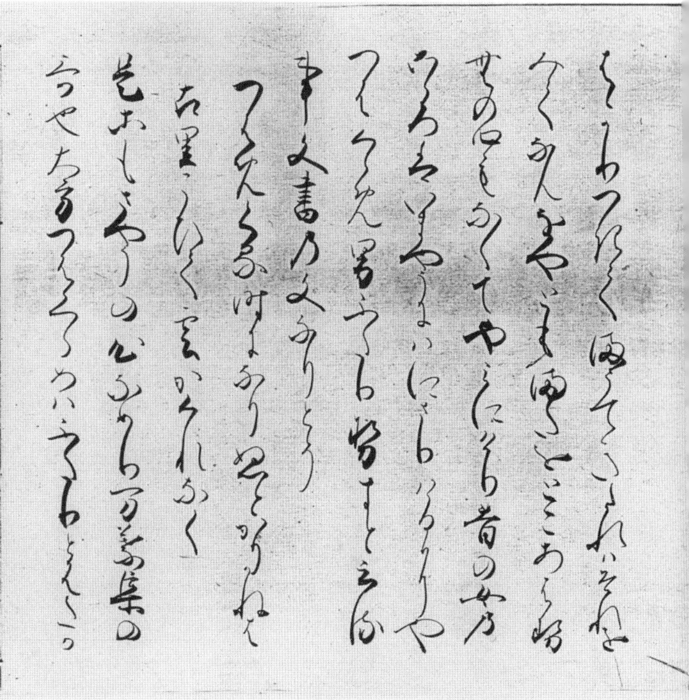

三・二十八ウ

のふよ鳥のまねくれてこゑはうことある
けるをみえすなるよ男かき人こそ
らんこれ小わが見鳥子なりあら
みえくもらかなわるまやうさく
みそこわひれはあさみえすなかにこ
かなすて代乃男鳥なまのうなそふ
めしくしてあをきこれは彼かにくく人
らそくこわよせわ表をくそ家ある
し乃郡司道心をおこして法師に
別にわる可達の所にゆくやらく

なをうはわとくるは鳥の一乃名なり
わさくらや木乃名にもよはれけれ
かのなをかくはそけはれはそのとも
世継に昔文徳天皇太宰てをり
ましけるにこ筑紫国にわさくらとい
所に云のあて勢を所なる表をさきに
さこてわ川乃地あまりけにけりてを
ちりもなる木乃名もかくいたは
みえさりけるや世にいしくかつなは
事なりて京ことにはふきにはせてなる

ちることのみこそかはるなれしかるあり
皆くつれおちつゆへにまいりける人
によりてこそはしまるよみのはしめして
いてこれこそ歌詠のはしまりなれとも
なれは名也入ことのなのりをしける
ここに申侍る也本躰として
木のまろとのになをしてしものなれは
大斎院に斎院にすみける斎院の御所に参人
惟規女房にもの申してをのひて
夜ふけかへりけるに侍ともとかめて

やちもてまゐるはとこそいふなれ
なれとも名のりせねはとかめけれは
さわかれは御門をさしてとゝめける
あるほとにこの女房斎院にか
く申けれはこれはなにかしなれは
哥讀なれとこそうさきこえ給ひし
かれになされはゆるされて
とよみて讀る
かみかきは木乃丸とのにあらねとも
なのりをせねは人とかめけり

三・三十ウ

三・三十一オ

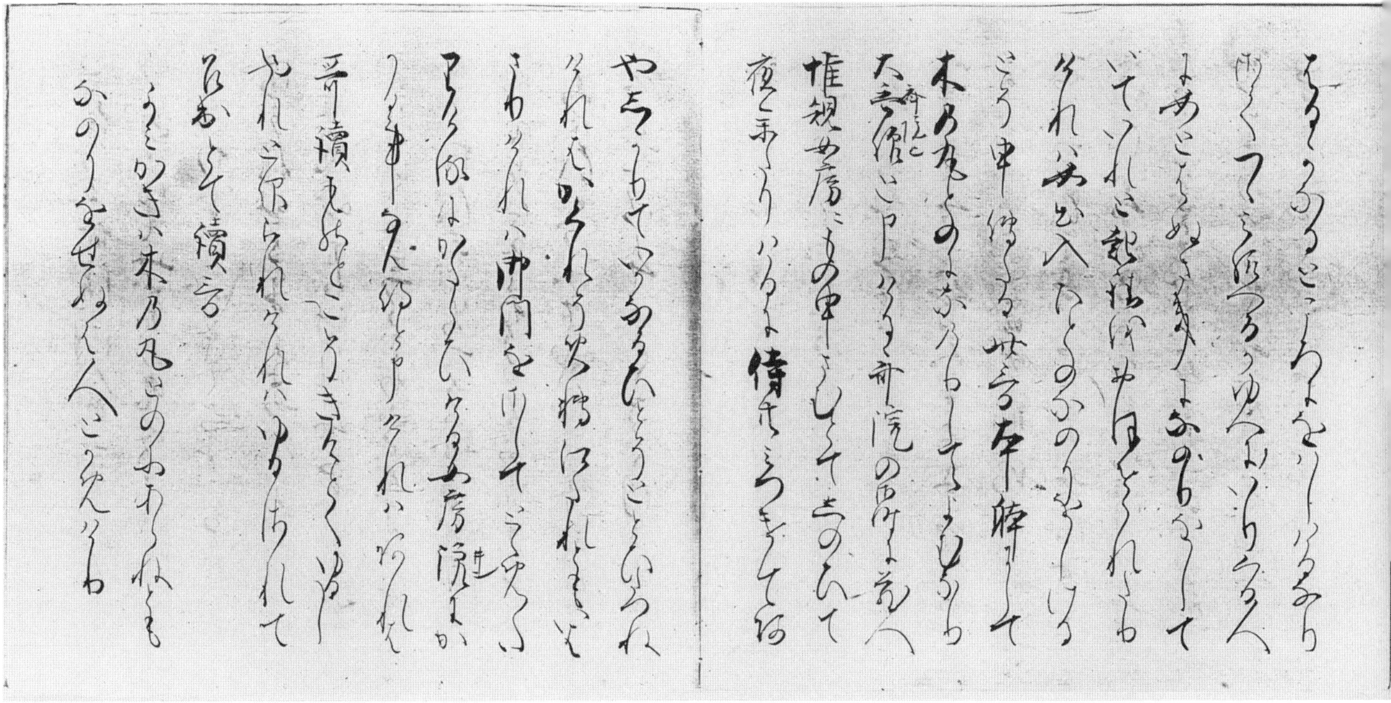

こゝなる新院歌合に一首あはれ
かく詠みて世木乃丸殿とつゝるお
ことやとてうちきて二首かれこく
作られけるまゝの者がれなりて
世惟親にいひかわれは世事にいひおる
くりくしよみてわくれ事ししてかく流 此
事わひよらわつゝは世すくへく
...

三・三十一ウ

三・三十二オ

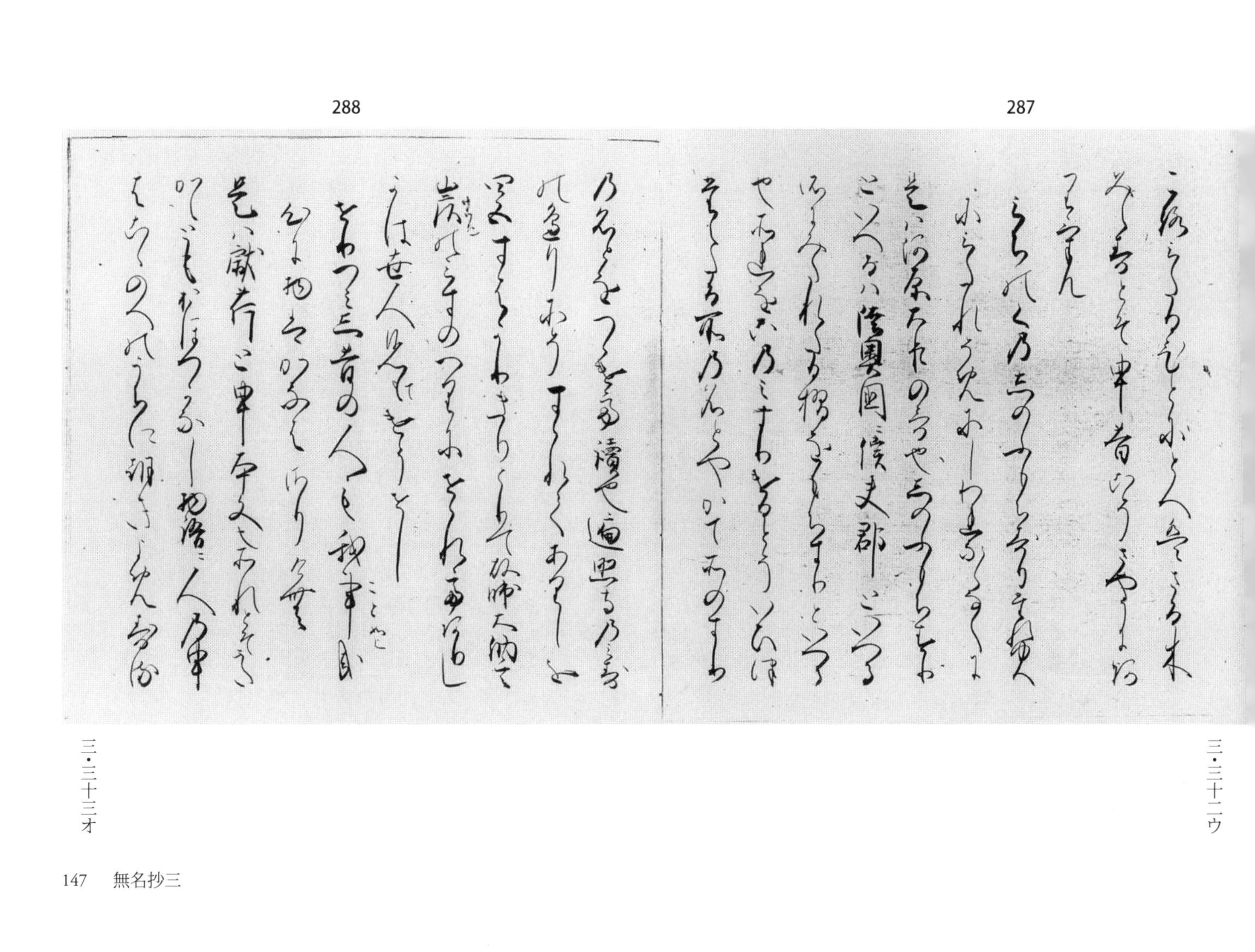

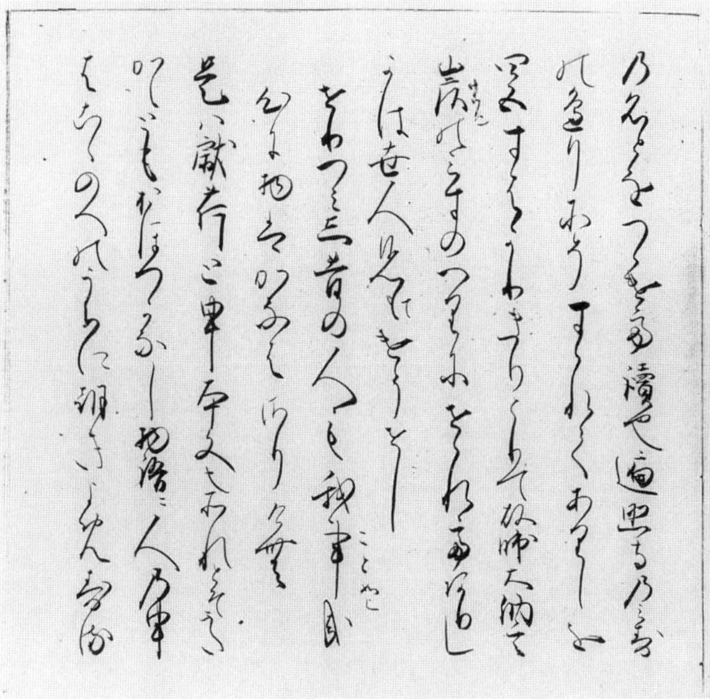

三・三十三オ

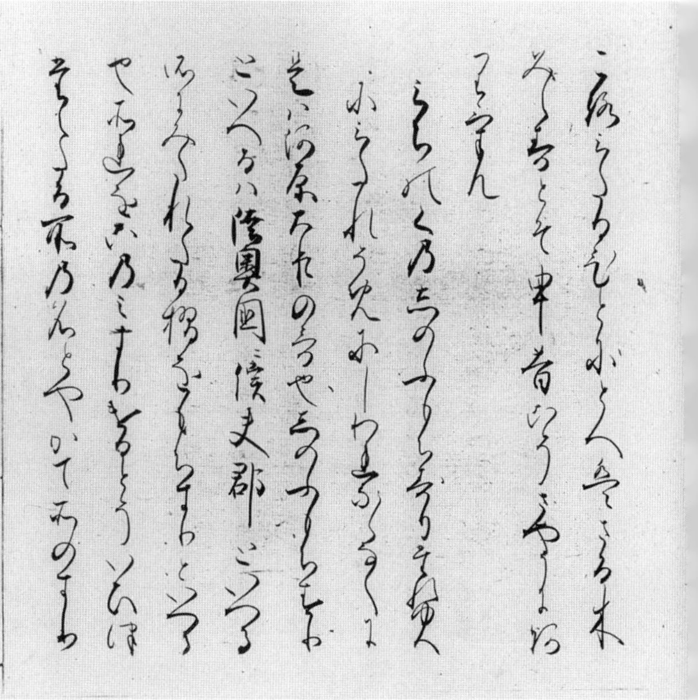

三・三十二ウ

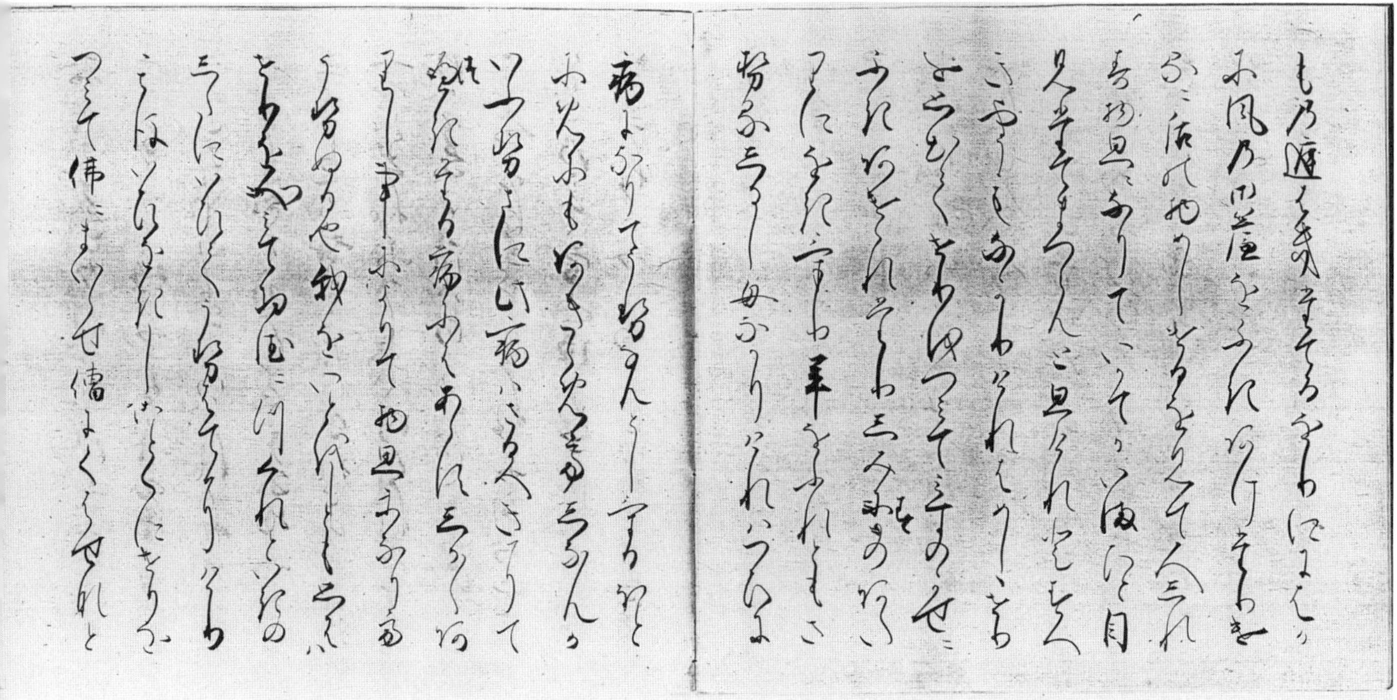

三・三十四オ

三・三十三ウ

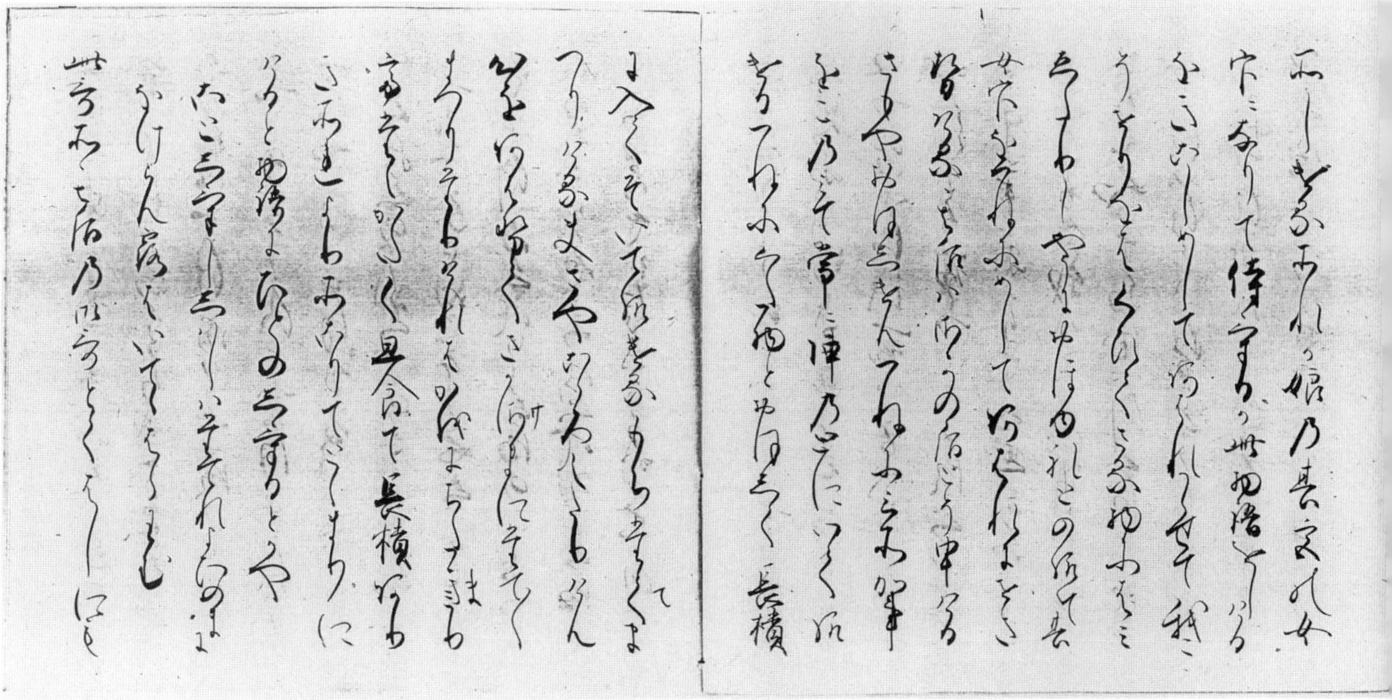

三・三十四ウ

三・三十五オ

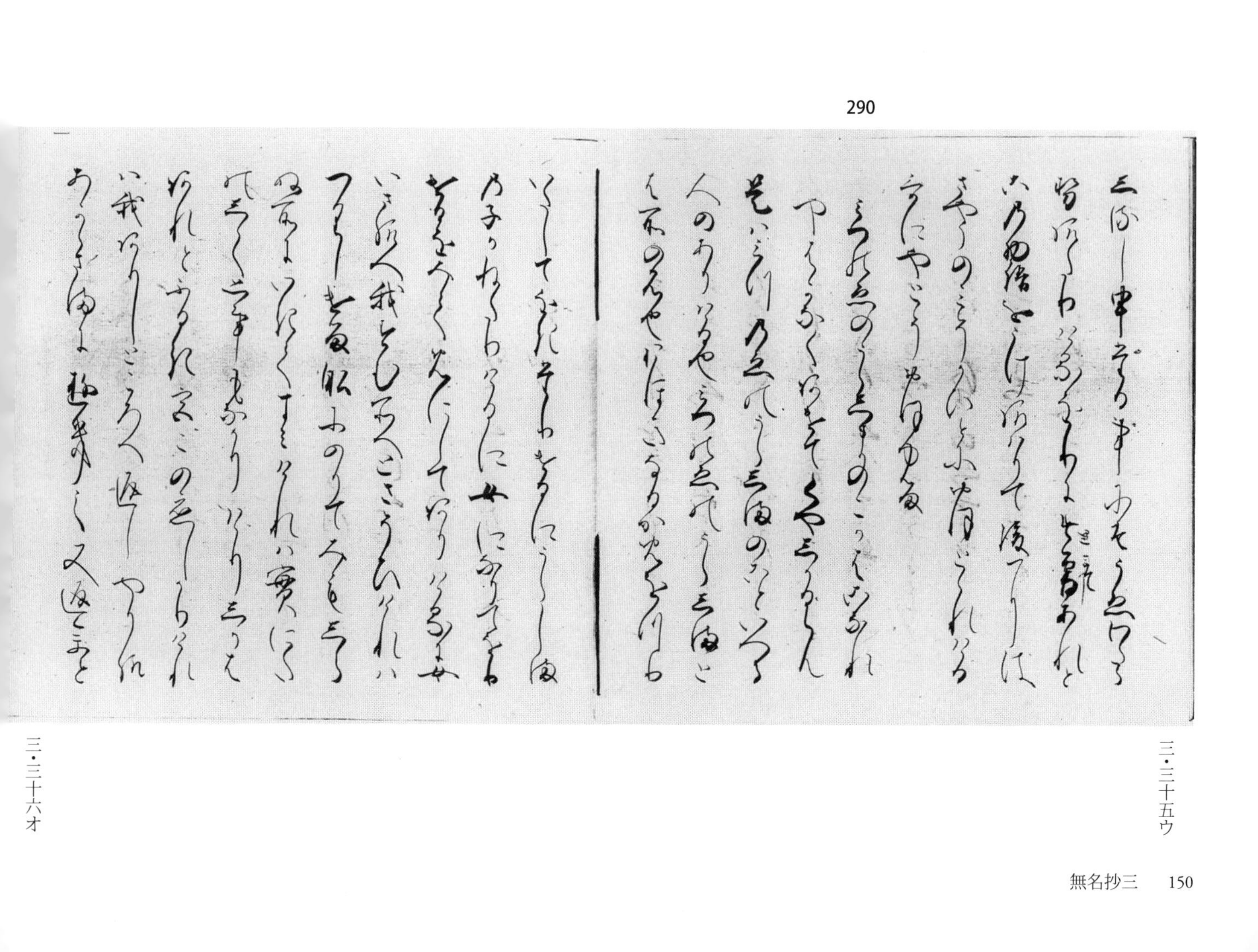

三・三十五ウ

三・三十六オ

わかうらにて人はこれはたかさかり
さはりや返れとて返しけるとこ
はらいれなりゆかぬ斜してこそ
をとて世にちらしみてりこそ
まへあかしこあけ行とも返
ひわたしいてこそうけられ
ごりて此のりて四百年乃不よ
返りこそ最しにみこそとゆわ
それえらりまよこそくなりめ天なる
あとさそ練りしかつかよおきてみれ

三・三十六ウ

なりにてあまりけりぬその
後なひしまりて神わたしまかわ
ねやおの人のよよにこえてわ
字りやねをく了まとくやしと
おもひもいましあれひろそよ
此名や
我名なくてあへのねにこそふや
かはても山までる月なく
無言は信濃国更級郡
ありかとすれ山といふやまの

三・三十七オ

三・三十七ウ

三・三十八オ

よく甲斐乃しらねをかけて
らね様にしかへるやくやうとよく
まつゝは駿河の国のさかひをよこたへ
羽也　世にさやの中山といふは遠江国
に駿河国の中にある山也
ねりいするさかりのさかひわ
さらするやさしき也とてわ
れたまふとかやれ
ねらひといへるは麻にるすみや也
さもこのつるかのきみにあらぬ人

ゑのさわて人乃やうしれあけはね
ふにさわあって山すそれは麻のいほ
としもえてねんしらともてわるる
なれさくはしくふりはいろやさふ
よらむとはあるは次にいふ羽也霜
ふ見はさしきそれてやさし物に
たふしてるや
清気なくて面　ありたるは
麻さそれいくなるさらめとる
月よみといふは月あかきをいふなれ

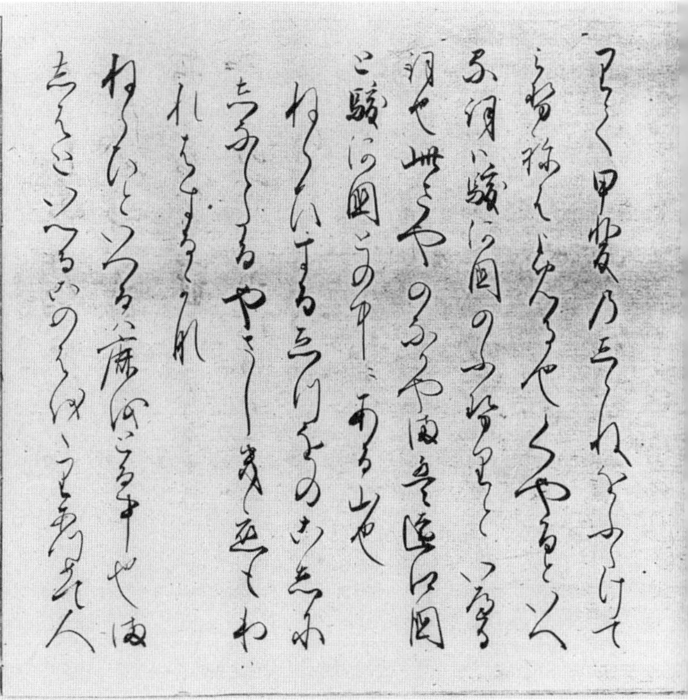

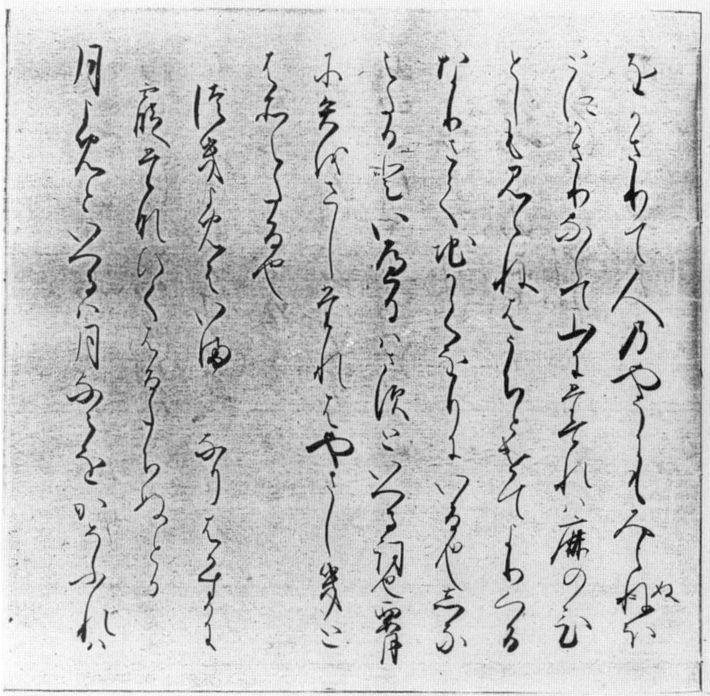

295 296 297 298 299

三・三十九ウ

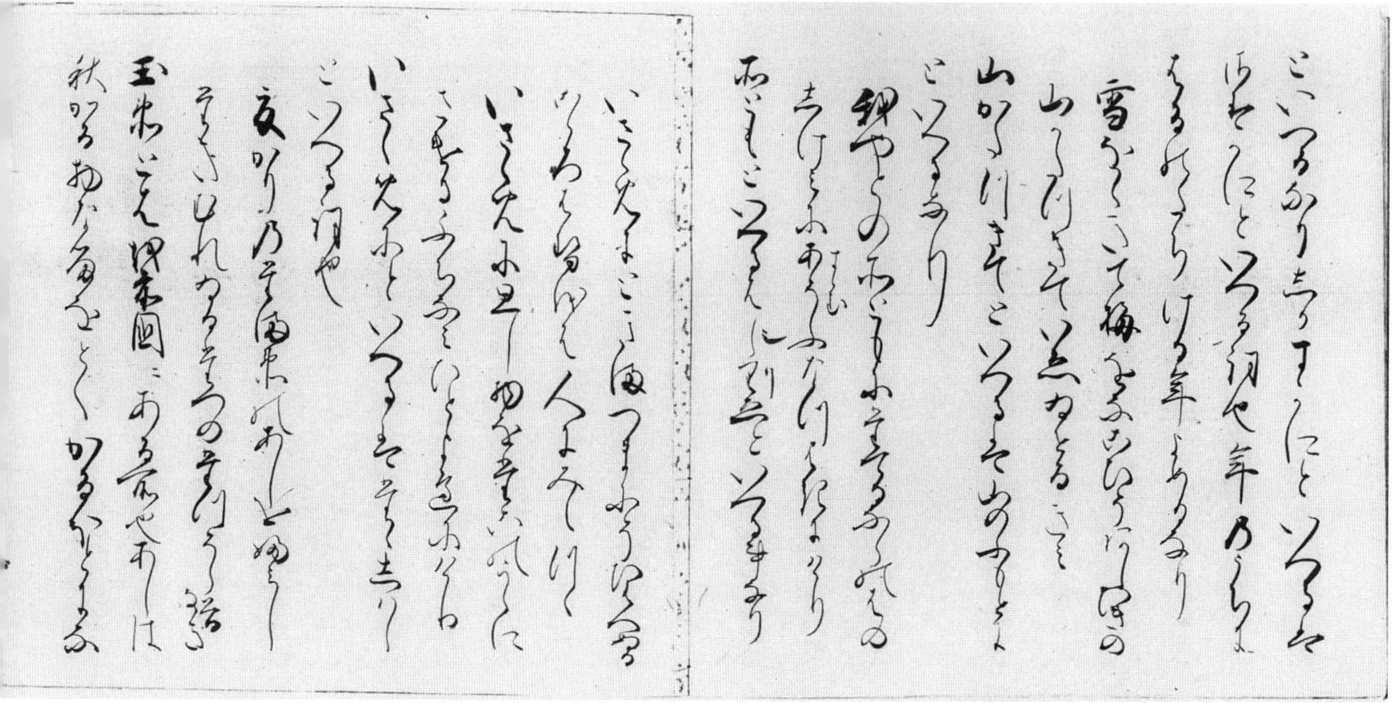

三・四十オ

ことめのあしき夜のかはりはくにそ
きこえさるにはかなる風吹れかゝる也
あしのはといふや水あるはなれ
夜ありとは和歌の五文字にして歌全体の夜
またあるをいふとも仏麻侍そ
よみわすれても心る人もあり皆よる
また此うきこそ歌人全体は
まことによむかわかみなりとそいへるを
いまうきよの又麻侍のかはりは
まけてのちも仏候是非かな

ふかうなつかしく人にある人と
たのむめてたけれ
秋風や伊勢の浜荻をきなくそ別にせ
そよかゝやましんあらしにこの人に
きこゆ母つけられ思ふかきり
秋やいまはかりのこゑしてみゆ
秋風にいるはかねてしるへきにあらす
集に秋風とよれ文字そつけ
四風にふく人あらさきにあらの
いつまてや秋のゆふくれといへるまて

301

三・四十一ウ

三・四十二オ

302　303　304　305

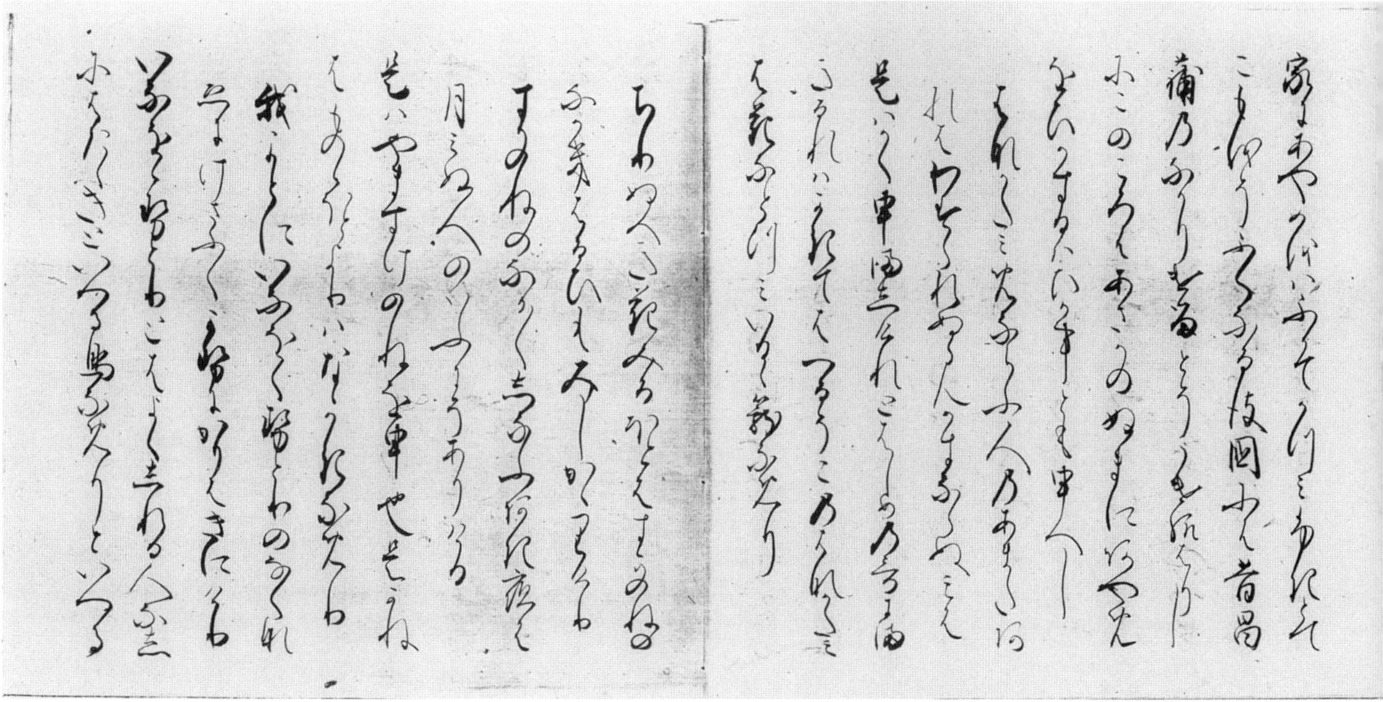

三・四十二ウ

三・四十三オ

306 307 308 309

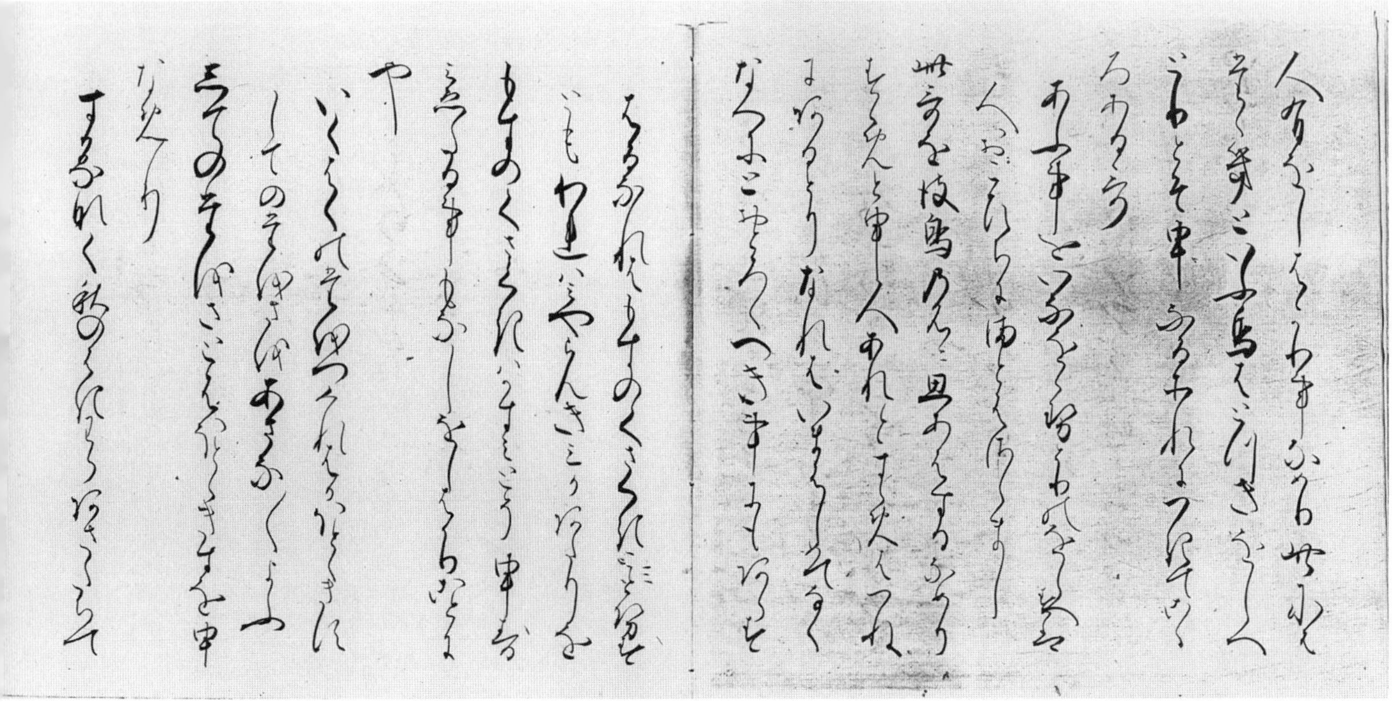

三・四十三ウ

三・四十四オ

314 313 312 311 310

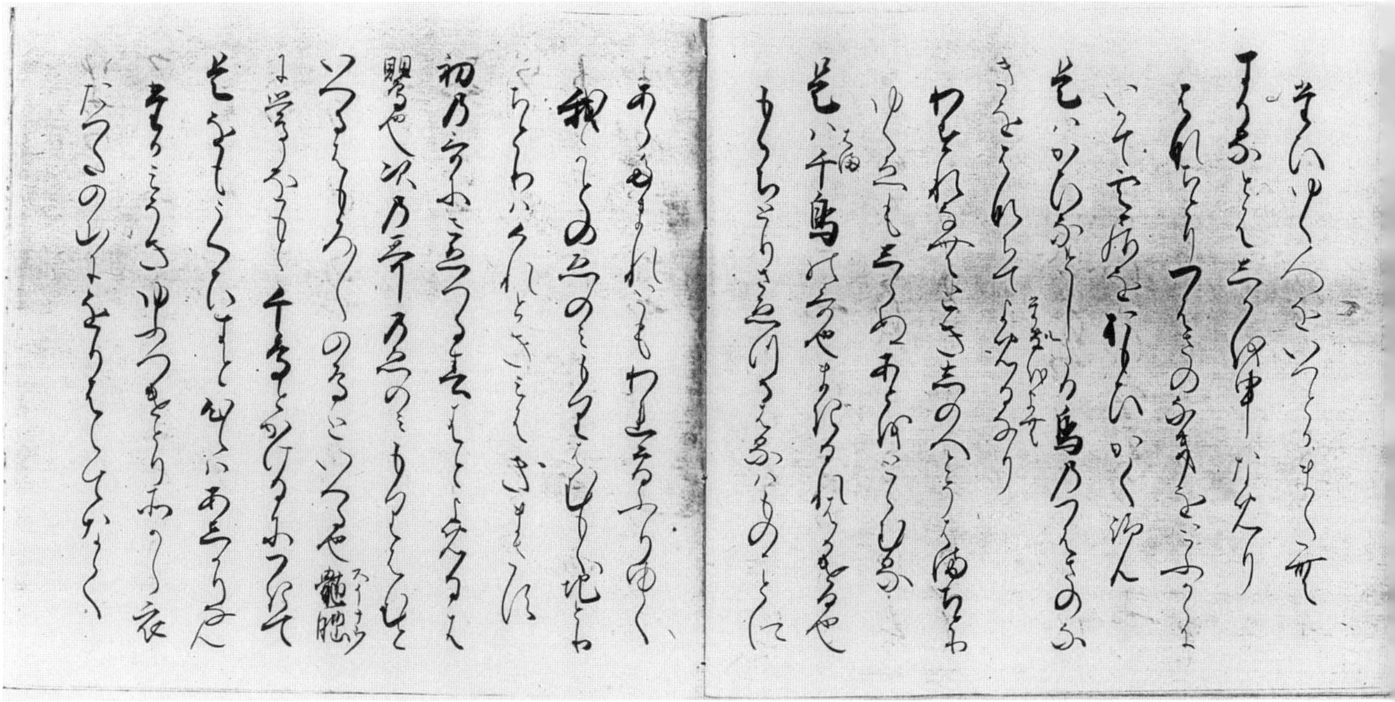

三・四十五オ　三・四十四ウ

316 315

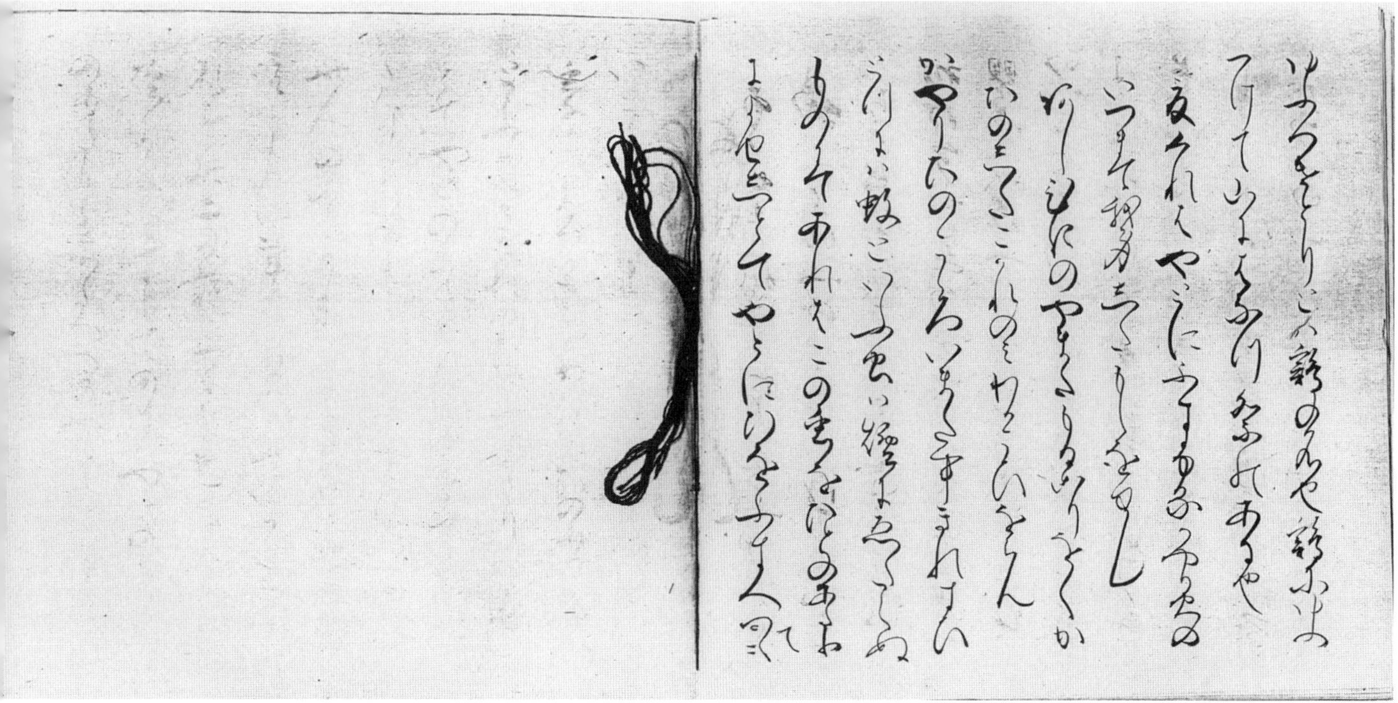

三・四十六オ

三・四十五ウ

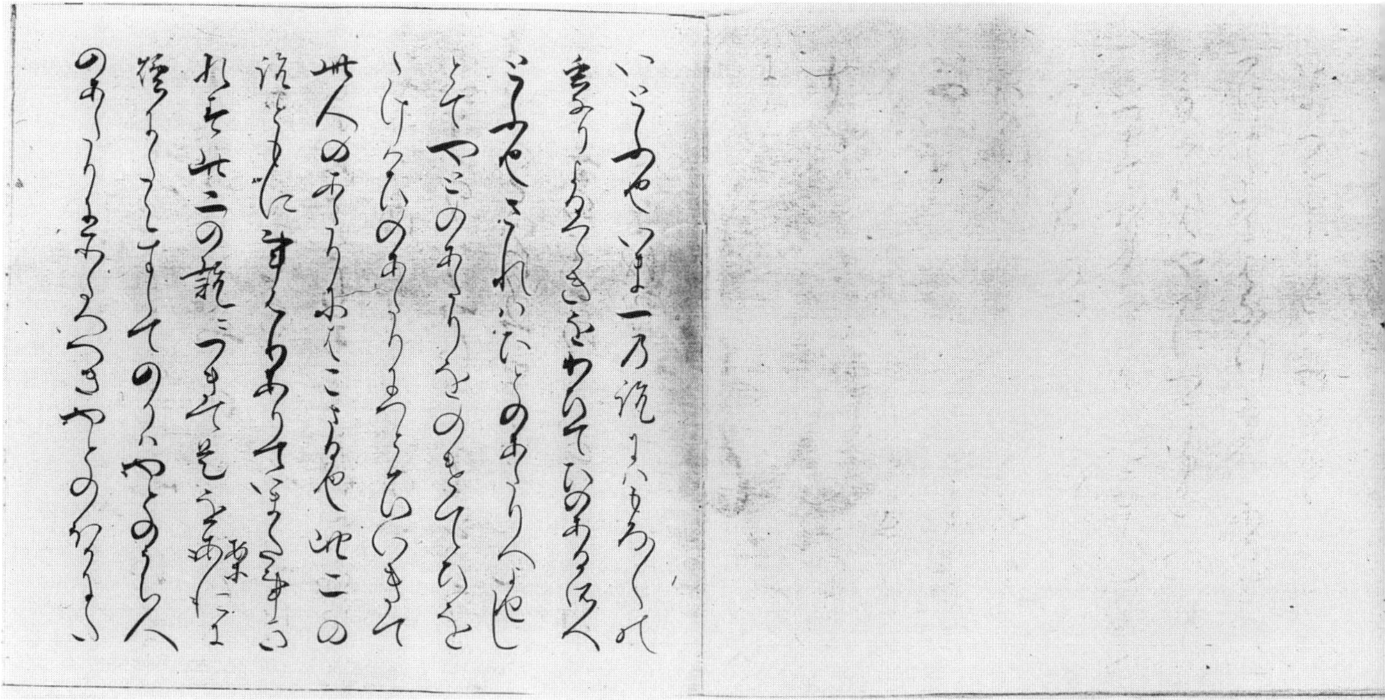

三・四十六ウ

三・四十七オ

いつみや道一万流しもあくて
きうりとるきをうしていのあるえ
うやこれはにくとのありへ也
をやこのありさのとそとを
くけくもいのありふりまそらつまて
世人のありふことちやれ二の
流をもにそしろあるさきき一う
れをせ二の流二つまても一う
をうきてゝてのうやのしん
のありこそう心きやのうまう

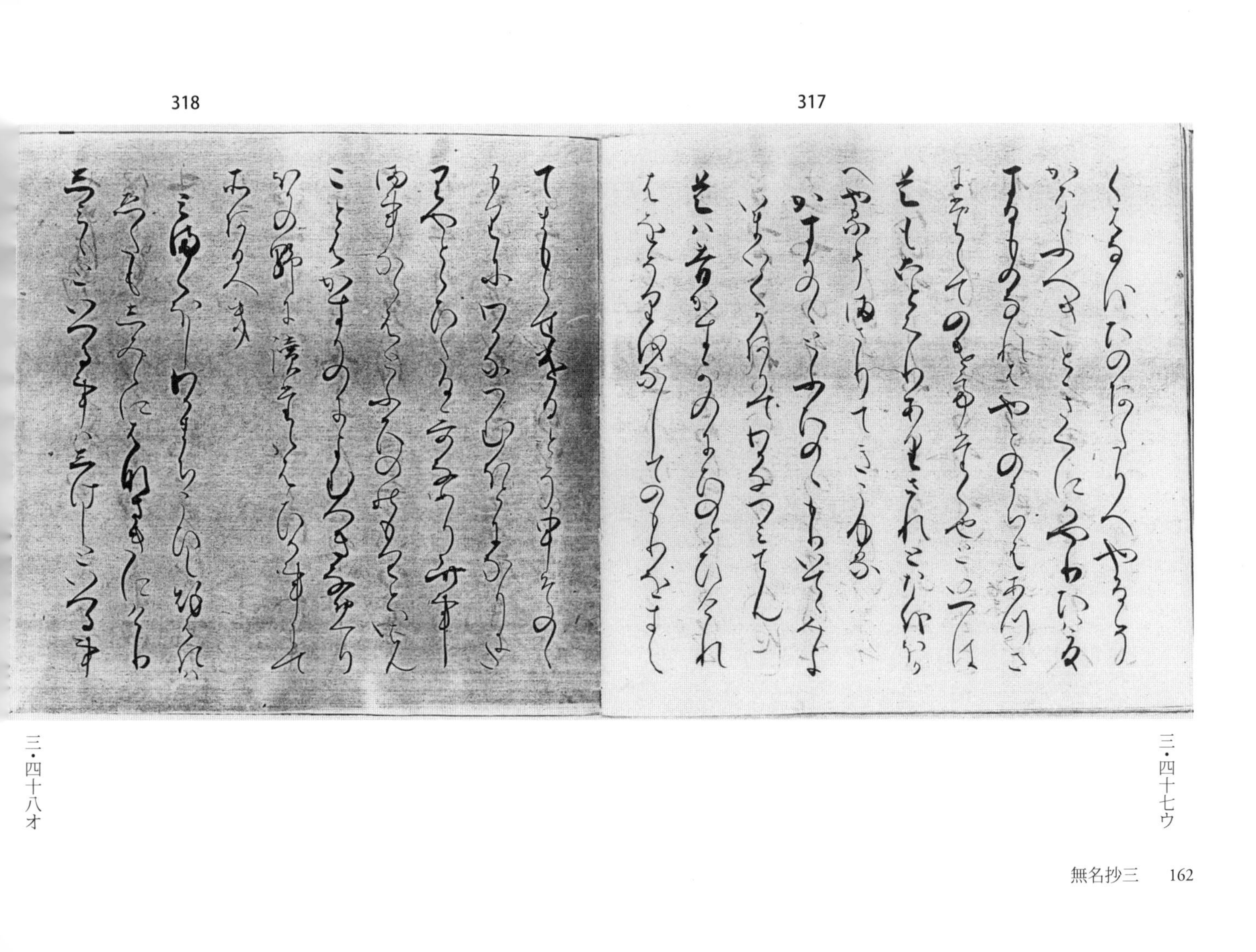

318

317

三・四十八オ

三・四十七ウ

320　319

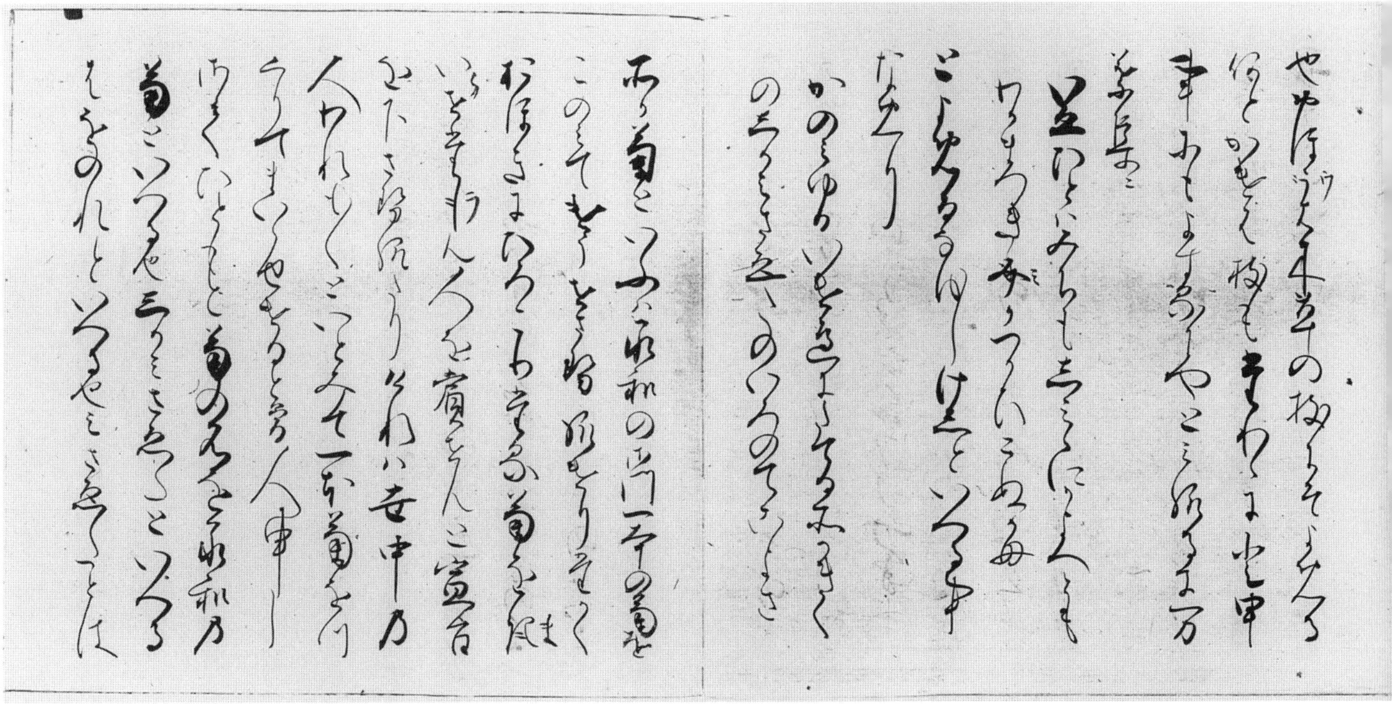

三・四十九オ

三・四十八ウ

こしこゝにつらなりみる首を
申やといふ人もありやされ
たゝみさしきこそいへれいかさ
さらぬ
あまりてぬるをめくらしらかれは
ふられる世毎かねなしとき
くかくらさといへるは若あまたこゝろ
人をうけてひくたえよりのは
ゆきはるらしてかくうちの中を
あさらしてあやしみれよにむかし

そのかの年はさまれさりまいかやうき
ひとはこのあらそへにもそよかある
古筆の文字は家のるやかた無不
まつりてたかひけるかきのこよ
なりて占けるれことものあか
それはこてあゆひやこころ
たゆるかや
ゆりまけけた
顕昭

建久二年十一月十一日夜家時校
大理経房卿家は書写年一校了
書写ハなと十一ケ年也

三・五十ウ

三・裏表紙見返し

323 322

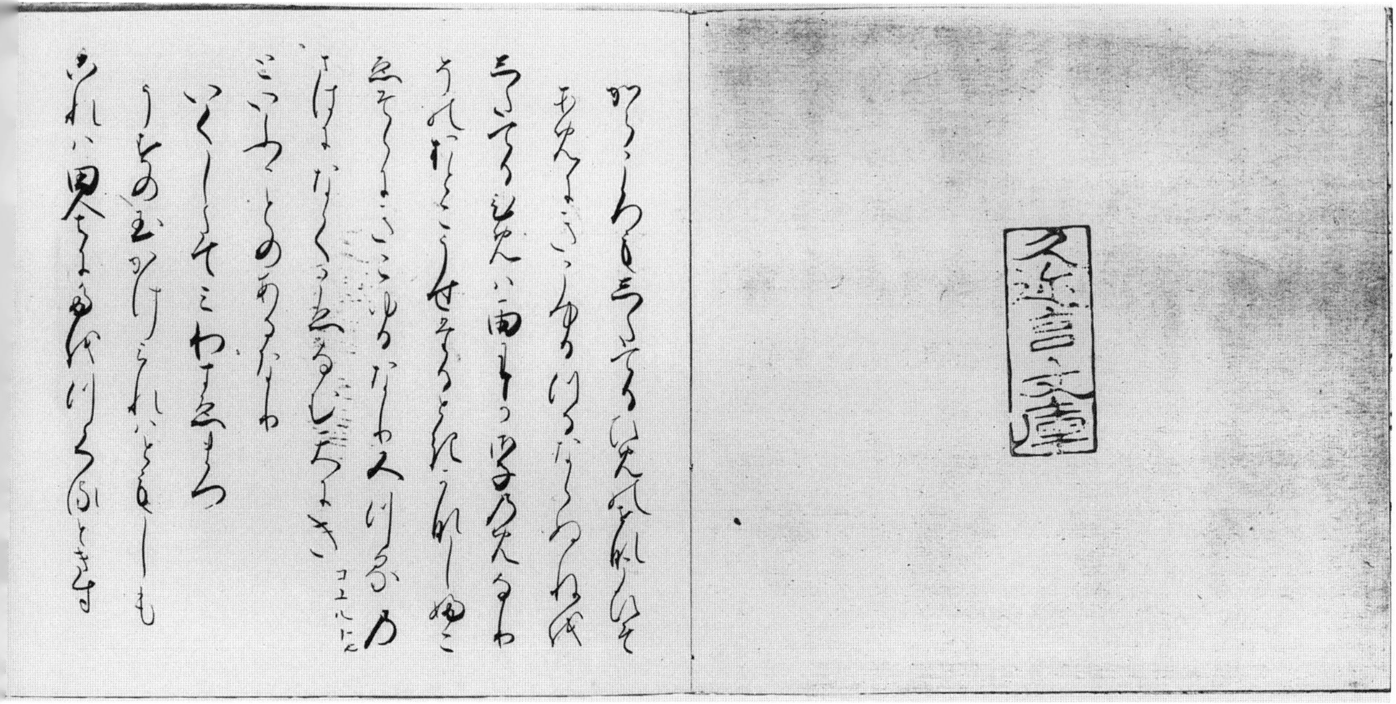

四・二オ

四・一ウ

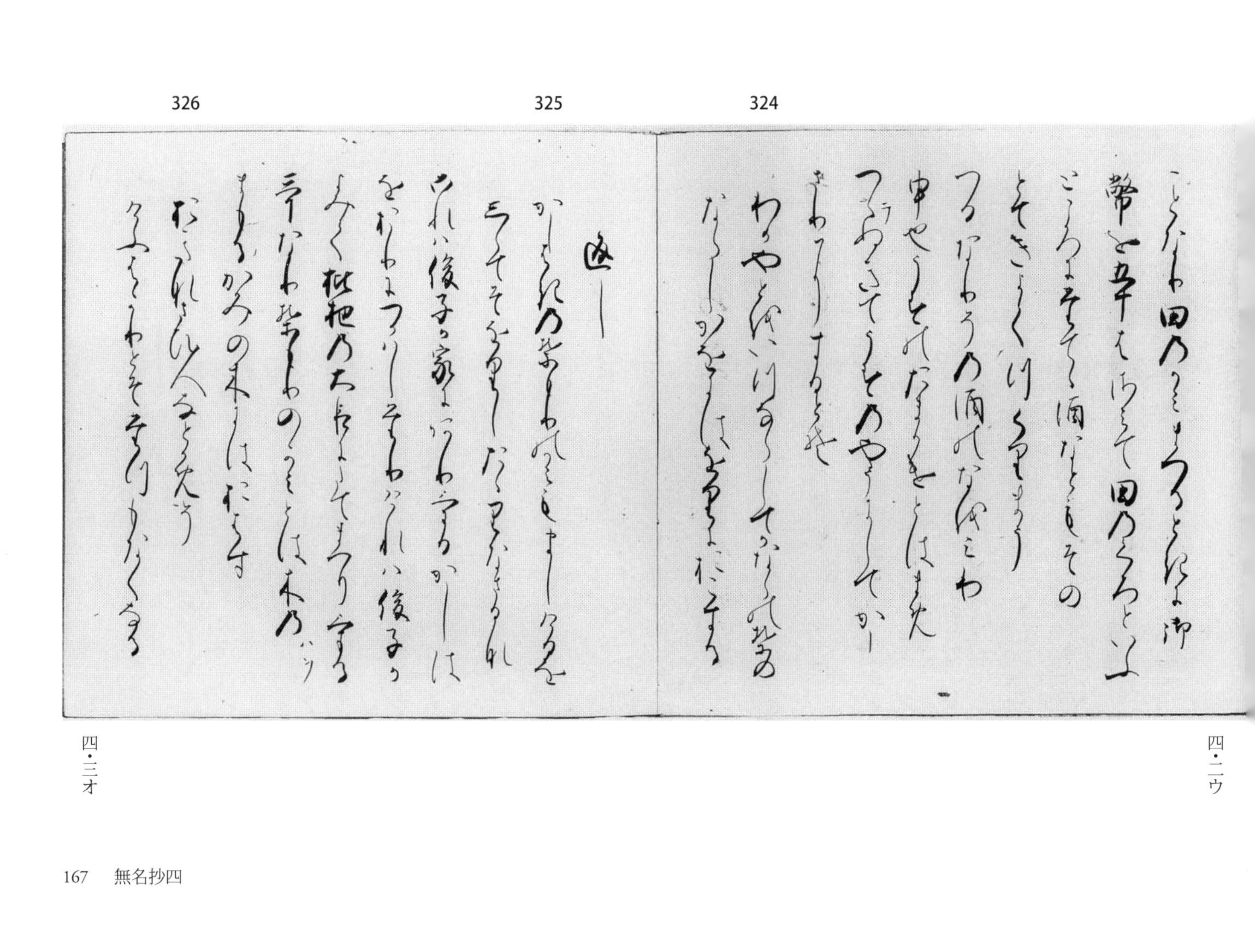

326　325　324

[illegible]田の[illegible]御
幣[illegible]年[illegible]田の[illegible]
[illegible]酒[illegible]その
[illegible]
[illegible]の酒[illegible]や
[illegible]
[illegible]の[illegible]や[illegible]
[illegible]
[illegible]の[illegible]葉[illegible]

返し
[illegible]の葉[illegible]
[illegible]
[illegible]後子の家[illegible]後子の
[illegible]
[illegible]
[illegible]葉[illegible]の[illegible]
[illegible]の[illegible]
[illegible]
[illegible]

四・二ウ

四・三オ

これはさきにいへる行幸に行平中納言て
の御鷹飼してこのきぬにぬひたりとは
鶴のかたぬひたりものよしてこれ
歌なとやうく文字ともあれ
けるをそれたきれさいとふ
これといふ詞なり

327
さくられちるをしきふるはらくの
こしといふかりそらまとつるま
すいぬといふは文字たる
心といふ詞なり

328
ことさやかりかのかはりになるへて
あまのなかやそくあまわかしとは
これは小野篁の隠岐国になかされ
ける時よみける哥なり
なれこといふは男をといふなり

329
あまのなはたくとはあまのすむ
わたりよりわたてものなり見くは
しほやきはさわさこよゆる
なまつをふくに近ありぬ君
あきをなかしやるあさむしこそなれ

四・三ウ
四・四オ

330

これハ小野傳右（好忠）しらく乃富首を
蒙く西乃岡ニまうりて旦のくと
らくそまそまつりたちかかるよ云
貴ゆつくしとうちれと云
ここしてつまをすまなりて
まうで四位をときさごしして
ありまれハ四位ふしてくちを
しう貴りし四位ふうそてと位
よろをくこをうしとおしりりて
云忠乃弁れほうりしたかけるうち
なりあをなるうやハとやうとは

331

五位乃人ぬきぬとうるなりけるを
こいもしそたなくしもとはくら
也うるなり
かくやしろのことはいかなる人にはとも侍
いかならせいかなるあらんさもし
ゆくえりのしろまいうちくやる
うゑ侍をたつくおそつたうれ
こうかくやしろのとこつくえしまは
ねる人なしたかしりわすへの
申ありけるかやしるを

四・五ウ

四・六オ

337 336 335 334 333 332

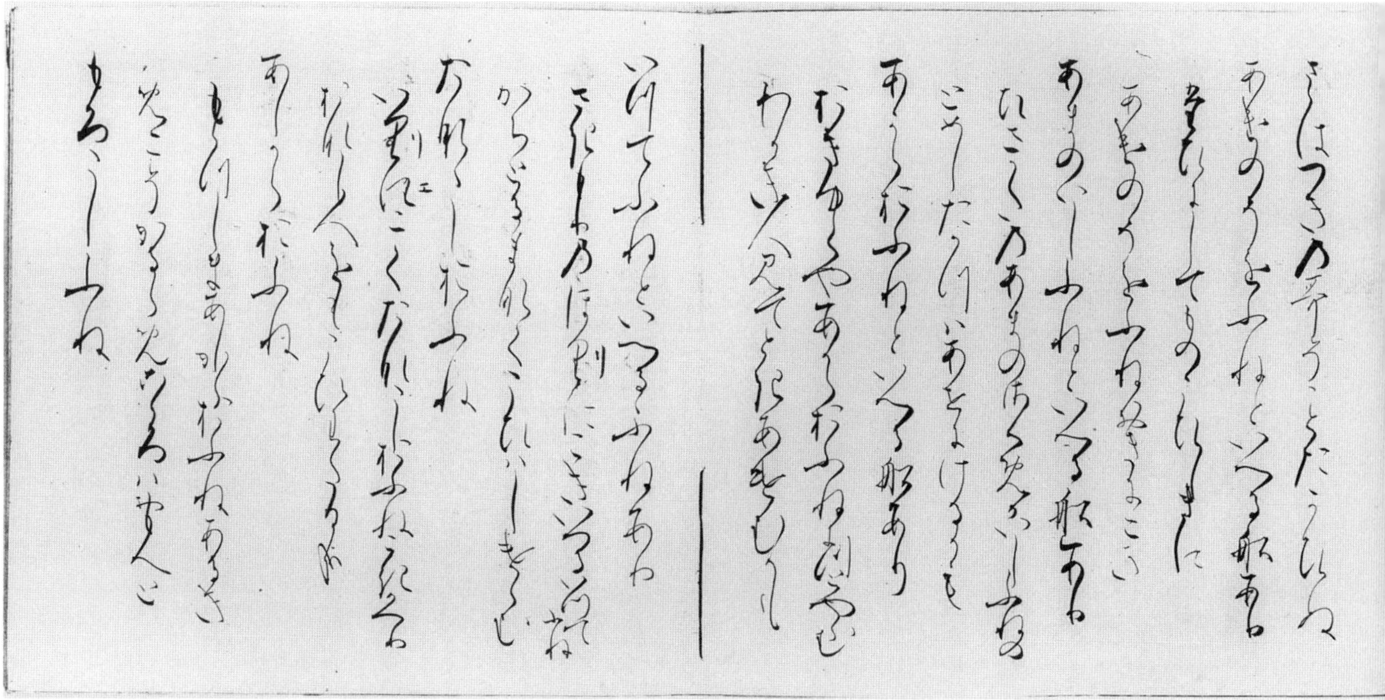

四・七オ

四・六ウ

341 340 339 338

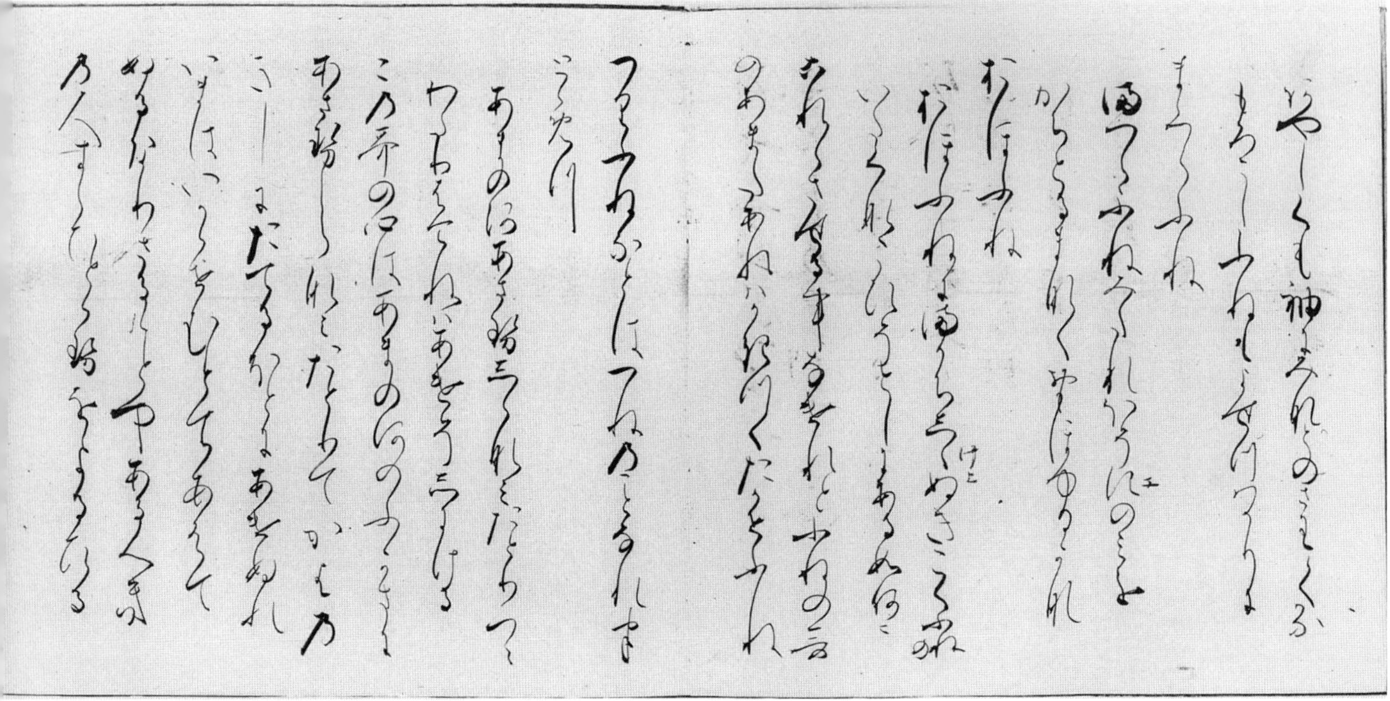

四・七ウ

四・八オ

こゝろして侍りしかれは

おもへとよみはつかうして

かまへてわかなしものとこま

てなれとて申ハ黒箔よ

おもしろやあるものにかつしとて

かつりたまふへきにあらすへれ

ひやうのはかまをあるまて

よみもちをしらわれしらそれ

わしわかやらもとし

それ意もなりなはちかくてよ

四・八ウ

いもおろかならすやはらかに

ことはあまりをあるわくに

しもわろくふるまひはたる

ためやいかなる夕のしるさ

しありてやすもしとあらしも

やすしもあるなとてつかならや

よむ又いもさまやいふうらむ

うふしはらしめくにね

おと例よみをましむうしきれ今

こ川ね貫之は又にけんや

四・九オ

なほ彼人くちをしきあやまちして
此見近ほ両主乃うしろ絵はさら
しやはまし古今乃うきおや
かとなりて両ましゝ乃本乃よ
おほしきこゆる事ありみえてみれし
みれわらひそねいとまうさる
の幾人のにくさ本や
あるもとなからのにまとまける
本まありのにほつれきにくる
思何ねかたつはるゆるゝわ

たゝねにとある人我なからやもしらぬ
ともかれしとあるはあ我なくあわ
かやうのとはかるきことのゆゑにけ
まうさかわたらのからい候て言服
まらつるとはいふにせなりた
さしあらつせてあ念とはてゝ
一歌にわらうの心の字あてゝする
かれは偏とうのあらしてわるな
ふとあるぬやうふかにはゆるな
まれわかとのすらみさにあうえ

四・九ウ

四・十オ

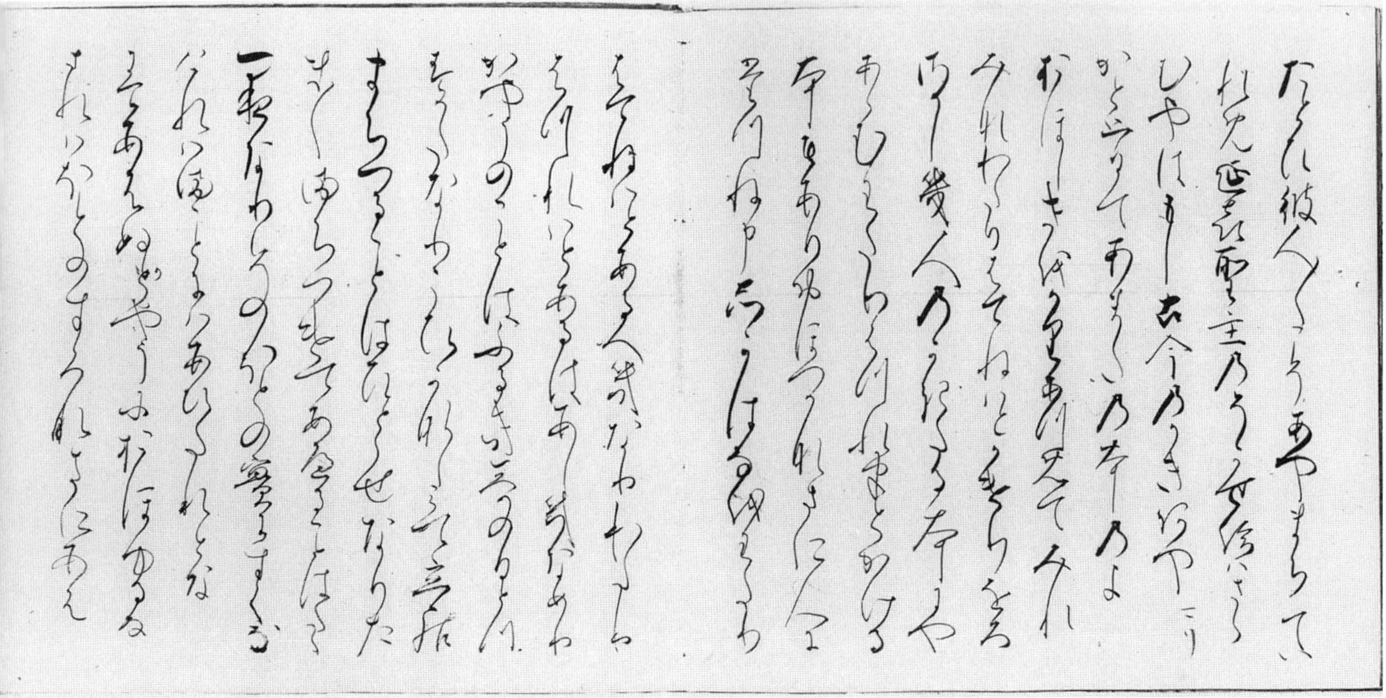

四・十ウ

四・十一オ

四・十一ウ

四・十二オ

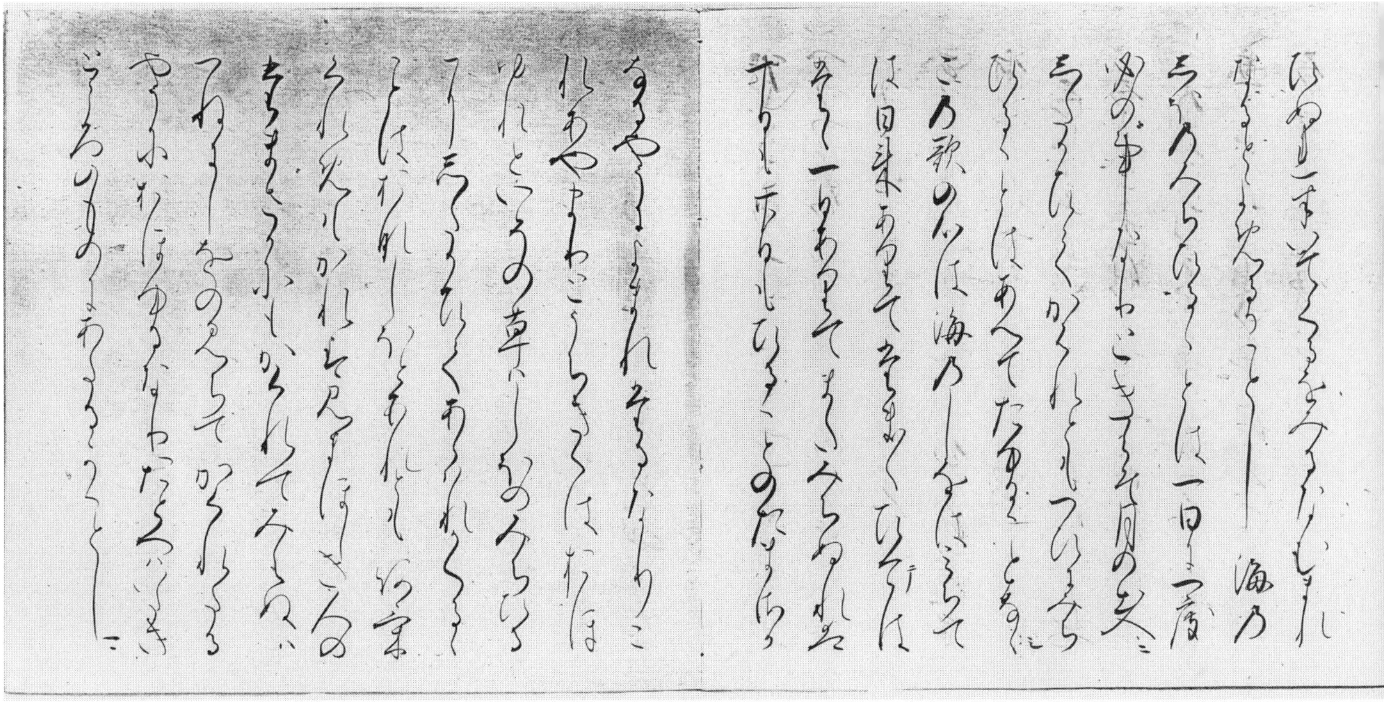

四・十二ウ

四・十三オ

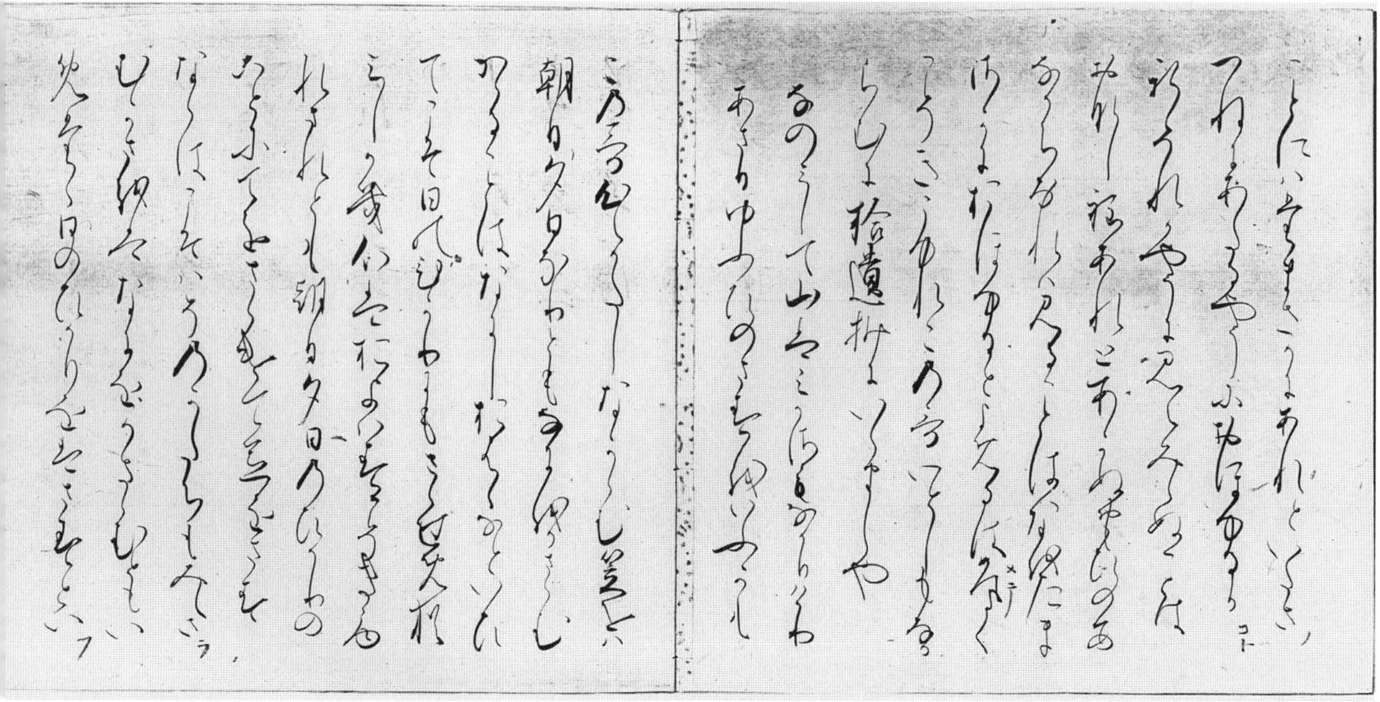

四・十三ウ

四・十四オ

345

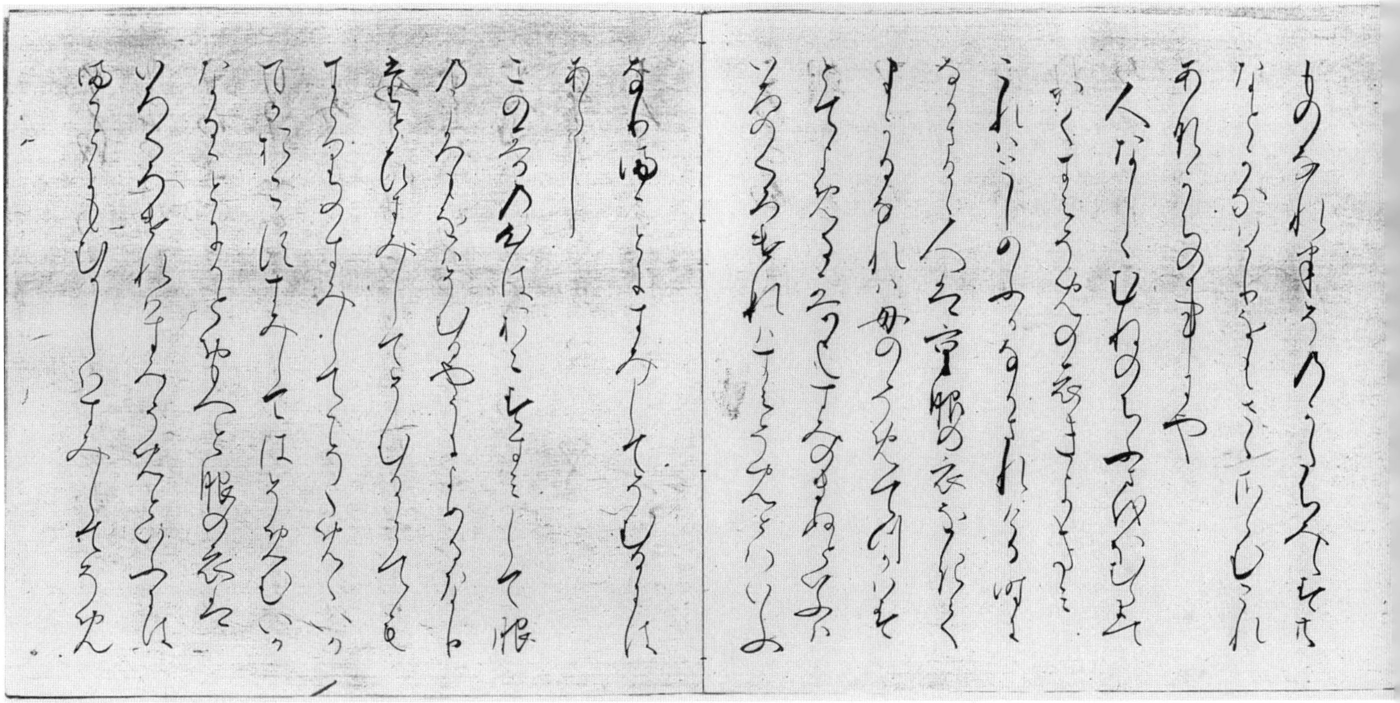

四・十四ウ

四・十五オ

四・十五ウ

四・十六オ

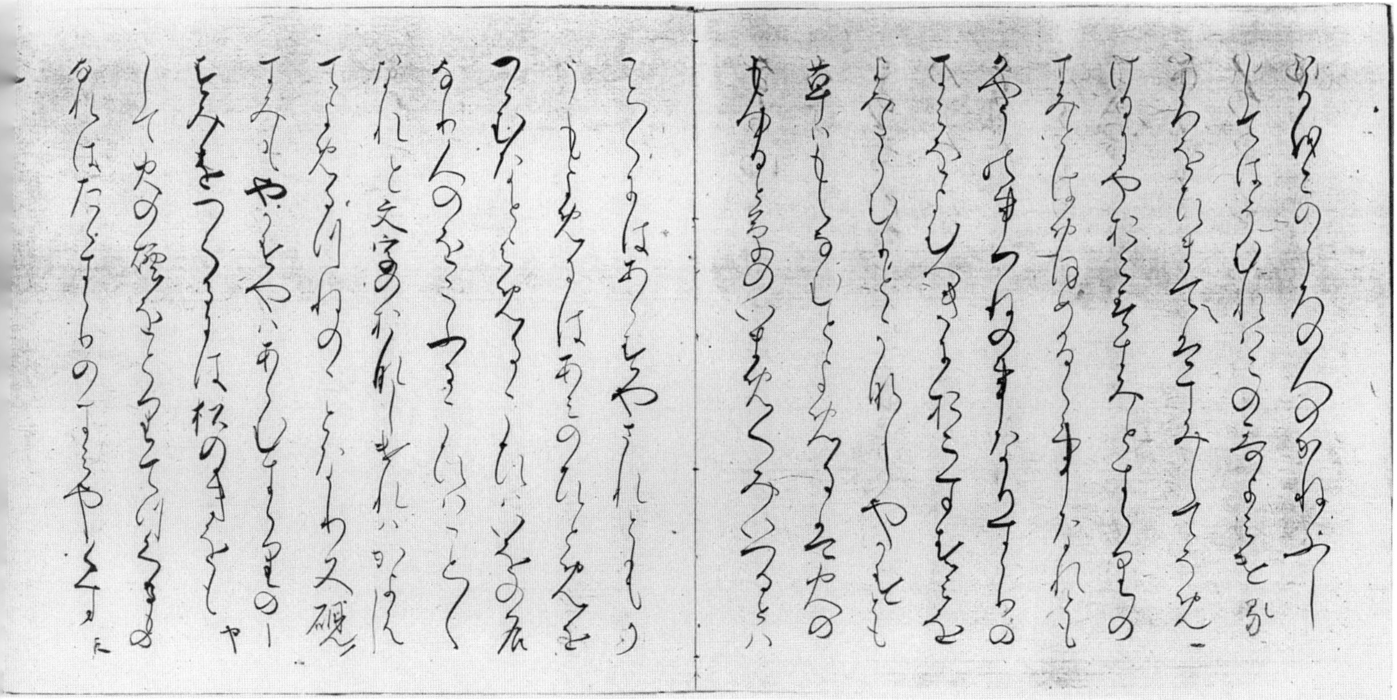

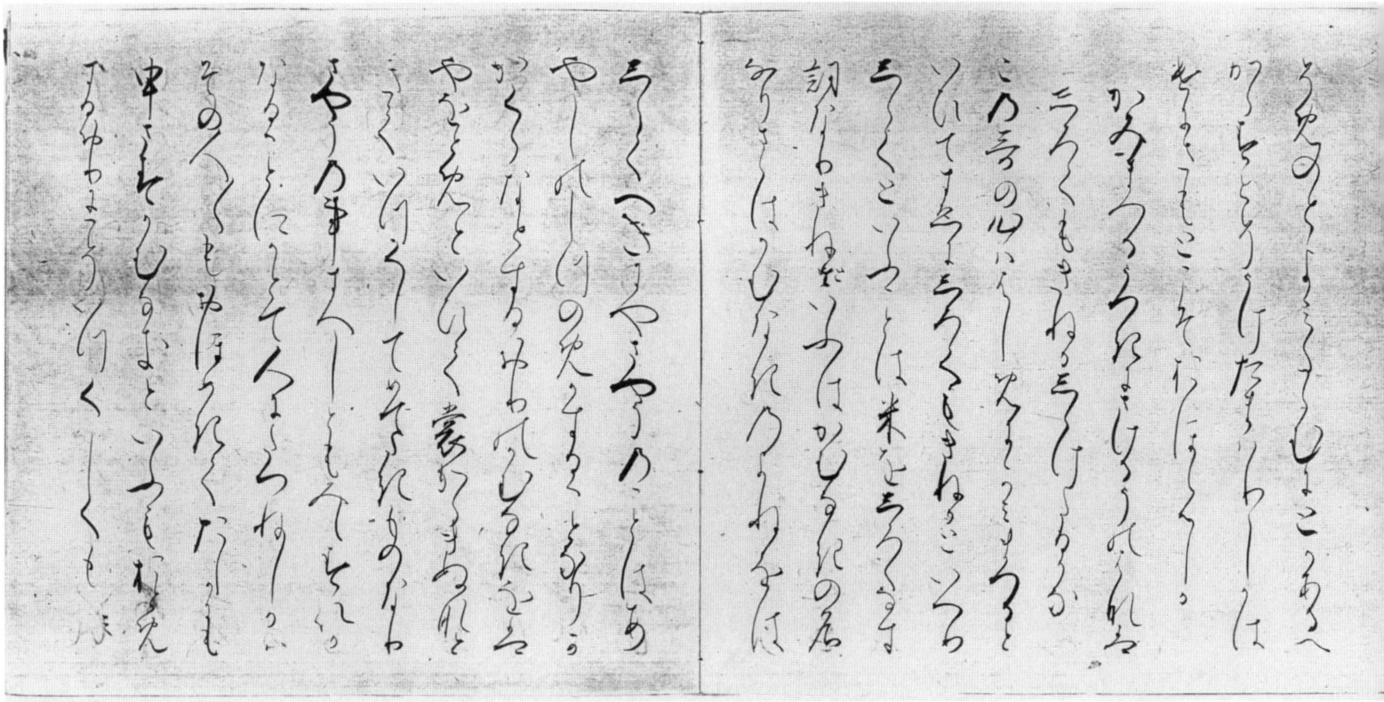

四・十六ウ

四・十七オ

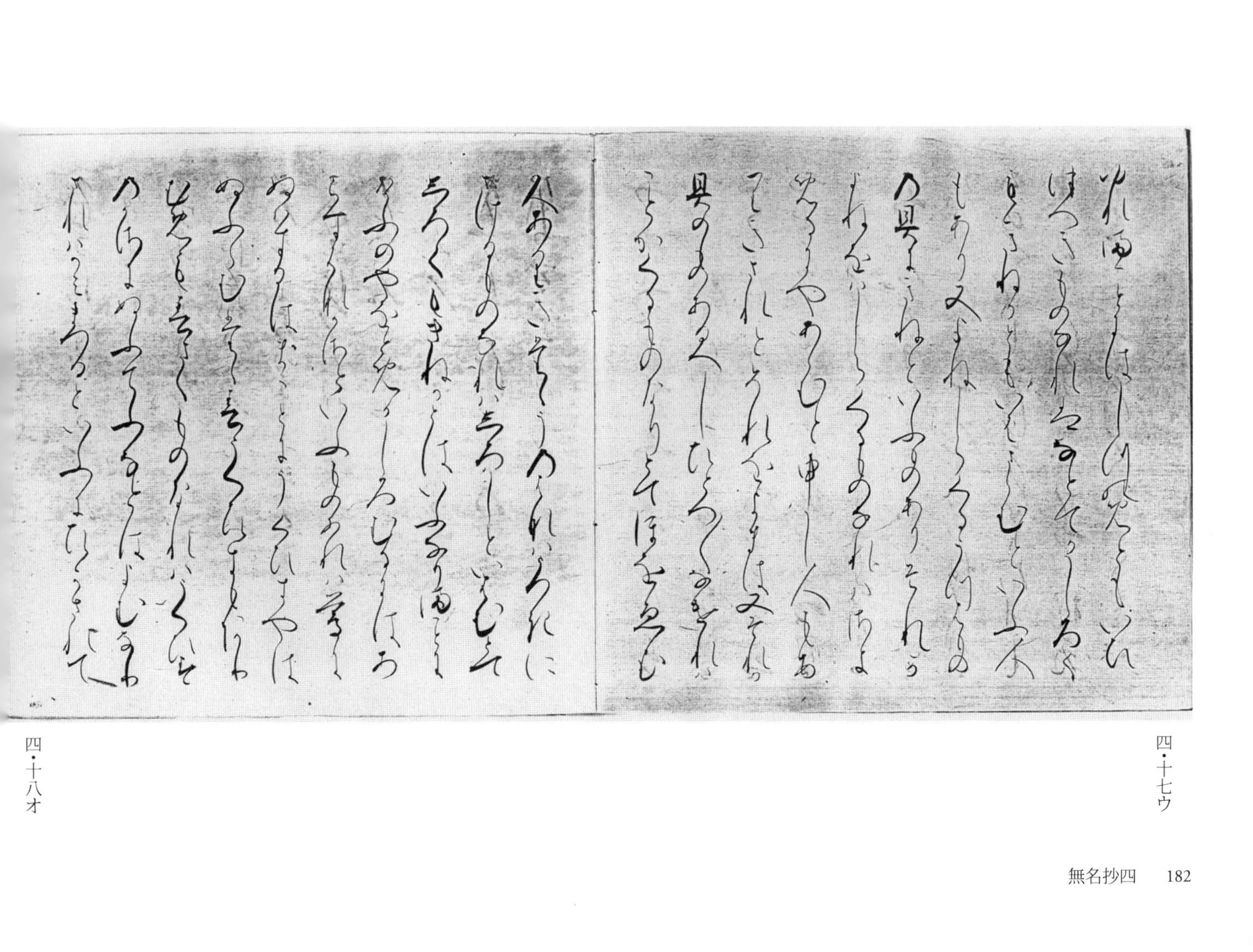

四・十七ウ

四・十八オ

四・十八ウ

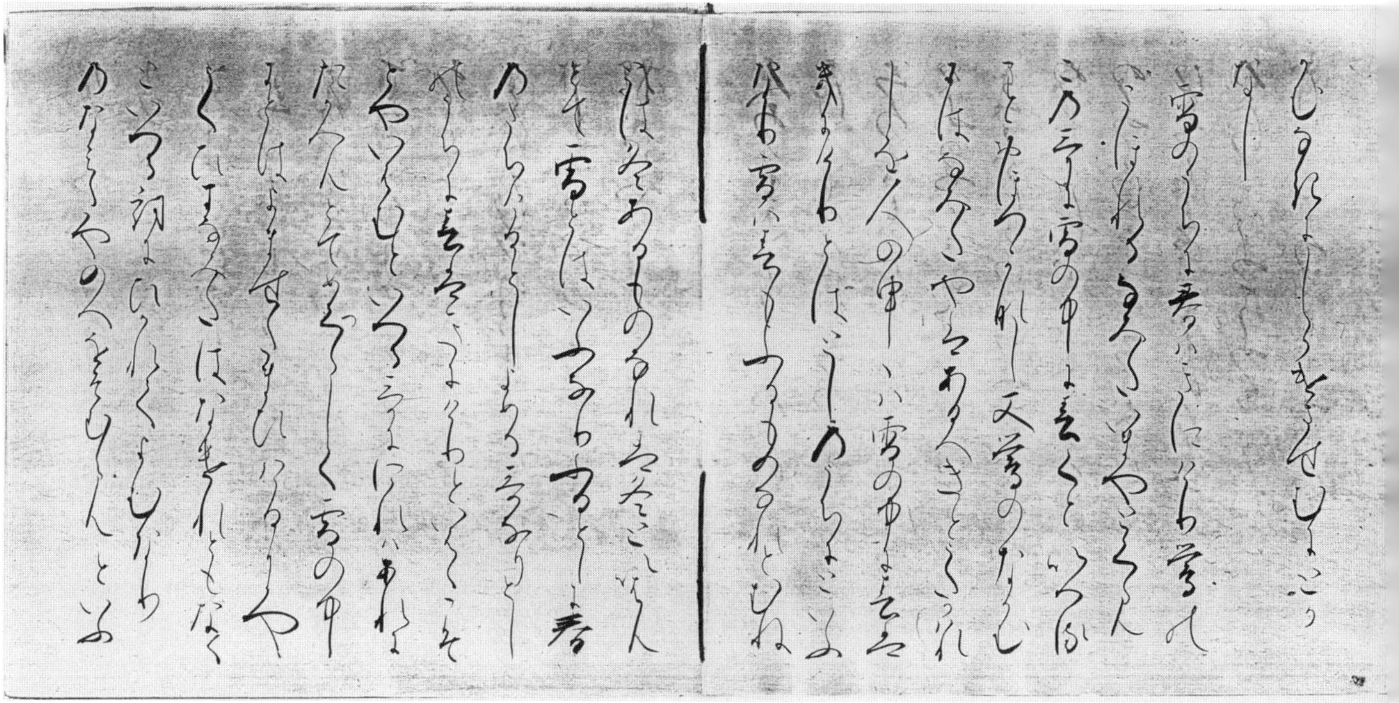

四・十九オ

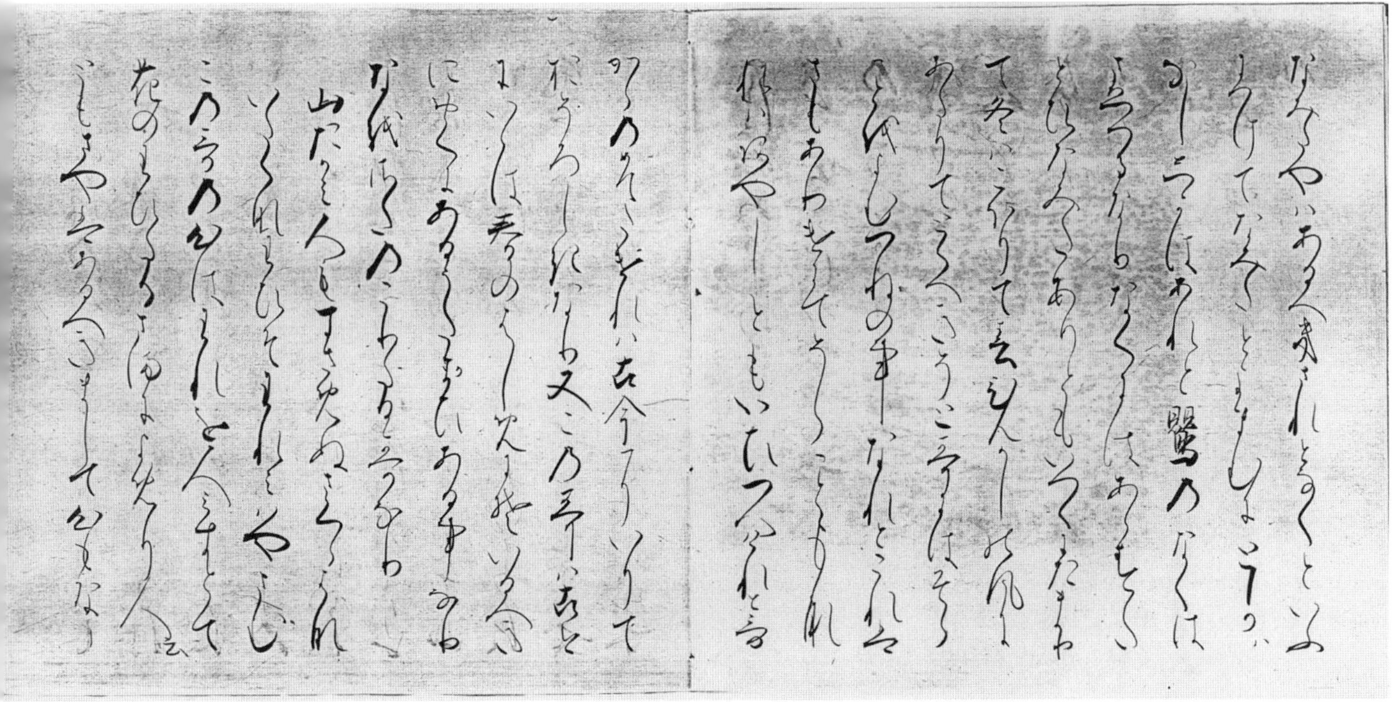

四・十九ウ

四・二十オ

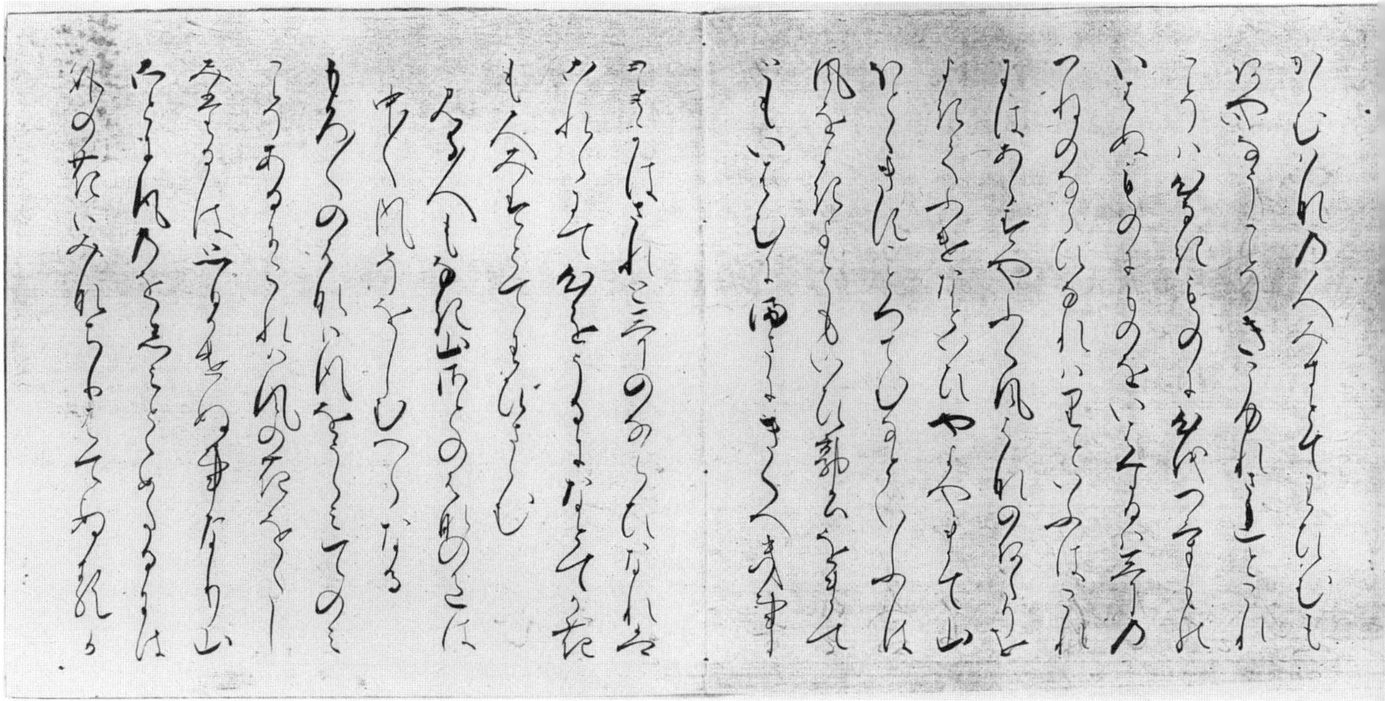

四・二十一オ

四・二十ウ

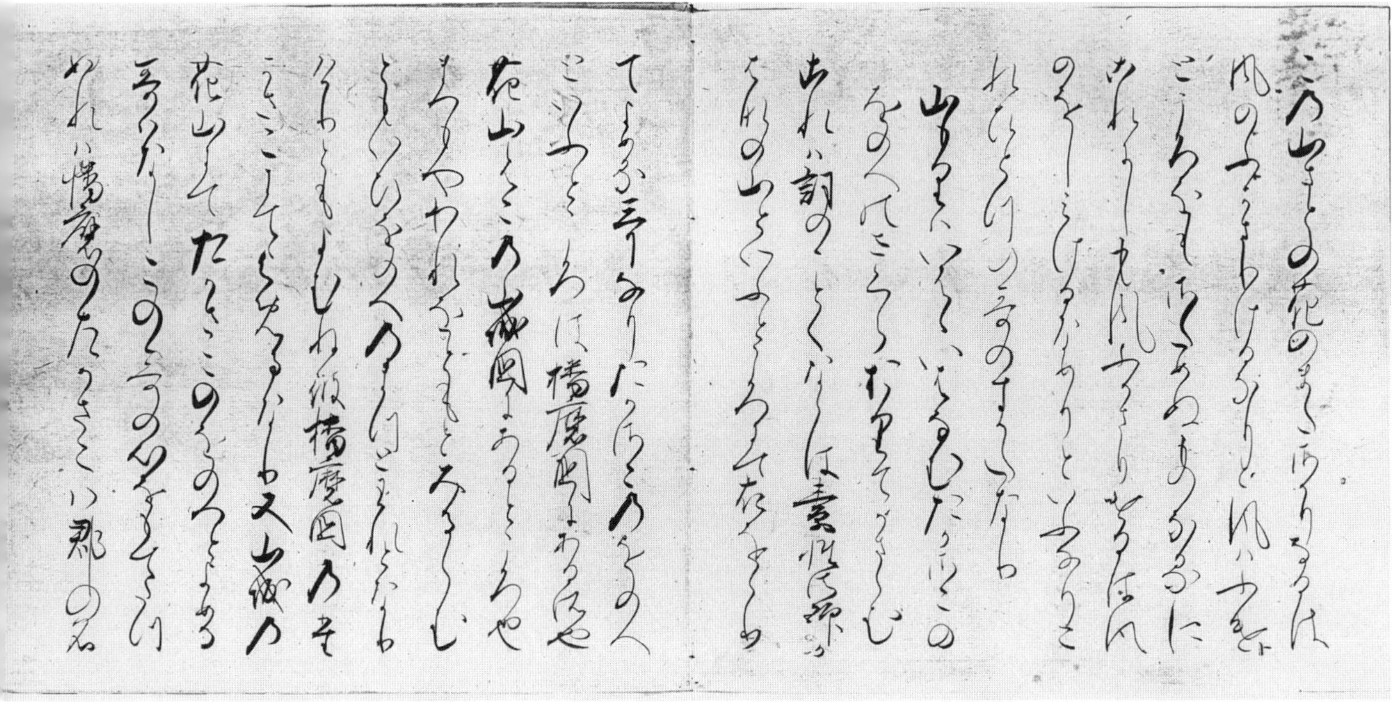

四・二十一ウ

四・二十二オ

352　351

なかなかの人くみつからはさとのなるや
そのふのつゝきつれはのむこれ
たてらせよみちゆくてよろしなるや
この素性の二つはやかくさの山の
なからの所へといふすゑわれは
そのへとゆるは山へなとといふへしわ
あしまろのかのへにいひかありけり
これもこれもよこゝろしらさる
またいつくとちうろもそもやゆは
またしはとかしとそあそゆる

くこれはしかたしのゐかかわる
朝
にさへんのむしつしやそ
返し
なそてふやうんもそれとなうゑん
わかふれやこのやまもみるは
これ村上の御時に春宮の女御に
きこけるへのなりをとてるは
あてすものとれゆきいへる
いせたまつまあらさら
ふあはしたりなるとくれ

四・二十二ウ

四・二十三オ

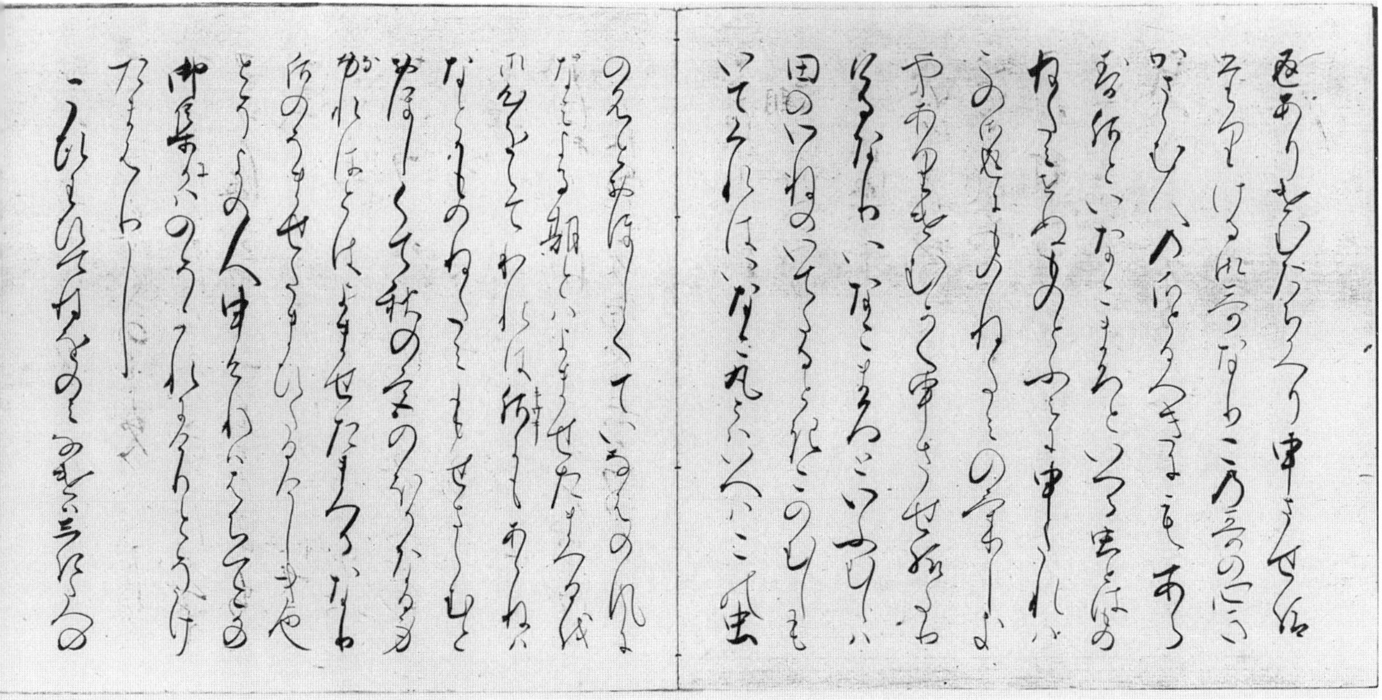

四・二十三ウ

四・二十四オ

四・二十四ウ

四・二十五オ

355

四・二十六オ

四・二十五ウ

357 358 359 360

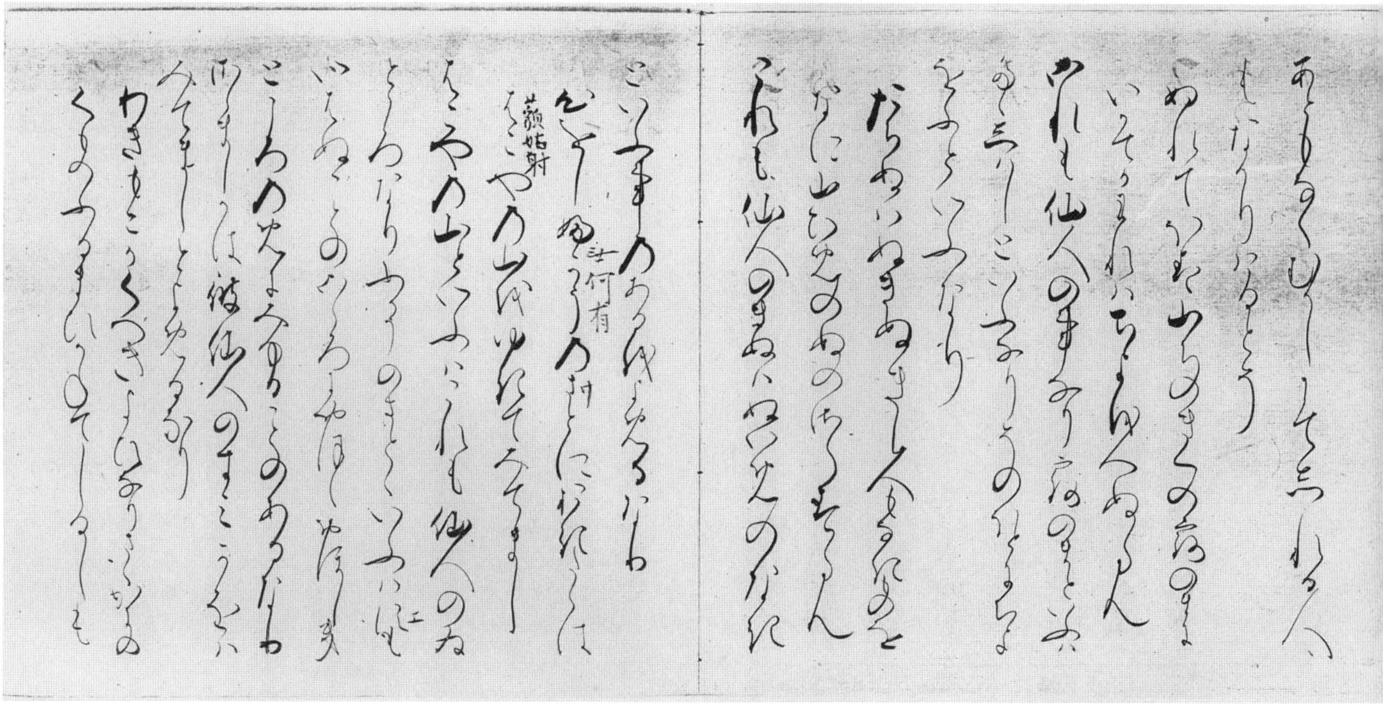

四・二十六ウ

四・二十七オ

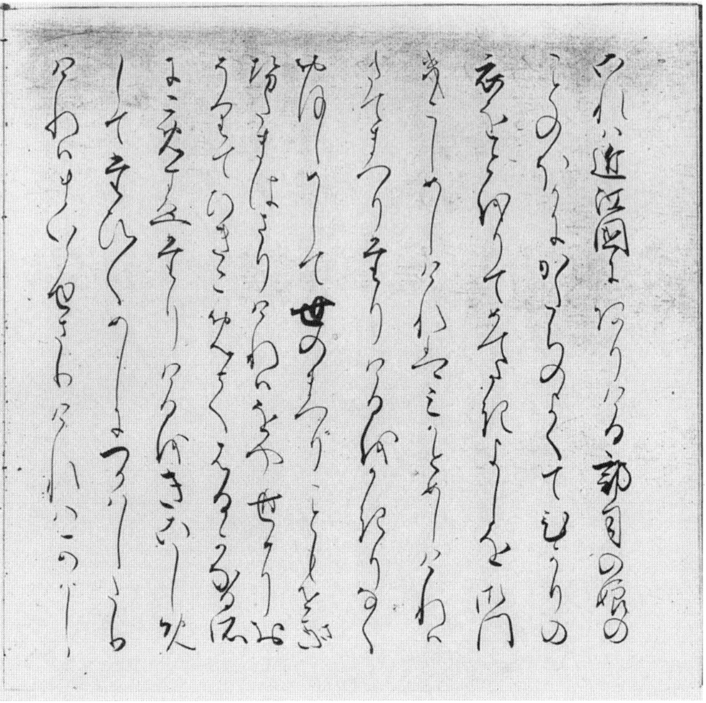

四・二十七ウ

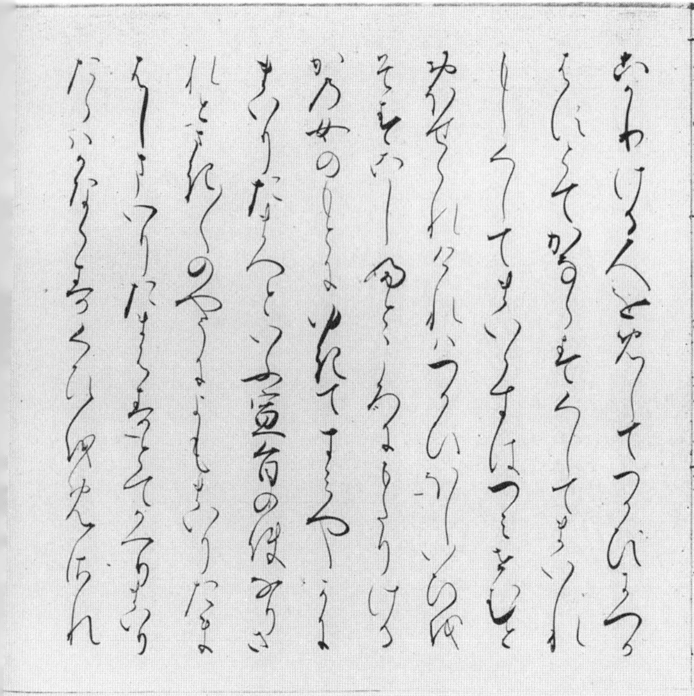

四・二十八オ

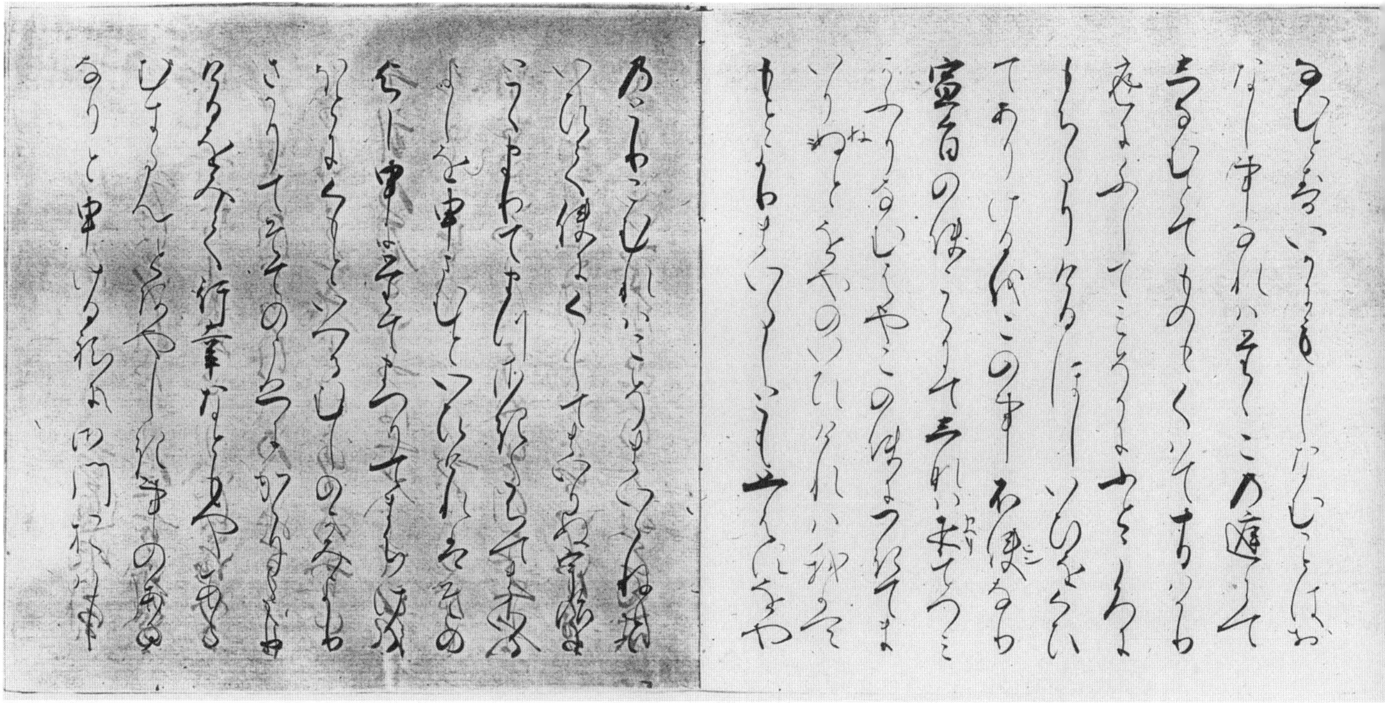

四・二十九オ

四・二十八ウ

四・二十九ウ

362

四・三十オ

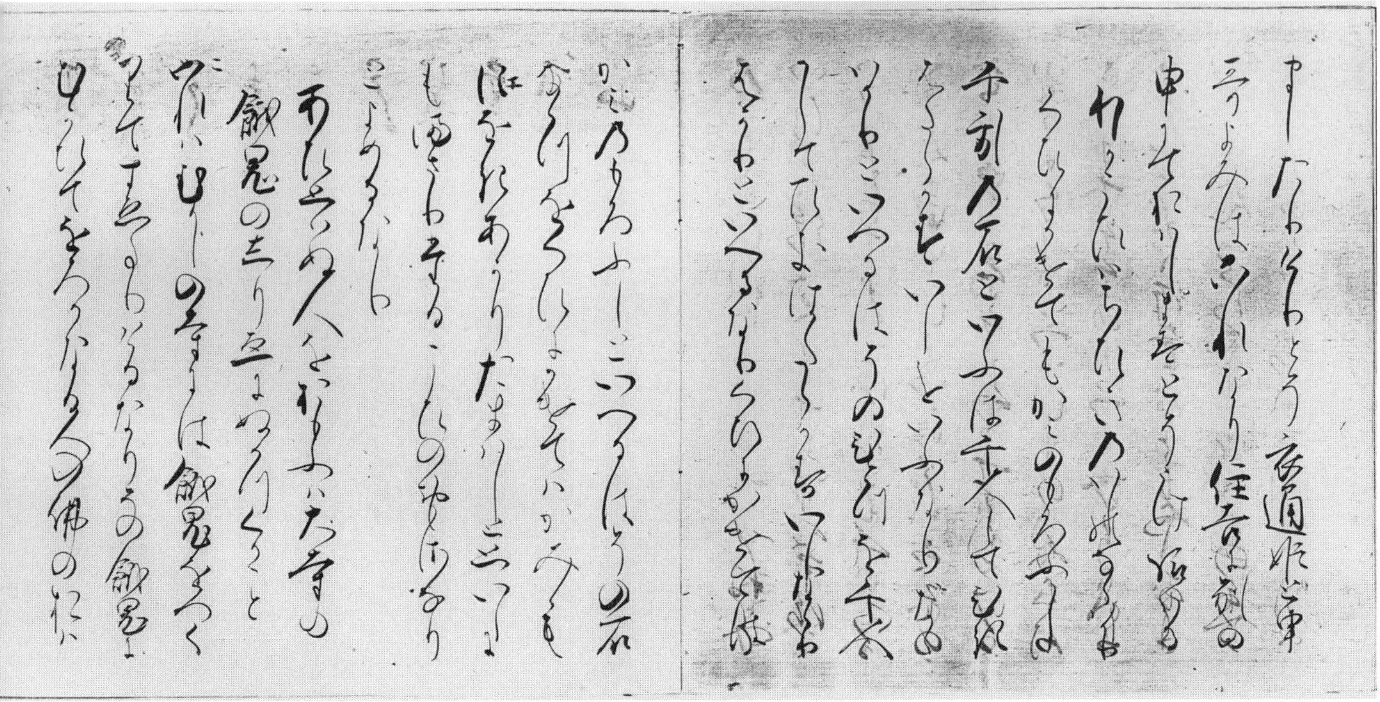

363

すまひとてめくりつれなきかたはなれ
うれはしきもくるしきをもとりつくすとも
まよふとものわかれや
生きの餓鬼すみはくたとへの
たかれたりてうのこころやむし
うしつともかれ女の子はしを
ならひそてかやうの中こそは
鳥のなきたてしとおほしく
てよみかけうやあらん
山のたのうきものさえ

364

あやしねかもとそにをうすらい
たのむこころさのありせはこゝろは
あるたちかりさおさこうらく
ちくされ鼻をまこゝろつされね
こゝらは同のつねなりれいたの
きのされそすくひてあらそへき
まつれいきにはまにそうてつつ
とよみけり

365

つれなしとおもふともけは
いまくの人もわすれさらめや

四・三十ウ

四・三十一オ

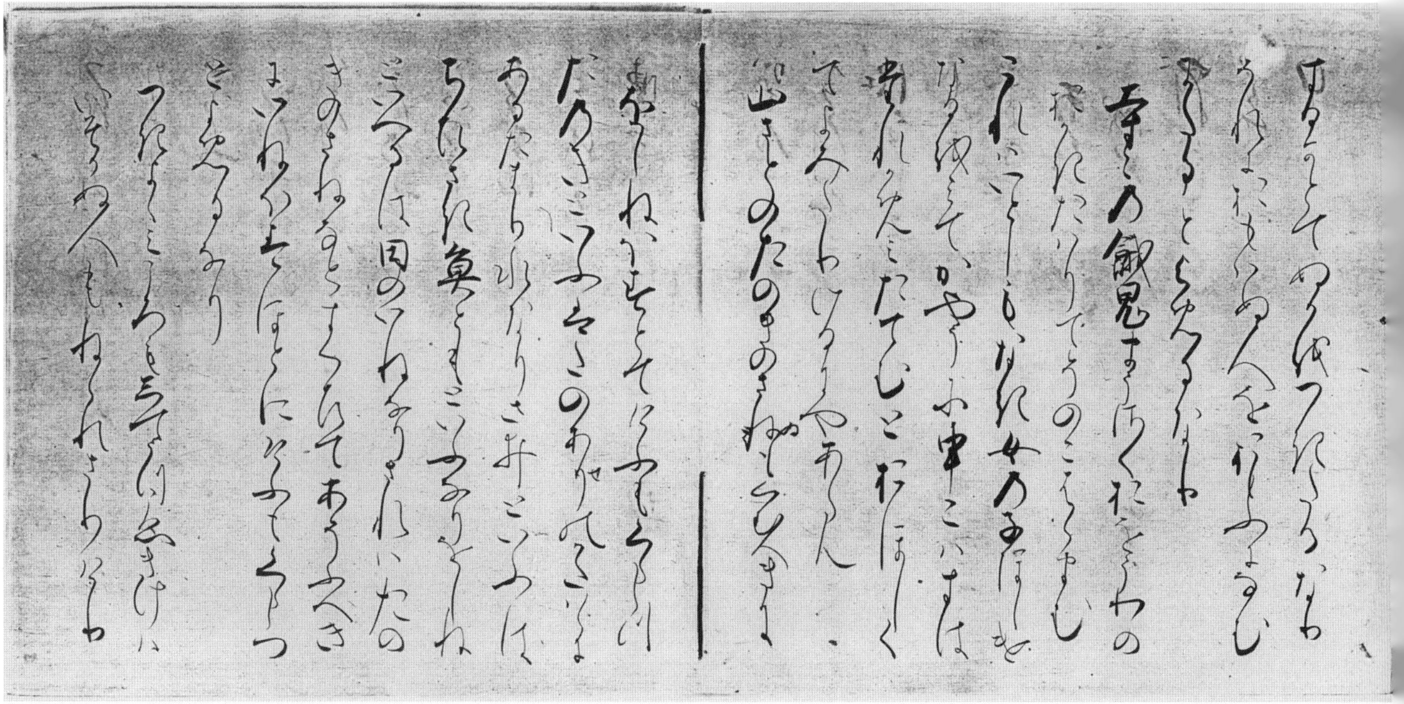

367

366

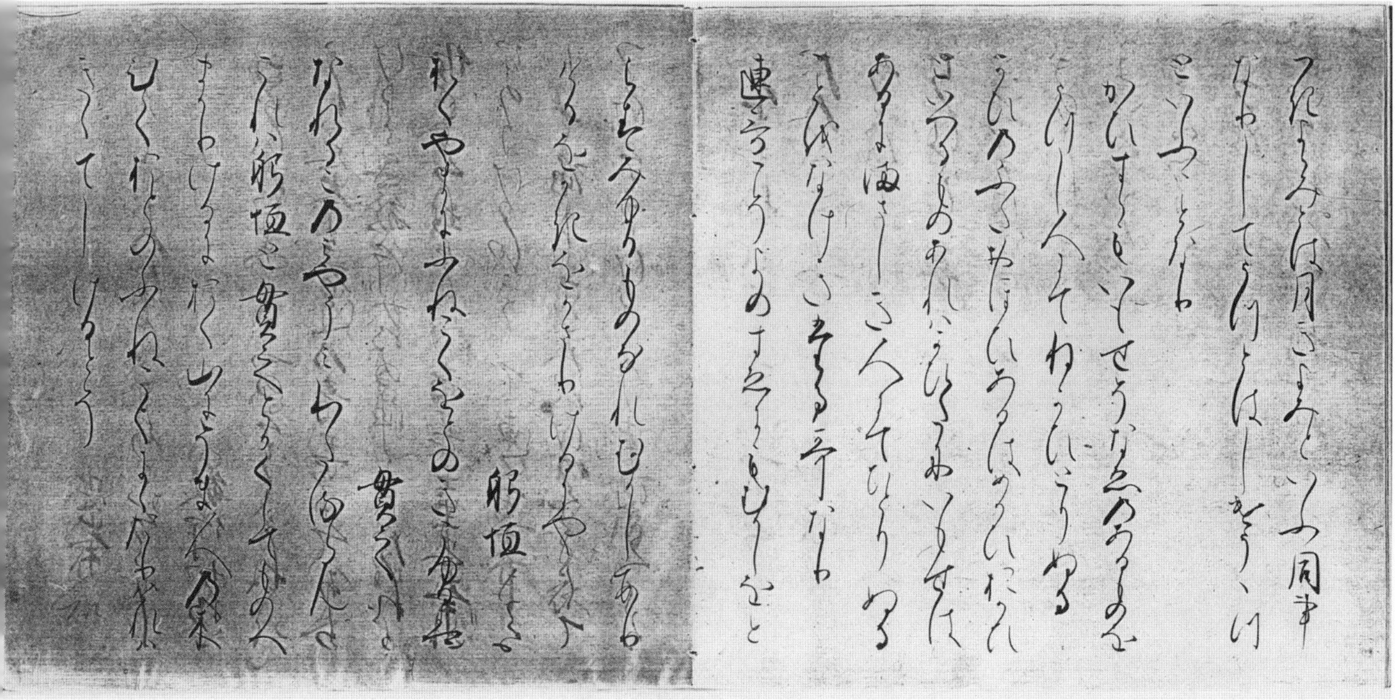

四・三十二オ

四・三十一ウ

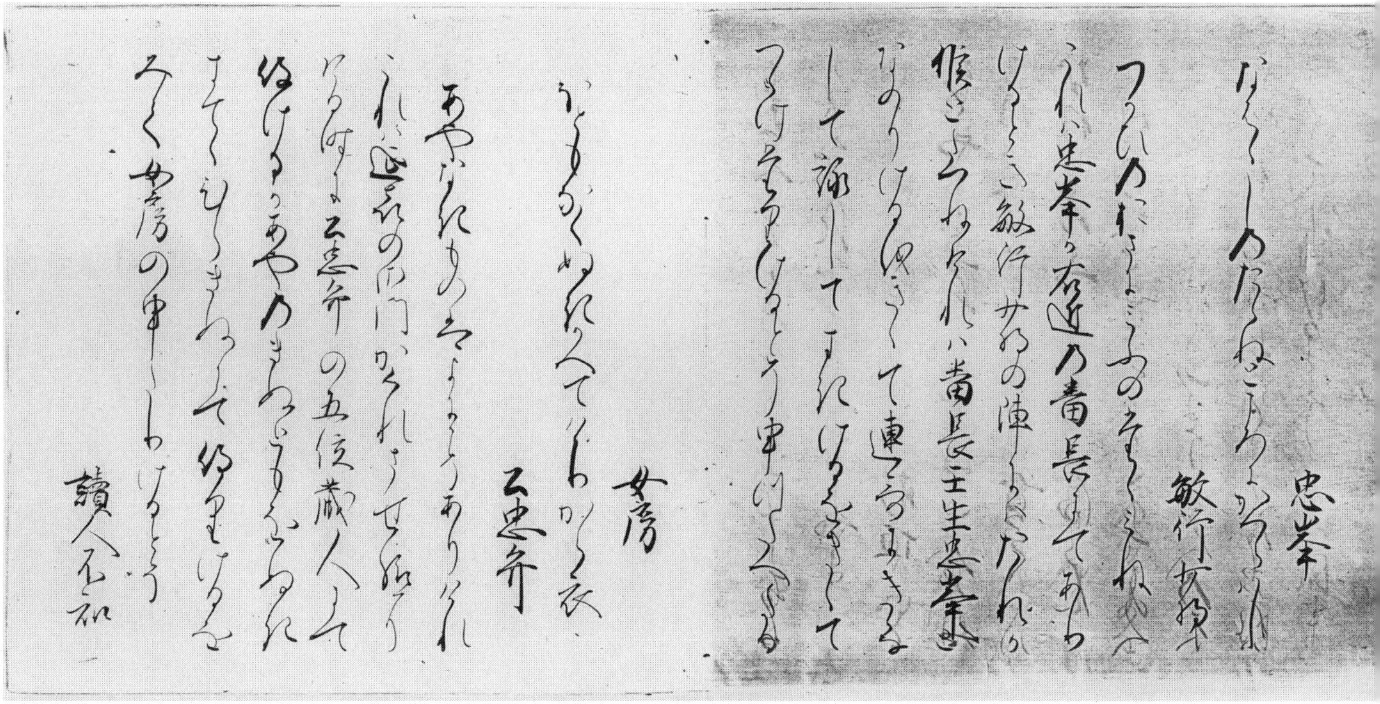

四・三十三オ

四・三十二ウ

370 371 372

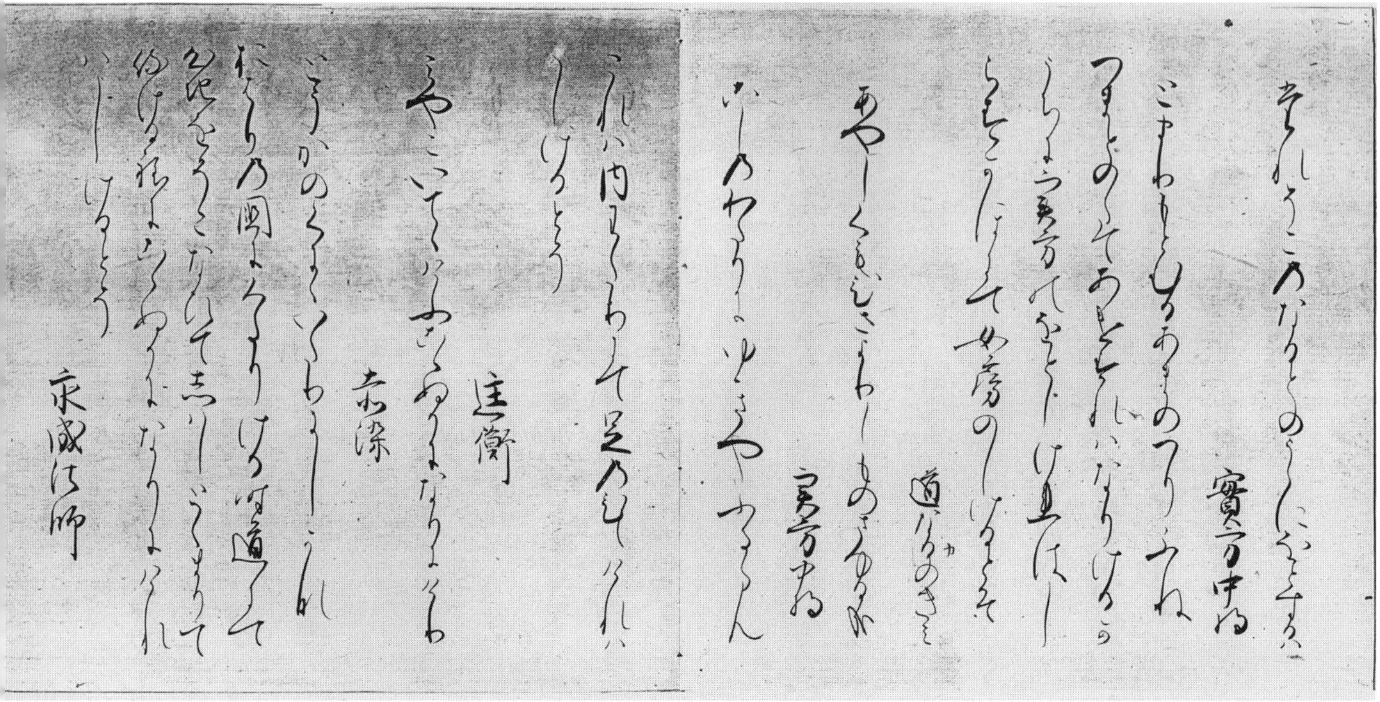

四・三十三ウ

四・三十四オ

376 375 374 373

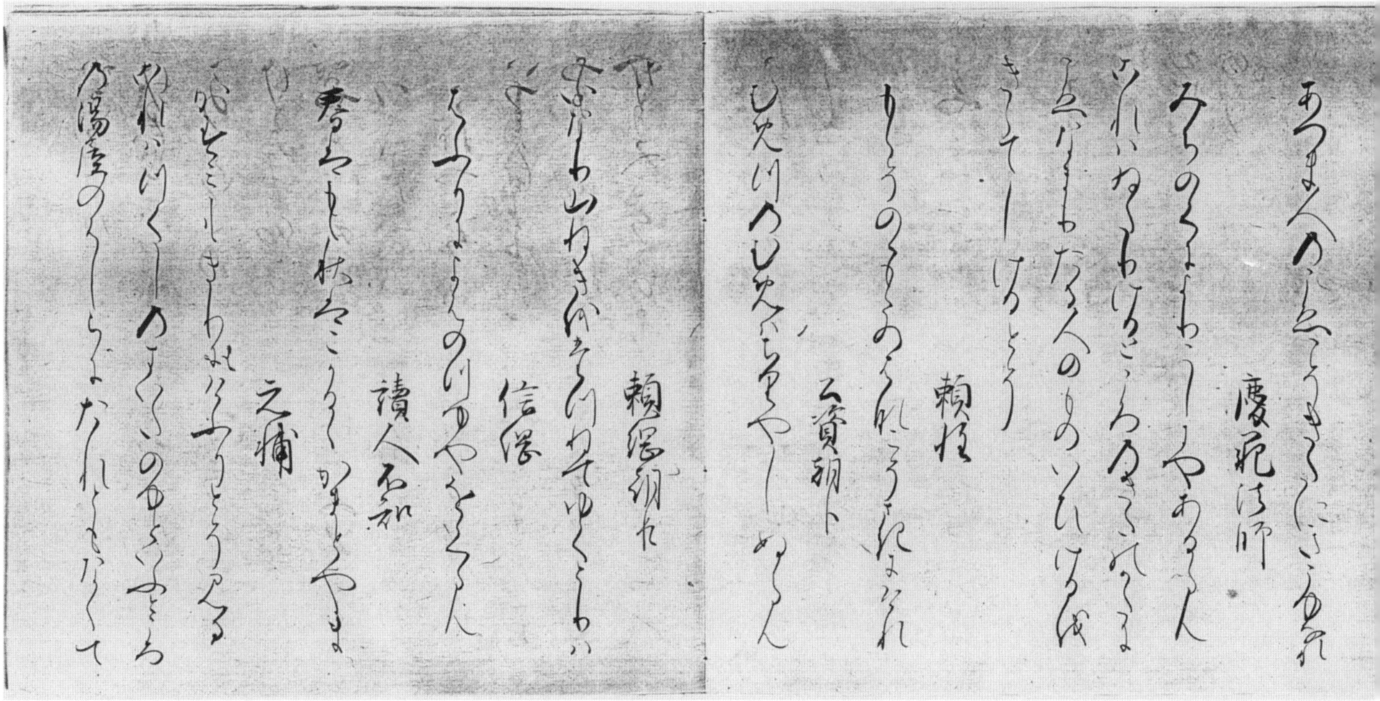

四・三十五オ

四・三十四ウ

377 378 379

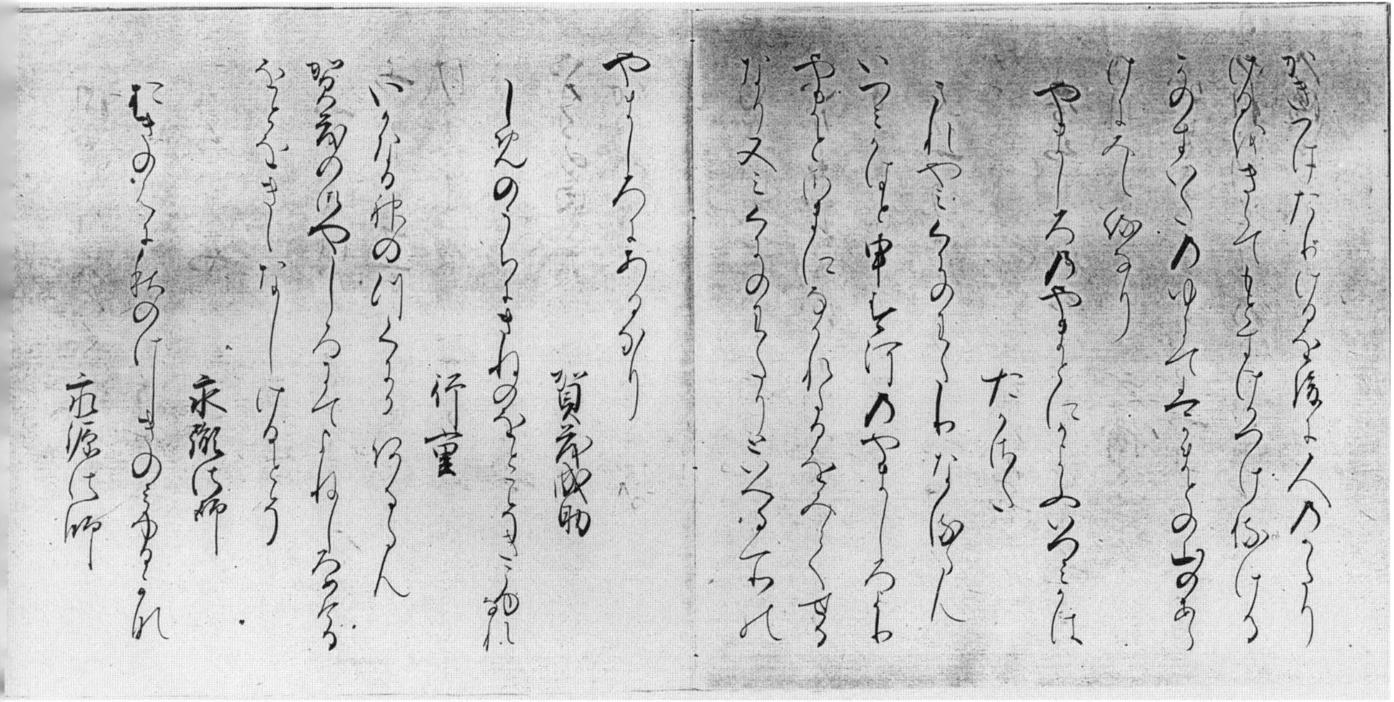

四・三十五ウ

四・三十六オ

ほかならぬくらゐはゐなれしと
道雅三位
380
まろともまやまくりすゝきみたれなる
亞經中将
つるまこいかにあれとはしらねとや
ちらして百年の金鼓ならありさ
けるましくれのするなみそしけり
禅林寺僧正
381
たゝみの田まれくりめきはきなれ
宇治殿

かのみれくらよりやいれや
これは宇治殿に田舎しなやしの
たきものたてをしけるをみて尋させ
たまへるとぞ
僧觀暹
382
ものゝはうはなかのうらにけりけれ
平為成
おのねをもせしけるのれ
慶暹
383
このかのいりをけはたゝうなかりけれ

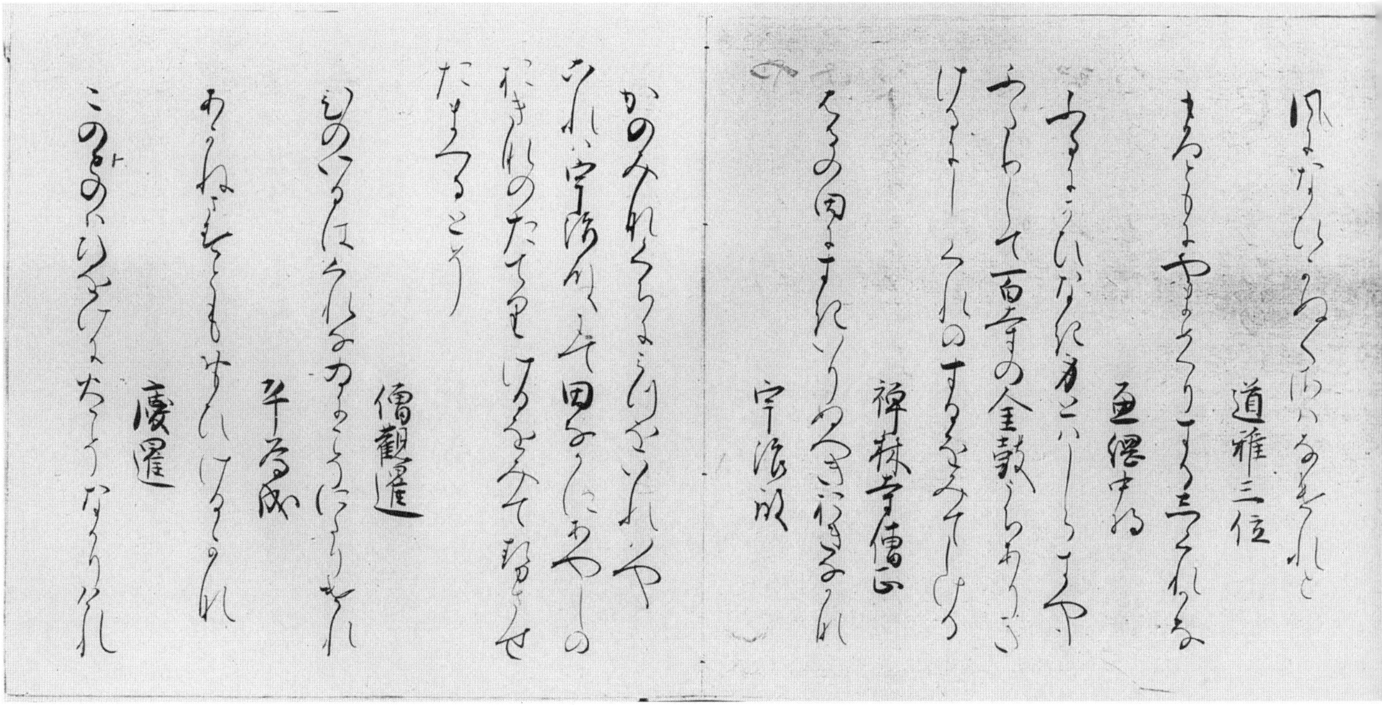

四・三十七オ

四・三十六ウ

384 385 386

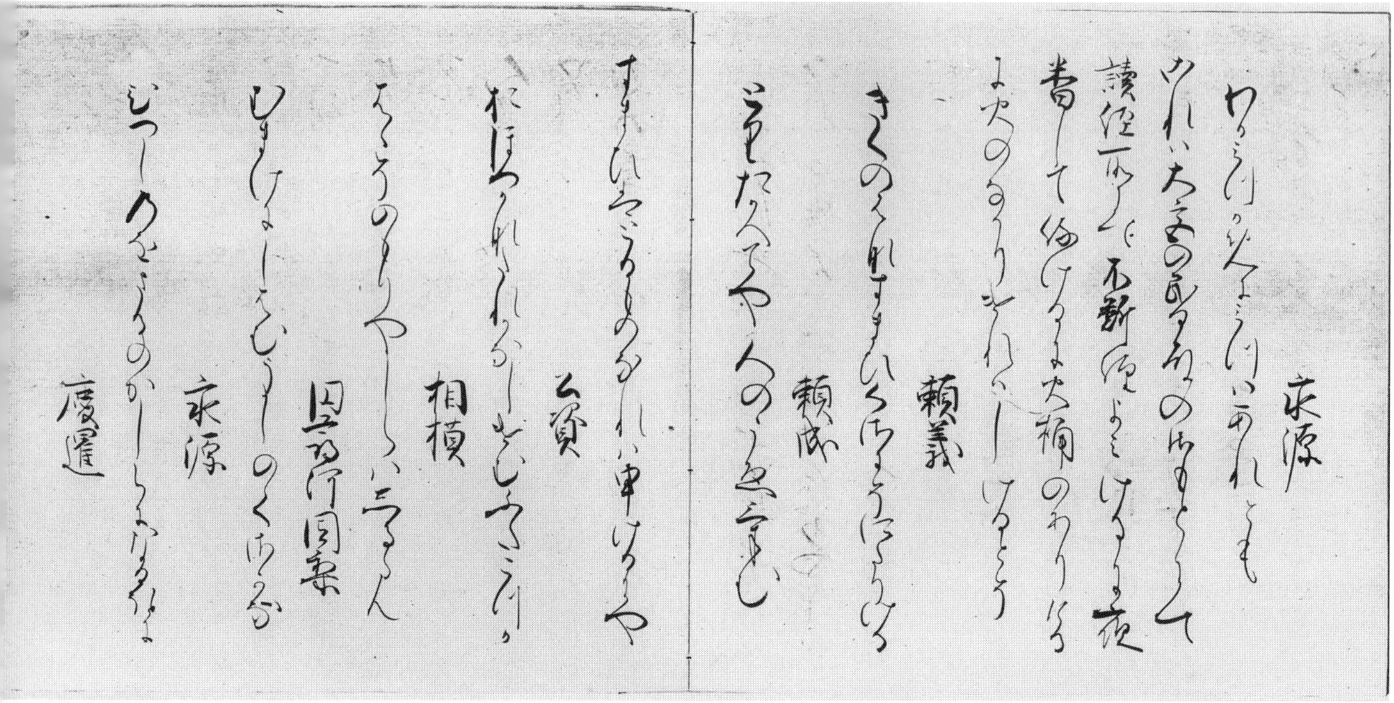

四・三十七ウ　四・三十八オ

　　　　　　　　　　　　　　　　　永源
ゆるぎかさゝきいはれとも
われわちきみのきみをまつらん
読経二反に不断経よみけるよ
書てとりたまふ桶のありける
よみのわうちえんくしけるそ
　　　　　　　　　　　頼義
きくのえんみちうたふらう
　　　　　　　　　頼時
きたねてやまのしろまし

すゝめさうめるかきゝ中けるや
　　　　　　　　　　玄賓
たほちれゝゝつるゝをしてけり
　　　　　　　　　　相模
そゝろのわりやゝゝいかん
　　　　　　　　因幡門司宴
もとけなしちむらしのくわるか
　　　　　　　　　　永源
じつうるさゝものかゝらゝゝゝゝは
　　　　　　　　　　康遷

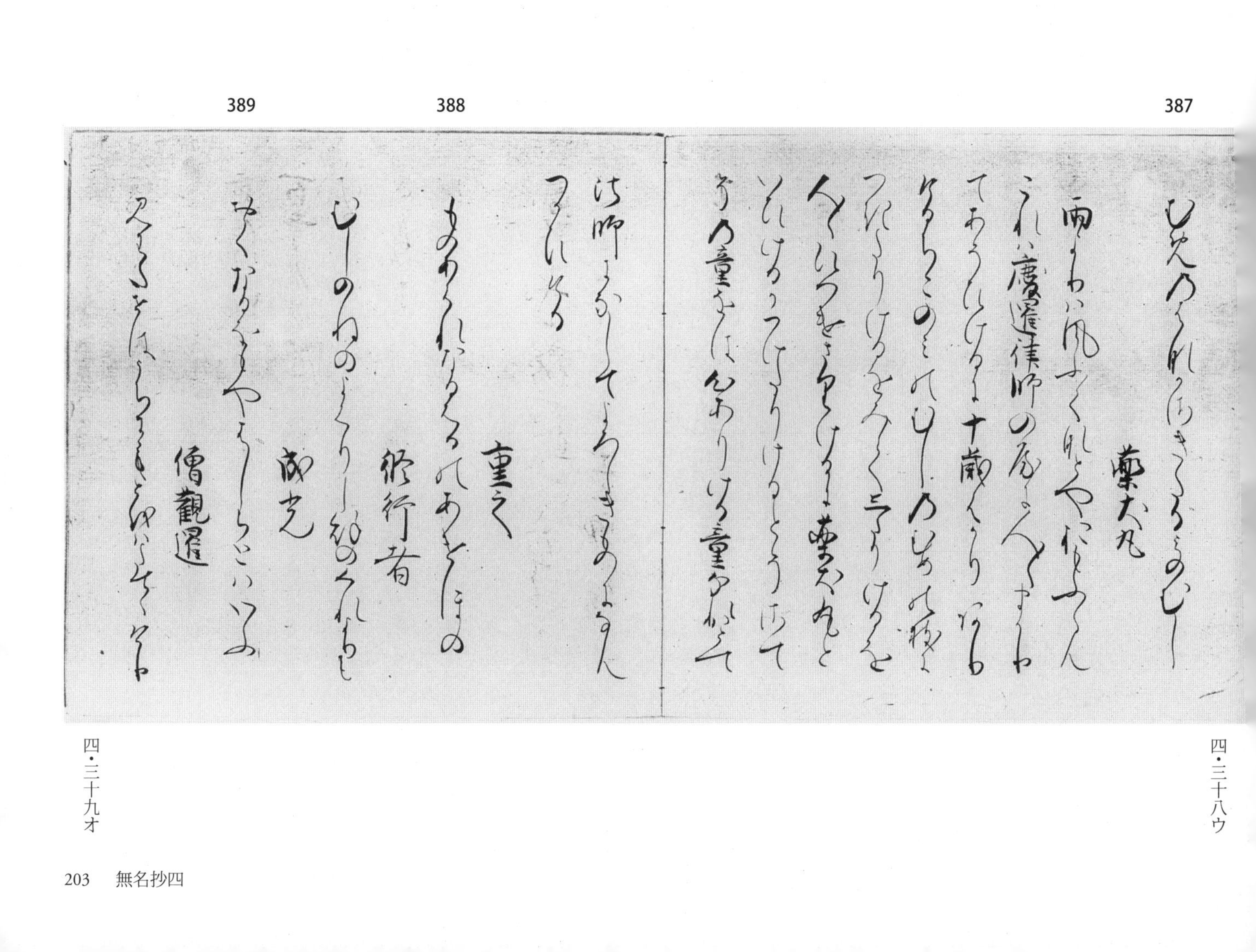

389 388 387

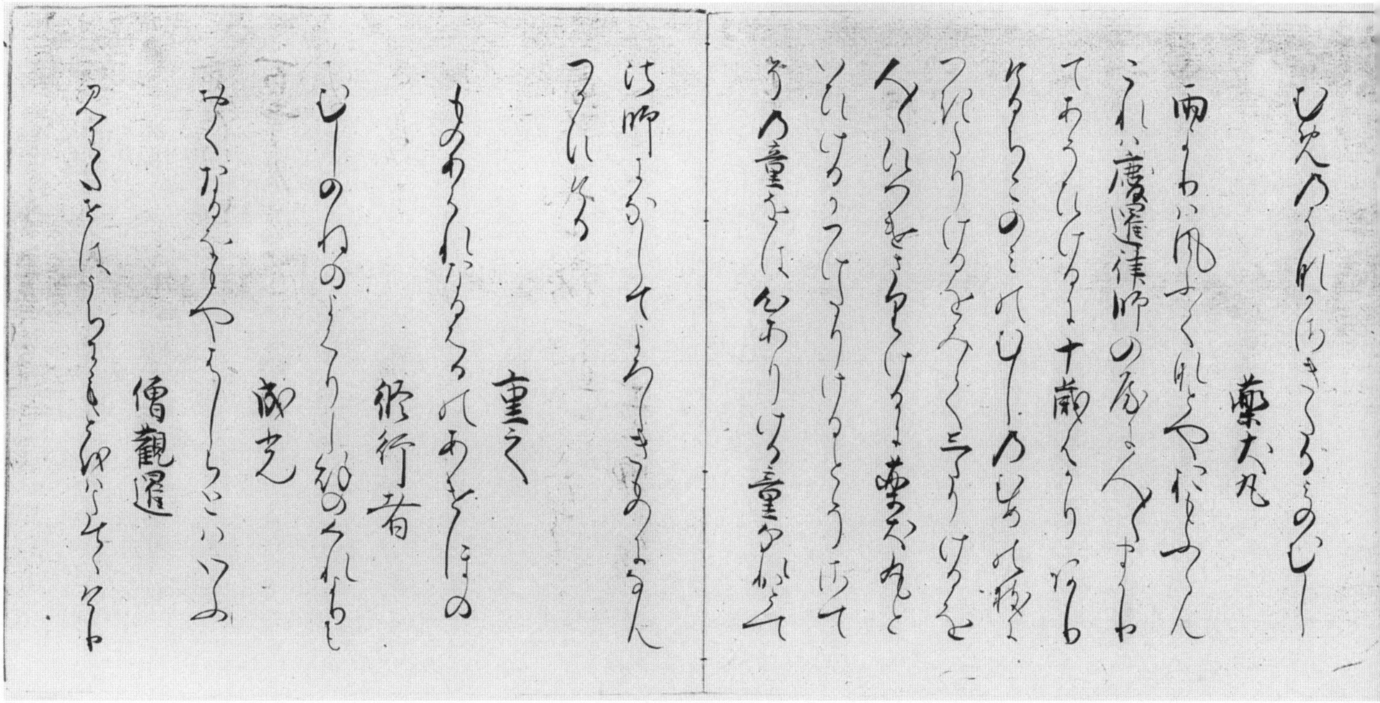

四・三十九オ

四・三十八ウ

392 391 390

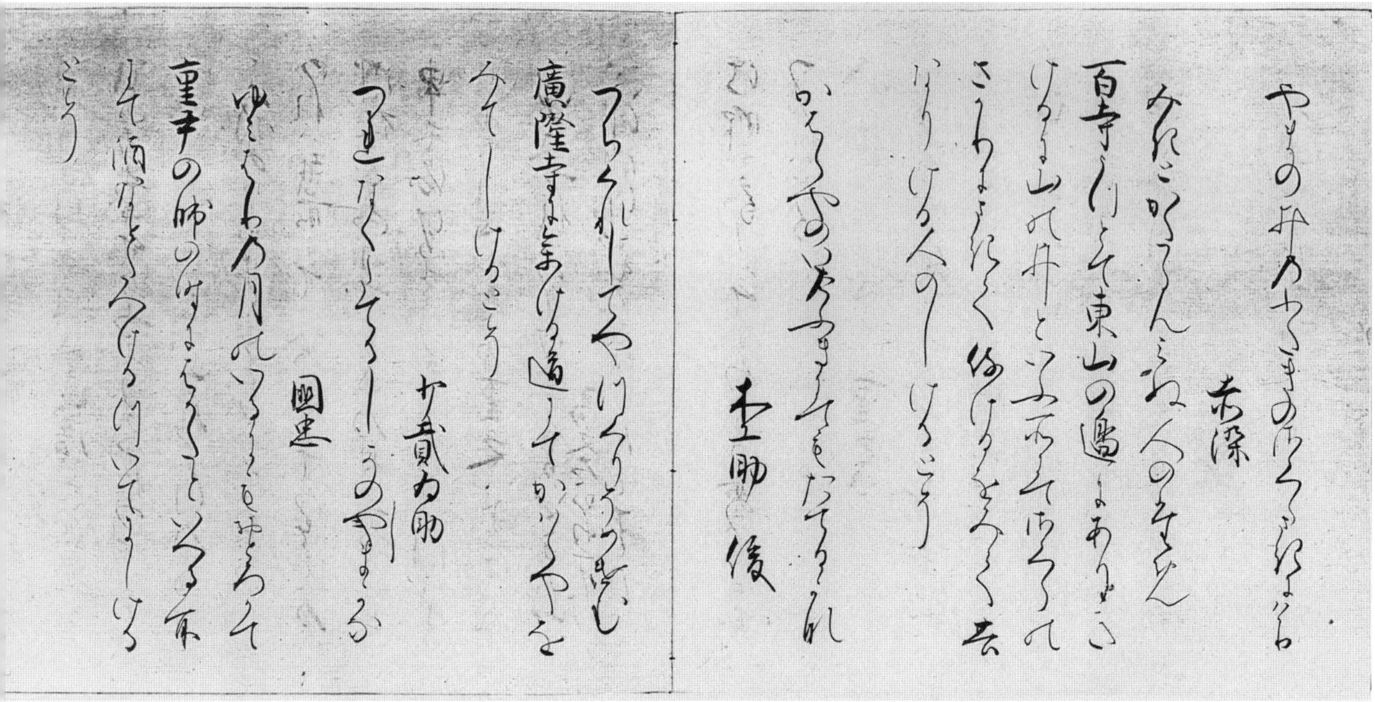

四・三十九ウ

四・四十オ

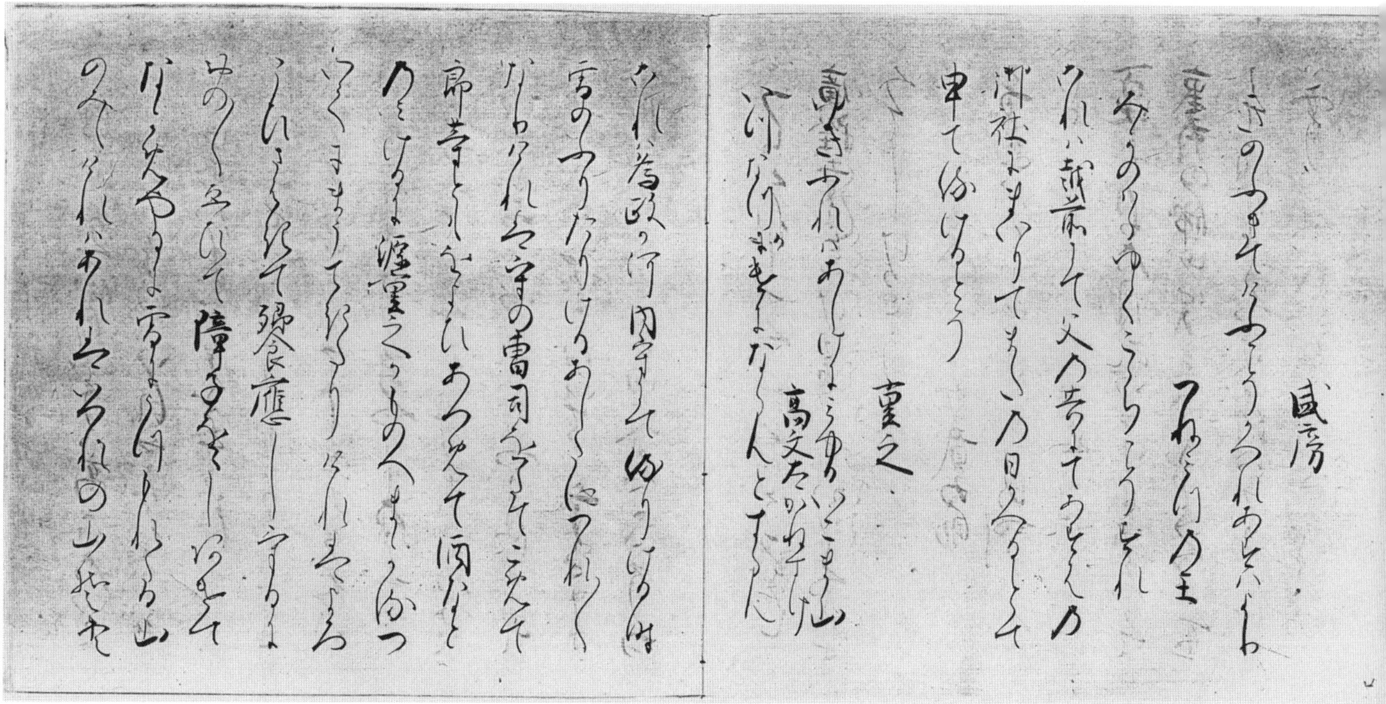

四・四十一オ

四・四十ウ

四・四十一ウ

ごとくおもひしかども高名なりつと
まの山などを為政いひしかばさらにきゝいれ
がく申なるはけしからぬことなりし
流してつぎにしけるにいまも
ほつきさわけのさしまへからく
侍しわりなけるあやしかさつて
このつきてゐまりにけしきみて
てそこ三つれたやうにして
人々わらひあひてまかりにし
これは重之にて高文たることぞつ

四・四十二オ

まして為政これかれをも為政く
いとくくみくほしきこともみ
こゝにえてくいちはやきわかれは
むかしはそやうにわかぬ為政
ほつきそかくされたりかれは見て
さは申せいとつらかりけること
かれいとしきこえしてくさわ
まれは重之くさはよ世にまれな
いとそこしわけるに為政さうかれ
ておほとにれ重之くもしけるとぞ

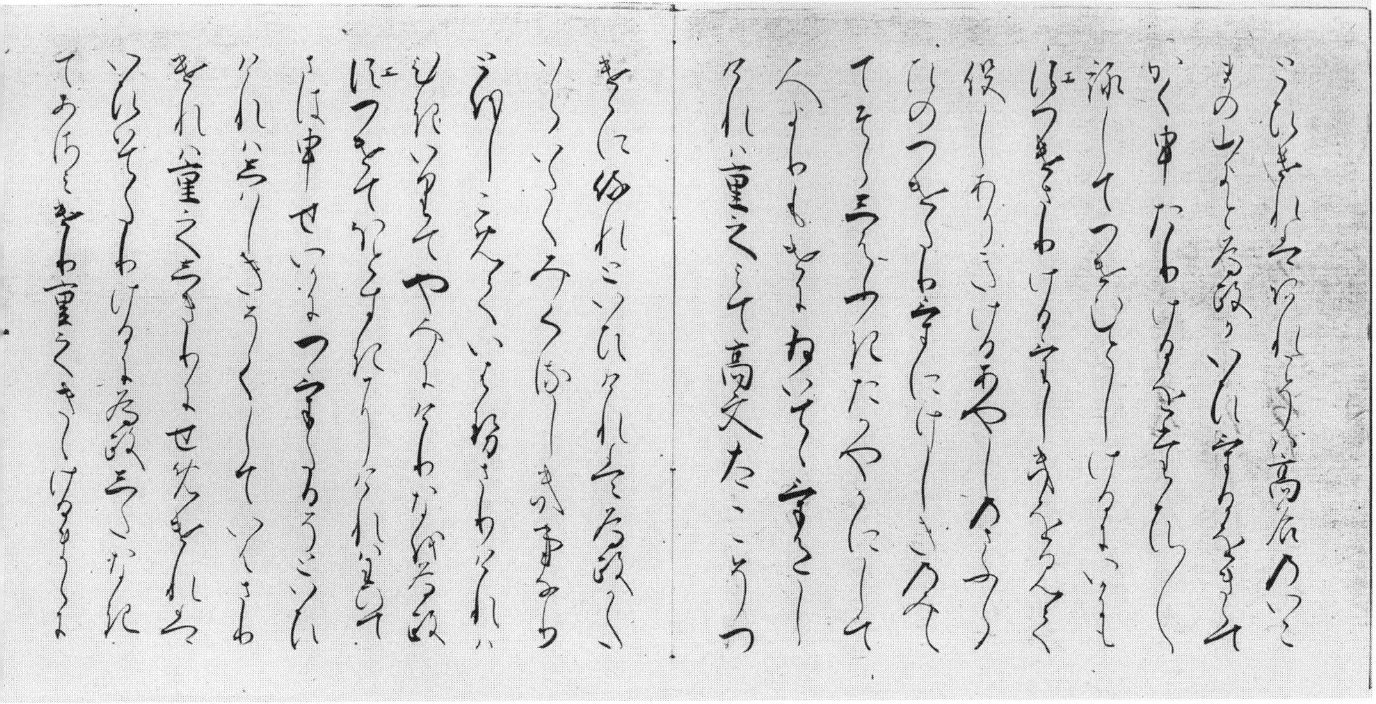

396

395

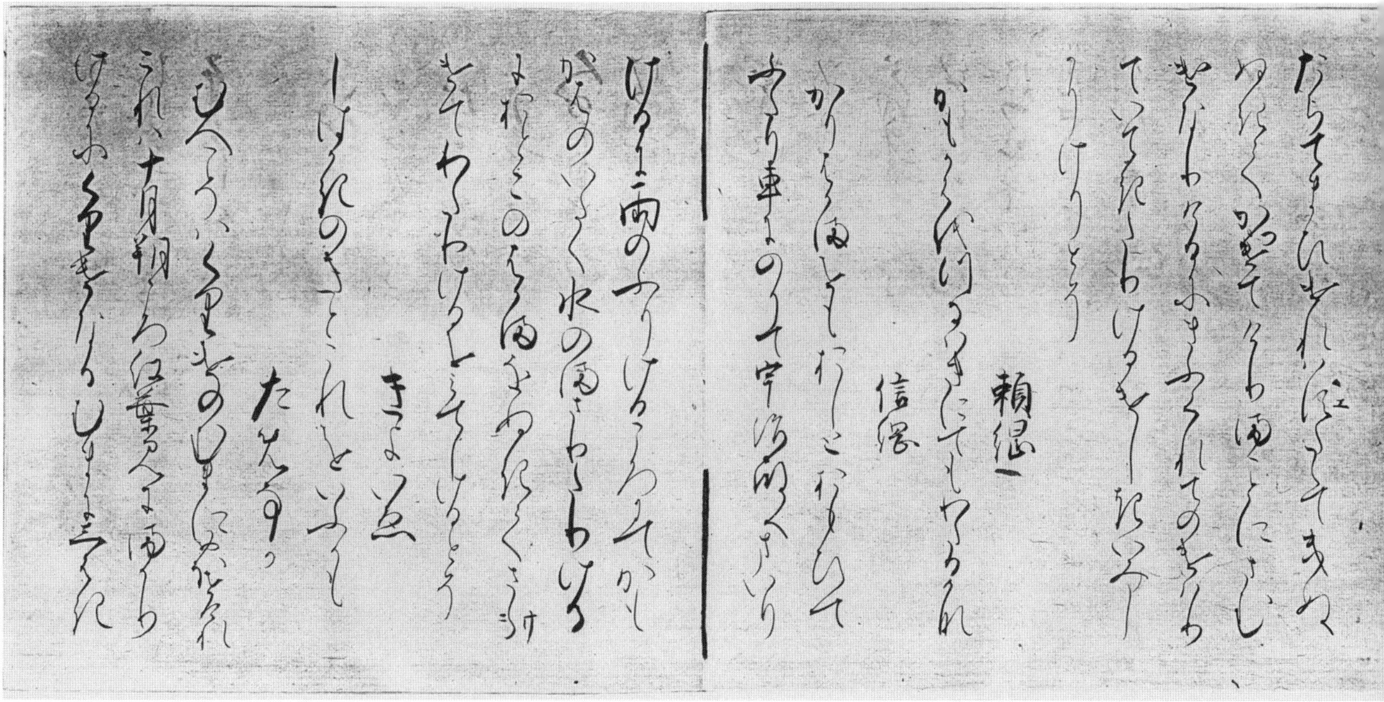

四・四十三オ

四・四十二ウ

398

四・四十三ウ

399

400

四・四十四オ

四・四十四ウ

402

四・四十五オ

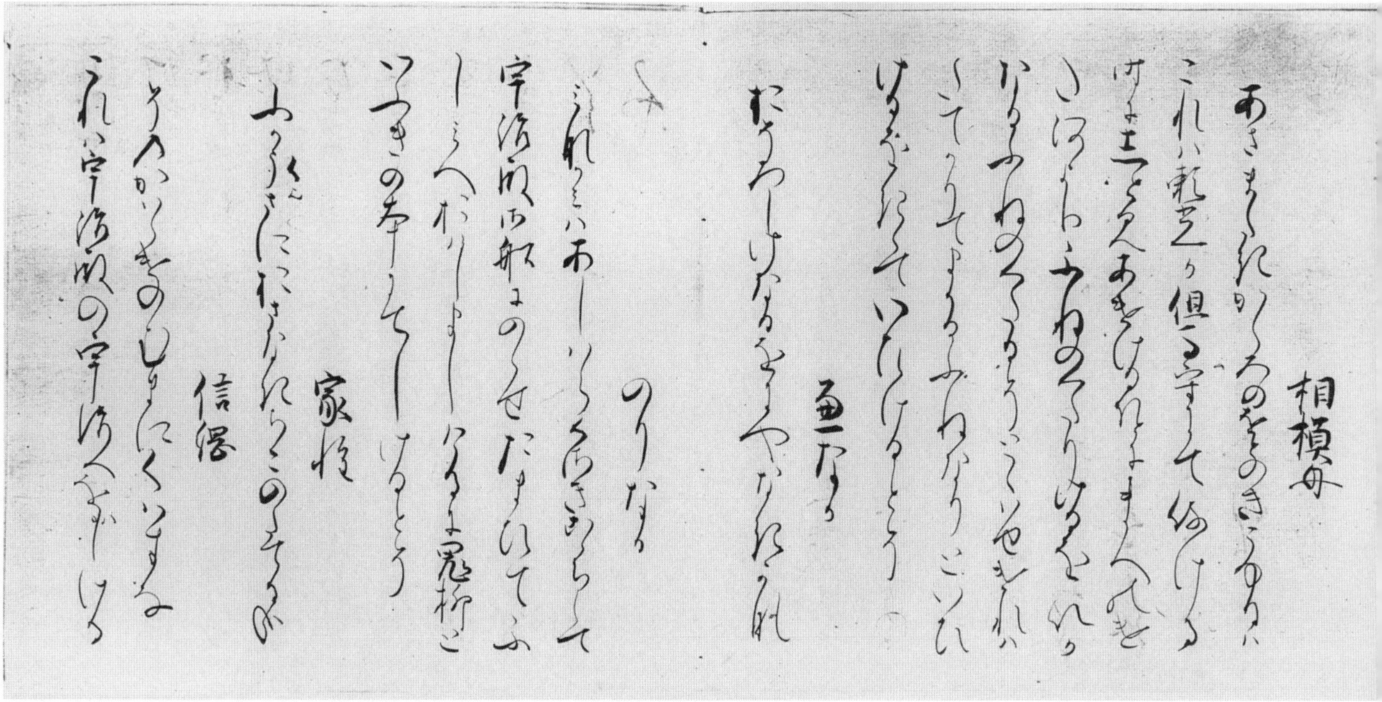

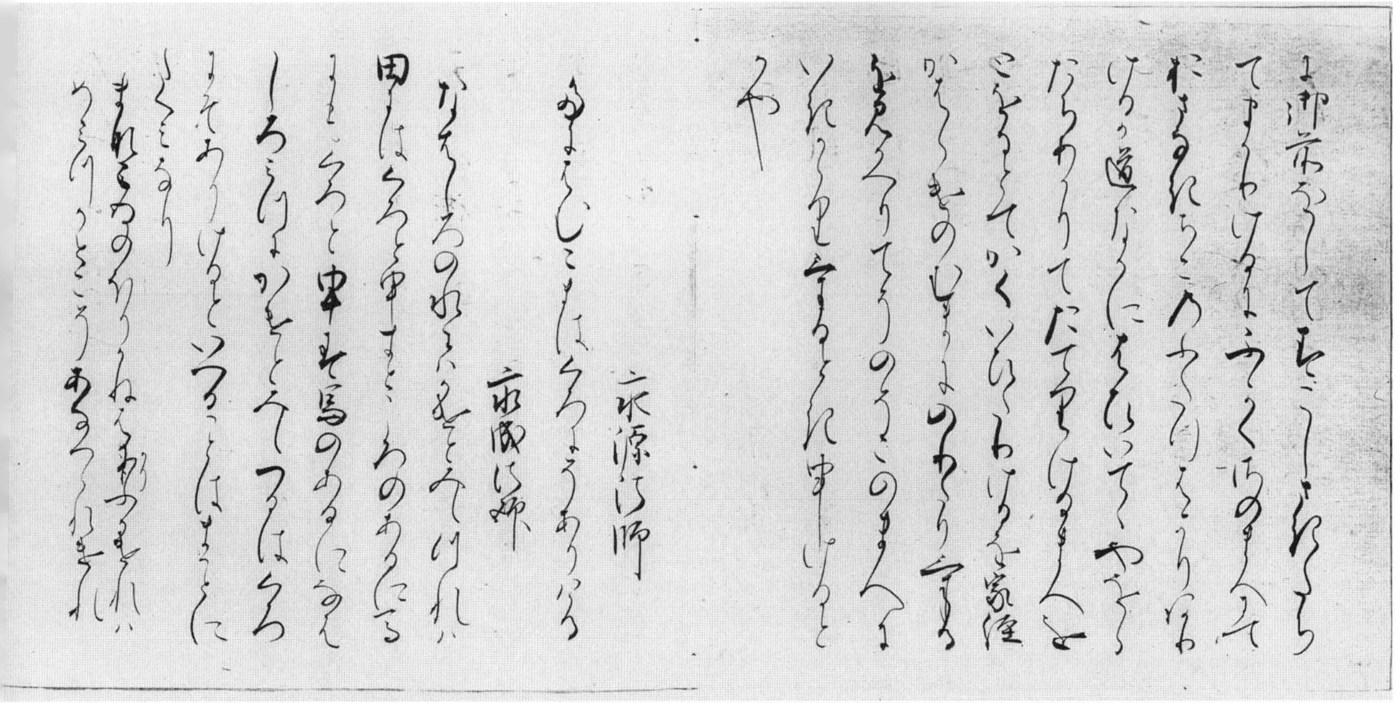

四・四十五ウ

四・四十六オ

御所うちてをこしまうさ
てまいりたりしまうくほのくへに
たまをれるにしきにきぬうちほ
けちう道たけにそしりてうやまひ
たてまつりてたてまつりけること
ことそてかくそれはあけまくはへ
いはこものむようこれなり家隆
きこえ候うよきのよしこそ
それをよく申すべけれのそこのまゝ
や

ありしこそばくちょうありし
　　宗盛は師
　　永源は師
かそしろのねきえみそけれ
田はくろと申すと夕のあるに
しろとをこなつのはまさく
てそあうけるそれはまさと
しくなり
まれとうのりうねくなけつれ
うしへつくようあそこう

405

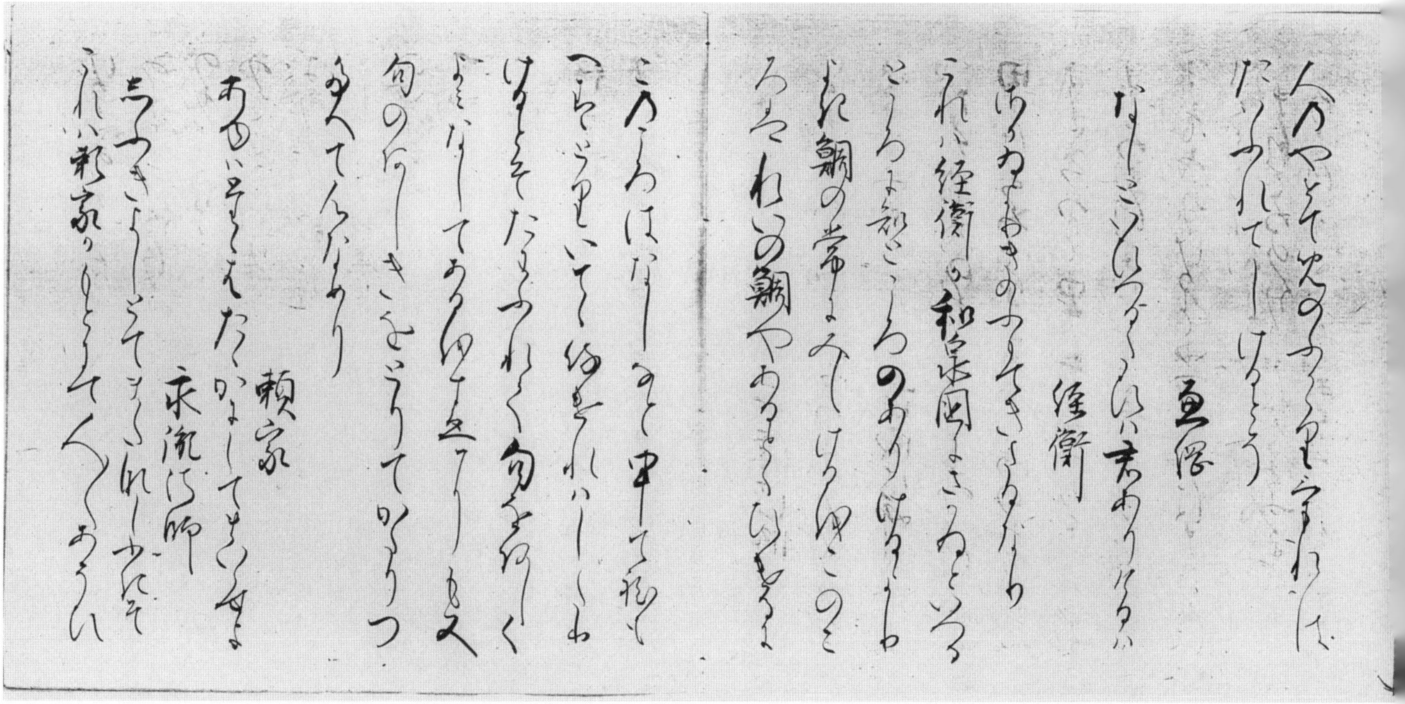

四・四十七オ

四・四十六ウ

407

408

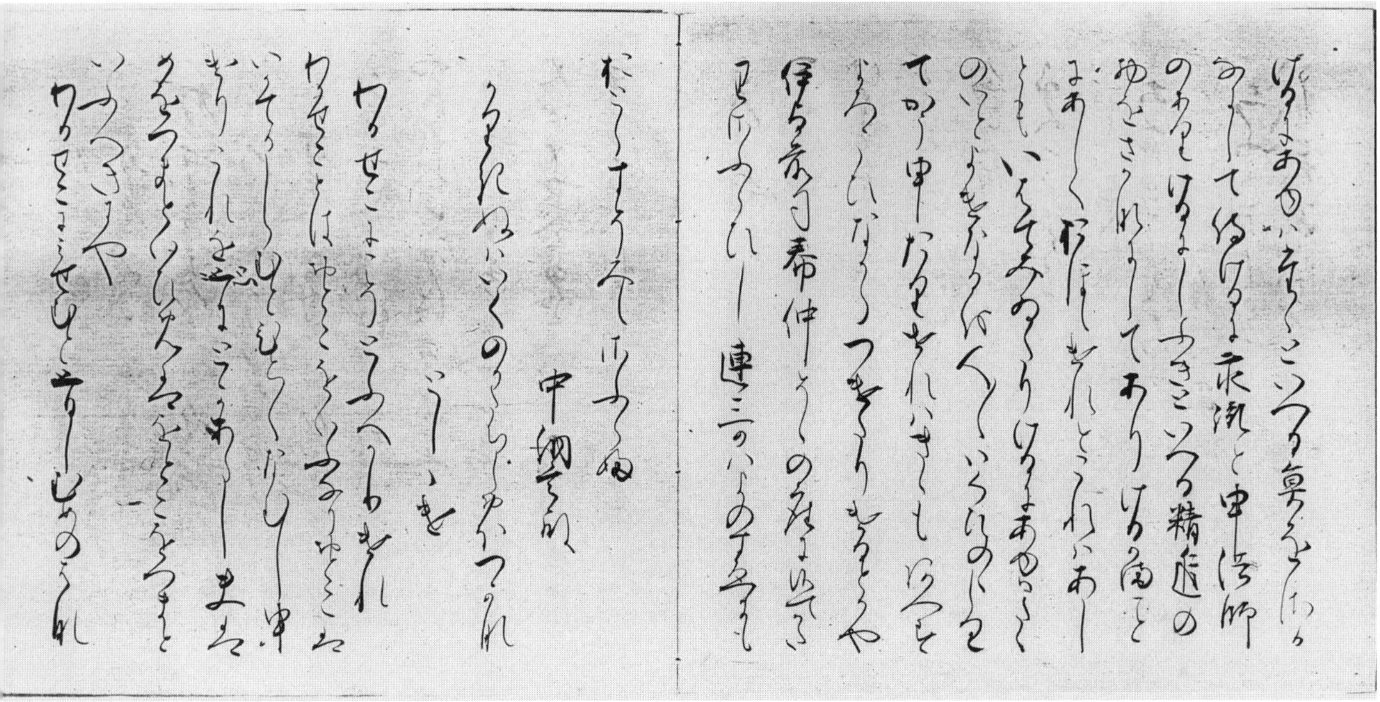

四・四十七ウ

四・四十八オ

けうあるにきこゆるをえをさたらす
かくてけるけるゝ永流と申法師
のあるをけるゝしきゝつゝ精進の
ゆをさゝもちてありけるほとに
まいりてけいひて花とらすれうあり
ともいとあけれとあかいい
いへきものなりけるゝ又あさく
のことをあらかくらゝらいのちを
てゞも申たるといきちいけるを
もうけなるおとつたらもちてや
ゐて参り弥仲ちうの家へ出つ
とかうてい時三のいふすへて

たうゝうして中の角
　　　　中納言殿
これにふかくのゝらすかつれ
ワかことはうゝうへこをも
いそ／＼ちとむらくり申
さりさらはゆめなるらぬ
ちをつゞゝをしきらゝ申まも
ワかつゝあしくもありまし
いとうさや
ワろうぎゝへひしうのうれ

409

これもみてもと云のつかれくは
卅三アハ無人かなよ十九と云
わかせとこころもくるあかなとしよ
のへ入にもかうしろかなりけり
これ無之と云てそなりきこ作あれは
よめる哥かなりて作ともあかなくし
やいこれのとは万葉集よりよひ
てよめる哥あるくるゆあり川まて
次とするす文字也の作るに侍るこ
中よくもしきれもなとこそとかと

四・四十八ウ

410

よめる哥うちくあり

411

しさしれハ紀子かなやきうかくはつ
つねもこれ前錦もつれ月
この哥もつれもしつくりよ何こと女
ふかまかてしさしをゆくよこの路
いかま人へふらくれ路しる下
かもとしもうきれしもかなとかもね
帯かさふしもとこしもへいとしてかり
つれさわやのともいつれと
これハ式アり保昌よかまとれく

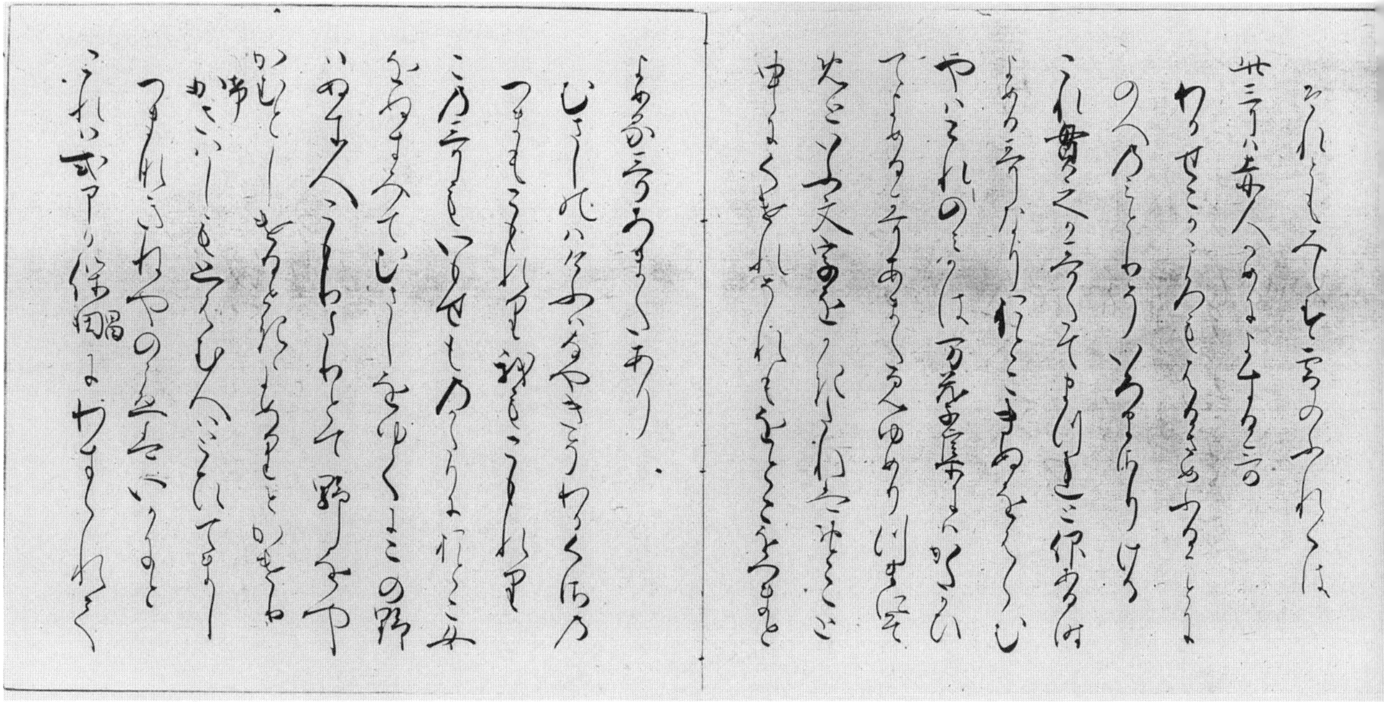

四・四十九オ

412 413 414

[illegible]

[illegible]

412
[illegible]

[illegible]

[illegible]

なしとみても

413
春のよのやみはあやなしむめの花

いろこそみえねかやはかくるゝ

あやなしといへる詞はやさしと

414
いふ詞なれはこの哥の[illegible]

[illegible]

[illegible]

[illegible]

[illegible]

[illegible]

[illegible]

[illegible]

[illegible]

四・五十オ

四・四十九ウ

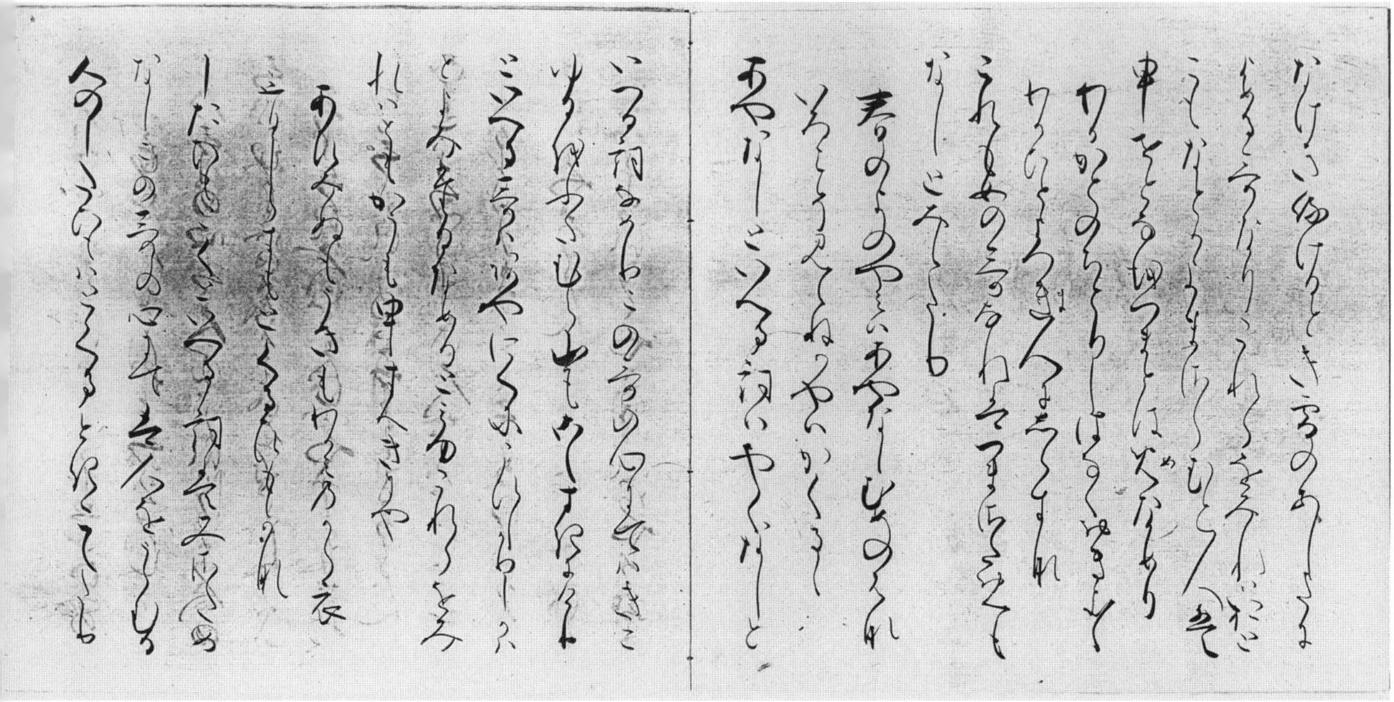

417 416 415

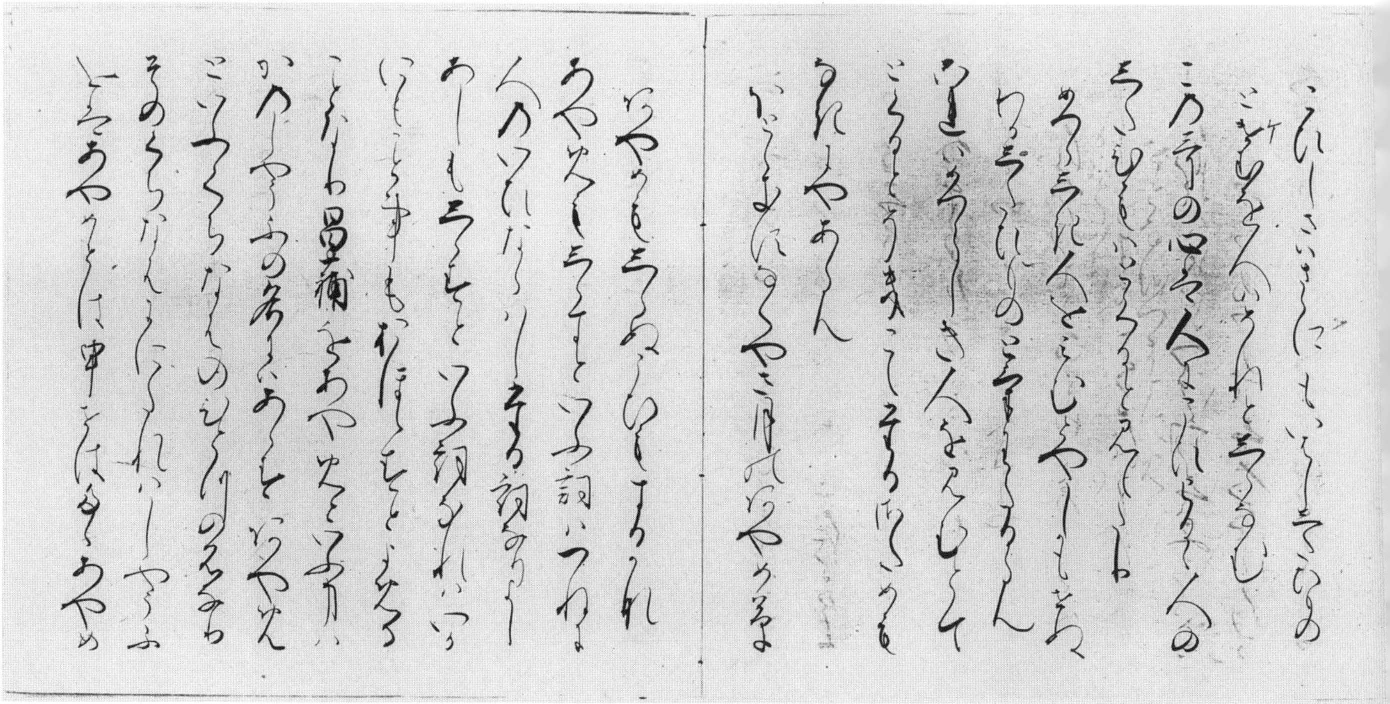

四・五十一オ

四・五十ウ

こゝろみて草にいつ文字をおきては
くらゐもまさりてきこゆるなり。あ
つまかたにもしやさしくおもしろく
ていあやめぐさひけるなれば
こゝろのなかのやうにけゆかしき
あしをいふなるあやめはさもあるら
ところやのなかにあめのさかりと
ゆふぐれいとにこもりなん

418

いくまのなこのつまをよせて
しけるあやめのかずまてきえにけれ
やれは良暹か歌かりこれなり

しきたへのとこはあまたゆかしかれはいし
なしかともなかわかたくさけとつゆを
まくらよくもしとこゝろけしきなる

419

ちゝまはのこゝろよかさねおきて
ながらは川ゆくきまゝとあさましく
たちゆくさきまでこそ出はたゝよふ
よいあられてえものみなくらそこ
そこもいのちすなれはなかね
されとこれはなさけなくさもあらめ
かくてとしつきもありけるに

420

ものゝ川のほとりにゆきけるに

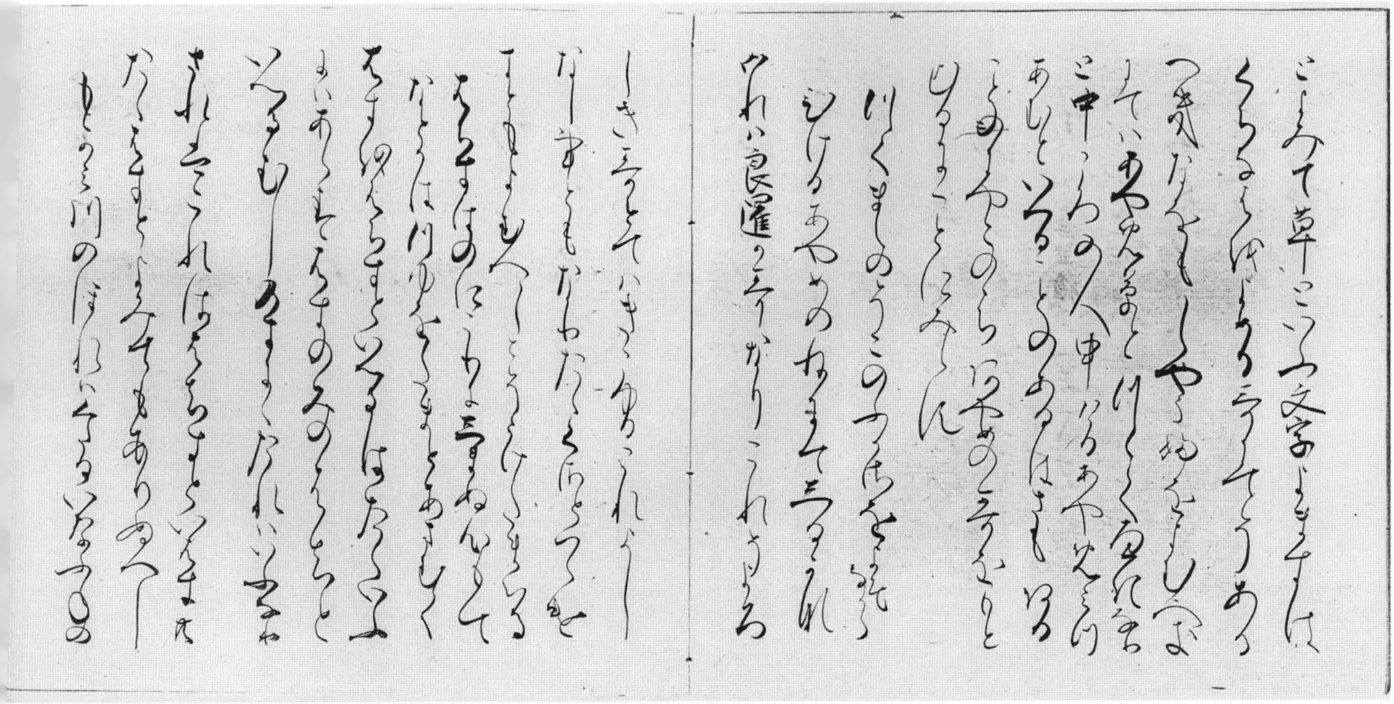

422 421

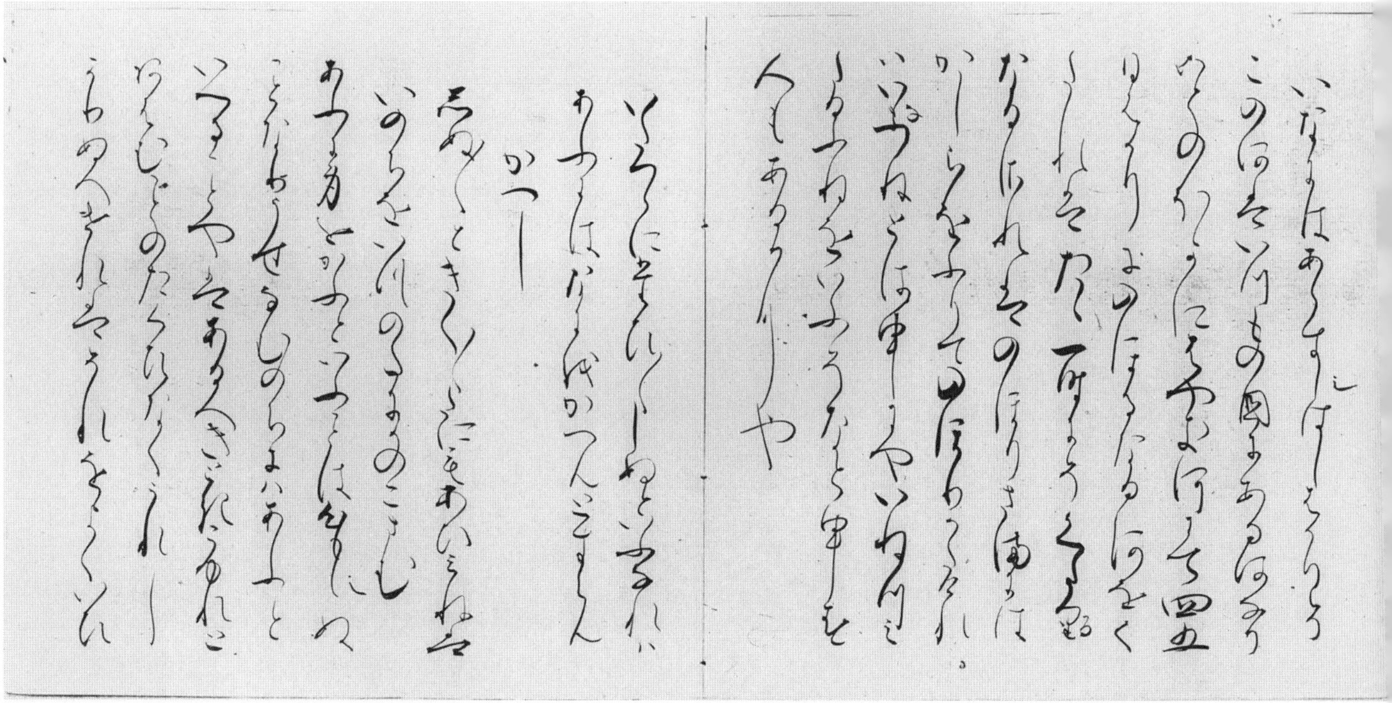

四・五十三オ

四・五十二ウ

425 424 423

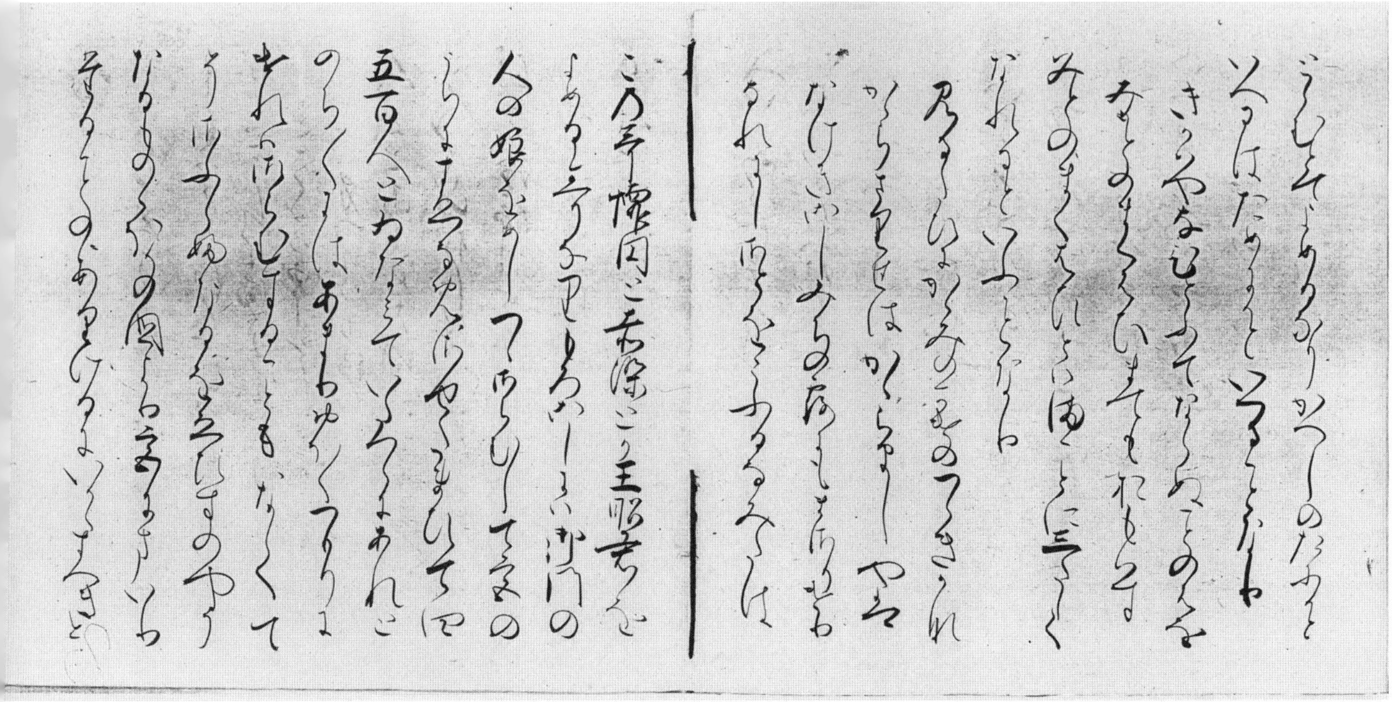

四・五十四オ

四・五十三ウ

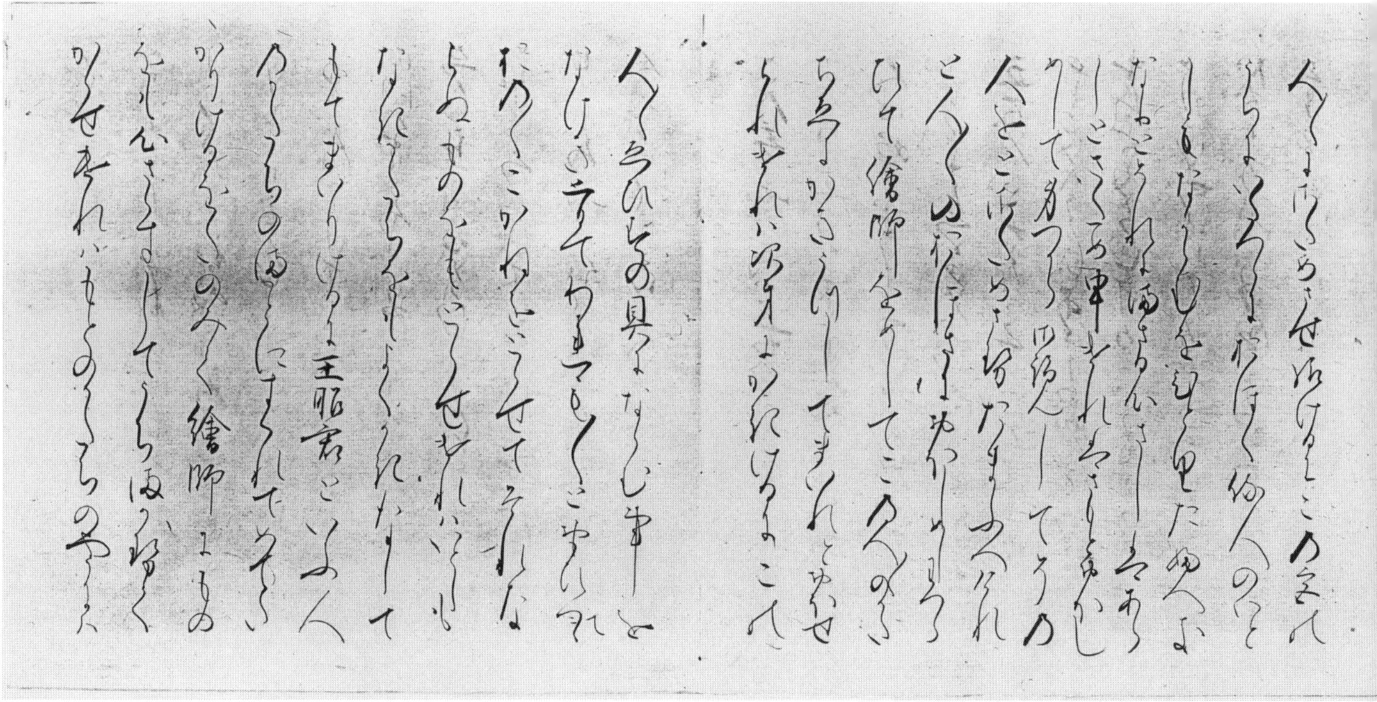

四・五十四ウ

四・五十五オ

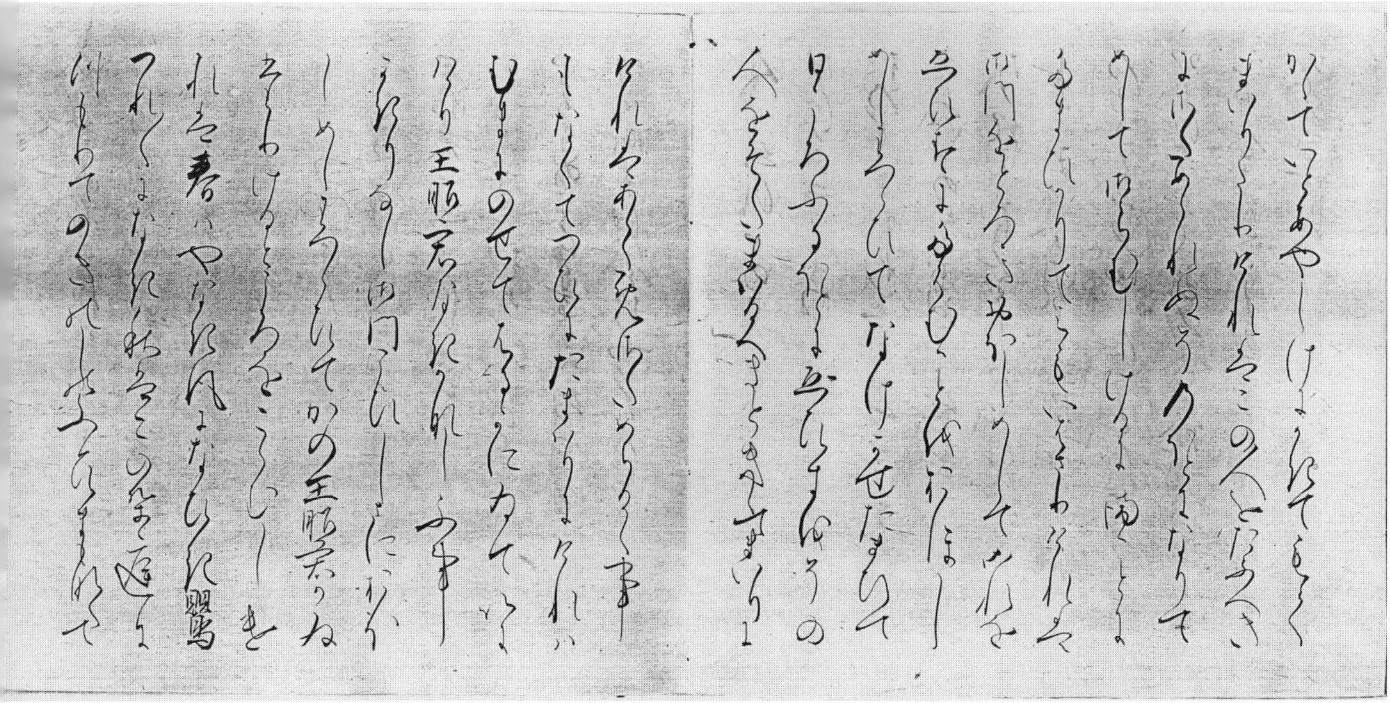

四・五十六オ

四・五十五ウ

426

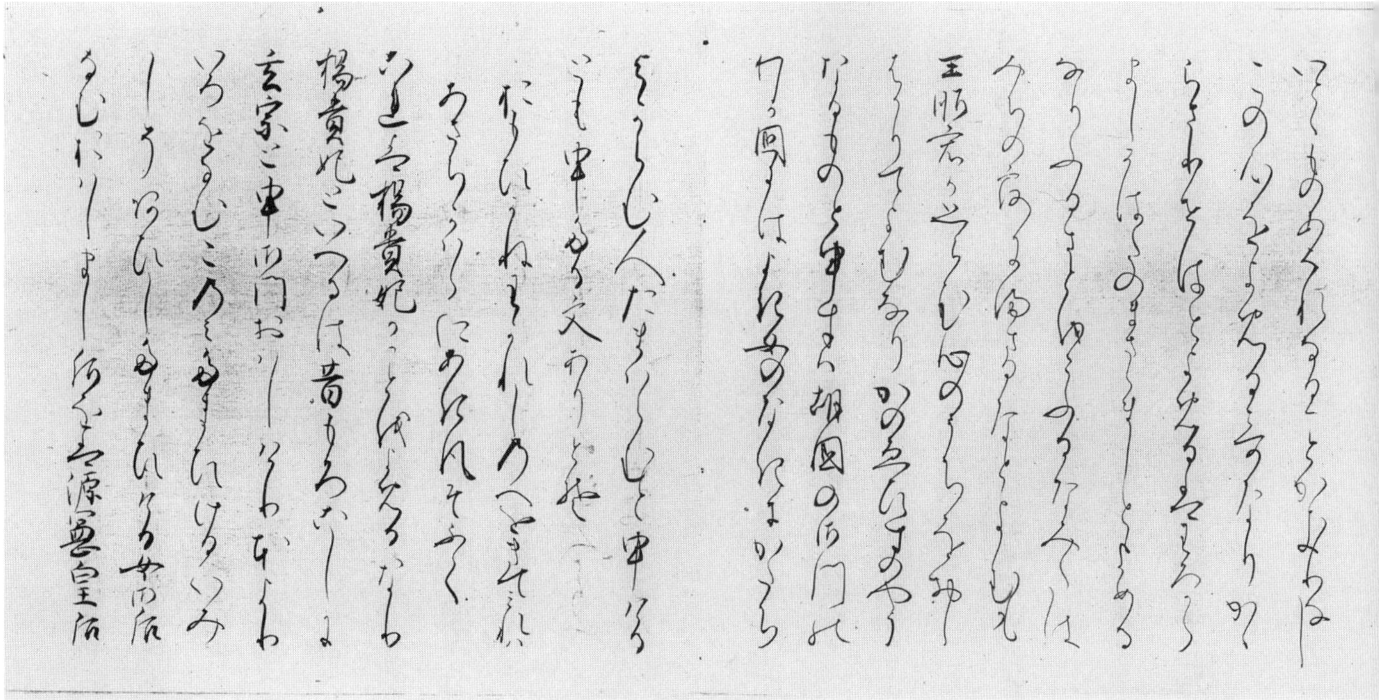

四・五十七オ

四・五十六ウ

これは女御なる武淑妃かくれ給
ひにけるのちみかとなけかせ給
ひけるにいかなるものをたにか
なくさめ給へきとてたつね給
てこれにまさる人やあると
たつねさせ給に楊元琰といへる
人の娘ありけりかたちたくひなく
めてたくなむありけるをたつね
いたしてまいらせたりけれは
ゆるしけるまゝにみえける

四・五十七ウ

女御后あまたおはしけれとも
ありける三千人の寵愛ひとりに
なりにけりかくてこそいたく
なりまさりてあさゆふしけれは
よの中のまつりこともしらすして
春は花をもろともにもてあそひ秋は
月をもろともに見夏は泉をむすひ冬は
雪をもろともにみてなかなかかく
れなきわさもなくてこの女の
あにゝて侍ける楊国忠といひける人

四・五十八オ

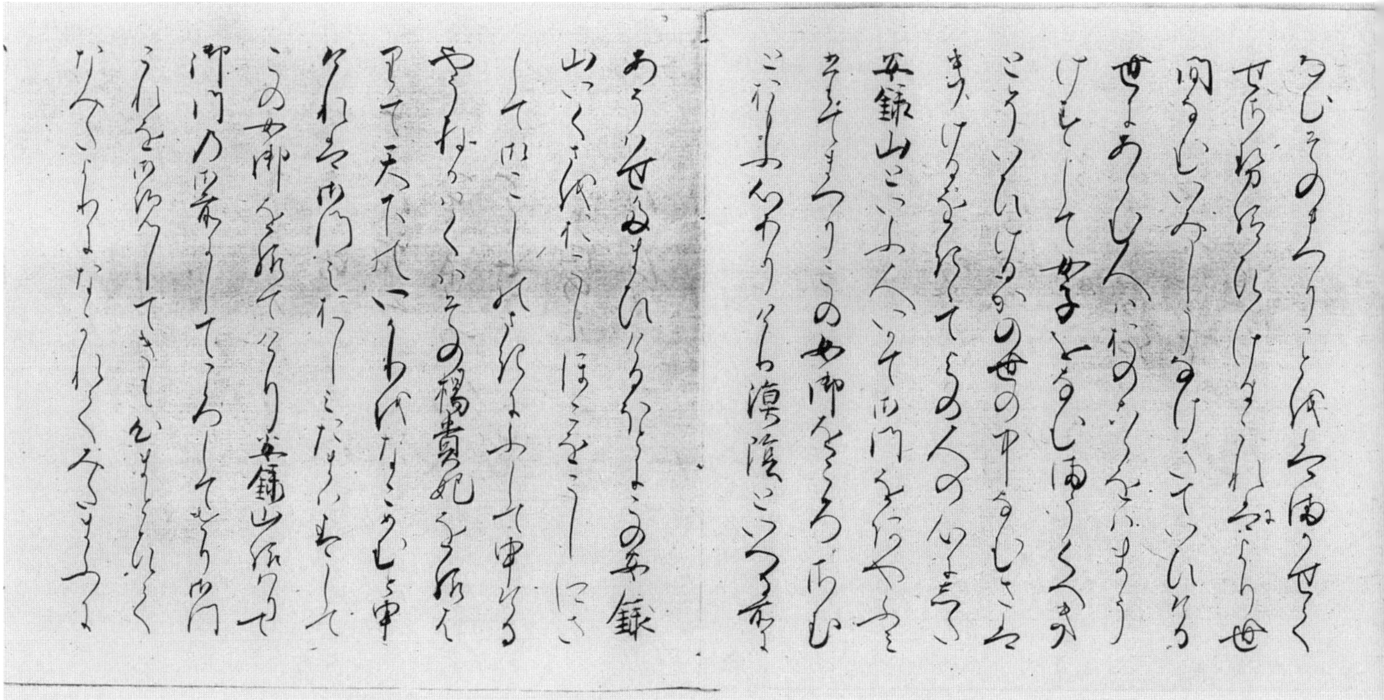

四・五十八ウ

四・五十九オ

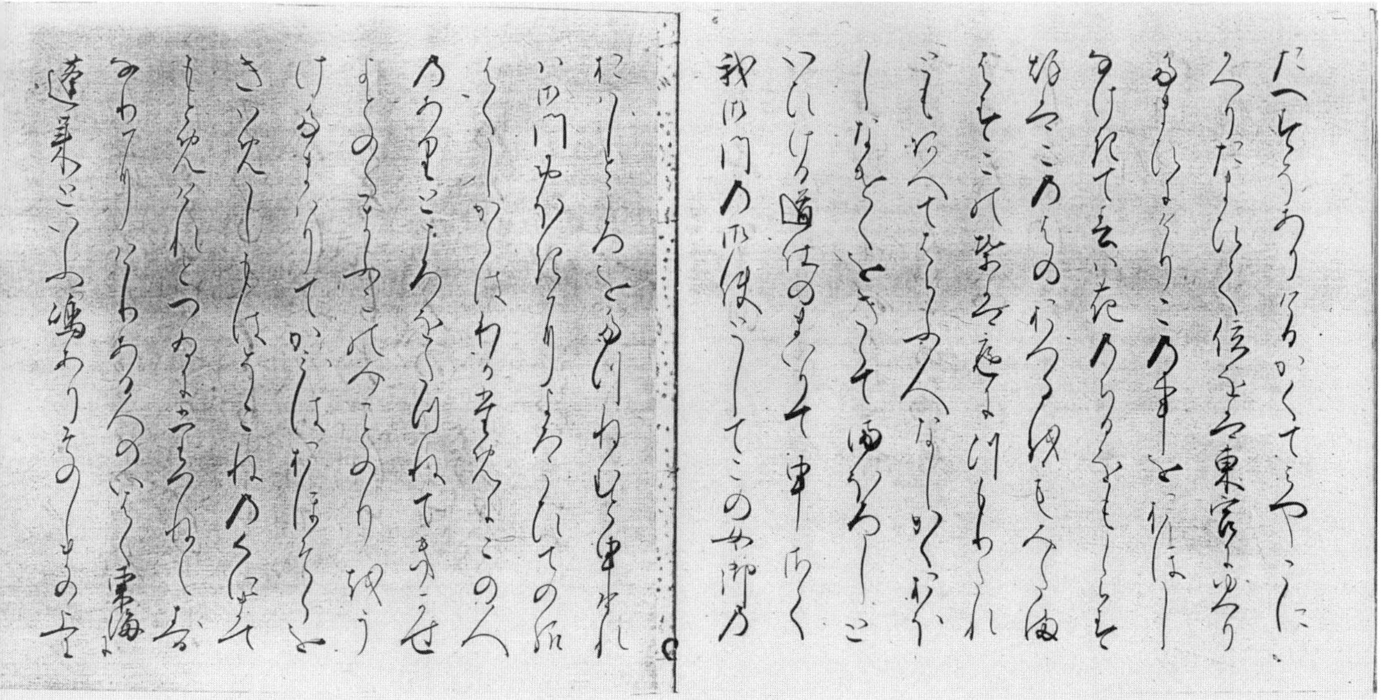

四・五十九ウ

四・六十オ

めかきみかなる宮殿なりけるとそ
すん玉妃の太真院にかゝるある
そのよすかしるへをたつねられ
いそきゆくてわたつみのは
よ山のうしにて日やうやくなかてうみの
おもくらわゆくれのとまる
もらしれて人のとゝもせされれ
いこのゝゆてく来ゝわうゆれくぬ
まゝるおもゆのしつゆもゝる
それゝわていゝくなしゝらいなり

四・六十ウ

なりにしかはわすれかへるへそのかたは
みしらぬ人にてみちのくのほ
なかめすへきことのありけれは
かくてさるまゝりなきころあはれ
このゆへにつたへく玉妃のさしてね
おもくてつくしらへくるおら
たまへそのはまさるてまつりなむ
おそかくもおとそかみのまもへし
とうしやうて玉妃のてまつらく帝
王いたてはなたりきやゝしや
次ニハ天寶十四年ニわこなくる

四・六十一オ

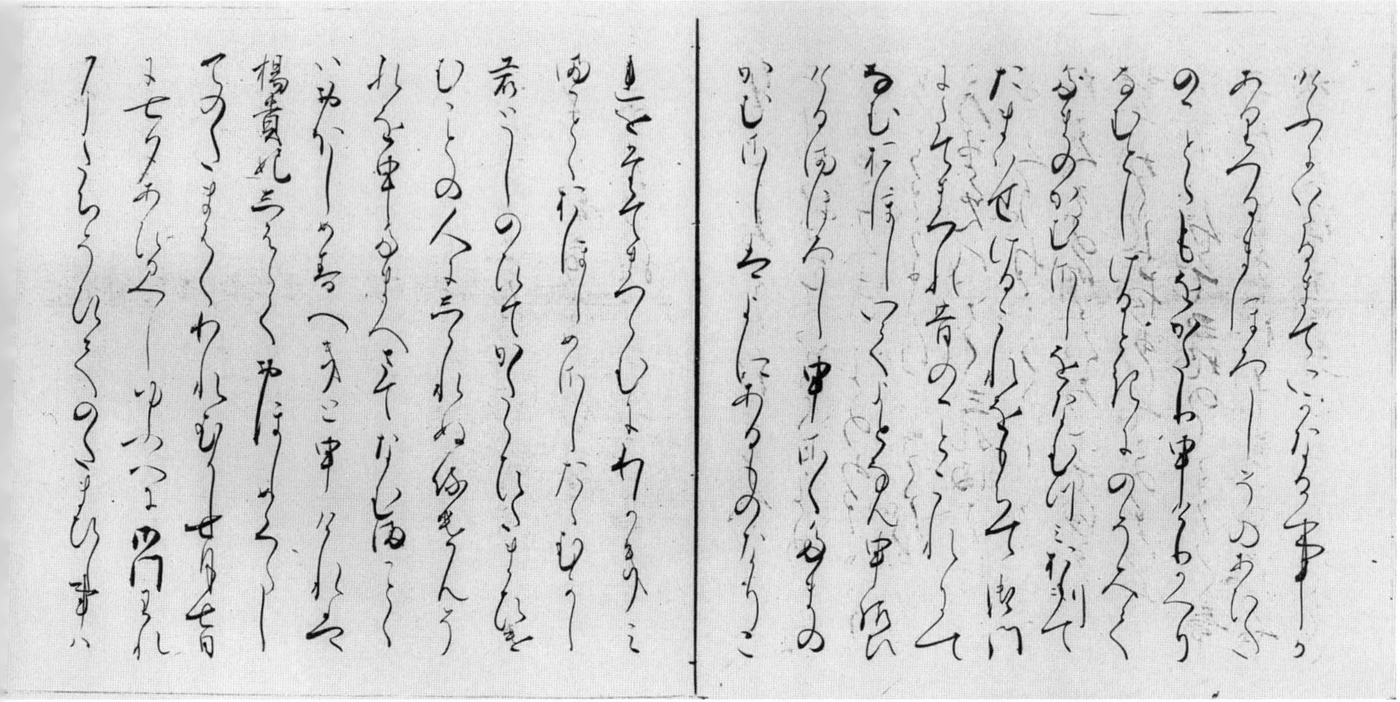

四・六十一ウ

四・六十二オ

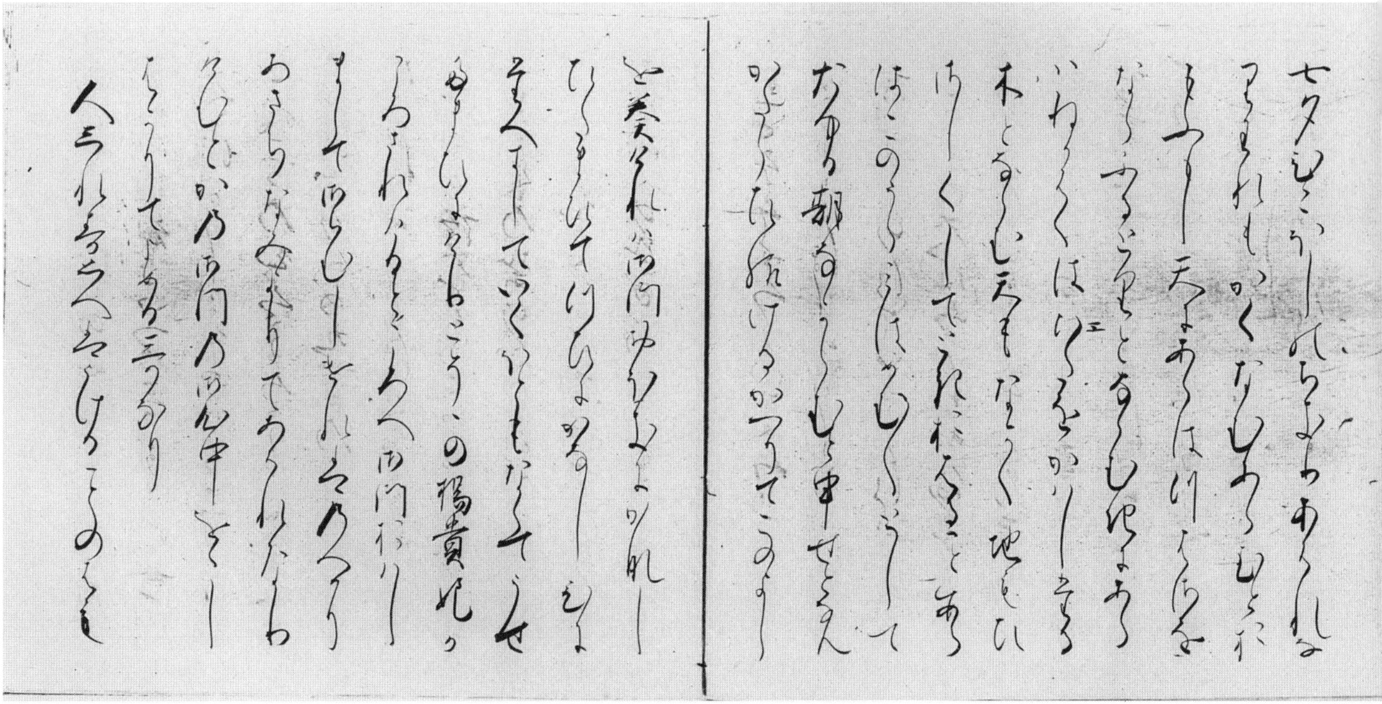

四・六十三オ

四・六十二ウ

つねにあふせのぬれしよりおのれ
これを推鯛ごゝろえぬは女なし
ごえけりなわかるゝことかは
これら乃心てもあらしは呉竹の
こゝにける人の九重のうちにも
なのれしそふるにのうちのはあそ
しかるは詩をつくりてかはるわ
字まれ乃葉のかれそふかく
あはれにかくまでてこしれ
それから乃葉のあかまけ侍は

四・六十三ウ

詩をつくりけることうけたまはれ
ふる女の手にてかれたいうなる
人てあそびをもしけるこの人の
はしさにすかりてこそ人まや
うちやかしこわかれまそのなる詩
乃和歌つくるてかけし柿
の葉よりくその河乃みなれ
まかしかれなて人のうらみ
すこしはなわそのこと
しきしにこの紅葉の詩

四・六十四オ

ところもいてたくおもひしの事
なからひはちかく年来となる様に
かの子のしらなかりなんことめかしれてく
つれゝしとおもく局女御のうれ
あはれなりけれはいとほしかれ
とそのみくくりけりかしと
おくめいてたてれにとかりたくく
詠せうしわうてのくやくよかくて
おいこゆるをうけしそへへしし
まいらせたうの人かの俊成卿女し

四・六十四ウ

こゝは俊成卿女乃紫に詩れ
あまりへのこゝれけくてゝつるも
ことをもしもやかしさわかれと
やや乃すゝしとなれはんかしもある
てしこしはなかまかこの女乃
やまつさあしてあられはなくるし
こわりれはかのあもくれしいれ
しとつるへもやくくうをまれ
てうかりしに女乃つれけかはまれ
もあやよ人のあしさんてみしは

四・六十五オ

四・六十五ウ

[illegible]

四・六十六オ

[illegible]

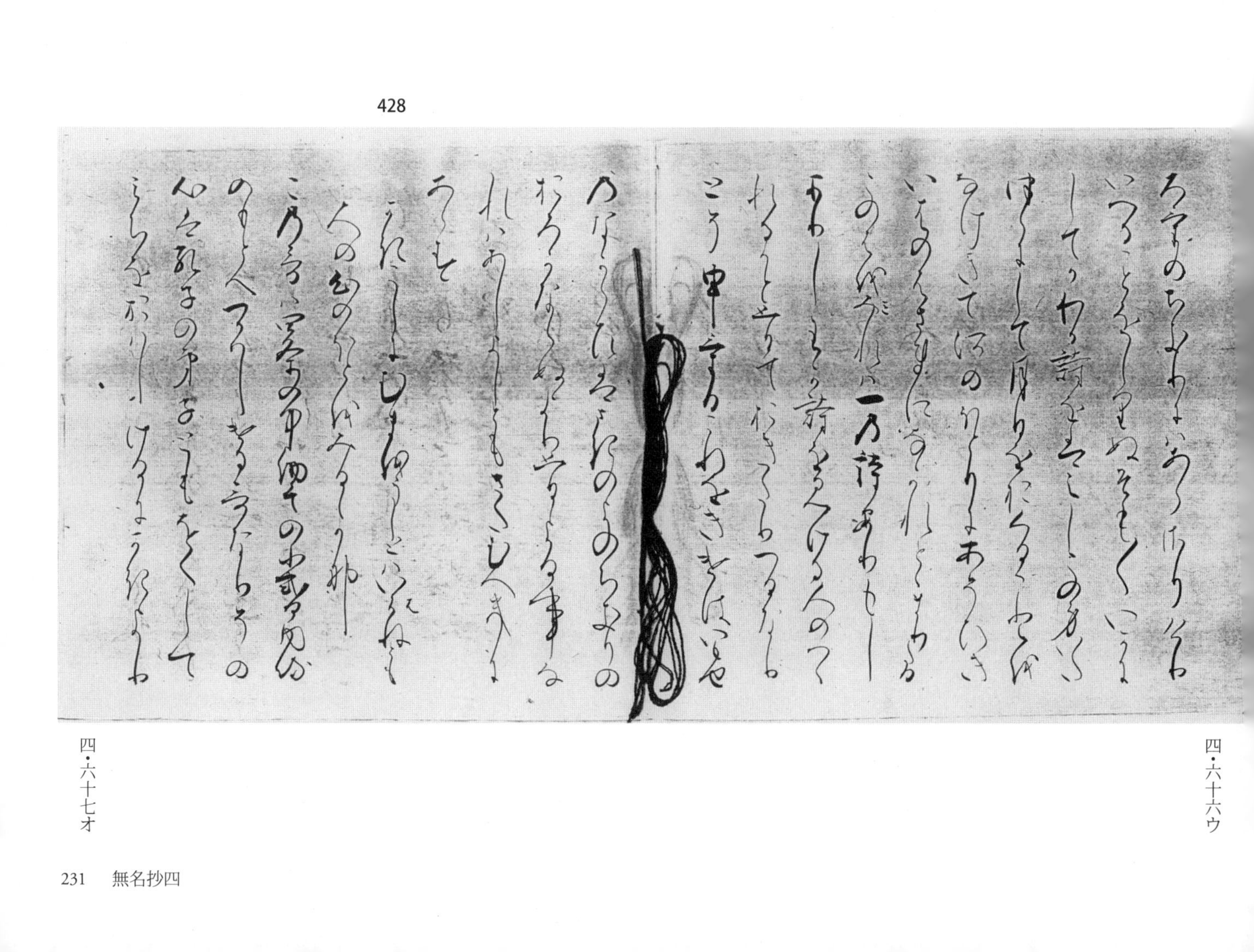

四・六十六ウ

四・六十七オ

四・六十七ウ

しまのかしらをかしいてあは
けりなくく牛なるものくませ
たれかおやましなやしとうん
おろかなるしとやりてそうろ
なしもしとうちけりけり顔回と
いひける弟子一乃弟子乃十六塁とやれ
てもちいうちくりめし乃午と乃
文字のかしらをけしくしく
うちらゆくる牛こそ文字とな
れらくのもちいもしてのさる

四・六十八オ

なかりかわとうちてこれ中かれか
しこのきそりとそこなく人のもとにける
つらく乃弟子ましい弟子子塁と
ゆふつくうちて大きなれはうれ
なくねとも人乃もちいらかれをよ
まれくるなり
みてのよのもちぬかくりまつりし
うけいかとのよえくこといりなり
われか実方中将の人のしもとかたいの
つらもいけるよしもかわへはそて

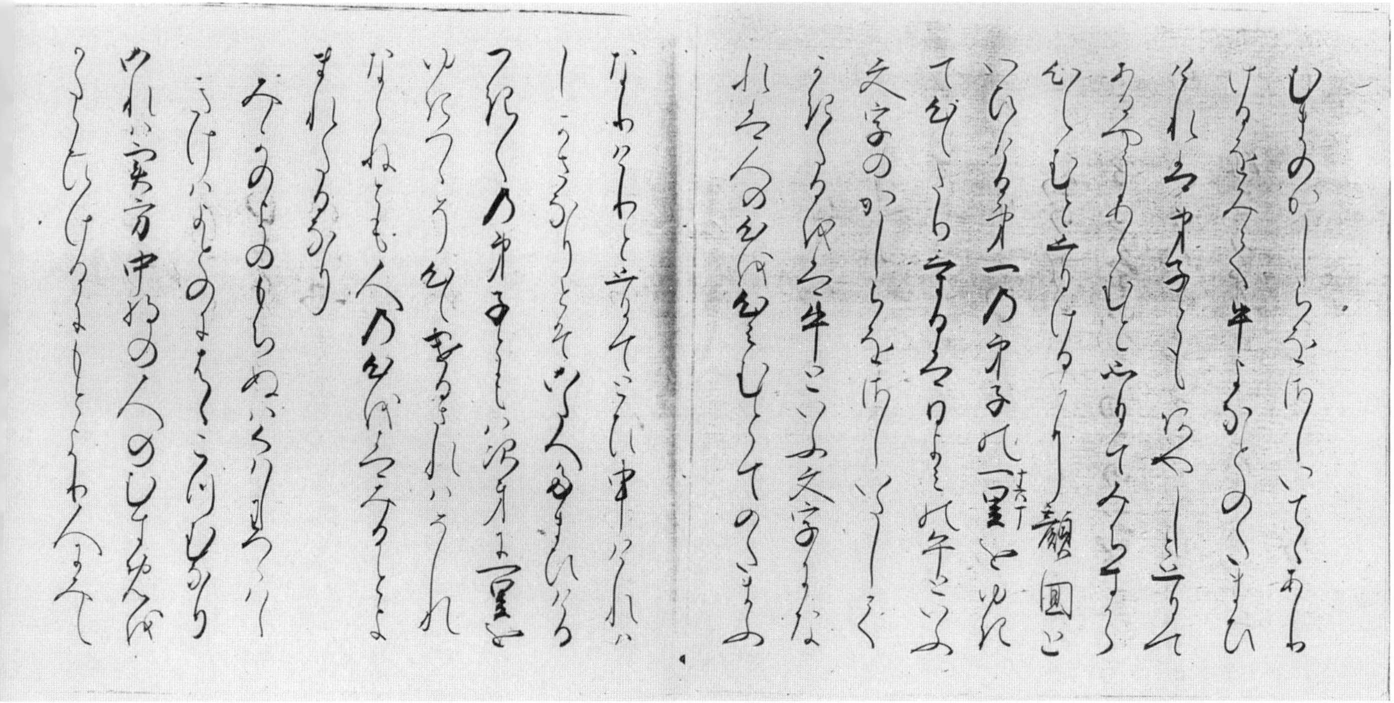

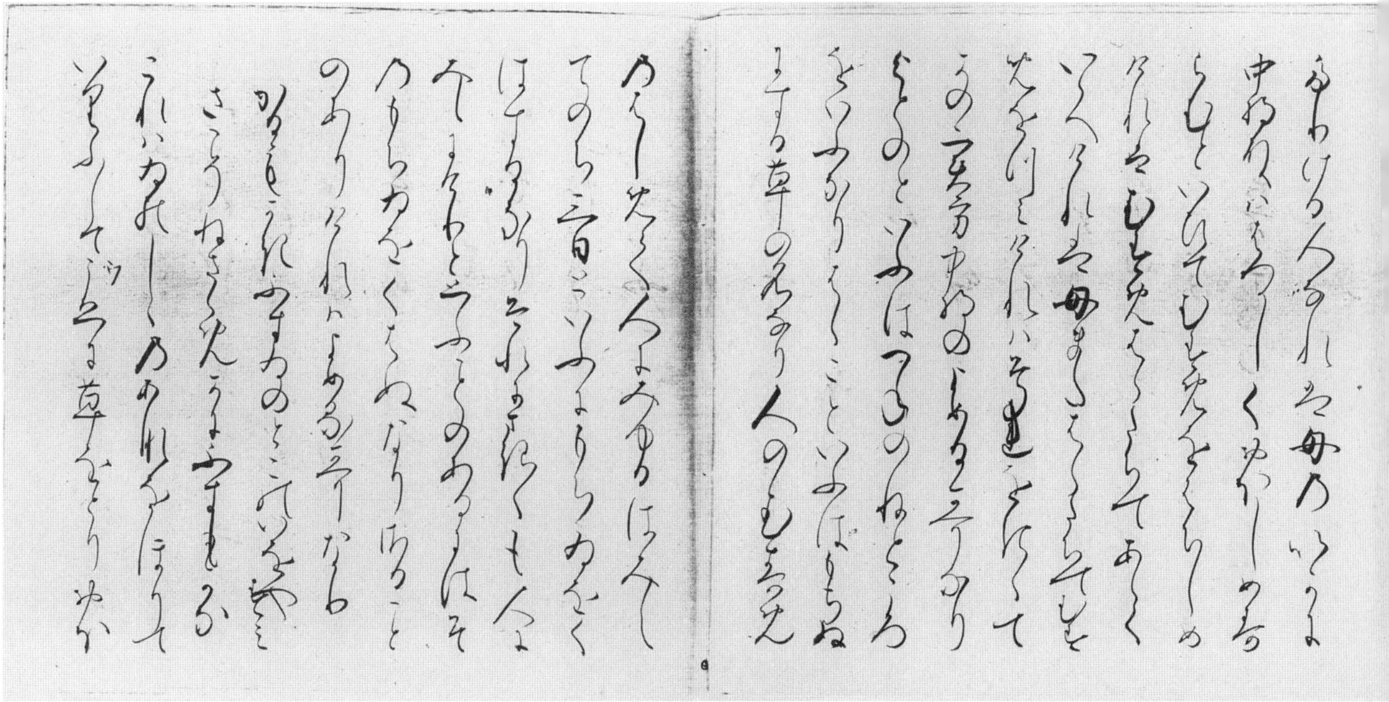

四・六十九オ

四・六十八ウ

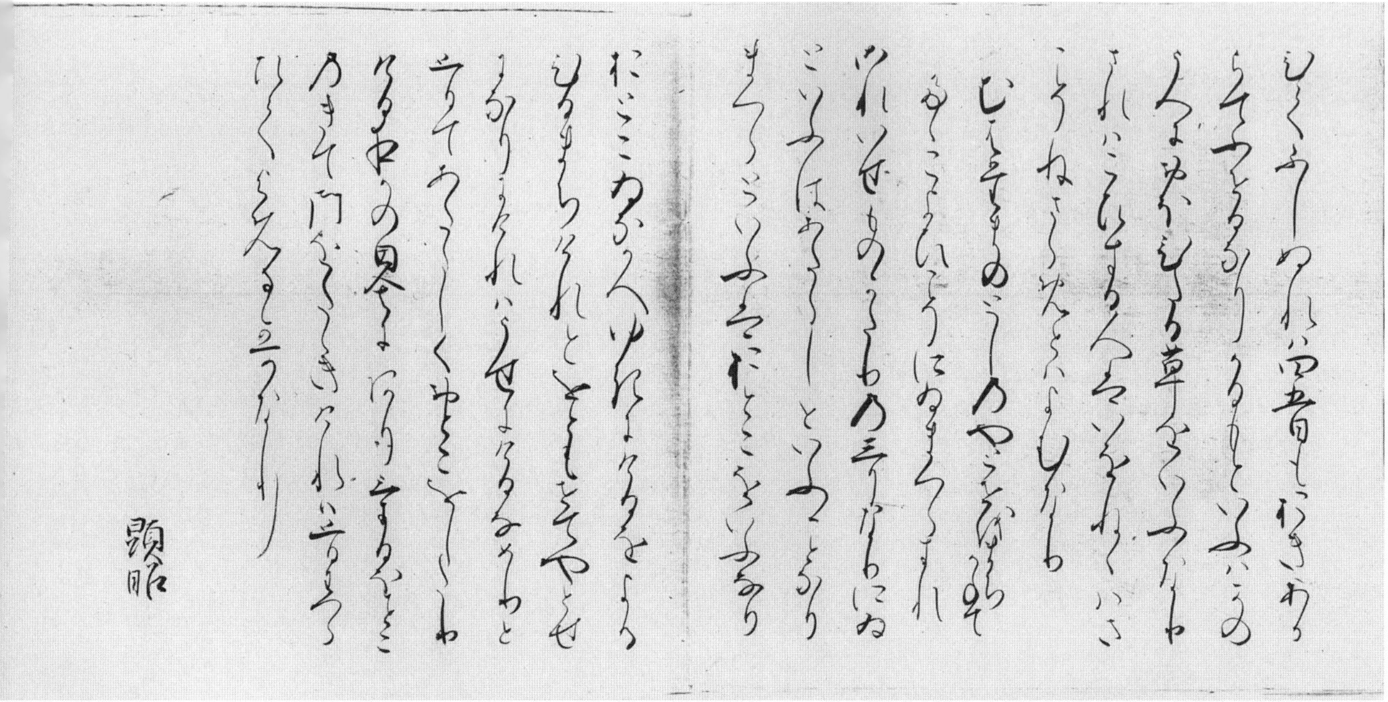

四・六十九ウ

四・七十オ

四・七十ウ

四・七十一オ

五・一ウ

すゝしの秋とあれと思へとん
見えかしきさへかねてけしきことれは
この亭は後三条院位吉館ふよき所
そこらの家ゝありけるありしきゝかねとも
今つもみの物らに代々すかり書
さしろひらみてはなしまに
いかとしわれまのをいたくいれは
ウミツニ
こゝ家にせうとなるなをそ
のにぞかなわしつれいの給
かれなまそてうしともなをつま

五・二オ

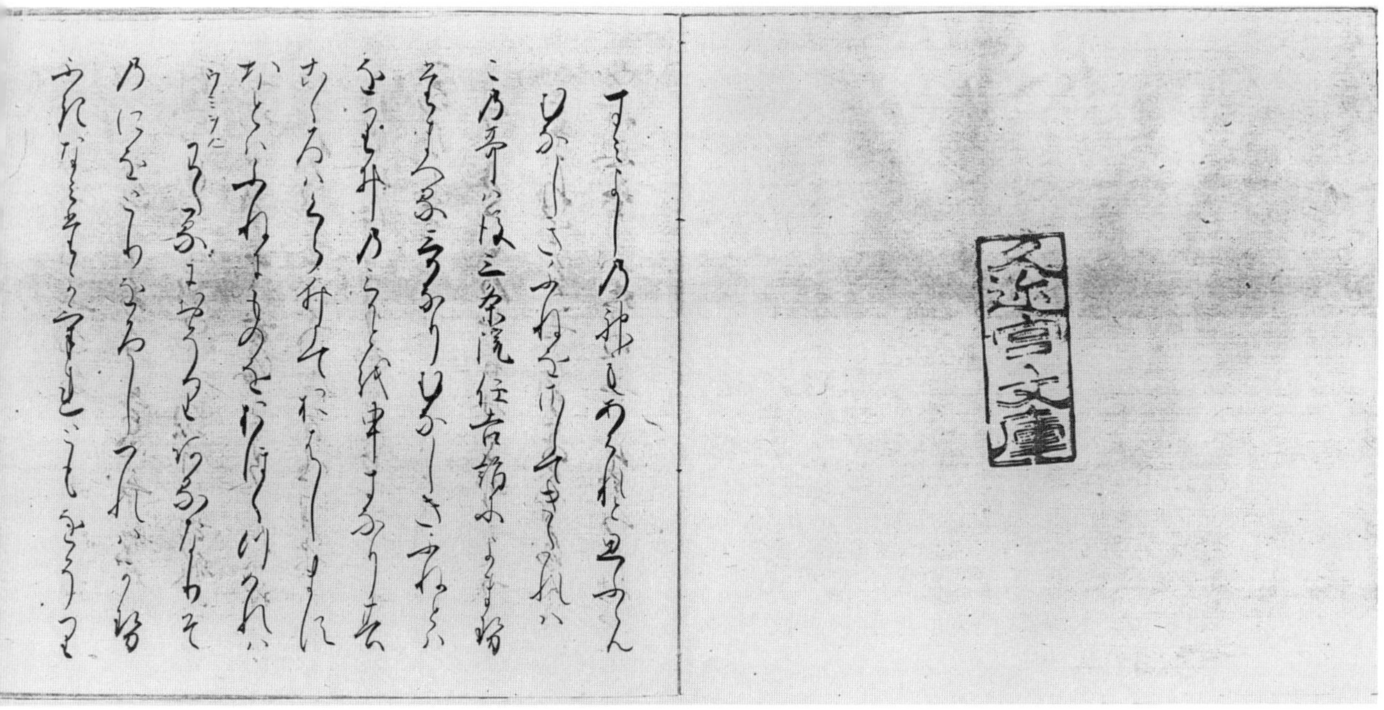

五・二ウ

五・三オ

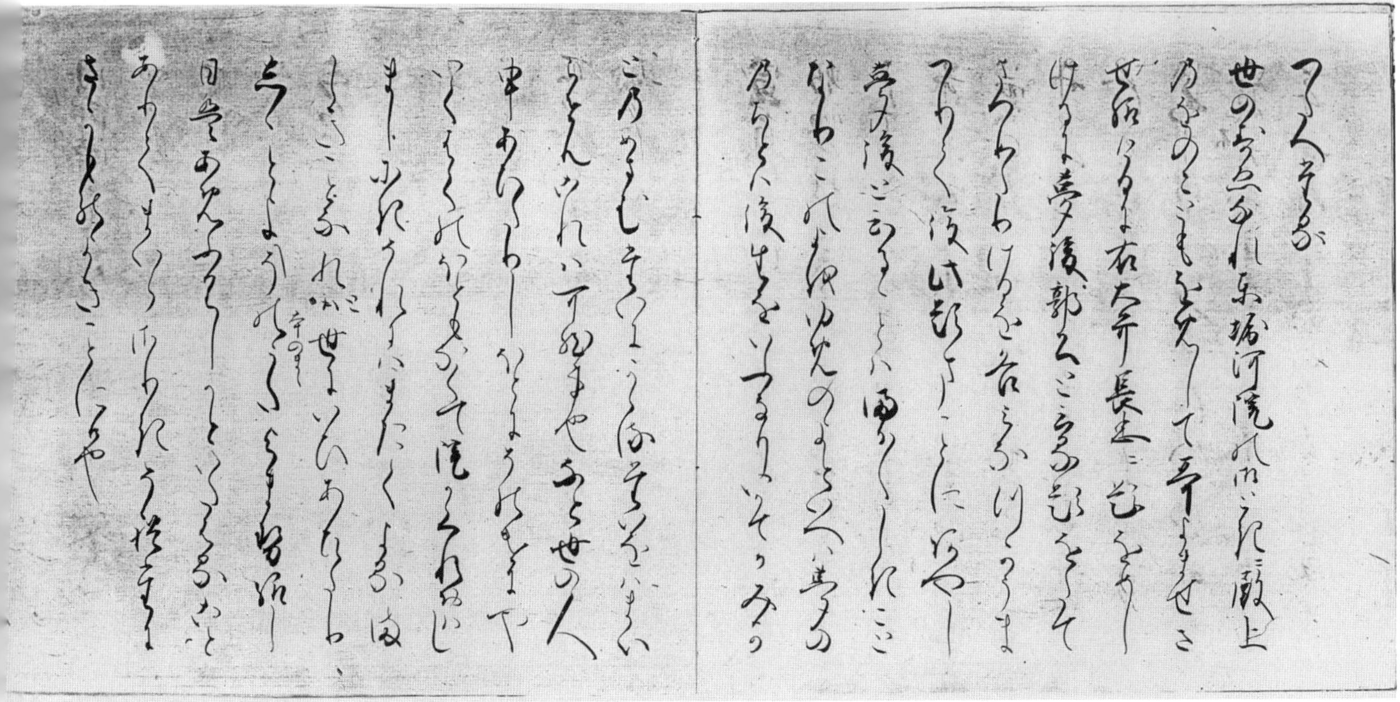

五・四オ

五・三ウ

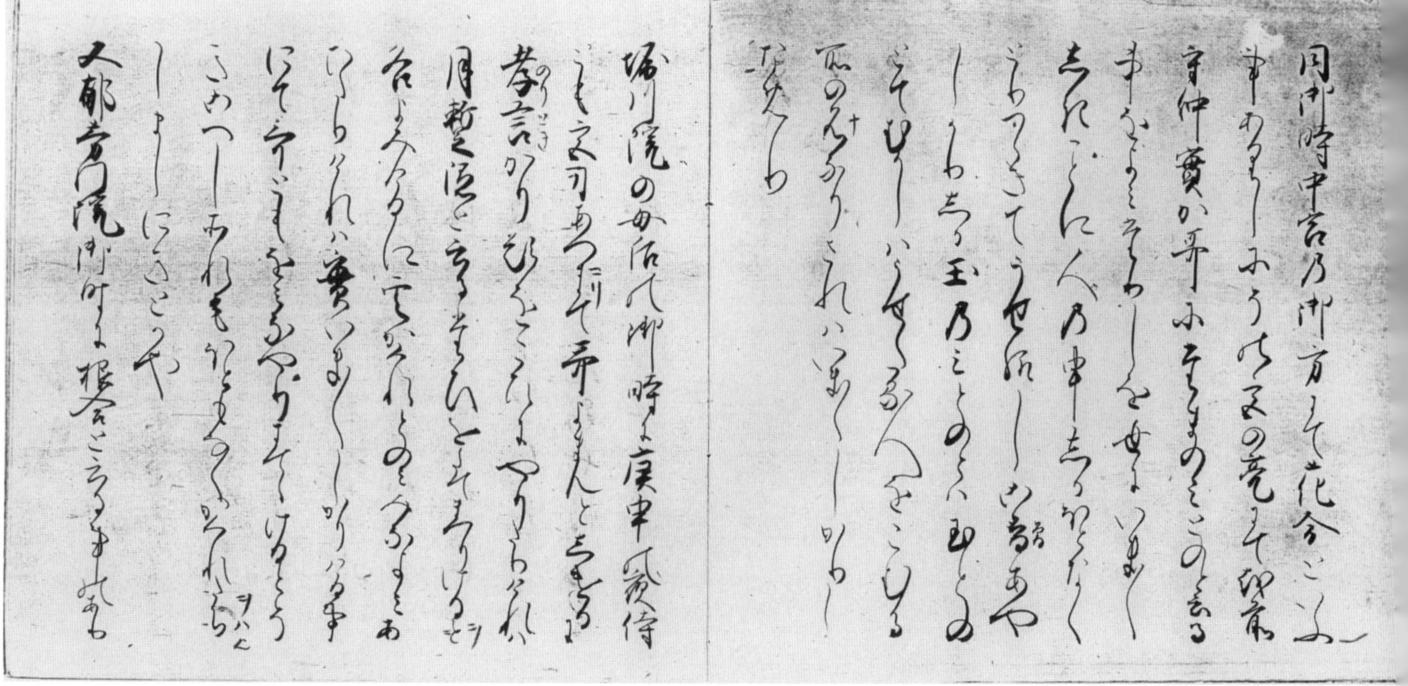

五・四ウ

五・五オ

同門時中言乃御方にて花合ことて
車あらて申ふうてるての売てい所
守仲實か哥ふるてまのことろ
まふるをるてわーを女ようほ
されにへ乃花も所申つりれく
そうつきてう色所しつるあ
しわちう玉乃とものもふるの
そせい八女くへきをにある
瓜のえあうされい連しけい
てく

堀川院の母后乃御時に廣申風蔵侍
もえ引あつたりて弄ふんと云とろ
哥の御
哥言けりふくてえよやりうちれ
月輕え沼とえふきんとれありけ
名もえなくにてえふこれふりえを
にちうれいあうれとようふふけりあ
にてちてもさとえあうつとえけり
これついても行をえうつうれりうよ
てあてつにふさて

又郁芳門院門付にて櫻合ことあま
るさとえてえふあ

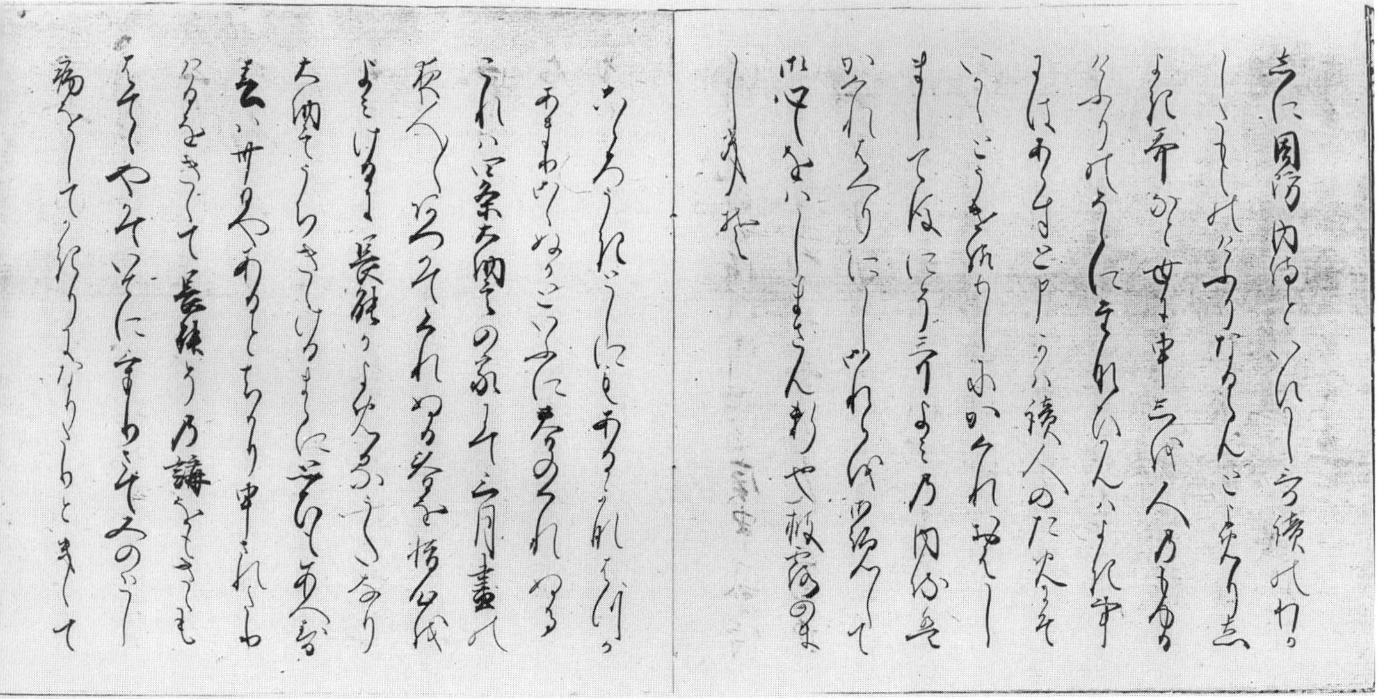

五・六オ

五・五ウ

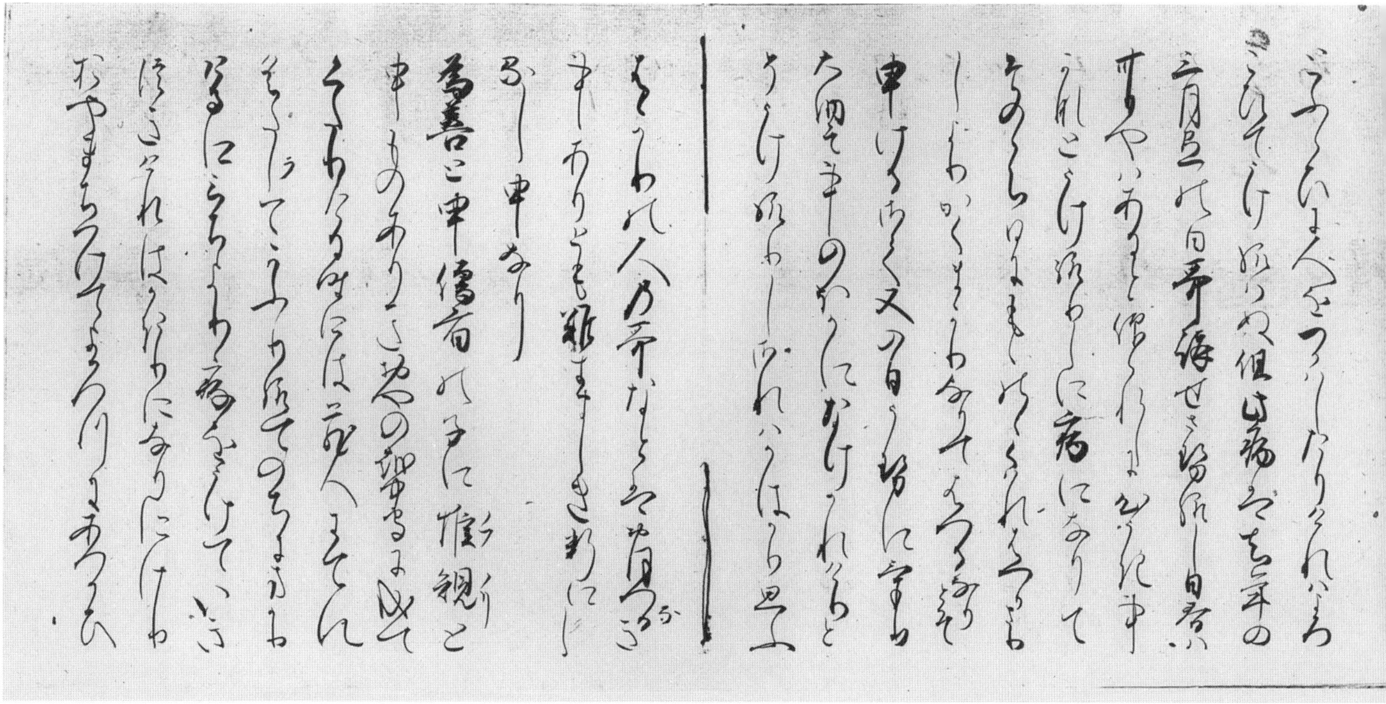

五・六ウ

五・七オ

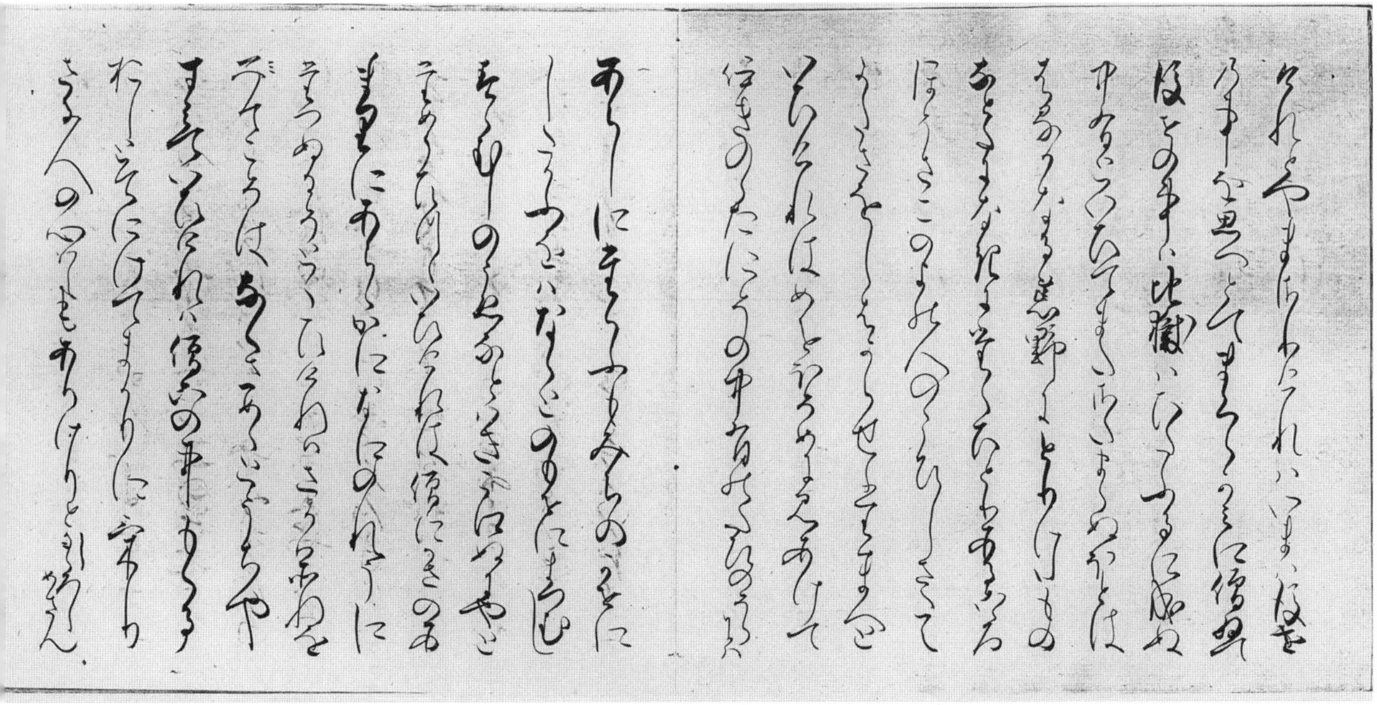

五・八オ

五・七ウ

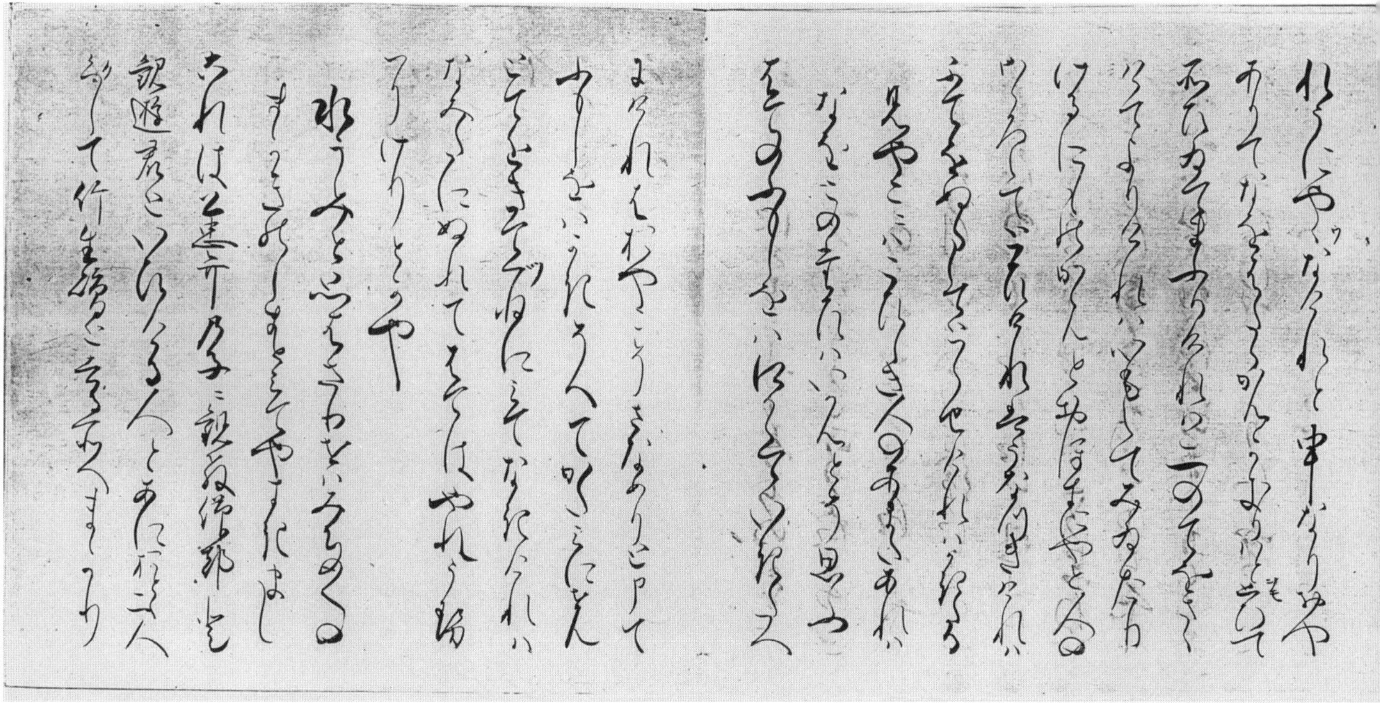

五・九オ　五・八ウ

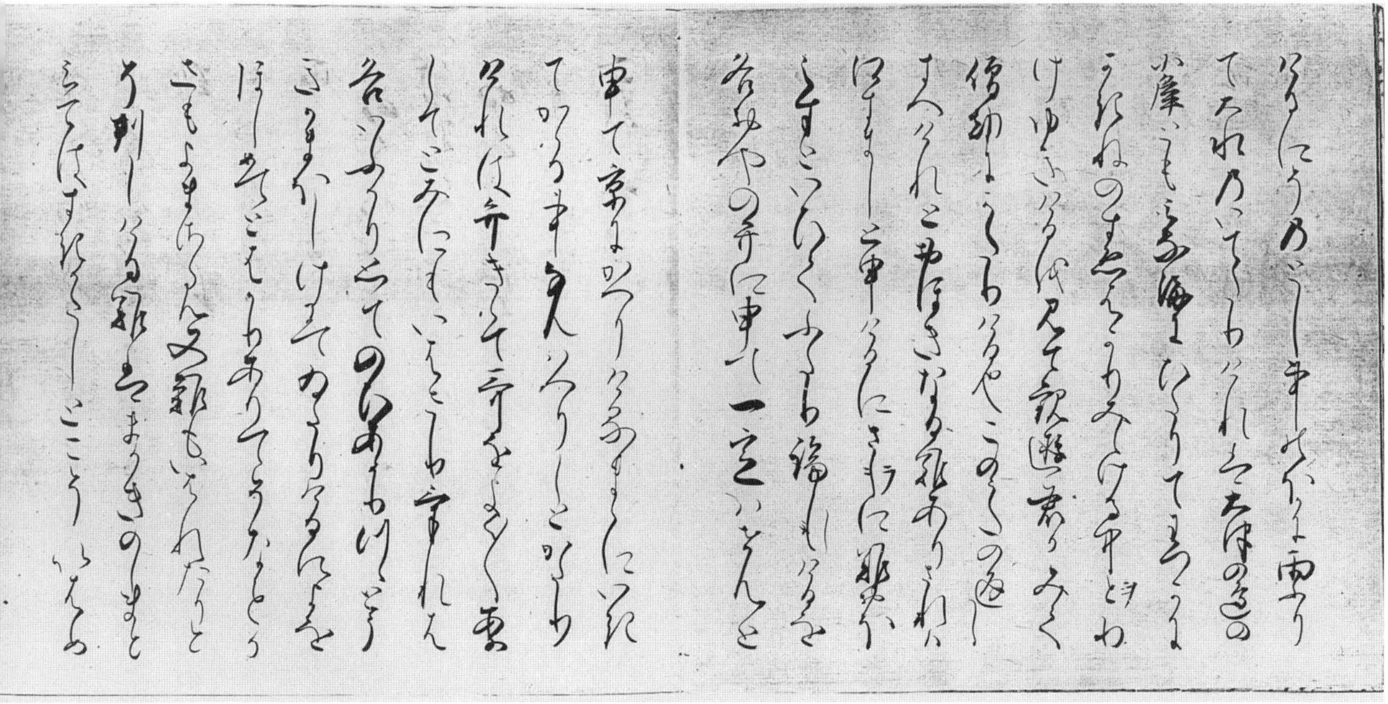

五・九ウ

五・十オ

まことにしのひてすゝめなとして八
ほとなきほとにこゝろにこゝろゑさせ給へ
哥けるに我も又さしまさりたれ
こゝやありけむこのたかの哥を
ふたつよみけるになむありけり
437 あられふるかたのゝみのゝかりころも
ぬれぬやとかす人しなけれは
438 ぬれぬれもなほかりゆかむはしたかの
うはゝのゆきをうちはらひつゝ
これハ長能道済ニ申テ哥猿の

鷹狩の哥よみくらへする事やさしとてこれ
いもしにて人のこゝろのわりなく侍と
まれもくこそおもひよりけれ侍なれは
なをこの事はわきかたくていまに
くして四条大納言の許にまいりて
哥二つをよみあけてつゝ申すに
申されけれとも判せさせ給ハ
しませとて各まさりたるよしいへは
彼大納言此哥ともはしからはなるめ
要して中たちに各まさる

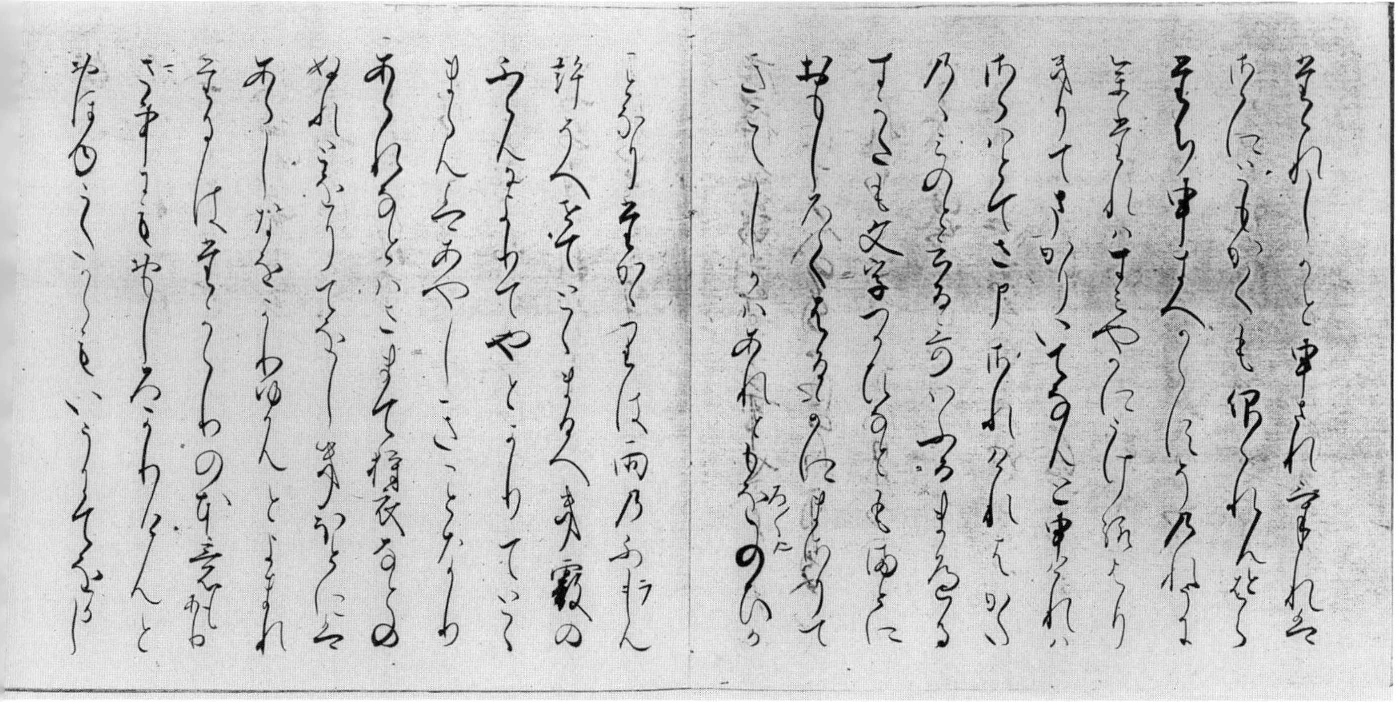

さゝれしりと申され侍れは
あはれいかくも侍れんなと
まうし申人のしらぬは
まさもしはまやにけ侍より
まかりてさりいきの人と申けれは
あつりとさ戸所へわれたれけ
のこのいろに所つきまゐる
まうさも文字つかなとも侍に
おほしくもののにはかりて
きこしゆへあれともれのの

五・十一ウ

こゝろりきかてもは雨のふらん
許る人をていまらん霞の
ふるみゆかてやとかりていく
ましきこあやしきことなりけり
あはれなることにまゐて有夜なるの
なれいきりてゆしあかしにて
あるしなをはゆんとまされ
こなはまこしわのむ言てわ
さまことやしるわらんと
やはむくいしもいらそらし

五・十二オ

撰集なとにもこれやいかゝと人ゝ申
されけれと道済ゆるさゝりけるにて
いてきにける事乃八雲の中には
後悔の病と云病ある事を
すこやかによくよくして人つゝも
こなりぬれともよくしてのちは
なをとふしとやすらひてく
いたつらになりぬることなるを
見なりされはいかなるをこそよまん
とはいはなくしきさなりけり首

よはこくにみえるまかしはれここ
なしされと貫之かとはきこ一
なこりかの河のにこりよまれ
しりいにあれとまなかてもつれ
ましてすゝむへこ

金葉
やさしやさしくのさまのなかれは
かきもまうくしあまののしらして
これは小式部内侍と云人の哥は
このうたは小町内侍は和泉式部

五・十三オ

五・十二ウ

が娘なりけるや式部が保昌がめにて
丹後へくだりけるほどにみやこ
に歌合のありけるに小式部内侍
よみにとられてよみけるを四条
中納言定頼といふは四条大納言公任の
子なり其人のたはぶれて小式部
内侍のありけるに丹後へつかはしけん
人は返りまうでこにたりやいかに
心もとなくおぼすらんとねたが
らせんと申かけて立られけるを

五・十三ウ

内侍みすよりなかばいでて
なほしのそでをひかへて
この歌をよみかけければこはいかに
かかるやうやはあるとて引かへて
はなちたればしせんとてたちのきを
思はれども思ひて返りければおそりて
にげられにけるを世の人はいひあざく
おかしきものにぞ申し
道信中将のやまぶきのはなをもちて
うへのつぼねといふところをすぎて

五・十四オ

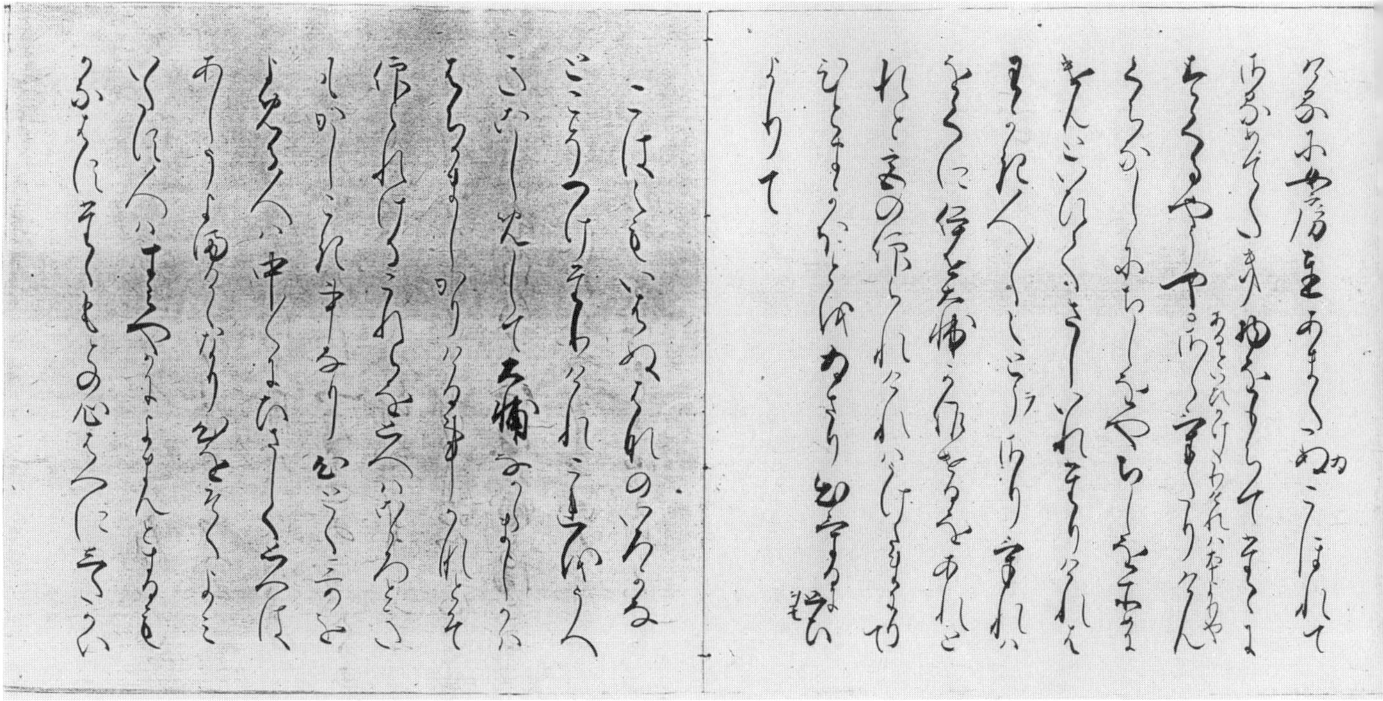

五・十四ウ

五・十五オ

五・十五ウ

五・十六オ

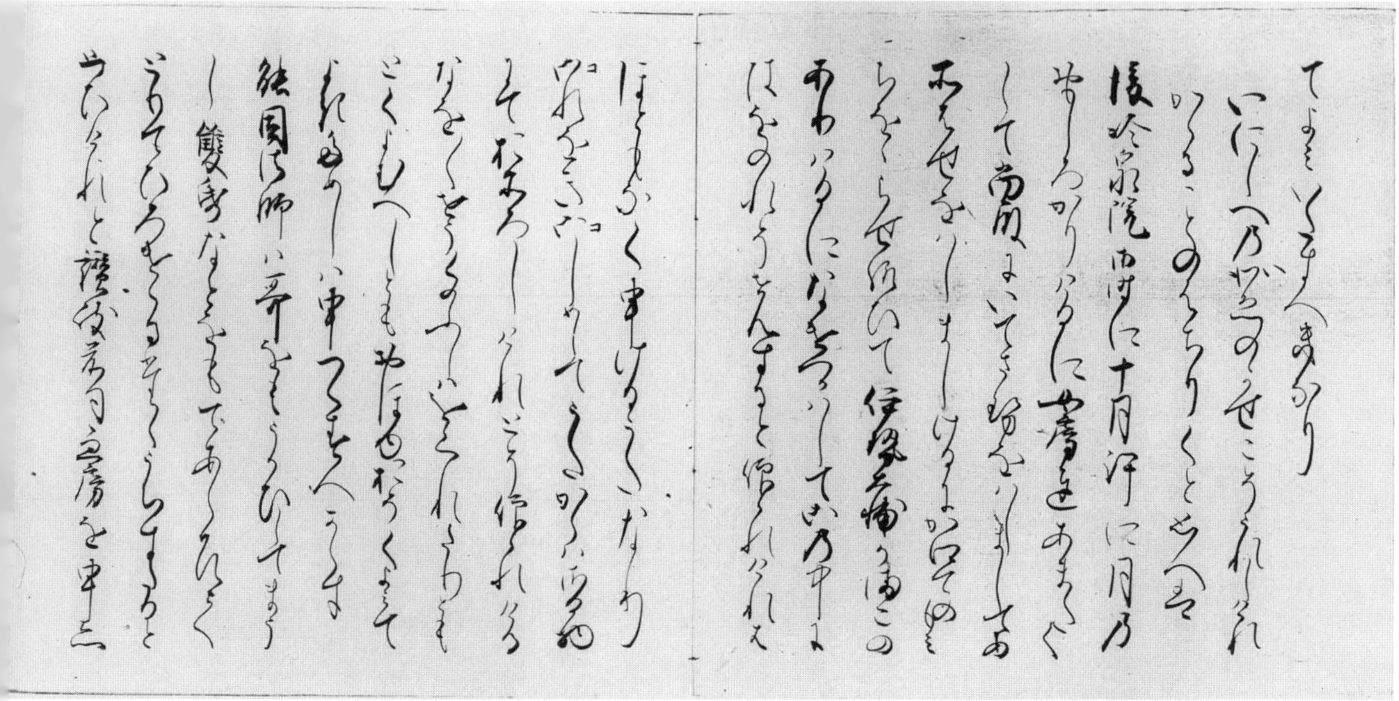

人乃鍾同を専れしつきにのとて
あの人まかりけるに上東門
院ハ伊勢大輔か家にこくありけるよ
子孫の小松のありけるをゆかしとおほし
ちりてらにそりけるにいはれ
てゆくに やすらさかちりてちら
まて あはれりこまとのこ紅になれハ
車のうちよりまとひみれウれ
女房ゆきこ包も紅くかるま
うとさまつねなれいこの紀の下ハ京

五・十六ウ

花の伊勢大輔かむかしはれにほひ
めてたきや通る人なといひて
車にのりなからみなすれ給ひさせ
いとくちをしにあなたのこまかく
乃かくもほとにありてこそ車にハ
のりられ
又為仲陸奥国の守にて侍りける
陸奥国にくたりけるにそのまゝも
あつまりて錢とりて
日ハ水

五・十七オ

すれさとかしく宮まれハいかれた
おはしくきさる国乃人のあつまりて
みるしハそれハいとゝく故郷
ち郷ゥ歌れう田かきてはのさたと
よみたる人をえんしてハけかりつゝて
是ならてゝすゑ所へんさな
それハくもひかりとらやちら
いまこの道をこのまんとやさしさや
うたしてうたハ使れ所へんとう
申りうされハこの道をこのまん人ハ

五・十七ウ

世乃すゑなりともかしこき人々侍るや
言れよしあしとさためん中ハ其のか
のゑ中なかり四条大納言に子中納言の
式部と赤染といつれかまさると尋
申されけれハ一口にいふへき歌よみに
あらす式部ハひまこそなけれあしの
やへふきとよめる者なりいとやむこと
なき歌よみなりとありけれハ中納言ハ
あやしけに思ひて式部か歌をハはるかに
てらせ山の端の月と申歌をこそ

五・十八オ

五・十八ウ

よきうたよみには世の人申なれと申さ
れき[illegible]まうへのしたまふ事と
こそうけたまはりきこえしにこそ
いつる句は摩訶止観の文にはあまりやされは
侍りにうたはよみかく[illegible]
あや[illegible]にてこそせとのへたるは申ま
いみしくてやすくよまれたる人こそやと
も人をさこそおもひてまことにいかなれとある
朝臣はこの哥よみの人きしにあるまし[illegible]
しきさ事なりとそ申されける

五・十九オ

天徳乃哥合のはしまりね[illegible]
[illegible]乃哥にいれもいろめ[illegible]にて
侍へと人ありけるはまてといひあまし
[illegible]乃哥の人乃哥のよ
[illegible]もまなしきなりてけり
けりそのまゝ哥ともみな申けり
哥[illegible]のまうとかくされ
[illegible]いまや乃人の
[illegible]しとてはうしろめしき
事なかりけりとてやむ[illegible]人

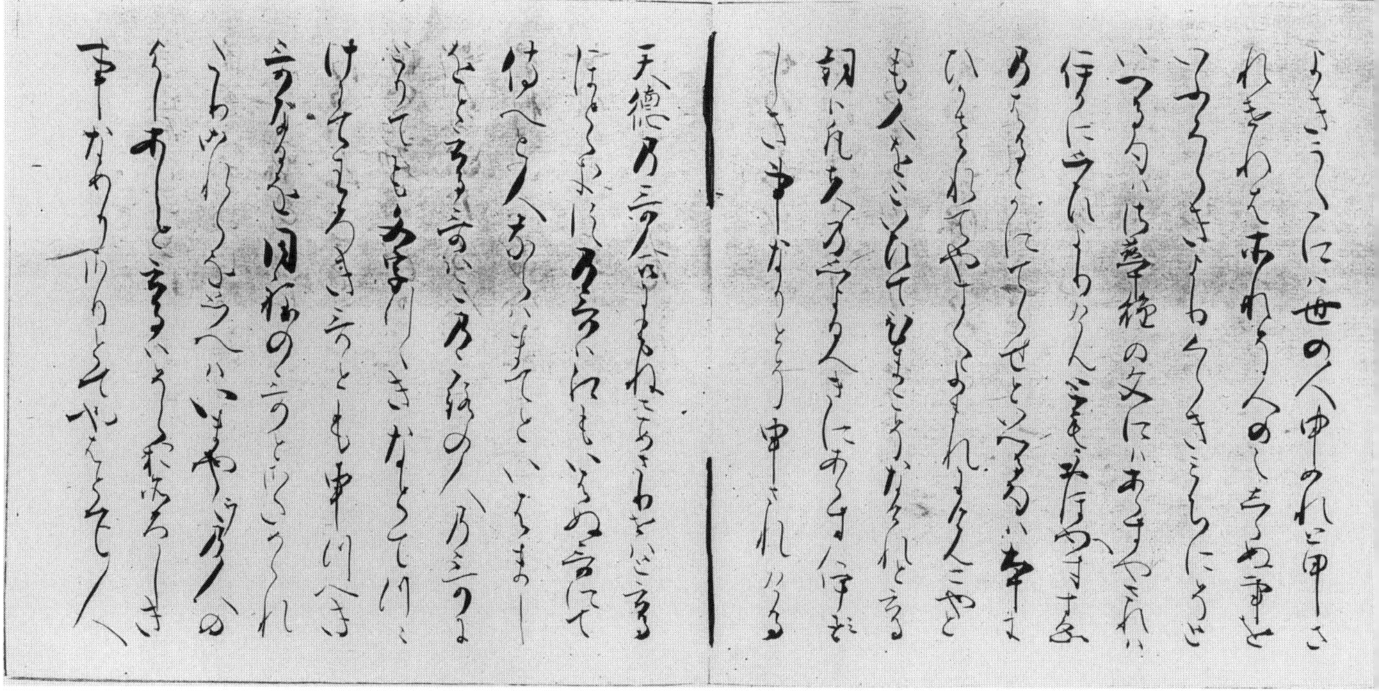

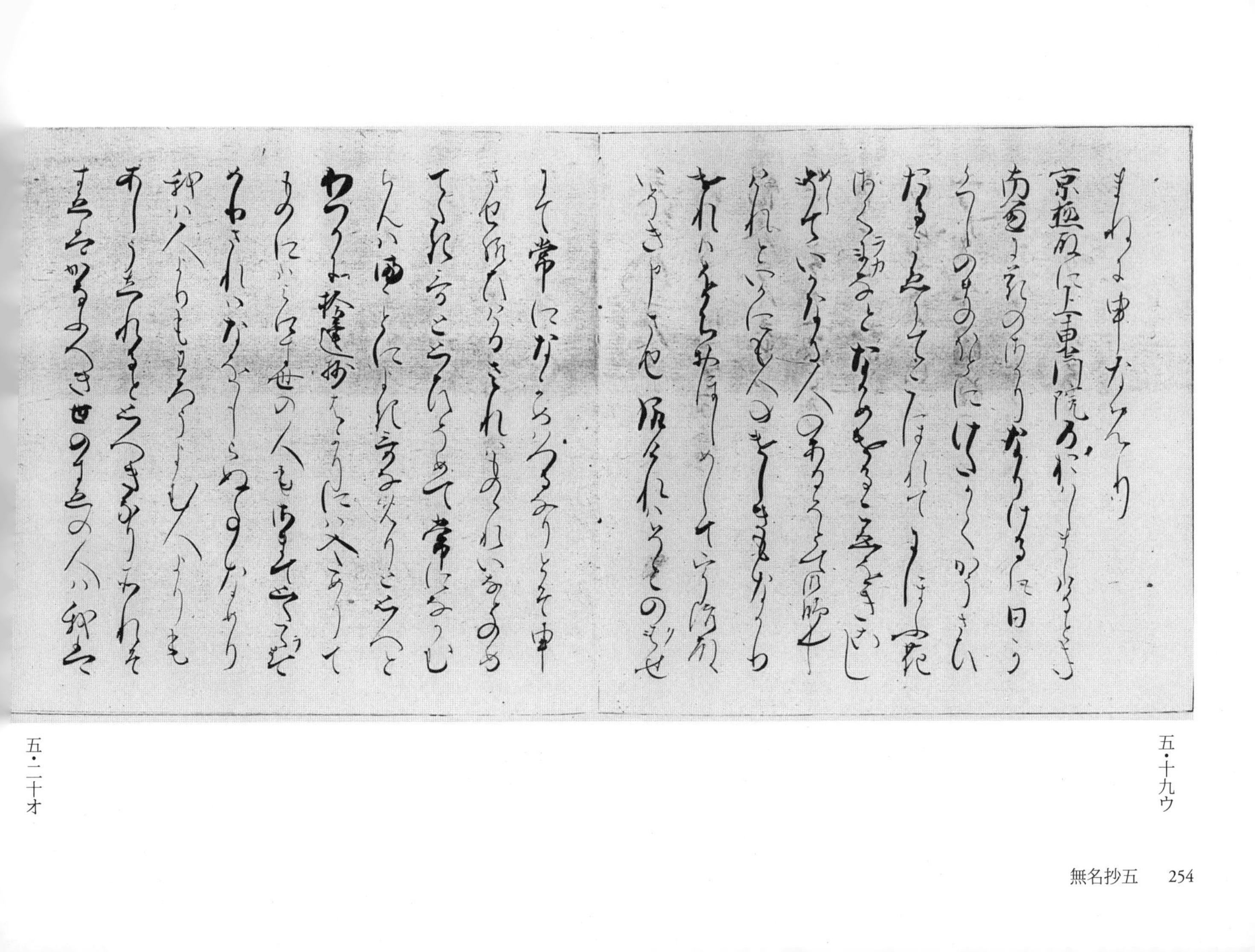

五・十九ウ

五・二十オ

五・二十ウ

五・二十一オ

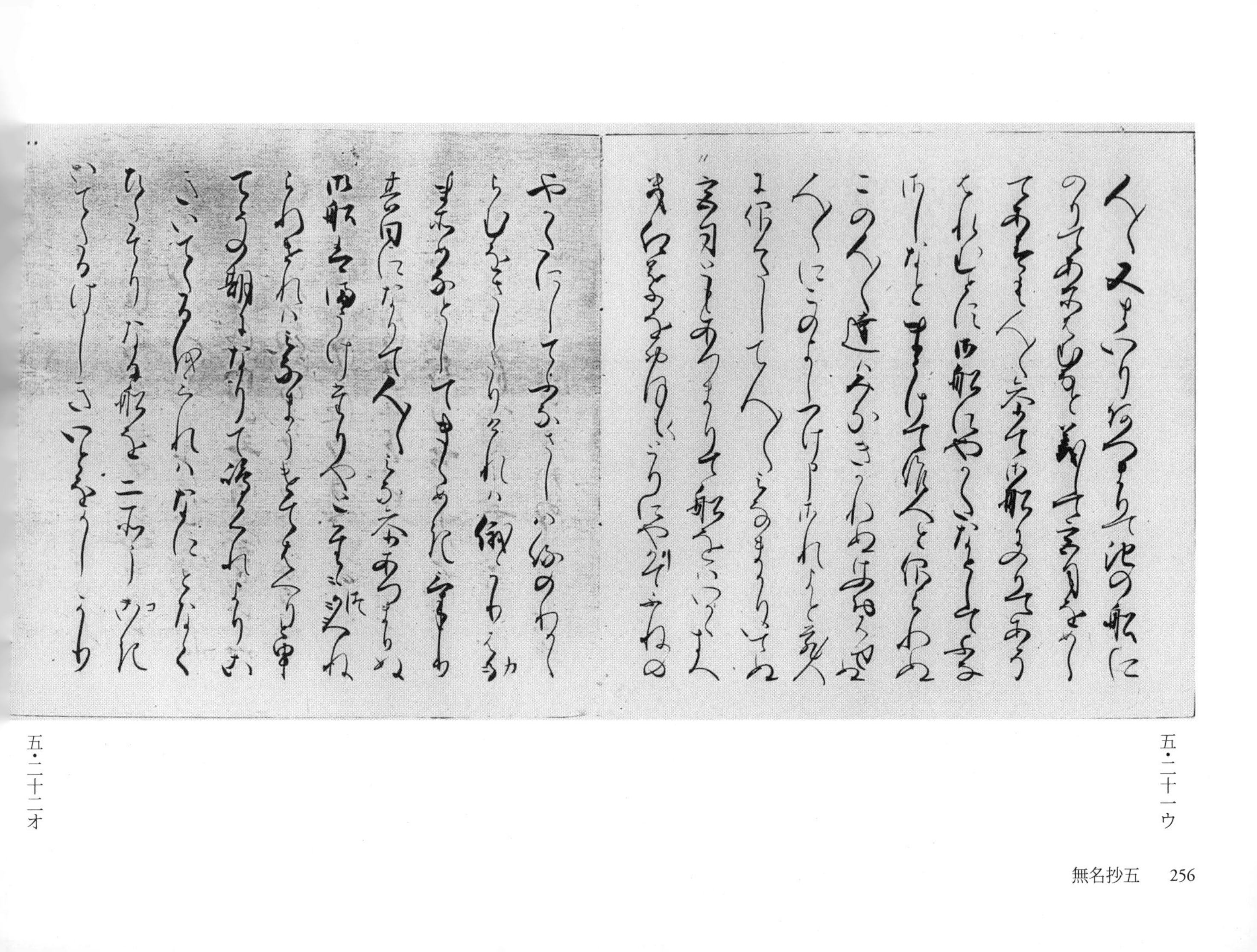

五・二十一ウ

五・二十二オ

（五・二十二ウ）

さうくてとかふのこりけれはと菩薩の
具うも四来をなり申しなてとのま
るうべいはしくそはからたくへに
まか〳〵くにに向の菩薩堂の戸法
信言の信印の戸をあけける所堂守
もうくへいて入ろまあり〳〵て
かく〳〵の信言うもるみる〳〵なあうは
逆にカをとたりて菩薩〳〵はりひそ
ますてやくれいとヽまうさま
さーのまり〳〵のれかうり菩中

（五・二十三オ）

は良遷ころけり言譲のありけるを
なしく〳〵らうヽてヽ申し良遷のかと
いうくれは良遷もこも〳〵うく〳〵て
いそうちそなれるくそこうなにうき
けのあり〳〵くつヽ〳〵に似そ申
それいそれ取よめしつさに菩遷言
なきてせきこといてあるきくよは
一万こうねへてよとあるくむをしく
いそあうくくはに人やヽてヽも
ありねへうりけるうくえ申

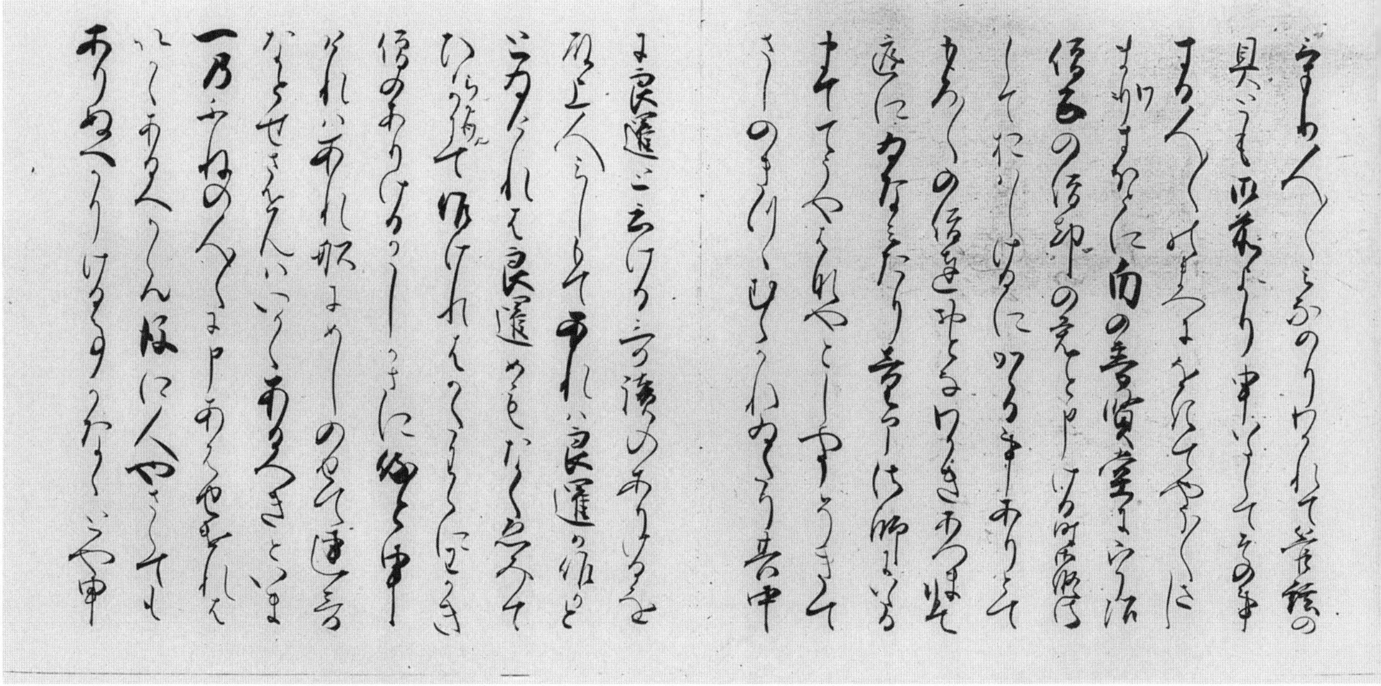

さんなとありけれは何事もあるましきを
のたまはせてこまかなる連哥なといはせ
さふらふかと問てちかくこきよ
せて良暹さりぬへからん連哥なとして
まいらせよと人々申されけれはさる
ものにてもしさる事もやあるとてまうけたりける
にやきゝけるまゝにほともなく
わかの侍よものをいひけれはその侍
こゑしくあるをとりて
もみちはのこかれてみゆるみふねかな

と申侍りと申すをきゝてのりぬ
人々これをきゝてふねこときゝつゝて
つけむとしけるにおそかりけれは
船をこくともなくてやうやうほと
嶋をめくりて一めくりのほとに
つけていはんとしけるに
えつけさりけれはむなしくすきに
けれはいかにおそしとたかひにふね
〳〵あらそひて二めくりになりにけり
なをつけさりけれはふねをこかて

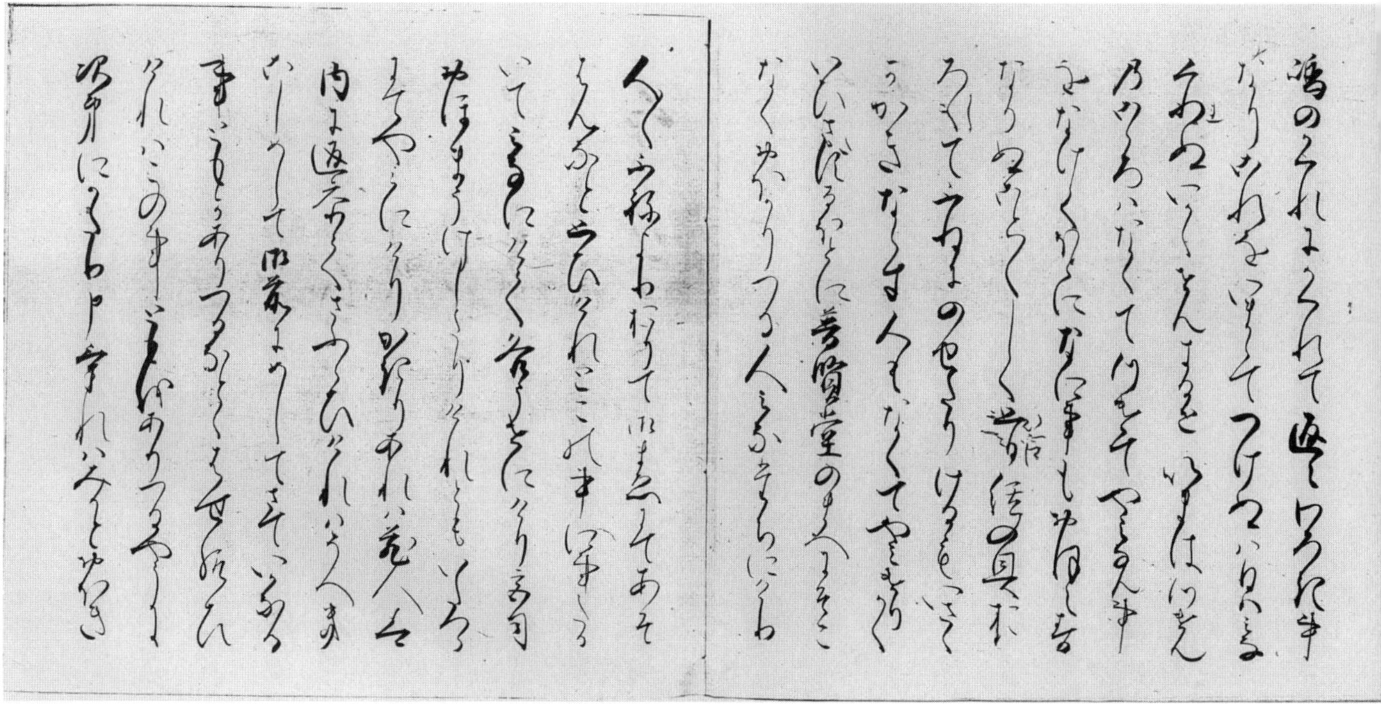

五・二十四ウ

五・二十五オ

よもやのたまはくこのますほに
くのちは物かはこゝろあられ
なりてゐるとしつゝをそらひにき
りけんにいりてあそびけりとは
くゆれあひつゝけくらりかの
ますかりける所に宇治にこれん
ましけるをとりて世のしいさいし
めさしもあらかつしてさいめして
ありくるをしこまや給けるは
さや乃事は俊信なる給はぬ宗

五・二十五ウ

なにはわたりのともれあつかれをそ
ころもちらすまさこま乃給あり
こ申さをかひらかれはゆく
うらうけをそまひそらこ乃ま
まこのこものはやしとれもつれ
なくいかそらわひてやとぬ
ふねありその日につけそまへを
ありしるとこのまゝ人はつまし
かにさやのこれなとはいくわい
ものゆくほとくぬれをとえてかわ

五・二十六オ

哥なり あはれなるかなよろし
まかれとこそ の侍りぬれ
こり おほくこの(むひと)つきさかわ

五・二十六ウ

一校了

五・二十七オ

難読箇所翻刻

二・二十オ3行めの注記（p.73）

返し本ニ皆此定ニ書り已下可准也

二・三十オ（p.83）

橋 つくしねのと云　　旅 くさまくらと云
別 むらとりのと云　　常 ときとなしと云
實物 あやひねと云　　木 やまちきかと云
草 さいたつまと云　　竹 かけはしを云
花 しめしいろのと云　　菓 しまひこのと云
浮物 うつたへにと云　　風 しまなひくと云
雲 たにたつのと云　　霧 ほのゆけると云

二・四十五オ（p.98）

そこにあるわにのことしそのたのみて
ひかへたるくさのねをしろきねすみ
くろきねすみとふたつしてかはる
〳〵つみきるついにきれなは
おちいりてそこにまちをるわにゝ
くはれなんとすおちいらぬさきにか
きあからんとすれはうへにたてるとら
はま（ま）んとしてたてりこれすなはち
このよのなかのたとひなりそこに
あるわにはわかつひのすみかのちこく

三・十七オ（p.131）

わすれさせ給にけり心ちよろしく
なりていつしかと参たりけるに

昔にもにすみえけれは采女うら
めしと思て罷出てたてまつりける
哥也本文也漢武帝の時に張騫
といへる人を召て天河のみなかみた
つねて参とてつかはしけれはうきゝ
に乗て河のみなかみ尋行ぬ所に行て
みれは常に見るひとにはあらぬさましたる
ものはたをあまたたてゝ布をゝ

三・二十二オ（p.136）

たし車なとよせて女房みなのる
ほとになりて俄寛平法皇御幸あ
りて御車よせけれは彼大臣思
かけぬさましてさはかれけれは
たしたてにきたるなりと仰られ
てをしていらせ給にけりをとす
へきやうにおほえ給はさりけ（ケ）れは
たゝあふきてをはしけるに内よ
り○（蔵）人御使にて参て夜いたく
ふけぬいかなる事そとたつね申

四・二十九オ（p.193）

のとりこむれはこそまいらねと
いひて使にくしてまいりぬ宇治に
とゝまりてまつさきたちてまいる
よしを申さむといひけれはその
よし申にたてまつりてまちける
ほとにくもといへるむしのかみより

さかりてそてのうゑにかゝりたり
けるをみて行幸なともやあら
むすらんとあやしき事のある
なりと申ける程に御門おはし

四・三十二オ（p.196）

らすみゆるものなれむかしあり
けるをかきをかさりけるにや
躬恒
おくやまにふねこくをとのきこゆるは
貫之
なれるこのみやうみわたるらん
これは躬恒と貫之とかくしてものへ
まかりけるにおく山にそま人の木
ひくおとのふねこくにゝたりけれは
きゝてしけるとそ

四・五十オ（p.214）

いへる詞なめりこの哥の心にてはきこ
ゆるをふたむら山もこえすきにけり
といへる哥はあやにくにこひしかりしかは
とよみたるなめりとみゆこれらをみ
れはともかうも申すへきにや
あひみぬもうきもわかみのから衣
思ひしらすもとくるひもかな
したひもとくといへる詞は又さため
なしこの哥の心にては人をうらむる
人のしたひもはとくるときこえたり

久邇宮家旧蔵本俊頼無名抄の影印刊行に際して

日比野　浩信

未刊国文資料の一冊として『久迩宮家旧蔵本俊頼無名抄の研究』を上梓したのは、平成七年（一九九五）のことである。それより二〜三年前のことであったと思う。まだ大学院に籍を置いていた私は、毎週のように久曾神昇先生の許をお訪ねしていた。先生ご所蔵の歌学書を拝見するためである。といっても、多くの場合は、前回参上の折にお願いしてあった本が、既に準備されており、しばらくその本についての解説をいただくと、「まあ、あとは持って帰って、ゼロックスでもとったらいいから」と、他のお話を幅広くうかがうのが常であった。話が及んだ本については、席をお立ちになり、書庫から運んで来られ、その本についてのお話をうかがう、「見たいものは、あるかン」と聞かれ、リクエストすると、その本を運んできて下さる、という具合であった。常に現物を前にした実践書誌学講義であった。

先生はよく「見てみなきゃ、わからないから」と、おっしゃったが、その最も顕著な例は、原撰本新撰万葉集であろう。原撰本新撰万葉集は、志香須賀文庫蔵本と永青文庫蔵本とが知られているが、上・下巻の内題・尾題と四箇所ある題名のうち、永青文庫蔵本の上巻の尾題にのみ「新撰ノ万葉集」のようにカタカナの「ノ」の字が入っている。ここだけに「ノ」が入る理由が無い。志香須賀文庫本では、「新撰万葉集」とあって、「ノ」の字は記されていない。しかし、面白いことに、丁度「新撰」と「万葉集」の間の右傍に、カタカナの「ノ」の字のような形に木の皮が漉き込まれているのである。この木の皮をカタカナの「ノ」に見誤った転写の結果、永青文庫蔵本での「新撰ノ万葉集」などという、奇妙な尾題が現れたわけである。本文の検討によって否定する向きもあるが、この二本の書承関係については、志香須賀文庫蔵本が永青文庫蔵本に先行するもの、と考えざるを得ない。永青文庫蔵本は、他本との接触や、より合理的な本文への改訂の結果であると考えるべきであろう。本文の在り方から志香須賀本が先行することを否定するのは、文献学的観点からは、致し方ないことかもしれない。しかし、物理的に肯定せざるを得ないうえは、なぜ永青文庫蔵本のような本文が導き出されるに至ったのか、を考えるべきではなかろうか。

ともあれ、善海書伝本古今集、雲州本後撰集、勝命本大和物語、百人秀歌などなど、古典籍を数多く拝見、先生から多くのご教示を賜ったのは、望外の幸せであった。

そのような中で、「ちょっと変わった無名抄がある」といって出してきて下さったのが、久邇宮家旧蔵本であった。おうかがいしたところによると、戦後、久邇宮家の蔵書が穂久邇文庫に引き取られた際、その査定を手伝った謝礼として受け取ったもの、とのことであった。一読、「長明の」無名抄などではなく、「俊頼の」無名抄であった。その旨申し上げると、例のごとく、「じゃあ、持って帰って調べて」ということになり、お借りして帰宅した。既に『日本歌学大系』に「久邇家舊蔵「無名抄」（五冊）」として系統図中に紹介されており、数少ない広本（完本）系統であるが、定家本を重要視せられたために、その本文は全く公刊されていなかった。少し調べてみると、顕昭本でありながら定家本に一致する箇所もある。翌週、このことを申し出て、本文を公表していただきたいと進言したところ、「じゃあ、あなた、やってみるかン」ということで、未刊国文から刊行することになった次第である。

その後、俊頼髄脳の研究は次第に活発化し、久邇宮家旧蔵本の本文を学界に提供できたことは、何らかのきっかけにはなったように思うが、浅学非才の輩の不慣れな作業であり、顧みるに翻刻・解説とも、冷汗の至りである。およそ二十年を経た昨今、是非とも、やり直したいと常々思っていた折、『俊頼髄脳の研究』（二〇〇八　思文閣出版）を著し、俊頼髄脳の翻刻・影印を幾本も手がけてきた鈴木から、久邇宮家旧蔵本の影印を強く望まれた。そこで、志香須賀文庫学芸員鶴田大氏に確認したところ、在否不明であった。先生ご自身が処分なされた志香須賀文庫所蔵本も多く、文庫を離れてしまったのかもしれない。鈴木が心当たりの古書店などを尋ねたが、今なお所在不明のままである。

現在の俊頼髄脳の研究状況を鑑みるに、久邇宮家旧蔵本は、拙い翻刻などでなく、影印として刊行されることが最も望ましいことはいうまでもない。また、研究の進展に伴い、その刊行は急務である。今後、久邇宮家旧蔵本が再び眼前に現れることを願いつつ、それまでの「繫ぎ」として、久曾神先生の仰せのままに取っておいた「ゼロックス」を活用させていただくこととした。これにより、かつての一冊の翻刻本がその役割を終えるが、重要かつより客観的な資料が学界の共有財産として活用可能となることは、何より喜ばしいことである。

久曾神先生は、平成二十四年（二〇一二）九月二十三日朝、数え年百三歳のご長寿をもってご逝去なされた。よく「あちらへ行っても」とおっしゃったが、常に将来を見据えておられた先生が蒔いた歌学研究の種が、着実に根付き、実りをもたらしていることは、改めていうまでもない。

久邇宮家旧蔵本解説

鈴木　徳男

一

源俊頼が著した歌学書『俊頼髄脳』は、久曾神昇氏などの近代の伝本研究を基に、定家本系と顕昭本系に分類されて読まれてきた。その中で、嘉禎三年に書写された定家本そのものが出現し、二〇〇八年、冷泉家時雨亭叢書第七九巻（朝日新聞社）において影印公刊された[1]。画期的な出来事である。

しかし、一方で、赤瀬知子氏は、全体をまず広本（定家本と顕昭本のうち完本のみ）と略本（従来の逸脱本）に分類し、「顕昭が、顕昭本に近似した『俊頼髄脳』と、唯独自見抄に近似した『俊頼髄脳』との、少なくとも二種類の『俊頼髄脳』を用いたと推定されること」を検証し、「早くも顕昭の時代に異本が生じていた」と論じた[2]。赤瀬氏の主張は、定家本の出現した現在も、十分に考慮されるべきで、所謂略本系諸本をも視野に入れつつ顕昭本の本文的価値を相応に認識し定家本と対校しながら読み進める必要がある。

前の日比野の言葉にあるように、顕昭本の有力な伝本である久邇宮家旧蔵「無名抄」（以下、久邇宮本という）を影印する意義もひとえに『俊頼髄脳』研究に資するためである。

二

久邇宮本は、はやく『日本歌学大系』一の解題で紹介されていたが、日比野『久迩宮家旧蔵本俊頼無名抄の研究』（未刊国文資料、一九九五年、以下、日比野著という）によって翻刻公刊され、重要な本文を提供しただけでなく、『俊頼髄脳』の諸本研究に新たな視点をもたらした。まずは日比野著によって、書誌的必要事項を再録摘記する。

中央に「無名抄」と箱書のある木箱に入る。縦十六・四センチ×横十七・一センチ。綴葉装・五冊。寛文頃書写か。料紙は鳥の子。各々、第一折の初めと、最終折の終わり一葉に表紙、裏表紙を施す。中央に十一・二センチ×三センチの題簽に「無名抄一（〜五）」の外題が記される。箱書と同筆であるが、本文よりは少々、時代が下るようである。内題は無い。

各冊紙数は次の通り。

	一折	二折	三折	四折	五折	六折	計
第一冊	五枚	四枚	五枚	六枚	五枚	五枚	三十枚
第二冊	八枚	八枚	七枚	五枚	六枚		三十四枚
第三冊	四枚	四枚	四枚	四枚	四枚	六枚	二十六枚
第四冊	七枚	五枚	七枚	五枚	六枚	七枚	三十七枚
第五冊	七枚	五枚	五枚				十七枚
計							百三十七枚

五冊とも、一丁裏に「久迩宮文庫」の朱印が押されており、久邇宮家旧蔵であることが明らかであり、由緒正しい伝本であるといえよう。本文はすべて二丁表から書き始める。（中略）第四冊の行末には空白とする箇所が目につくが、これは、親本の形態を受け継ぐものであるようにみられる。ある行の行末に例えば三字程度の空白があると、その左右の行の行末は二字程、更にその隣は一字程の空白がとってある場合が多く、親本の下部に山形の破損などがあったのではないかと推察することができるのである。（以下略）

第一冊の表紙を例示すれば次の通り。

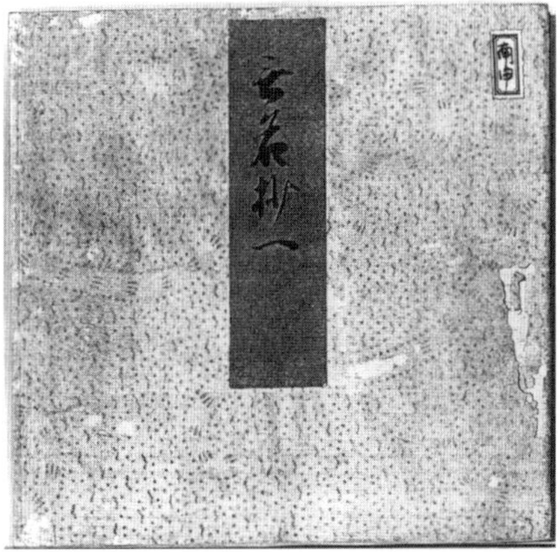

影印でもわかるように、各冊とも一折めの最後に表表紙、最終折の初めに裏表紙が折り込まれている。同じく綴じ糸が各折の中央に認められる。なお影印で省略した遊紙は、それぞれ一冊め五十五ウ～五十八ウ、二冊め六十二オ～六十四ウ、四冊め七十一ウ～七十二ウ、五冊め二十七ウ～三十二ウまで。

従来、顕昭本（完本）として扱われてきた、次の三本(3)

・静嘉堂文庫蔵「無名抄 俊頼」（五〇二―一九―二〇一九〇）(4)

※最末尾に識語「右以證本書寫之畢　権大納言光栄」がある。烏丸光栄（一六八九～一七四八）が権大納言在任中、享保九年（一七二四）～同一六年の間の書写になるか（延享元年〈一七四四〉還任）。

・京都大学附属図書館蔵「无名抄 俊頼」（四―二二・ム・三）

※俊頼髄脳研究会編『顕昭本俊頼髄脳』（私家版、一九九六年三月）。「久世子爵」の旧蔵であることを示す印記があり、もと久世家に伝来したことが知られる。赤瀬知子氏「久世本『俊頼髄脳』成立考」（注（2）前掲『院政期以後の歌学書と歌枕―享受史的視点から―』所収）によれば、識語の「銀青光禄大夫」は久世通熙（みちさと）、従三位の嘉永四年（一八五一）～安政元年（一八五四）の四年間、通熙三十四歳～三十七歳の書写。

・宮内庁書陵部蔵「無名抄 俊頼」（二六六―五五四）

※静嘉堂文庫本の転写本。

これらは、いずれも一冊本であるが、途中に元来五冊本であった痕跡がある。その区分と久邇宮本の各冊とが完全に一致する。第三冊末の、署名「顕昭」、奥書「建久四年十一月十四日之夜」云々、第四冊末の署名「顕昭」も、三本の各区分末にみえるものと同じである。つまり、形態的にみて、久邇宮本は顕昭本と判断される（その原初形態を伝えるものといえる。なお久邇宮本との関係は不明であるが「禁裡御蔵書目録」に「無名抄五冊」とみえる）。ただし、他の三本の最末尾にある奥書「壽永二年八月二日於紫金臺寺見合了」云々がないことは、注意すべき事項である。

三

江戸初期の丁寧な写しといわれる久邇宮本について、日比野著は「定家本的本文をも有する顕昭本」「あるいは、顕昭本と定家本との中間的存在」と性格づけている。その本文的価値を、日比野著をふまえて簡潔に検討したい。

久邇宮本の本文の「顕昭本的性格」を明らかにするために、久邇宮本と「顕昭本」（日比野著は静嘉堂文庫本を用いる、仮に「」を付して示す）が一致し定家本（同じく国会図書館本を用いるが、ここでは冷泉家時雨亭文庫本で考える）と対立する場合を十六例示して具体的に一覧した（同著二一九頁〜二二四頁）。ここでは便宜に該当部分の歌番号（影印欄外に付したものと同じ。ただし日比野著の付けた久邇宮本の通し番号とは違う）を示した。

さて、一例目（一七番歌）、定家本には「これはよくしれる人もなしたゝ旋頭哥のやうに句をそへてよめれは短哥の中にも旋頭哥とそみたまふる」とあり、久邇宮本と「顕昭本」には（久邇宮本で引く、以下同様）「これはよくしれる人なしたゝ短謌中に旋頭歌とそなかころの人の申ける」とある。略本（丙本＝略本Ⅱ類のこと）[5]には「短歌の中にも旋頭哥といふものはあるなめりれいの短哥に十文字ある句の二句そへる也」とみえ、定家本は、久邇宮本と「顕昭本」の文脈に近く（なかころの人の指摘はない）、また「旋頭哥のやうに句をそへてよめれは」の一文は、略本の内容を斟酌したようにみえる。「なかごろの人」の意義と諸本間の異同について（十六例目の四一七・四一八にも）は、拙著『俊頼髄脳の研究』（思文閣出版、二〇〇六年）参照。

二例目（一八）、定家本「れいのうたをみしかうたともかきたるすいなうもみゆるは……」、久邇宮本と「顕昭本」は「れいのうたをみしかうたとも万葉集にかけるは……」。「れいのうた」（長歌のこと）を「みしかうた」と記述しているのは髄脳か万葉集か、大きく異なるが、略本をみると、定家本に一致する。

以下、六例目まで（一九・二〇〈誹諧歌〉、三七、四五、四七〈以上は歌病の項〉）は、久邇宮本と「顕昭本」に対立する定家本は略本と一致している。四例目（三七）、「すゑのよのしそむのうたのやまひあらんにとかなからむか」（定家本と略本）と「やまひをはあなかちにさるへしともおほえす」（久邇宮本と「顕昭本」）の異同も大きいが、注目されるのは、六例目の四七番歌（『古今集』入集歌二六〇）の結句の異同であろう。「しら露もしくれもいたくもる山はしたはのこらすもみちしにけり」（定家本と略本）の結句は、久邇宮本と「顕昭本」では「いろつきにけり」とある。

七例目以下、後半の十例（七二〈二ヶ所〉、七四〜八〇、一六〇、一七七、異名一覧の箇所、二五八、三〇〇、三九七、四一七・四一八）は、久邇宮本と「顕昭本」の本文が略本と同文で、定家本が異なる。八例目（七二）は、定家本の根幹本文は「あまくものたちかさなれるよはなれはありとほしをはおもふへきかは」とあり、下句の頭に（定家本は和歌二行書き）薄墨で「神」と書き込み、第四句の末二字「をは」をミセケチにしている。定家本の修正前の本文が久邇宮本と同じである。因みに国会本は、修正後の本文を書写しており、国会本による限り異同ありと認定される。一六〇も同じ例で、定家本を用いることで、「顕昭本」との異同が解消される同様の例は他にも多い。

九例目（七四〜八〇〈翁七人の歌〉）、「このころの人はうたまては思もかけす千年もなからふへきさまにこそ思けなるにむかしのひとははかなき事を思しりけるにやをのつからひとりふたりやかくもよまむ」（定家本）に対して、「このころの人はあまたあつまりたりともおのつからひとりふたりやよまむ」（久邇宮本、「顕昭本」と略本）とあるなどは、どちらが基か明らかではないが意味の違いの生じている点が注意される。

十四例目（三〇〇b）の「きみか世はつきしとそ思ふ…」の歌が定家本にないのは誤脱と認められるし、その他の例も、定家本独自の改変、省筆、誤りを想定させる。日比野著は一覧表の次にも文や語句の有無を含めた異同の例をいくつか検討しているが、定家本の誤脱と考えられる例が多いように思われる。

次に日比野著は、久邇宮本が「定家本的性格」をも備えていることを確認するために、久邇宮本と定家本が一致し「顕昭本」と対立する場合を同様に一覧している（同著二二八頁〜二三五頁）。列挙してある十二例について、略本との関係を調べると、最初の二例を除いて、「顕昭本」と略本が同一の本文を持つ。

最初の二例とは、しばしば取り上げられる秀歌論（二冊め冒頭）にみえる部分（前掲『俊頼髄脳の研究』参照）で、定家本と久邇宮本には「けたかくとほしろきをひとつのことゝすへし」「けたかくとをしろきうた」とあるが、「顕昭本」は「けたかくをもしろきをひとつのことゝすへし」「けたかくをもしろき哥」である。略本は前者は定家本と久邇宮本に同文、後者は「たけたかくとをしろき哥」とあるが、本によっては両者とも「おもしろき」とある。

右の例を除くと、他の十例（二七八・二七九・二八〇、二八五、三〇二、三二〇、三三六、三四一、三四三、三五〇、三九四、四〇七）は、日比野著も指摘するように、久邇宮本の第三冊と第四冊（三二二以降）に集中している。さらに言えば、日比野著の挙例に限らず概して第三冊、第四冊は定家本に近い本文を有していると認められ、第五冊も概ね定家本に近い(6)。つまり、久邇宮本と定家本が一致し「顕昭本」と対立する場合とは、久邇宮本・定家本と略本との相違でもあって、「顕昭本」と略本との近似が想定され得る。

さらに日比野著は、久邇宮本の独自異文を五例（二四六、二七三・二七四、二九九、三七六、四三三）あげている（同著二三七頁〜二三九頁）。しかし、「飛び抜けた異文はほとんどない」とする通りである。例えば久邇宮本の本文は、定家本と「顕昭本」が合体したように理解できるし、傍記の混入の有無によるとも考えられる(7)。この場合も「顕昭本」と略本は同文である。

従来の諸本分類をふまえて、諸本間の本文を比較検討すると、定家本と久邇宮本や「顕昭本」三本、所謂広本として括られる伝本群がやはり近い本文をもっている。また、細部では複雑な様相を示す場合もあるが、大まかにとらえると、従来の「顕昭本」は、略本の本文と関連している場合が多い（とくに後半は混態的性質が著しい）と整理できるのではないだろうか。そうした認識のうえで、諸本の異同を検討するべきであろう。ここにおいて久邇宮本の有用は明らかである。

注

（1）定家本については、同巻解題および「『俊頼髄脳』定家本の重要文化財指定に寄せて」（『志くれてい』第一〇五号、二〇〇八年七月）、「定家と『俊頼髄脳』」（『和歌文学研究』第百五号、二〇一二年一一月）などで述べた。

（2）「享受と諸本―『俊頼髄脳』諸本考―」（『院政期以後の歌学書と歌枕―享受史的視点から―』清文堂出版、二〇〇六年）。なお、唯独自見抄については、俊頼髄脳研究会編『唯独自見抄』（私家版、一九九七年一二月）参照。

（3）ほかに京都大学附属図書館蔵「俊頼口伝」（四-二二・ト・三）は、三本の第二区分、久邇宮本の第二冊目までの零本。日比野著は久邇宮本と全く同じ系統の本文を有していることを指摘している。なお『弘文荘待賈古書目』二〇号（一九四五年六月）に「俊頼無名抄」五帖（高野辰之博士旧蔵、元禄頃写）がみえる。説明に「枡形胡蝶装、十行、古雅装極上本。第三冊の末尾に「顕昭」の署あり。つゞいて建久四年十一月十四日之夜亥時於大霊院御所以書写本一校畢　書写以後　已十一ヶ年也とす。第一冊表紙裏に旧蔵者高野博士の自筆貼紙あり、その一節に「……阿波國文庫不忍文庫の蔵印ありし本に　禁裏本に曰く云々とあるものに其の書全く合致せり。国書刊行会本に比すれば遥に良本にして以て典拠とするに足る」云々とあり。古き紙帙の上にも「禁裡本」と朱書。」とある。

（4）日比野著「凡例」に、「底本の明らかかな誤脱と思われる箇所も一応そのままにしておき、疑問がある場合には、同じく顕昭本である静嘉堂文庫本を参照し、異同を示した。場合によっては定家本である国立国会図書館本も参照した。……」とある。

（5）俊頼髄脳研究会編『関西大学図書館蔵俊秘抄』（和泉古典文庫一〇、二〇〇二年一〇月）参照。

（6）第五冊めの冒頭を例示すれば、「すみよしの神もあはれと思ふらんむなしきふねをさしてきたれは」（四三二）を掲出して次のような説明文がある。上段に定家本、下段に「顕昭本」を引用する。ミセケチなどの修訂後の本文により便宜に句読点を入れ、（）に欠字と思われる字などを補う。

これは、こさんてうのゐんの御すみよしまうてによませ給へるうたなり。

むなしきふねとは、をりゐのみかとを申すなり。

その心は、くらゐにておはしますほとは、ふねに物をおほくつめれは、うみをわたるにおそりのあるなり。そのにをとりをろしつれは、風ふきなみたかけれとも、おそりのなきにたとふるなり。

又はんにやのふねといへる事あり。そのこ（こ）ろは、はむにやは、よろつをむなしとゝくなり。そのはんにや、ふねにのりてくかいをわたれは、神ほとけのよろこはせ給へは、すみよしのみやう神もあはれとおほしめすらん（と）よませ給へるなり。

この哥は、後三条院の住吉詣によませたまひたる哥なり。

むなしきふねといふは、みかとの位さらせ給ふをは、むなしき舟と申すことのあるなり。

其こゝろは、（位にておはします）ほとは、ふねににをつみたるは、うみをわたるにおそれのあるなり。にをゝろしつれは、をそりなくて、やすらかにうみをわたるなり。

それかやうにみかとの位さらせ給ひつれは、よろつにをそれもなきふねをさしてまいりたれは、神もあはれとおほしめすらんとおほしきに、

又般若のふねと申すことのあるなり。其心は、（般若の）ふねして苦海をわたれは神佛のよろこひ給へは、住吉の明神もあはれとおほしめすらんとよませ給ひしなめり。

久邇宮本は多く漢字を当てるが定家本とほぼ同文である。対して、「顕昭

本」は略本とほぼ同文。内容的な差異はそれほど大きくないが、本文系統の異同は見てとれる。

（7）三四八番歌「山たかみ人もすさめぬさくらはないたくなわひそわれ見はやさむ」をめぐる次の事例は注意される。引用は注（6）に同じ。

この哥の心は、われを人みすとて花のわひたるさまによめり。人なりともさやはあるへき。まして心もなからむ花の人みすとてわひんもあひなくこそきこゆれ。されと、これこそは心なき物にこゝろをつけ物いはぬ物にものをいはするは、

哥のつねのならひなれは、風、花のあたりをよきてふけなといひ、やよやまて山ほとゝきす事つてむなといふは、まさにきくへき事かは。

されと哥のならひなれは、これらにて心をゆるになとてか花も人みすとてうらみさらむ。

このうたは、心は花われを人みすとてわひたるさまによめり。人なりともさやはあるへき。まして心もなからむはな、人見すとてわひむあひなくこそはきこゆれ。されと、これこそは心なきものに心をつけ、ものいはぬものにものをいはするは、

哥のならひなりといふはこれにはあらすや。ふく風ははなのあたりをよきてふけなといひ、やよやまて山ほとゝきすことつてむなといふは、風をよきよともいひ郭公をまてともいはむに、まさにきかんやことかは。

されと哥のならひなれは、これにて心をうることになとてかは花も人見すとてわひさらむ

久邇宮本は次のようにある。

この哥の心は、われを人みすとて花のわひたるさまによめり。人云ともさやはあるへき。まして心もなからむはなの人みすとてわひむもあいなうこそきこゆれ。されと、これこそは心なきものに心をつけものいはぬものにものをいはするは、哥のつねのならひなれは、りといふはこれにはあらすや。ふく風、はなのあたりをよきてふけなといひ、やよやまて山ほとゝきすことつてむなといふは、風をよきよともいひ、郭公をまてともいはむに、まさにきくへき事かは。されと哥のならひなれは、これらにて心をうるに、なとてか花も人みすとてわひさらむ。

私に付した傍線部二箇所は定家本の本文に「顕昭本」が合成された本文と

みなされ、そのほころびとすら考えられる。とくに日比野著は前者の部分に注して「文意不通。静「ならひなりといふは」とあり。「ならひなりといふは」と「ならひなれは」が混合した結果であろう。傍記が混入して本文化したものか」(一八〇頁)とする。混態の実際を考察するのに示唆的であるが、しかし、この事例をもって久邇宮本の性格を論ずるのは早計かと思われる。

鈴木　徳男（すずき のりお）

1951 年生まれ。龍谷大学大学院博士後期課程単位取得。博士（文学）
現在、相愛大学人文学部教授。
著書：『続詞花和歌集の研究』和泉書院、1987 年。『俊頼髄脳の研究』思文閣出版、2006 年。冷泉家時雨亭叢書第七十九巻『俊頼髄脳』共編著、朝日新聞社、2008 年。『続詞花和歌集新注』上・下、青簡舎、2010 年・2011 年。『平安後期歌書と漢文学』共著、和泉書院、2014 年。ほか

日比野　浩信（ひびの ひろのぶ）

1966 年生まれ。愛知淑徳大学大学院博士後期課程単位取得。博士（文学）
現在、愛知淑徳大学非常勤講師。
著書：『志香須賀文庫蔵　顕秘抄』和泉書院、1998 年。『校本和歌一字抄　付索引・資料』共編著、風間書房、2004 年。『二条為氏と為世』笠間書院、2012 年。『歌びと達の競演　諸家集・歌合断簡集成』共著、青簡舎、2014 年。ほか

●和泉書院影印叢刊 94（第五期）

久邇宮家旧蔵本 俊頼無名抄

2016 年 9 月 23 日初版第 1 刷発行（検印省略）

編　者／鈴木徳男・日比野浩信
発行者／廣橋研三
発行所／有限会社和泉書院　〒543-0037 大阪市天王寺区上之宮町 7-6　☎ 06-6771-1467　振替 00970-8-15043
印刷・製本／遊文舎

ISBN978-4-7576-0811-5　C3392

俊頼髄脳研究会 編　978-4-87088-997-2

国会図書館蔵 **俊頼髄脳**

影印叢刊92・一七六頁・二〇〇〇円

平安後期の歌学書『俊頼髄脳』は、のちの歌学・歌論書に多大な影響を与える一方、『今昔物語集』との関係も指摘される、重要な作品である。本書は、定家本系統として唯一報告される国会図書館本の影印。新編国歌大観番号を付し便宜を図った。

俊頼髄脳研究会 編　978-4-7576-0177-2

関西大学図書館蔵 **俊秘抄**

和泉古典文庫10・一六六頁・一八〇〇円

「俊頼髄脳」の伝本のうち、岩崎美隆旧蔵である本書の底本は、国立国会図書館蔵本などと比べて、対立する本文が認められ、「俊頼髄脳」の読解において大いに注意すべきである。翻刻本文と解説、巻末には校訂一覧と和歌二句索引を掲載し、便宜を図った。

日比野浩信 編　978-4-87088-907-1

志香須賀文庫蔵 **顕秘抄**（翻刻）

影印叢刊90・二〇八頁・二八〇〇円

『顕秘抄』は六条家の歌人顕昭の歌学の集大成『袖中抄』の初稿本と目され、先行する歌学書を批判しつつ諸文献を証左とした学術的な歌語注釈書。現存伝本は三本が確認されるのみ。本書は、室町初期の古・鈔本で日本歌学大系の底本となった志香須賀文庫蔵本の影印。